우주선과 카누

첨단 물리학자 아버지와 숲속의 아들

KB075514

창비

우주선과 카누

차 례

1

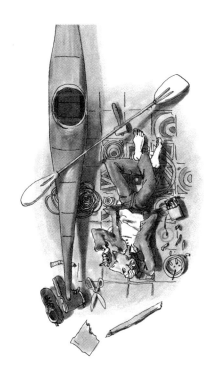

1

쿵 쿵 쿵

프리먼 다이슨이 기억할 수 있는 한, 그의 생각은 죽 별에 쏠려 있었다. 하지만 그 생각은 평범한 것이 아니었다. 다이슨은 이 행성, 즉 지구가 배출한 가장 뛰어난 이론물리학자 중의 한 사람이다. 냅킨 위에 방정식을 끄적이고 덧신 신는 것도 잊어버리며, 우주가 어떻게 구성되어 있는지를 새로 계산하기 위해 말을 하는 도중에도 언제든지 대화와 세상을 등지곤 하는, 불가사의하게 총명하며 빗질이라곤 하지 않는 상아탑맨 꼭대기의 동업자들 가운데에서도 다이슨은 특별한 재능을 가진 사람으로 여겨졌다. 동료들 가운데 그의 위치를 가리켜 "별과 같다"고 묘사한 사람이 한 사람만이 아니다. 그는 양자전기역학 이론의 주고안자이다. 그는 통계역학 이론과 고체상태 물질에 관한 이론에 공헌하였고, 순수 수학과 입자물리학 분야도 연구하였으며, 아주 성공적인 원자로의 설계 작업을 도운 사람이다.

그러나 다이슨의 마음을 차지하고 있는 것은 우주였다. 그는 아인슈타인처럼 현상적 직감으로 우주를 면밀히 조사하는 데 만족하지 않았고, 글을 잘 썼지만 아시모프처럼 펜과 상상력을 동원해 우주를 여행하는 것에 만족하지도 않았다. 그는 몸소 가보고 싶어했다. 그래서 그는 자신을 우주로 데려다줄 우주선의 설계를 도왔다.

1958년 다이슨은 프린스턴 대학의 고등연구소에서 휴직허가를 받아 캘리포니아 주의 라호야로 이사했다. 그는 그곳에서 오라이언이라는 이름의 프로젝트를 추진하고 있는 마흔 명의 과학자와 공학자 대열에 합류했다. 라호야에 있는 동료들은 모두 총명하고 진지하기 이를 데 없었다. 그들은 몸소 우주를 탐험할 작정이었다. 그들은 달 너머에 있는 것이 무엇이든, 거기에 도달할 수 있는 수단으로 전통적인 로켓에는 희망을 걸지 않았다. 행성들까지, 그리고 행성 너머까지 가는 여행에 필요한 엄청난 에너지는 핵에너지가 될 수밖에 없었다. 그들은 자신들이 핵진동 추진이라고 부르는 체계를 만들 계획을 세웠다. 오라이언 우주선의 밑바닥에 있는 구멍에서 핵폭탄이 일정한 간격으로 폭발하며 떨어질 것이었다. 각각의 원추탄(솔방울 모양의 고성능 폭탄—옮긴이)이 터질 때마다 생기는 충격과 거기에서 떨어지는 파편이 우주선 바닥에 있는 추진판을 때리면서 우주선을 앞으로 나아가게 한다. 오라이언 호는 스스로에게 폭탄을 투하하며 엄청난 속도로 우주를 통과할 것이다. 우주선에는 충격흡수기가 장치되어 핵에너지로 인한 덜컹거림에서 승무원과 기계를 보호하며, 열과 방사선을 막는 차폐물도 갖추어질 것이었다.

이것은 물론, 미친 짓이었다. 분명 미친 짓이 아니라는 점만 빼면 말이다. 오라이언 호의 기획은 노벨상 수상자인 해럴드 유리, 닐스 보어, 한스 베서의 지원을 받았다. 커티스 르메이 장군도 이 착상을 좋아했으며 베르너 폰 브라운은 경의를 표하며 오라이언 호의 진전을 지켜보았다. 미항공우주국조차도 상당한 돈을 기부했다.

다이슨과 다른 이들은, 여덟 사람과 100톤의 장비를 싣고 화성까지 빨리 갔다 돌아올 우주선을 만들기 위해 상세한 계획을 세웠다. 이 태양계 모델이 프로젝트의 핵심이 되었고 다이슨은 여기에 정력을 기울였다. 그는 개인적으로 화성과 토성에 관해 알고 싶어했다. 이곳들이 그가 몸소 찾아가고 싶은 곳이기 때문이었다. 그러나 다이슨은 인간의 운명을 깊이 염려하는 사람이었으므로 그의 관심은 곧 자신의 태양계와 자신의 수명 너머로 뻗어갔다. 그는 인류의 불멸을 위해서는 행성이나 아니면 최소한 혜성에 이주지를 건설하는 것이 필요하다고 생각했다. 그는 도시 하나만한 크기의 우주선으로, 수소폭탄에서 동력을 얻는 엄청나게 거대한 방주를 만들 계획을 개략적으로 세웠다. 지금부터 수세기 후에 이 우주선은 기괴한 연쇄적 폭발에 실려 태양을 1000개 합친 것보다 더 밝은 꼬리를 남기면서 아무런 소리 없이 진공을 뚫고 쿵쿵 앞으로 나아가서 다이슨의 후손들을, 필요하다면 꽁꽁 얼려, 알파 껜따우루스 자리(4.3광년 거리에 있는 1등성으로 태양에 가장 가까운 항성—옮긴이)나 다른 별로 데려갈 것이다.

프리먼의 하나뿐인 아들 죠지 다이슨은 다른 생각을 하고 있었다. 죠지는 카누를, 먼 바다를 항해하는 큰 카약(에스키모가 사용하는 가죽배—옮긴이)을 만들고 싶어했다.

2

미친 듯한 시선

프리먼 다이슨은 중간 키의 호리호리한 사람이다. 머리칼은 검고 차분하며, 젊은이처럼 몸을 움직인다. 두상이 긴데, 그렇다고 미래파 화가들의 그림 식으로 지나치게 긴 것은 아니다. 그는 코가 크다. 그는 별나게 옷을 입거나 되는 대로 입지는 않았지만 옷차림이 좀 후줄근하다. 외양에 그다지 신경을 쓰는 사람이 아닌 탓이다. 그에게는 세상 사람들이 물리학자 하면 연상하는 한 가지 버릇이 있으니, 그것은 어떤 생각을 쫓고 있는 동안에는 사람들과의 교제나 인간적인 차원 혹은 진행중인 말에서 물러나버리는 경향이다. 그는 영국에서 태어나 젊은 시절을 그곳

에서 보냈기 때문에 그의 말투에는 여전히 고향 억양의 흔적이 있다.

다이슨의 눈이야말로 그의 놀라운 특징이다. 그의 눈은 홍채가 지배하고 있다. 동공은 마치 늘 아주 밝은 빛을 바라보고 있는 것처럼 몹시작다. 그의 눈은 크고 회색이며 사물을 뚫어져라 응시했다. 그는 눈을크게 뜨고 있다. "거의 미친 듯한 시선이라고 해야겠죠." 오라이언 호의동료 중 한 사람의 말이다.

프리먼의 아들인 죠지 역시 호리호리하다. 그는 아버지보다 10센티미터 가량 크고 피부가 약간 더 검다. 죠지가 열일곱살 때부터 살고 있는 브리티시 컬럼비아(캐나다 서부에 있는 태평양 연안의 주—옮긴이) 수로에서, 여름의 긴 낮과 반사된 햇빛이 그의 피부를 새카맣게 태워서 그는인디언으로 오인받는 일이 잦다. 그는, 젖어도 온기를 간직하기 때문에,오로지 모직 옷만 입었으며 그렇게 입지 않는 북부 사람들을 견딜 수 없어했다. 그의 취향 때문에, 아니 그의 필요 때문에 그는 긴 모직 속옷에여기저기 기운 헐렁한 모직 바지 그리고 누더기 털실 스웨터를 입고 털실로 짠 모자를 쓴다. 그는 이따금 맨발로 다니곤 한다. 적당히 긴 그의머리칼은 비가 올 때에는 터부룩하게 늘어졌다. 20대 초반이라서 수염은 아직 듬성듬성하다. 그것은 누트카 인디언이나 콰키우틀 인디언 같은 서북부 인디언들의 수염이다. "그들에게 가장 흔한 경우는 수염이아예 없는 것이다. 아니면 턱 끝에 작고 가느다란 수염을 기르는데, 이는 그 부분에 무슨 결함이 있어서가 아니라 수염을 얼마간 뽑아서 그런것이다"라고 쿡 선장(호주와 뉴질랜드 탐험으로 유명한 영국의 선장 제임스 쿡.하와이를 비롯한 태평양의 몇몇 섬도 발견함—옮긴이)은 썼다. 죠지는 이런 효과를 천부적으로 타고났다. 그는 영국인 물리학자의 아들이라기보다는프랑스 피가 섞인 인디언 덫사냥꾼이 낳은 사생아처럼 보인다.

그러니 수염과 긴 머리칼, 그을린 피부 속을 들여다보면 죠지는 그의아버지와 아주 많이 닮았다. 그는 아버지처럼 얼굴이 길다. 그의 두개골은, 적어도 겉모양만 보아서는 아버지의 두개골과 똑같다. 그 역시 코가 크다. 프리먼 다이슨과 죠지 다이슨은 둘 다 코를 부러뜨린 적이 있는데 죠지의 골절이 더 볼 만했다. 그의 코는 모양이 굳어질 때까지 몇차례 방향을 바꾸었다. 그는 수수하게 잘생겼다. 그의 이목구비는 강렬하다. 하지만 거기에는 젊은 아가씨들의 마음을 비탄에 젖게 하는 균형과 비례가 부족하다.

그의 눈이야말로 그의 비상한 특징이다. 그의 눈은 홍채가 지배하고 있어서 동공은 작은 핀 자국처럼 보인다. 그의 눈은 크고 녹색이며 사물을 뚫어져라 응시했다. 그는 눈을 크게 뜨고 있다.

3

혜성

"우선 주거지로서의 우주에 관해 흔히 잘못 알고 있는 몇가지 점을 일소해야 합니다." 1972년 런던 강의에서 프리먼은 이렇게 말했다. "일반적으로 행성은 중요한 것으로 간주됩니다만, 지구를 빼면 그렇지 않습니다. 화성은 물이 없고 다른 행성들 또한 여러가지 이유로 해서 기본적으로 인간이 살기에 적합하지 않습니다. 사람들은 보편적으로 태양이 거느리는 행성 무리를 넘어가면 다른 별에 다다를 때까지 절대적 진공이 수광년에 걸쳐 펼쳐진다고 생각합니다. 하지만 실제로 태양계 주변의 우주에는 어마어마한 수의 혜성들이 있습니다. 지름이 수 킬로미터밖에 안되어도 물과, 삶에 필수불가결한 다른 화학물질들이 풍부하게 있는 작은 세계들 말입니다. 우리는 혜성의 궤도가 어쩌다 동요를 일으켜 혜성이 태양 가까이 뛰어들 때에만 이를 볼 수 있습니다. 혜성은 대략 1년에 한 개 꼴로 태양 가까운 지역으로 붙잡혀 들어오며 거기에서 결국 증발하여 해체되고 맙니다. 태양계가 존재해온 수십억 년에 걸쳐 이러한 과정이 지속될 수 있을 만큼 멀리 있는 혜성의 공급량이 충분하다고 가정한다면, 태양계에 느슨하게 붙어 있는 혜성의 전체 수는 틀림없이 수십억 개에 달할 것입니다. 그렇다면 이 혜성들을 다 합쳐놓은 표면의 면적은 지구 표면적의 천 배 혹은 만 배입니다. 이런 사실로부터 나는 행성이 아닌 혜성이 우주에서의 주요한 잠재적 주거처라고 결론짓습니다. 만약 다른 별들에도 태양이 가진 만큼 많은 혜성이 있는 게 사실이라면 혜성이 우리의 은하계 전체에 가득 차게 될 거라는 결론이 나옵니다. 이런 가정을 지지하거나 반박하는 증거는 없습니다. 만약 사실이라면, 그것은 우리 은하계가 별과 별 사이를 여행하는 사람에게 흔히 생각하는 것보다 훨씬 더 우호적인 공간이라는 것을 의미합니다. 우주 사막에서 사람이 살 수 있는 오아씨스 사이의 평균거리는 광년으로 측정되지 않고 대개 광일(光日), 또는 그보다 적은 시간으로 측정됩니다.

그래서 나는 여러분에게 인간의 처소로서의 은하계에 대해 낙관적인 견해를 제시합니다. 수백만의 혜성이, 살아 있는 세포의 기본적 구성요소인 물과 탄소, 질소가 충분히 있는 혜성이 저기 바깥에 있습니다. 혜성이 태양 가까이로 떨어질 때 우리는 혜성이 우리의 생존에 필요한 모든 일반적인 요소를 포함하고 있다는 것을 알게 됩니다. 혜성은 인간의 정착에 필수불가결한 요소 중에서 오직 두 가지만을 결여하고 있는데, 그것은 온기와 공기입니다. 그러나 생명공학이 우리를 구제해주게 될 겁니다. 우리는 혜성에서 나무 키우는 법을 배우게 될 것입니다.

공기가 없는 공간에서 먼 태양빛으로 나무를 자라게 하는 것은 기본적으로 나뭇잎의 피막을 새로 만드는 문제입니다. 모든 조직 중에서 피막이야말로 환경의 요구에 맞춰 가장 섬세하게 만들어야 하는 중요한 부분입니다. 우주에서 나뭇잎의 피막은 네 가지 필요조건을 충족해야 합니다. 생명유지에 필요한 세포조직을 방사능 피해로부터 보호하기 위해서는 원자외선 복사를 통과시키지 않아야 합니다. 물이 스며들어서도 안됩니다. 또 광합성 기관에 가시광선을 전달할 수 있어야 합니다. 열의 손실을 제한하고 어는 것을 막을 수 있도록 원적외선 복사의 방사율이 아주 낮아야 합니다. 이런 피막을 가진 잎이 달린 나무는 목성과 토성 궤도 정도로 태양 가까이에 있는 혜성에서도 뿌리를 내리고 잘 자랄 수 있습니다. 토성보다 먼 곳으로 나가면 햇빛이 너무 약해져서 홑잎은 온기를 유지할 수 없지만, 만약 나무에 겹잎이 달린다면 그보다 더 먼 곳에서도 자랄 수 있습니다. 겹잎은 온기를 보존하는 광합성 부분과, 그 자체는 차갑지만 광합성 부분에 햇빛을 집중해 모아주는 볼록거울 부분으로 구성될 것입니다. 그런 잎을 생산하고 그 잎들을 정확히 태양 쪽으로 향하게 하는 나무의 유전명령 프로그램을 짜는 것은 가능한 일일 겁니다. 현재 존재하고 있는 수많은 식물이 이보다 더 복잡한 구조를 가지고 있으니까요.

일단 잎이 우주에서 기능하도록 만들어질 수 있다면 나무의 나머지 부분인 줄기, 가지, 뿌리 등은 별로 큰 문제가 되지 않습니다. 가지는 얼면 안됩니다. 따라서 나무껍질이 뛰어난 단열재가 되어야 합니다. 뿌리는 꽁꽁 얼어 있는 혜성의 내부를 뚫고 들어가 점차로 그 내부를 녹일 것입니다. 그러면 나무는 뿌리가 혜성 내부에서 발견하는 물질을 빨아들여 제 속을 채워나갈 겁니다. 나뭇잎이 만들어내는 산소가 우주 속으로 내뿜어져서는 안됩니다. 대신, 그 산소는 뿌리로 옮겨졌다가 사람들이 나무줄기 사이에서 생활하고 휴식하는 지대로 방출될 것입니다. 의문이 여전히 하나 남아 있습니다. 혜성에서 나무는 얼마나 높이 자랄 수 있을까요? 대답은 놀랍습니다. 지름이 대략 16킬로미터 내지 그에 조금 못 미치는 천체라면 어느 곳이나 중력이 매우 약하므로 나무는 수백 킬로미터 높이로 자라 혜성 자체 면적의 수천 배나 큰 면적에서 태양빛 에너지를 모은답니다. 멀리서 보면 혜성은 어마어마하게 자란 줄기와 잎사귀를 틔운 작은 감자처럼 보일 겁니다. 혜성에 가서 살게 될 때, 인간은 자신이 조상들이 영위했던 나무 생활로 돌아와 있음을 알게 될 것입니다."

4

날다람쥐

죠지 다이슨은 지상 28미터, 브리티시 컬럼비아 주의 더글러스 전나무(북미 서부산 소나무과의 상록수로 60미터 이상 자라남—옮긴이)에서 산다. 그의 나무는 친구들이 지방정부로부터 임차한 땅에 서 있다. 그 나무는 바다 앞에 서 있는 맨 끝 나무이며, 나무집 앞 창은 죠지아 해협의 인디언 내포(內浦)를 내려다보고 있다. 그 나무는 주변에서 가장 크고 이파리가 빽빽하다. 바다를 향해 난 창으로 죠지는 다른 사람들의 눈에 띄지 않고 해협의 교통상황을 볼 수 있고, 육지를 향해 난 창을 통해서는 그 방향에서 누가 접근하고 있는지를 살필 수 있다. 밤이 되면 밴쿠버 시는 수평선 위에서 빨갛게 탄다.

죠지는 자신의 집을 1972년에 지었다. 그의 아버지가 혜성과, 우주공간의 환대에 대해 강의한 해이다.

죠지의 계단은 바로 나뭇가지들이다. 가지들은 나선형의 계단을 이루고 있어서, 그가 집으로 올라갈 때면 나무줄기를 빙글빙글 돌아오르게 만든다. 첫번째 가지는 지상에서 좀 올라간 곳에서 시작되었다. 그래서 죠지는 나무 밑부분에 사다리를 못질해서 고정해놓았다. 사다리의 맨 마지막 가로대에서 첫번째 가지에 오르는 것이 어려웠는데, 그것은 죠지가 일부러 그렇게 해놓은 것이었다. 그는 자기만의 자유를 좋아하기 때문이다. 방문자가 죠지의 문에 손을 뻗치면 손이 역청 범벅이 되지만 죠지는 어디를 잡아야 하는지 알고 있으므로 손을 더럽히지 않는다. 이곳을 찾아온 사람들에게, 심지어 젊고 민첩한 사람들에게조차도 나무집으로 향하는 첫번째 오르막은 무서웠다. 하지만 죠지는 더글러스 전나무가 마치 땅 위에 수평으로 누워 있는 것처럼 뛰어올랐다. 그는 술을 마시고도 올랐고, 겨울에 폭풍이 몰아칠 때도 올랐다. 그는 자면서도 오를 수 있었다. 이 가지를 휙 돌아 저 가지로 가고 멈추는 모든 동작이 반복에 의해 그의 자율신경계에 새겨진 것이다. 그는 밧줄로 장작을 끌어올린다. 내려가고 싶을 때에는 암벽 등반가처럼 밧줄을 써서 급사면을 내려간다.

집은 나무에 못박혀 있지 않고 끈으로 동여매여 있다. 우듬지가 바람에 흔들리므로 나무에 붙어 있는 부착물이 그 흔들림을 견디려면 유연해야 하기 때문이다. 죠지는 이 방법을 신뢰했다. 1975년, 몇년 사이 최악의 폭풍이 브리티시 컬럼비아를 강타했는데, 그때 다른 곳에 살고 있던 죠지는 그 엄청난 폭풍이 어떻게 느껴지는지 알기 위해 자신의 나무로 돌아왔다. 폭풍은 전력을 다해 휘몰아쳤다. 나무가 이리저리 휘갈기듯 격렬하게 흔들렸다. 하지만 죠지는 잠이 들었다.

집은 안쪽과 바깥쪽 모두 붉은 삼나무 널로 지붕을 댔다. 바깥쪽 널은 비바람을 맞아 나무줄기처럼 진해져서 훌륭한 위장이 되었다. 안쪽 널은 비바람을 맞지 않았기 때문에 갓 자른 나무처럼 통나무 원래의 따뜻하고 붉은 금빛 심지가 그대로 간직되어 있다. 이 집은 조그만 방 하나로 되어 있다. 배처럼 빈틈이 없는 붉은 금빛 내부는 전통적인 형식에 구애받지 않는 자유형식으로 지어졌다. 죠지가 열네 개의 가지를 구조상의 부재(部材)로 삼아 지었기 때문이다. 그의 발명 재주는 그 자체로서는 주의를 끌지 않는다. 오히려 나뭇가지에 붙어 있는 잔가지의 수야말로 다 세어보면 사람을 놀라게 한다. 문의 경첩은 나무의 기둥줄기에 나사못으로 고정되어 있다. 경첩 위에는 사람의 넙적다리 두께만한 가

장 큰 내부 가지가 기둥줄기에서 갈라져 죠지의 침대를 지나 벽을 뚫고 바깥으로 나간다. 아침에 죠지의 눈은 살아 있는 나무껍질 위로 열리며 그는 단단한 가지에 의지해 침대 밖으로 몸을 빼낸다.

그의 침대는 쁘로끄루스떼스(그리스 신화에 나오는 노상강도로, 여행자를 잡아 자기 침대에 누여 저보다 키가 큰 사람은 다리를 자르고 작은 사람은 잡아늘였다고 함―옮긴이)의 침대이다. 죠지의 키는 180쎈티미터인데 집은 그보다 5~7쎈티미터 정도 작았다. 그래서 약간 몸을 구부리고 자야 했다. 침대의 딱딱한 판자는 두 장의 이불로 만든 얇고 형체가 불분명한 매트리스 덕에 좀 폭신해져 있다. 매트리스 위에는 두텁고 아름다운 페르시아 양탄자가 덮여 있다. 침대의 머리께에는 죠지가 베개로 사용하는 수제 가죽방석이 있다. 그가 한동안 소유한 물건들 대부분이 그렇듯이 이 방석도 부적의 모양을 띠기 시작했다. 방석은 둥글고 납작하며 닳아 있다. 아마 콰키우틀 족이나 하이다 족의 유물로서 그가 박물관에서 훔친 것일지도 모른다. 침대 위의 벽에는 기압계가 못으로 고정되어 있고 그 옆에는 죠지가 직접 만든 가죽케이스에 든 쌍안경이 걸려 있다. 침대 옆 벽에는 납처리된 유리를 끼운 팔각형 창문이 있고, 똑같은 모양의 팔각형 창이 발치 쪽에도 나 있다. 죠지는 침대에 누워 쌍안경과 납유리창을 통해 어귀에서 배가 움직이는 모습을 볼 수 있다. 그에게는 사각형의 창도 있다. 그러니 나침반의 방위 중에 그에게 숨겨진 곳은 없다.

침대 맞은편에는 조그마한 무쇠 장작난로가 있다. 앞쪽에는 '뉴앨비언 난로제작소'라고 씌어 있고 그 아래에는 물고기 표장이 도드라져 있으며 또 그 아래에는 '빅토리아'라는 글씨가 있다.

바다 쪽 벽에는 작은 책상이 있다. 책상 위에는 초와 등유램프, 조그마한 꽃병, 펜이 빽빽이 꽂혀 있는 단지, 빨아도 색이 날지 않는 푸른 잉크가 담긴 병, 나무로 된 편지봉인 등이 있다. 봉인은 죠지의 친구가 깎아준 것이다. 봉인의 제목은 링캇(쥐노래미과의 입이 큰 물고기―옮긴이)으로 링캇이 켈프(해초의 일종―옮긴이) 숲의 줄기 가운데서 헤엄치고 있는 모습을 보여준다. 책상 위의 벽에는 칼집과 손잡이에 아라비아 도안이 새겨진 은 편지칼이 걸려 있고, 책상 아래에는 견과류가 담긴 큰 항아리와 냄비, 부엌 기구, 커피머그 등이 쌓여 있다. 머그는 두툼하며 흰색에 무늬가 없었다. 그것은 알래스카 나루에서 온 것이다. 그 머그는 당직근무를 서는 선원이 갑판에 가지고 나갈 수 있는 종류의 머그예요, 라고 죠지는 말한다. 그것은 예인망 어선에서 선원이 주의를 다시 타륜으로 돌리기 전에 브릿지(선교 船橋. 선장이 항해·통신 따위를 지휘하는 자리로서 상갑판에 높게 자리잡음―옮긴이)에 묵직하고 만족스럽게 내려놓는 그런 종류의 머그이다.

육지 쪽의 벽에는 프라이팬과 작은 빗자루, 칫솔이 걸려 있다.

내가 찾아갔을 때에는 책 두 권이 침대 아래에 있었다. 하나는 1968년에 출판된 『태평양 해안용 미국해안 항로안내서』 제10판이고, 다른 하나는 1920년에 간행된 『베링해 및 해협 항로안내서』 초판이었다. 죠지는 특히 낡은 1920년 판 책을 좋아한다. 그는 선택의 기회가 주어진다면 새 책보다 옛날 책을 택한다. 옛날 지침서는 범선의 시대에 정리한 것들이므로 바람에 관해서는 그런 책에 더 나은 정보가 있고――"바람을 좌현 쪽으로 받도록 돛을 늦혀 펴고 남동풍을 기다리라."――죠지에게 인디언들이 1913년에 카누를 타고 집결했던 곳을 가르쳐준 것도 그 책들이다.

옛 항로지침서 안에는 죠지가 만들려고 하는 카누의 스케치가 있었다. 스케치의 여백에는 내가 이리저리 생각해보았지만 해독하지 못한 메모가 있었다. 메모는 이랬다.

새벽을 밟는 자

새벽을 밟는 자

제3의 행성

마리엠

면 위의 기묘한 배열만 아니라면 나는 이것을 카누에 붙일 수 있음직한 이름의 목록이라고 생각할 것이다. 메모는 오히려 조야한 지도와 더 비슷하게 보인다. 이름이 알려지지 않은 어떤 지역으로 가는 항해 지시인가? '새벽을 밟는 자'는 C.S. 루이스의 『나니아』 문고(영문학자 겸 작가 루이스가 쓴 아동용 문고—옮긴이)에 나오는 배이다. 하지만 '마리엠'은 라 띤어 마렘의 잘못된 철자인가? 모르겠다. 내가 죠지에게 메모의 의미를 물었을 때 그는 잊어버렸다고 말했다.

문 밖, 집의 육지를 향한 면에는 빗물을 받는 양동이가 두 개 걸려 있었다. 해안에 접해 있는 브리티시 컬럼비아는 비가 많은 곳이기 때문에 양동이에는 거의 1년 내내 물이 차 있다. 바다 쪽 나뭇가지 위에는 새집이 있다.

헨리 소로우(자연과의 교감, 부당한 법에 대한 불복종 등을 핵심사상으로 가진 미국의 작가—옮긴이)는 28달러 12.5쎈트에 월든에 단층집을 지은 걸 자랑스러워했다. 죠지는 더 높게 지었지만 그보다 20달러나 덜 들었다. 그는 바다에 떠 있는 통나무를 발견해 해안으로 끌고 와 그걸로 지붕널 전부를 쪼개냈다. 두 개의 팔각창, 세 개의 사각창 그리고 다른 재료들 대부분이 선물이거나 폐품이다. 그는 난로관에 2달러를 썼고, 집을 묶는 끈에 6달러를 썼다.

때로 죠지는, 심지어 수염 스타일과 머리를 자른 모양에서조차 놀라우리만치 소로우처럼 보인다. 옛날 은판사진으로는 소로우의 눈색깔을 알아볼 수 없지만, 흑백사진 속에서 뚫어져라 바라보는 그의 시선은 다이슨의 시선만큼이나 둥그렇게 열려 있고 인상적이다. 죠지는 소로우처럼 고양된 의미의 고독을 견디고 즐긴다. 죠지는 소로우와 똑같이 통뼈처럼 억세고 거친 자아(自我)의 소유자로, 그 자아는 한껏 부풀어올라 고독을 가득 채운다. 그의 성격은 소로우처럼 사람들과의 교제를 통해서도 전혀 마모되지 않은 날카로운 날이 서 있다. 만약 죠지가 환생한 소로우라면 그들의 영혼은 1845년 이래 약간의 진보를 보였지만, 그것은 전적으로 경제적인 문제에서만이었다.

소로우처럼 죠지도 자연식을 하는 사람이다. 그가 먹은 콩, 현미, 생선 또는 새순들이 그의 몸에서 완전히 소화되었을 때 죠지는 밧줄을 타고 나무에서 내려와 순식간에 숲 속으로 사라진다. 자연 속에서 그는 자연의 부름에 응답한다(생리적 요구를 해결한다는 뜻—옮긴이). 가끔 비가 심하게 오거나 지상으로 내려갈 기분이 아닐 때 그는 붉은 삼나무 지붕널을 골라 일을 본 다음 나무 꼭대기 너머로 프리스비(플라스틱 원반의 상표 이름—옮긴이)처럼 날린다.

가을에 죠지는 날다람쥐 때문에 골치를 앓았다. 그 계절이 되면 다람쥐들은 낙하산병처럼 죠지를 포위한다. 집에 있을 때는 문제가 없다. 녀석들이 창이나 땅, 문지방에 쿵쿵 부딪는 소리를 듣자마자 그가 고함을 치면, 녀석들은 훌쩍 뛰어내려 다른 곳으로 가 미끄럼을 탄다. 그러나 그가 집을 비울 때면 다람쥐들은 집에 무단침입해 강도질을 한다. 브리티시 컬럼비아의 1974년은 날다람쥐들에게 나쁜 해였다.

"그 녀석들이 사람을 미치게 만들었죠." 죠지가 나중에 내게 말해주었다.

"언덕에서 날아와 내 나무에 들어와서는 집을 망치는 거예요."

"음식을 먹었나요?"

"네. 그건 참을 수 있었어요. 바닥에 온통 똥을 싸놓았죠. 그것까지도 좋아요. 하지만 그러고 나서는 자기네 둥지를 만들려고 벽에서 단열재를 뜯어가기 시작했어요. 제 침낭에서도 절연재를 뜯어가기 시작했고요. 그건 너무했죠. 그래서 저는 산탄총이 있어야겠다는 생각을 심각하게 하게 되었죠."

이 말은 다른 사람 아닌 죠지 다이슨이 한 말이므로 공감을 주는 고백이다. 죠지는 베트남전이 최고조에 이르렀을 때 맨 먼저 캐나다로 온 평화주의자이기 때문이다. 다람쥐들은 그의 신조를 시험하고 있었다. 녀석들은 그의 본성을 굴복시키고 있었다. 산탄총을 구하지는 않았으나 그는 새총 쏘는 연습을 하기 시작했고 순전히 이론적인 면에서는 죽이고도 남을 실력이 되었다. 그는 자신의 솜씨를 예리하게 갈며 대학살의 날을 계속 연기하고 있었다. 그러다가 새로운 종류의 덫을 놓을 생각이 떠올랐다.

죠지 말로는 날다람쥐들은 어떻게 하면 상처를 입지 않고 덫을 터지게 하는지 알고 있기 때문에 전통적인 쥐덫은 날다람쥐를 잡는 데 효과가 없다고 한다. 만약 그가 전통적인 방식을 계속 밀고 나갔더라면 날다람쥐 폭격부대가 그의 집으로 교묘히 들어와 그의 장치에서 신관을 제거하곤 공습경보 해제신호를 불었을 거라는 말이다. 죠지는 나무 위에서 살면 지능이 높아지기 때문에 날다람쥐들도 영장류처럼 영리해졌을 거라고 생각한다. 나무 위의 삶 덕분에 죠지의 꾀도 벼리어졌다. 그는 기요틴 날처럼 생긴 문이 달린 새장과 방아쇠로 당길 수 있는 쥐덫을 고안했다. 고무줄이 방아쇠의 동력이 되었다. 그는 날다람쥐 세 마리를 덫으로 잡아 19킬로미터 떨어진 곳에다 풀어주었다. 그해에는 더이상 말썽이 없었던 걸 보면 그놈들이 틀림없이 주모자였다.

너구리도 때로 나무에 있는 죠지를 괴롭혔다. 그의 골치를 썩이는 것은 주로 어린 녀석들이다. "그 녀석들, 그 무렵에는 고약해요. 사춘기 비슷한 때인가 봐요. 제 나무로 오르자고 서로에게 도전을 하죠. '죠지네 집에 오를 수 있으면 올라가봐.' 이렇게요. 어느 날 밤에는 그 녀석들 때문에 새벽 네시까지 집에 들어갈 수가 없었어요. 다섯 마리가 있었는데 모두 한배에서 난 녀석들이었죠. 그 녀석들한테 돌맹이랑 온갖 것을 다 던졌어요."

"그놈들을 맞혔나요?" 내가 물었다.

"네. 하지만 질긴 놈들이라 꿈쩍도 안했어요. 지금 그 녀석들 어디에 있는지 모르겠어요. 제 짐작엔, 뿔뿔이 흩어졌을 거예요."

겨울은 죠지가 나무 위의 집에서 지낼 때 제일 좋아하는 계절이다. 겨울에는 안개가 추운 해협으로부터 말려 올라와 더글러스 전나무를 제외한 모든 것을 시계(視界)에서 지운다. 그때가 되면 죠지는 완벽하게 혼자가 되고 그의 나무는 순결함 속에서 솟아오른다. 그는 미너렛(회교사원에 설치된 첨탑—옮긴이) 안에 있는 회교도나 구름의 궤도를 돌고 있는 우주비행사처럼 높고 세상에서 격리된 곳에 앉아 있다.

불이 지펴지자마자 작은 난로는 그의 작은 공간을 금방 훈훈하게 해준다. 그는 책을 읽고, 생각을 하고, 바람에 조금씩 흔들리면서 폭풍우치는 겨울을 난다. 밤, 저 높이 캐나다 전나무 숲이 어둡고 축축하게 움직이는 가운데 그의 감춰진 불이 타오른다.

5

신동

"내 명성은, 말은 잘하지만 그다지 독창적이지는 않은, 유능한 기교가로서의 명성이다." 언젠가 죠지 다이슨이 쓴 글이다. 이 사람은 털모자와 나무 위에 집을 짓고 사는 죠지 다이슨이 아니라, 그의 할아버지, 왕립음악원의 원장 죠지 다이슨 경이다. "나는 신식 용어를 잘 알고 있지만 그 용어들은 내가 말하려는 바의 어휘 바깥에 존재한다. 나는 실로 18세기 사람들이 카펠마이스터(악장樂長—옮긴이)라고 불렀던 유의 사람이다. 카펠마이스터란 요즘 말로는 번역될 수 없는 말로서, 자신의 지위 혹은 환경에서 필요한 음악을 작곡하고 공연하는 능력을 갖춘 음악가를 의미한다."

죠지 다이슨 경은 재능있고 분주하며 강인한 사람이었다. 1923년 그가 마흔살 때, 하나뿐인 아들인 프리먼이 태어났다.

사람들이 종종 얘기하듯이 음악과 수학이 단일한 적성 또는 두 개의 매우 비슷한 적성에서 비롯된다면 프리먼은 아버지로부터 그 적성을 물려받았다. 여섯살이 되었을 때 그의 가장 큰 관심은 수학과 천문학이었다. 하지만 그는 꼬마 수학 카펠마이스터 이상이었다. 그는 '신동'이었다.

"수학 신동들의 지적 과정은 본질적인 면에서는 좀더 간소한 문제를 다루는 보통 사람들의 지적 과정과 전혀 다르지 않다고 한다. 신동의 재능이란 점점 더 복잡해지는 암산에 끊임없이 집중하는 힘이다. 그러다가 마침내 그의 두뇌는 그때까지 자신의 마음을 분주히 움직이게 하던 수천 가지 요소의 최종 결과를 순식간에 생각해낸다"라고 죠지 경은 썼다. 음악의 신동에 관해 쓰고 있던 죠지 경은 여기에서 비근한 예를 들기 위해 수학으로 옮겨가고 있었다. 어떤 수학 신동이 그에게 놀라움을 일으켰는지는 어렵지 않게 짐작할 수 있다.

"이런 환상적인 복잡성을 우리는 모짜르트의 음악에서 듣습니다." 오라이언 호 기획에 참여한 프리먼 다이슨의 동료 중 한 사람인 브라이언 던의 말이다. "아시다시피, 제대로 된 결과를 얻으려면 연쇄적으로 이어지는 모든 사물에 대해 균형을 잡고 있어야 합니다. 프리먼에게는 이런 능력이 있습니다. 그는 환상적으로 많은 수에 달하는 논리적 단계를 거쳐 사고의 맥락을 끌고 갈 수 있는 멋진 능력을 타고났습니다."

프리먼의 씨냅시스(신경세포의 신경자극 전달부―옮긴이)가 부친의 씨냅시스보다 더 많은 전기 불꽃을 터뜨린 데 비해 그의 성격은 덜 강인한 편이었다. 이것은 어쨌든 프리먼 자신의 견해이다. 다이슨 집안의 역사를 알고 있는 다른 사람들도 그런 견해를 함께하고 있는 듯하다. 죠지 경은 결단력으로 성공을 거둔 시골 청년이었다. 프리먼은 아버지의 사회적 성공의 혜택 덕분에, 그리고 그 자신의 눈부신 천부적 재능 때문에 아버지와 같은 결단력을 발전시키지 않아도 되었다. 프리먼은 소년시절에는 자신도 경쟁적이었다는 것을 인정할 것이다. 그는 자기가 잘할 수 있는 것은 뭐든지 즐겁게 해냈다. 그는 수학만큼이나 라띤어와 역사에서도 뛰어났다. 하지만 그의 호리호리한 몸매에 잘 어울리는 장거리 달리기 —— 장애물경주 —— 를 빼고는 스포츠를 피했다. 그는 대체로 실내에서 지냈다. 그는 책 속에서 살았다.

영국 학교는 나이가 아닌 능력에 따라 학생들을 진급시켰으므로 프리먼은 보통 자기 또래보다 3년쯤 앞서 있었다. 그보다 나이가 많은 급우들은 그의 조숙함에 신경을 쓰지 않았으나 같은 나이의 아이들은 그렇지 못해서 프리먼은 조그만 주먹에 맞아 눈에 멍이 들곤 했다.

"왜, 어째서 그들이 당신한테 골을 냈습니까?" 나는 이 사실을 알고 그에게 물었다.

잠시 동안 이 물리학자는 대답을 찾느라 어찌할 바를 몰랐다. "글쎄요," 그는 마침내 말했다. "글쎄요, 내가 꽤나 참을 수 없는 존재였겠죠." 그는 눈에 멍이 들었음에도 불구하고 영국의 체계를 좋아한다고 주장했다. 눈에 드는 멍은 그가 자신의 속도대로 자랄 수 있는 자유를 위해 치러야 할 얼마 안되는 대가였다.

"종이가 극심하게 부족했던 2차대전 시기에 영국에서 고등학교와 대학을 다닌 것은 운이 좋았다"라고 그는 쓴 적이 있다. "영국에는 구술시험이 시험 체계에 포함되지 않는다. 종이가 없으면 시험도 없다. 그래서 통상적인 시험과정이 파괴되었고, 우리는 자유롭게 스스로 교양을 쌓았다. 고등학교의 마지막 학년에는 전부 합해 1주일에 일곱 시간만 수업에 나갔다. 우리는 자유를 유용하게 썼다. 나는 학교 도서관에서 발견한 두툼하고 먼지 앉은 조르당의 『해석학 강의』 전집 세 권에서 고등 수학(과 불어)를 배웠다. 나는 이 놀라운 책을 우리 도서관에 둘 만큼 선견지명을 가진 사람이 누구였을까 종종 궁금해했다. 선생들 중에는 이 책을 거들떠보는 사람이 아무도 없었다. 유명한 수학자인 하디가 40년 전에 같은 학교의 학생이었으니 아마 그가 그 책과 관계가 있을지 모르겠다. 하디는 그의 책 『수학자의 변명』에서 조르당의 『해석학 강의』를 읽고 수학의 아름다움에 눈떴다고 쓴 적이 있다. 도서관에 이 책의 복사본이 있는 미국 고등학교가 몇이나 되겠는가? 또 이 책이 있다 한들 학생들에게 이 책을 읽을 시간을 충분히 줄 미국 학교가 몇이나 되겠는가?

전쟁이 한창일 때 케임브리지 대학에 들어온 나는 다시 한번 운이 좋았다. 전쟁이 대학원생들을 모조리 휩쓸어가버렸기 때문이다. 하디, 리틀우드, 베씨코비치 같은 수학자들이 조그만 방에서 학부생 서너 명을 테이블에 둘러앉혀놓고 고급반 강의를 했다. 지구물리학자 해럴드 제프리스는 학생 한 명을 놓고 강의했다. 그가 빈 강의실을 향해 입을 여는 일이 생기지 않도록 월, 수, 금 아홉시 정각에 나는 늘 그 자리에 가 있었다. 학생인 것이 정말 좋은 시절이었다."

6

열폭풍

그러고 나서 전쟁이 프리먼을 뒤쫓아왔다. 케임브리지 대학 2학년 말에 그는 전쟁중에 기술인력의 적절한 군사적 용도를 찾는 일을 하고 있던 C.P. 스노우(인문적 문화와 과학기술의 결합 가능성을 주장한 영국의 물리학자이자 작가—옮긴이)의 면접을 받았다. 프리먼은 열아홉의 나이에 영국 공군 폭격사령부의 수학자가 되었다.

이것은 역설이었다. 비록 그때에는 이런 역설이 꽤 흔한 일이었다 해도 말이다. 프리먼은 젊은 시절 내내 맹렬한 평화주의자였다. 그는 1차대전 후의 우중충한 시절에 자라났다. 그는 그 시대에 대해 이렇게 쓴 적이 있다. "구세대는 우리에게 자기들의 비극을 끊임없이 상기시켜야 한다는 결의가 대단했다. 그리고 실로, 우리의 전 생애에는 그 그림자가 드리워져 있었다. 매년 11월 11일은 공식적인 애도의 날(영국의 전몰장병 추모일—옮긴이)이었다. 그러나 우리의 영혼을 훨씬 더 무겁게 짓누른 것은 한 세대 전부의 가장 좋고 가장 밝은 부분이 져버렸음을 일깨우는 매일매일의 암시들이었다.

우리 1941년 입학 동기생들은 결코 바보가 아니었다. 1937년에 우리는 또 하나의 대학살이 다가오고 있음을 분명히 알았다. 확률을 어떻게 어림잡아야 하는지도 알고 있었다. 우리는 다음번 전쟁이 이전의 전쟁보다 덜 잔혹하리라고 예상할 이유가 전혀 없다는 것을 알았다. 우리는 싸움이 1939년 내지 40년에 시작될 거라고 예상했고, 우리가 전쟁을 거치고 살아남을 확률은 우리가 1915년 또는 16년 반(1차대전 당시 대학에 입학한 반—옮긴이)에 속한 것과 거의 마찬가지일 거라고 관측했다. 우리는 5년 이내에 죽을 확률을 약 10대 1로 계산했다."

프리먼과 동료 평화주의자들이 모인 작은 동아리가 보기에 세상은 정신이상이었다. 히틀러는 다만 증상이었을 뿐이다. 독일 국민들은 적이 아니라 동료 희생자들이었고, 병이 든 것은 시대였다. 영국에서 권력을 잡고 있는 노인들은 국가의 문제 그 어느 것에 대해서도 대답을 가지고 있지 않았다. 체임벌린(2차대전 발발 당시의 영국 수상—옮긴이)은 위선자였다. 히틀러는 위선자는 아니었지만 미치광이였다. 처칠은 "우리가 죽게 되어 있는 전투를 계획하는" 전쟁상인이었다. 프리먼의 친구들이 존경한 유일한 지도자는 간디였다. 그들은 『평화소식』(*Peace News*)을 정기구독했고, 영국에서 ROTC에 해당하는 OTC를 거부했다. "우리는 오늘날 젊은 반항아들이 분노하고 있는 것과 똑같은 방식으로, 또 아주 비슷한 이유에서 우리 윗세대들의 위선과 우둔함에 격노했다."

그러나 프리먼의 동아리가 예상했던 대학살은 가시화되지 않았다. 전쟁이 왔지만 그들이 계산했던 것처럼 그렇게 피비린내나지는 않은 것으로 밝혀졌다. 처칠은 그들에게서 마지못한 존경을 얻었다. 비폭력적이었지만 히틀러가 시키는 대로 하는 뻬땡-라발 정부(2차대전중 프랑스에 세워진 친독 정권. 비시 정부—옮긴이)로 인해 그들의 간디주의는 끝이 났다. "라발이 손대자마자 도덕적인 힘으로서의 평화주의는 파괴되고 말았다"라고 프리먼은 썼다. 영국 공군에 출근한 날 그는 더이상 맹렬한 평화주의자가 아니었다.

"나는 1943년 7월, 함부르크 대공습에 맞춰 영국 공군 폭격사령부에 도착했다. 7월 27일, 우리는 4만 명의 사람을 죽이고도 오직 17대의 폭격기만을 잃었다. 역사상 처음으로 우리는 열폭풍(소이탄·핵폭탄 등에 의한 대화재로 일어나는, 비를 동반하는 강풍—옮긴이)을 만들어낸 것이다."

열폭풍은 참혹스럽게 효과적인 사건이었다. 무엇이 열폭풍을 만들어내는지 과거에도 그것을 이해한 사람은 아무도 없었고 오늘날에도 마찬가지다. 열폭풍은 폭탄과 상호작용하는 기후의 불안정성에 의한 것으로 생각된다. 폭풍은 매우 빠르게 이동하며 어마어마한 열을 일으키고 도시의 광대한 지역에서 산소를 태운다. 이 폭풍은 방공호 내부에 있는 사람들마저 죽여버린다.

"매번의 대공습 때마다 우리는 열폭풍을 일으키기 위해 노력했지만 단 두 번밖에 성공하지 못했다. 한 번은 함부르크에서이고 다른 한 번은 2년 후 드레스덴에서였다." 프리먼은 미국 공군이 일본을 폭격하면서 거둔 비슷한 성공에 대해서 적어놓았다. 그것은 두 번에 걸쳐 폭발을 일으키는 열폭풍이었다. 토오꾜오의 열폭풍은 히로시마의 원자폭탄이 죽인 것과 같은 수의 사람——10만 명——을 죽였다. 이것은 나가사끼에 떨어진 원자폭탄보다 더 궤멸적이었다.

프리먼은 열폭풍의 수학에 직접 종사하지는 않았다. 그는 폭격사령부의 충돌 전문가였다. 영국 폭격기는 밤에 비행을 했는데 때로 어둠 속에서 서로 충돌하는 일이 있었다. 폭격대원들은 이런 돌발적 사고로 죽는 것에 분개했다. 그들은 차라리 적의 발포에 의해 죽는 게 조금 더 낫다고 여겼다. 문제는 편대를 느슨하게 짜면 충돌하는 빈도는 줄지만 적의 전투기 공격에 더 많은 비행기를 잃는다는 것이었다. 프리먼의 과업은 엄격한 중간점을 찾는 것이었다.

"영국 상공에서의 치명적 충돌과 비치명적 충돌의 비율은 약 3대 1이라는 것이 밝혀졌다. 이 비율을 계산하면서 나는 영국 상공에서라면 비치명적일 수 있는 충돌도 만약 그것이 독일 상공에서 일어난다면 치명적이 될 수도 있다는 사실을 이미 참작했다. 그래서 결국 나는 독일 상공에서의 치명적 충돌의 수에 대해서 우리가 할 수 있는 최선의 추측은 비치명적 충돌의 수에 3을 곱하는 것이라고 사령부에 말했다. 이것이 내가 해야 할 수학의 전부였다. 실질적 측면에서 내 정보는 우리 폭격기 1000대가 출격하면 오직 한 대 정도만 충돌에 희생되고 있다는 것을 의미했다. 나는 이것만으로는 충분치 않으며, 폭격 편대의 밀도를 다섯 배로 늘려서 충돌의 손실을 0.5퍼센트까지 끌어올려야 한다고 사령부에 말했다. 그렇게 하면 적의 전투기 공격에 의한 손실에서 0.5퍼센트 이상을 구제할 수 있을 거라는 얘기였다. 사령부는 내 충고를 따랐고 대원들은 마지못해 복종했다."

프리먼은 폭격전에 대해 대다수 작전 장교들보다 더 많은 것을 알게 되었다. 그는 심지어 대부분의 각료들보다 더 많은 것을 알았다. 자신의 지식에 그는 오싹해졌다.

"방어물 때문에 우리가 정확히 폭격하는 것은 불가능했다. 결국 우리는 정확한 군사적 목표물을 폭격하려는 노력을 중단했다. 도시를 태워버리는 것이 우리가 할 수 있는 전부였으므로 우리는 그렇게 했다. 민간인을 죽이는 일에서도 우리는 비효율적이었다. 독일 사람들은 영국에 쏟아부은 폭탄 1톤당 한 명을 죽였다. 독일 사람 한 명을 죽이기 위해서 우리는 3톤을 떨어뜨렸다. 나는 영국의 대중에게는 아주 세심하게 감추어져 있는 이 모든 정보를 가지고 있다는 사실에 책임을 절감했다. 여러 번, 길거리로 달려나가 어떤 우둔한 짓거리들이 그들의 이름으로 자행

되고 있는지 대중에게 고백하기로 결심하곤 했다. 그러나 나에게는 그렇게 할 도덕적 용기가 없었다. 나는 끝까지 사무실에 앉아서 어떻게 하면 가장 경제적으로 또다른 수백, 수천의 사람을 죽일 수 있을까를 계산하고 있었다.

전쟁이 끝난 후 나는 아이히만(독일의 나찌 친위대 중령으로 2차대전중 유태인 학살의 책임자─옮긴이) 조직의 고위직에 있던 사람들에 대한 재판기사를 읽었다. 그들도 꼭 나처럼 사무실에 앉아 메모를 하고 어떻게 하면 사람들을 효과적으로 죽일까를 계산했다. 중요한 차이는 그들은 전범으로 감옥에 갔거나 교수(絞首)에 처해졌고 나는 자유롭게 나왔다는 것이었다.

1945년 8월, 나는 오끼나와로 날아갈 만반의 채비를 갖추었다. 우리는 독일 사람들에게 이겼지만 처칠은 여전히 성이 차지 않았다. 그는 자신이 맹호부대라고 부르는 300대의 폭격기단을 참여시킬 테니 일본 폭격에 합류하게 해달라고 트루먼 대통령을 설득했다. 우리는 오끼나와에 기지를 둘 예정이었다. 일본 사람들에게는 공중 방어물이 전혀 없었으므로 우리는 미국인들처럼 대낮에 폭격을 할 것이었다. 나는 이 방어력 없는 일본 사람들에 대한 새로운 살육이 방어가 잘되어 있던 독일 사람들을 살육하는 일보다 훨씬 더 역겹다고 생각했다. 그러나 나는 여전히 그만둘 수가 없었다. 너무 오랫동안 전쟁에 연루되어 있었기 때문에 평화를 거의 기억할 수 없었다. 살아 있는 시인 어느 누구에게도 증오와 후회 없이 살인을 계속하도록 허락하는 이 영혼의 공허를 묘사할 말이 없었다. 그러나 셰익스피어는 이 공허를 이해했으며 맥베스에게 그 표현을 부여했다.

나, 피 속으로
너무나 멀리 걸어들어왔으니, 더이상 건너가지 못하리,
돌아감은 건넘만큼이나 고되어라.

어머니와 집에서 조용히 아침을 먹고 있을 때 조간신문이 히로시마의 소식을 싣고 도착했다. 나는 그것이 무엇을 의미하는지 단박에 이해했다. 나는 '하느님, 감사합니다'라고 말했다. 나는 맹호부대가 출격하지 않으리라는 것, 다시는 사람을 죽이지 않아도 된다는 것을 알았다."

최근에, 전쟁의 체험이 별에 대한 그의 충동과 관계가 있는지 질문받았을 때 프리먼은 고개를 끄덕였다. "우리가 가진 가장 강한 느낌들은 무의식적입니다. 나는 절망의 시기에 자랐습니다. 30년대 후반이죠. 그 시대는 지금보다 훨씬 더 나빴습니다. 우리가 인식하던 것 이상으로 나빴죠. 우리는 믿을 수 없을 만큼 운이 좋았다는 생각이 듭니다. 내 생각엔 바로 거기가 별에 대한 충동이 생겨난 지점 같군요." 전쟁이 끝난 지 25년 후에 그는 이렇게 썼다. "인간의 상황에 대한 내 개인적 의견으로는, 우주탐험이 이 어두운 풍경의 가장 희망적인 특징으로 보인다."

전쟁이 끝났을 때 프리먼은 자신의 앞날에 대해 생각했다. 물리학이 향후 25년의 가장 활력있는 과학이 될 거라는 판단이 섰다. 물리학도 그를 필요로 했다. 물리학은 "수학이나 천문학보다 훨씬 더 혼란스러운" 상태에 있었던 것이다. 그는 케임브리지로 가서 G.I. 테일러를 만나 그 위대한 물리학자에게 조언을 구했다. 테일러는 즉시 프리먼에게 코넬 대학으로 가서 한스 베서와 함께 연구를 하라고 권했다.
"당시에는 상황이 그렇게까지 명료하지 않았습니다. 하지만 그것이 옳은 결정이었죠. 거기는 완벽한 터전이었습니다. 나는 영국에서, 아버지에게서 빠져나와야 했습니다. 새로운 시작이 필요했습니다"라고 프리먼은 말한다. 1947년, 그는 영연방기금 장학금을 받고 미국으로 왔다. 그는 비가 내리는 가운데 이서커에 도착했다.

"베서 선생의 집 현관문을 두드리자 선생이 문을 열었습니다. 아래를 내려다보았을 때 내가 처음 본 것은 진흙투성이의 장화였습니다. 그것을 보자 매우 안심이 되었죠. 케임브리지에서는 있을 수 없는 일이었습니다. 학생들은 선생을 한스라고 불렀습니다. 선생은 까페떼리아에서 학생들과 함께 식사를 했죠. 그런 일은 케임브리지에서는 어느 누구도 생각할 수 없는 일입니다."

프리먼은 베서와, 역시 코넬에 있던 리처드 파인먼에게서 물리학을 배웠다. "베서 선생과 파인먼 선생에게서 수학적 우아함만으로는 부족하다는 것을 배웠죠. 하디의 학도가 배우기에는 어려운 교훈이었습니다. 물리학에서 좋은 연구를 하려면 현실에 대한 본능, 즉 사물들의 내재적 중요성에 대한 직관적인 감각 또한 있어야 합니다. 베서 선생과 파인먼 선생은 이러한 본능을 출중하게 갖추고 있었습니다. 그중 어떤 것은 내게도 감염이 됐죠. 비록 충분하지는 않지만 말입니다. 반대편에는 위대한 수학자 허먼 와일 선생이 있었습니다. 선생은 언젠가 내게 '진리와 아름다움 중 하나를 꼭 선택해야 한다면 나는 항상 아름다움을 택한다'라고 말한 적이 있습니다."

한스 베서는 위대한 물리학자라기보다 물리학자들의 위대한 교사라는 말이 있다. 나는 이것이 사실이냐고 다이슨에게 물어본 적이 있다.

"양쪽 다 사실입니다. 베서 선생은 나와 성향이 아주 비슷합니다. 그분은 심오한 사색가라기보다는 문제를 해결하는 사람입니다. 선생은 태양에서 진행되는 일의 방정식을 계산했습니다. 베서 선생한테 태양은 흥미로운 기계죠." 프리먼에 대해 베서 박사는 이렇게 말한다. "그는 필시 내가 가르친 대학원생 중에서 가장 천부적인 재능을 가진 사람이었을 겁니다. 너무나 뛰어나서 이론물리학자가 되려는 다른 대학원생들을 낙담하게 했죠. 왼손으로 모든 일을 다하면서 남는 시간에 『뉴욕 타임즈』를 읽는 사람이 바로 여기 있었으니까요. 그는 최고의 수학자입니다. 나머지 우리 물리학자들은 대개 그럭저럭 해나갈 수 있을 만큼만 수학을 알고 있는데 말입니다. 아주 젊었을 때, 그러니까 아직 대학원생이었을 때, 그는 아무도 풀 수 없는 문제를 풀었습니다."

해답은 프리먼이 그레이하운드(미국 최대의 장거리 버스회사 이름―옮긴이) 버스를 타고 있을 때 찾아왔다.

그 문제는 양자전기역학의 핵심적인 문제였는데, 그것을 연구하며 코넬에서 처음 1년을 보낸 이 젊은 물리학자는 모든 접근법이 다 실패로 돌아갔다는 것을 알게 되었다. 그해가 끝나갈 무렵 그는 책을 덮고 뇌에서 전원을 끊은 다음 그레이하운드에 올라타고 서쪽으로 향했다. 버스 여행에 대한 그의 애정은 바로 그 여행으로 거슬러올라간다. 그때 그레이하운드에는 화장실이 없었기 때문에 버스는 두세 시간마다 서야 했다. 프리먼은 다리를 쭉 펴기도 하고 이리저리 걸어다니기도 했다. 그는 진짜로 시골을 보았다. 계산 따위는 하지 않고 정신을 그냥 쉬게 두었다. 버클리에서 내려 친구들을 찾아본 다음 다른 그레이하운드를 타고 다시 동쪽으로 향했다.

미국이 다시 한번 그의 차창 밖으로 지나갔다. 버스는 덜거덕거리며 고속도로를 질주했고 전기역학의 수수께끼가 조각조각 프리먼의 머릿속에서 흔들렸다. 그것은 어려운 수수께끼였다. 양자전기역학은 아인슈타인의 특수상대성과 양자역학을 통합하는 이론으로, 예전에 대혼란 상태에 있던 고체상태 및 플라스마 물리학에 관한 법칙, 입자의 생성 및 소멸 법칙, 메이저 및 레이저 기술의 법칙, 광학 및 극초단파 분광학에 관한 법칙 등을 몇가지 정연한 원리 안에서 조화시킨다. 버스가 메싸(꼭대기가 평평하고 주위가 벼랑인 지형으로, 미국 남서부 및 멕시코의 건조지대에 많음―옮긴이)와 선인장, 주유소 하나만 덜렁 있는 마을들을 지나는 동안,

공식들은 서로 꼬리에 꼬리를 물며 프리먼의 의식을 가로지르고 있었다.

"모든 것이 앞뒤가 딱 들어맞았을 때 우리 버스는 집으로 가고 있었죠"라고 그는 말한다. "나는 어떻게 해야 할지 알았습니다. 시카고에서 내려 그것을 자세히 쓰며 1주일을 보냈습니다."

버스에 탄 사람 중에 이것을 알아차린 사람이 있을까? 물리학 법칙의 몸체가 이음매 없이 매끈해지는 동안 형이상학적으로 딱딱 터지는 소리 같은 것이 들리지 않았단 말인가? 졸린 군인이나 짜증내는 엄마, 지루해진 아이는 창가에 앉은 호리호리하고 젊은 남자의 시선에서 무언가 남다른 것을 보았을까? 필시 아닐 것이다. 물론, 그 사람들은 서로 익명의 버스 승객이었을 뿐만 아니라 그들 자신의 계산을 하거나 그들 자신의 교향곡을 작곡하느라 바빴을 것이다.

프리먼의 발견은 막대한 고생이 요구되는 일이어서 물리학자와 수학자 들이 30대 중반을 넘긴 다음에는 여간해서는 하지 않는 직관적인 비약 중의 하나였다. 그도 그렇게 대담한 비약을 다시 시도한 적이 없다.

"틀림없이 대단한 선풍을 일으켰겠군요." 내가 언젠가 말을 꺼냈다.

"글쎄요, 그건 물론 세상에서 가장 멋진 것이죠." 프리먼이 말했다.

프리먼은 코넬에서 프린스턴으로 옮겨와서 고등연구소에서 연구를 계속하게 됐다. 어느 날 이 젊고 수줍음 많은 물리학자는 프린스턴에서 산책을 하다가 세발자전거를 타고 있던 카트리나라는 이름의 네살 먹은 여자애와 대화를 시작했다. 그는 지금도 그렇듯이 그때도 아이들과 함께 있는 것을 아주 편안해했다. 프리먼과 카트리나는 그 아이 집 밖에서 계속 그렇게 만났는데 어느 날 카트리나가 차를 마시러 오라고 초대했다. 그 집에서 그는 카트리나의 어머니이자 장차 그의 아내가 될 스위스 출신의 수학자 베레나 히펠리 후버를 만났다.

"그는 연구소에 있는 사람들 가운데 피어나는 젊은 천재였어요." 베레나의 회상이다. "그는 수줍다기보다 서툴렀죠. 그는 사교적인 일, 그러니까 사람들 속에 있는 것을 즐겼어요. 하지만 그에게는 약간의 거리가 있었죠, 엄격함이요. 그는 아주 매력적인 사람이었어요."

3주 후에 프리먼은 구혼했다. 베레나는 이것이 좀 빠르다고 생각했지만, "프리먼은 아주 단호했어요. 그는 기분이나 불안에 흔들리지 않았어요. 아주 이성적이었죠." 그들은 결혼했다. 카트리나는 원하던 새아버지를 얻었다. 그녀는 프리먼이 더할 나위 없이 좋은 아버지라는 것을 알았다. 그는 스케이트나 오랜 산책에 그녀를 데려가서 많은 시간을 함께 보냈다. 그가 너무 젊어 보였기 때문에 사람들이 그를 카트리나의 오빠로 잘못 알기도 했는데 이것이 그녀를 즐겁게 했다. 그의 태도는 가끔 이상했지만——그는 계산을 하느라 말을 하다 말 때가 있었다——색다른 행동이었으므로 그녀는 그것을 좋아했다.

1951년, 프리먼이 스물여덟살에 코넬의 정교수가 되던 해에 베레나는 에스더 다이슨을 낳았다. 1953년, 프리먼이 왕립학회의 회원으로 선출되고 난 다음, 그의 둘째아이 죠지 버나드 다이슨이 태어났다.

7

푸른 웃음

코넬 대학교 물리학과 위로 죠지의 출생을 알리는 신성(新星)은 떠오르지 않았다. 그의 지능이 유년시절부터 불을 밝히지는 않았고, 그의 학교 성적을 보고 부모가 아인슈타인의 동료로서 인연을 맺게 됐다는 것을 짐작할 사람은 아무도 없었을 것이다. 죠지는 상당히 머리가 좋았지만 형식적인 학습에는 무관심했다. 수학이나 음악에서 천재의 기미를 어렴풋하게나마 보이는 것도 아니었다. 죠지에게서 4분음표와 방정식으로 엮인 다이슨 집안의 흔적을 찾기는 어려웠다.

"어릴 때 다른 것보다 배를 많이 갖고 놀았어요. 메인 주에서 배의 모형을 만들고 띄워 보내면서 여름을 다 보낸 기억이 납니다. 정말로 빠른 뗏목을 만들었어요. 파랗게 색을 칠했죠. 그리곤 띄워 보냈는데, 그게 그 배들을 마지막으로 본 거였어요"라고 그는 말했다.

죠지의 맨 처음 기억은 악몽에 관한 것이다.

"그게 제가 간직하고 있는 첫 기억이에요. 아니면 첫 기억 중의 하나죠. 그런 기억들은 어느 것이 먼저였는지 잘 구별을 할 수 없잖아요. 한밤중에 아버지가 저를 깨운 기억이 나요. 악몽을 꿀 때면 아버지한테 가곤 했는데 이번에는 아버지가 저한테 오셨죠. 아버지는 제게 할말이 있다고 하셨어요. 대형 여객기가 추락하는 꿈을 막 꾸었다고 하셨죠. 비행기가 화염에 휩싸였어요. 사람들은 바깥에 빙 둘러 서 있고, 어떤 사람들은 승객을 구하려고 불길 속으로 뛰어들어갔죠. 아버지는 꼼짝도 할 수 없었어요. 그 장소에 뿌리를 내린 것 같았대요. 아버지는 제게, 지금은 그게 저한테 아무 의미도 없을 테지만 나중에는 어떤 의미를 줄 거라고 말씀하셨어요. 아버지는 당신이 힘이 있어 보여도 나약한 한 인간에 불과하다고 얘기하셨죠. 아버지는 제가 그 이야기를 기억하기를 바라셨어요. 그래서 만약 제가 그런 상황에 놓인다면 움직일 수 있기를 바라신 거죠."

카트리나는 그녀의 어린 동생이 꼬마 때 아주 수줍음을 타서 가장 더운 여름날에조차 셔츠를 벗지 않았었다는 것을 기억한다. 그의 셔츠는 늘 흰색이었다. 그가 그 색을 고집했기 때문이다. 그녀는 파슬리를 기억한다. "이서커나 프린스턴, 버클리 등 우리가 어디로 이사를 가든지 죠지는 파슬리를 심었어요. 그게 그애의 영역 표시였어요."

프리먼은 아들의 발작성 울음을 기억한다. "그애는 울고 또 울곤 해서 어떤 때는 저러다 틀림없이 목이 쉬겠다고 생각했습니다. 도저히 멈추게 할 수가 없었어요." 양쪽 가계에 모두 정서불안이 있었기 때문에 그것은 프리먼에게 깊은 걱정을 안겼다. 발작은 그가 공식을 만들어낼 수 있는 그런 종류의 문제가 아니었기 때문이다.

베레나는 아들의 상상력을 기억한다. "그애는 늘 상상력이 풍부했어요. 언제나 블록을 가지고 여러가지를 만들었죠. 배 만들기는 아주 일찍부터 시작됐어요. 나무 조각을 조금씩 깎아서 모형을 만들었어요.

그게 어떻게 시작되었는지 나도 모르겠군요. 아주 일찍부터 바다에 갔죠. 그게 도움을 주었을지도 몰라요. 1956년, 죠지가 세살 때 홀랜드 아메리카 선(線)을 타고 애들을 스위스와 오스트리아에 데려갔어요. 프리먼과 내 사이가 나빠지기 시작할 무렵이었어요. 프리먼은 서부의 제너럴 어타믹사로 첫 출장여행을 떠나면서 우리를 배에 태웠죠. 그에게 작별인사를 하고 난 저녁에 나는 기분이 좀 우울했어요. 석양을 보려고 애들을 갑판으로 데리고 나왔죠. 대서양을 넘어가는 아름다운 석양이었어요. 또렷했죠. 나중에 아래에서 죠지가 이렇게 말하는 거예요. '엄마, 내가 뭘 봤는지 아세요? 인어를 봤어요. 얼굴이 없는 푸른 웃음을 보았어요.'

그 얘기는 밤마다 계속됐어요. 인어를 다시 봤대요. 이름까지 알아냈죠. 미스티라고요. 그 인어는 나중에 프린스턴의 카네기 호수까지 따라왔어요. 그해 겨울에 호수가 얼자 인어에게 흥미를 잃기 시작했죠. 얼음 아래 갇혔다나요. 그후에는 인어에 대해 더이상 얘기하지 않았어요.

죠지는 이런 낭만적 경향이 있었어요. 이렇게 사물을 시적으로 보았죠. 그애가 하는 일은 무엇이든 모험이 되었어요.

메인 주에서 고무보트를 타고 처음으로 탐험을 했죠. 내가 이혼하고 나서였어요. 죠지는 그때 나하고 여름을 보냈는데, 나는 보두앵에서 학생들을 가르치고 있었어요. 죠지는 조그만 호수에 떠 있는 작은 섬을 보더니 그 섬에 가보기로 결심했죠. 그애는 언제나 아주 조직적이에요. 음식과 식량을 모두 구하느라 사흘을 썼어요. 내가 그 물건들을 차로 실어 호숫가에 내려주었죠. 죠지와 그애 친구——내 생각에 톰이었던 것 같은데——가 고무보트를 타고 노를 저어 그 조그만 섬으로 갔어요. 거기서 사흘을 보낼 예정이었죠.

끔찍한 폭풍이 닥쳤어요. 두번째 밤이 지나고 나서 죠지한테서 전화를 받았어요. 공중전화에서 거는 거였어요. 노를 저어 해안으로 왔다는 거예요. 폭풍 때문이 아니었어요. 그렇게 밝혀졌죠. 문제는 죠지가 제 친구를 참을 수 없었던 거였어요. 톰은 마쉬맬로우(연분홍 접시꽃의 성분을 원료로 해서 만든 달고 말랑말랑한 과자—옮긴이)를 먹지 않고는 못 배기는 애였는데 죠지는 그애가 마쉬맬로우를 먹는 꼴을 참고 볼 수가 없었어요. 죠지는 입을 꼭 다물고 한 마디도 하지 않았더군요. 누군가가 마음에 안 들 때 보이는 창백하고 쑥 빠진 얼굴이 되어 있었어요.

죠지는 꾸물거리며 탐험을 질질 끄는 아이는 아니었지만 꽤 아는 척을 했죠. 모든 것이 올바르게 정돈되어 있어야 했어요. 그래서 시간이 많이 걸렸고 언제나 늦었죠. 한번은 숲으로 들어가기도 전에 해거름이 되었는데, 아침에 보니 자기가 교통섬(가로의 차선간에 설치된 안전지대—옮긴이)에 있었다는 것을 알게 된 적도 있어요.

그애는 지하철을 탈 때도 모험을 했어요. 내가 롱아일랜드에서 가르치면서 뉴욕에 살고 있을 때 죠지는 지하철을 타고 나를 보러 오곤 했죠. 열한살이었어요. 그애는 길을 잘 찾았는데, 어느 날은 한 시간이나 늦게 초췌하고 지친 모습으로 들어왔더군요. 펜 역에서 어떤 사람한테 문을 열어준 모양인데, 그 문으로 사람들이 쏟아져나오기 시작했죠. 그애는 너무 예의바른 나머지 거기서 문을 잡고 서 있었어요. 누구한테든 문을 닫을 수가 없었던 거예요."

이혼 후에 프리먼은 다시 결혼했고 죠지는 거의 프린스턴에서 아버지랑 새어머니와 함께 살았다.

고등연구소 둘레에는 연구소 소유의 삼림지 가장자리가 펼쳐져 있었다. 죠지는 친구들과 그곳을 이리저리 돌아다녔다. 연구소의 얼마 안되는 꼬마 놀이동무들은 숲에서 뱀을, 강에서 거북을 채집했다. ("이 애들중 한 아이는 정말 배짱이 있었어요. 물뱀들을 잡아서 교실까지 가져왔거든요.") 경계 너머에 사는 흑인 애들도 거북을 잡기 위해 같은 강을 뒤졌지만 이 두 패의 아이들이 섞이는 일은 없었다. 흑인 애들이 거북을 잡는 것은 채집을 위해서가 아니라 수프 냄비에 넣기 위해서일 거라고 죠지는 생각했다. 죠지는 바이올린 교습을 받았다. 바이올린 선생은 야구에 미친 사람이어서 라디오 이어폰을 귀에 꽂고 죠지의 바이올린 연주를 들었다. 그 거장을 자리에서 벌떡 일어나게 한 것은 죠지가 음표를 잘못 켜서 내는 새된 소리가 아니라 멀리 날아가는 홈런이었다. 죠지의 생일에 그의 할아버지는 영국에서 음악으로 축하 메시지를 보내왔다. 프리먼은 피아노로 그 곡을 연주했다. 죠지 경은 결코 생일 축하 메시지를 녹음으로 보낸 적이 없다. "할아버지는 축음기를 악마의 발명품이라고 생각하셨어요. 그래서 어느 누구도 당신의 음악을 기계상에서 재생하지 못하게 판권에다 정해놓으셨지요. 그건 단조로운 음악이었어요. 찬송가 비슷한 작품이었지요." 죠지는 말한다. 죠지는 불꽃을 이것저것 만지작거리며 큰 폭발을 만들기 위해 수많은 작은 불꽃을 해체했다.

그 당시에 프린스턴에 살았고 지금은 밴쿠버에 살고 있는 사진작가 울리 스텔쩌는 소년시절의 죠지를 기억한다. 그녀가 그를 좋아한 것은 연구소에 대해 그녀가 지녔던 혐오와 정비례한다. ("끔찍한 곳이었어요. 번지르르하게 꾸민 티가 나는 곳이었죠. 그 연구소는 제가 뉴저지주에 있다는 것도 알지 못했어요. 그곳은 산이고, 모든 예언자들이 모여들었죠.") 그녀는 다이슨의 집에서 열린 포도주와 치즈 파티에서 죠지를 처음 만났다. "온갖 종류의 유명한 사람들이 다 있었어요. 죠지하고 나는 다른 사람들한테서 떨어진 곳에 있었죠. 그는 열두살이었는데 나이에 비해서는 키가 컸어요. 조용하고 수줍음을 타는 마른 아이였죠. 죠지는 무엇을 입든 상관없이 말라깽이였어요. 마치 새 같았죠. 자기 몸에

변함없이 걸려 있는 옷가지 밖으로 큰 코와 큰 눈이 나와 있는 새 말이에요. 그는 좀 포착하기가 어려웠어요. 내가 그를 찍자마자 사라져버렸어요. 아주 기묘하고 매력있는 아이였죠."

열두 살 나던 해 겨울, 프린스턴에서 죠지는 가장 친한 친구인 로버트 피시와 바깥에서 하룻밤 캠핑을 하기로 했다. 프리먼의 회상이다. "1월이었습니다. 우연히 그해의 가장 추운 밤이었어요. 기온이 영하 17도 주변을 맴돌았지요. 결코 좋은 생각이라고 여기진 않았지만, 나는 실수로부터 무언가를 배우게 내버려두어야 한다고 생각했습니다. 그래서 차로 애들을 숲 속 깊은 곳에 있는 애들이 정한 캠핑 장소로 데려다주었죠. 나한테는 꽤 절망적인 상황으로 보였어요."

그 일을 회상하면서 프리먼은 예의 기묘하고 수줍은, 소리없는 웃음을 웃었다. 그의 어깨는 흔들렸지만 소리는 새어나오지 않았다.

"그날 밤 내내 잠을 별로 자지 못했어요. 아주 일찍, 새벽빛이 밝아왔을 때 나는 차를 타고 애들이 있는 곳으로 갔죠. 그애들은 물론 잘 지내고 있었어요. 불을 피워놓고 텐트 속에서 즐거운 시간을 보내고 있더군요. 죠지가 아주 세심하게 계획을 짰던 겁니다."

8

감옥

그 이듬해 열세 살이 되었을 때 죠지는 4미터짜리 합판 카약을 만들었다. 아버지와 새어머니가 차고 쓰는 걸 허락하지 않았기 때문에 그는 이 작업을 자기 방에서 할 수밖에 없었다. 이 점이 그에게는 상처로 남아

있다. 카약의 길이를 충분히 길게 만들려면 벽장을 열어 그 속까지 배를 집어넣어야 했는데, 그것을 빼내는 일은 지옥 같은 노릇이었다. 카약은 달을 채우지 못하고 세상에 나온 아이디어였다. 인류 역사에서 그렇다는 것이 아니라, 죠지의 인생 계획에서 그러했다. 카약은 죠지의 천재성이 때이르게 맺은 꽃망울이었다. 죠지는 강에서 오직 한 번 노를 저어보고 그 카약을 팔아버렸다.

죠지가 자기 인생의 신기원이라고 생각하는 것은 그 카약이 아니었다. 열세살이 되던 해에 그는 시간여행을 떠났고, 그것이 그에게는 더욱 중요했다.

그 시간여행은 이렇게 시작됐다. 죠지는 6월 어느 날 저녁, 친구네 집을 나와 집으로 오려고 자전거를 탔다. 그의 친구가 지켜보고 있는데 죠지는 픽 쓰러져 보도에 머리를 부딪쳤다. 그는 일어나 다시 자전거에 올라 집을 향해 페달을 밟았다. 현관에 들어오자마자 그는 말을 전혀 하지 않고 제 방으로 곧장 걸어갔다. 그의 아버지가 이 점을 알아차리고 이상하게 생각했다. 나중에 저녁을 먹는데, 프리먼에게는 죠지의 행동이 이상해 보였다.

죠지는 이 일을 전혀 기억하지 못한다. 그가 기억하는 것은 아주 밝은 불빛에 눈을 뜬 것이다. 그는 반듯하게 누워 있었고, 흰 가운을 입은 사람들이 그를 물끄러미 내려다보고 있었다. 그는 병원에 있었던 것이다. "괜찮아, 너 어떤 마약을 먹었니?"라고 누군가가 말했다.

그러고 나서 그 사람들은 그에게 6월이라고 말해주었다.

"그 사실 때문에 무서워서 죽을 뻔했어요. 저는 3월이라고 생각하고 있었거든요. 지난 3월에, 모두가 화제로 삼고 있는 이 마리화나를 좀 피워봐야겠다고 생각하던 것이 기억났어요." 이제 6월이었고, 흰 가운을 입은 사람들은 그가 질이 안 좋은 마약을 했다고 생각했다. 죠지는 그들이 옳을 것이라고 추측했다. 있어야 할 자리에서 사라진 그 몇달 동안

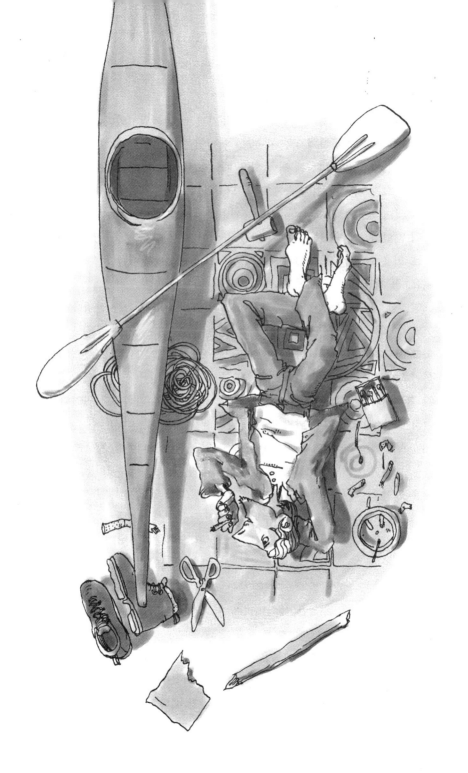

그는 마리화나로부터 더 강한 것으로 옮겨간 것이 틀림없었다. 모든 고등학교에서 하지 못하게 하는 바로 그 일이었다.

죠지가 병원에서 퇴원해 집에 왔을 때도 그에게는 여전히 3월이었다. 하지만 그는 자신의 기말 숙제가 다 되어 있는 것을 발견했다. 그의 필체로 씌어 있었으니 그가 한 것이 틀림없었지만 그는 단 한 마디도 기억나지 않았다. 그 숙제들은 마치 마술로 씌어진 것 같은 선물이었다. 그것은 힘을 안 들이고 두달 동안의 일을 해치우는 방법이었다. "대단했어요. 꼭 시간여행 같았죠"라고 지금 죠지는 주장한다.

열네살 때 죠지는 진짜로 마리화나를 피우고 있었다. 그는 악명을 떨쳤고, 그래서 이제는 정정당당하게 게임을 했다. 그는 온통 검은 옷을 입고 건달의 이미지를 키웠다. 자신도 모르는 새 그는 중대한 수사의 핵심이 되어 있었다. 지방의 마약 경찰은 그가 캘리포니아 조직원으로, 그의 학교에 공급되는 마리화나의 주된 출처일 거라고 의심하고 있었다. 이것이 사실이었는지 아닌지 죠지는 말하지 않는다.

그 무렵에 그는 어머니가 교편을 잡고 있던 캘리포니아를 방문해 여름을 보낸 적이 있었다. 그는 씨에라 네바다와 하이트 애슈베리로 하이킹을 갔고 두 군데에서 다 사람들을 만났다. 그가 알고 지내던 사람들 중 몇몇은 수상쩍은 구석이 있었다. 뉴저지로 돌아오자 그는 수사의 표적이 되었는데, 그때 캘리포니아에서 발신인의 주소가 적히지 않은 소포가 죠지 앞으로 왔다. 소포는 우체국에서 개봉되었고 속에 마리화나가 들어 있다는 것이 밝혀졌다. 경찰이 그의 집 현관을 두드릴 때 죠지는 학교에 있었다. 경찰은 새어머니에게 그가 검거될지도 모른다고 하며 그의 방을 조사하게 허락해달라고 했고 그녀는 그 사람들을 들여보냈다. 죠지의 물건 중에서 그들은 마리화나를 찾아냈다.

"수업을 받고 있는데 그 사람들이 와서 잡아갔어요. 그 사람들은 정말로 제 위상을 높여주었죠. 그 학교에서 가장 배타적인 패들이 감옥에 갔다 온 애들이었거든요. 그애들은 서로를 감방 번호로 부르곤 했어요.

형사 세 명이 교실로 들어와서 제 손에 수갑을 채우고는 도망갈 수 없게 제 손을 다리 사이에 넣었어요. 그 사람들은 정말 강했어요. 그들은 자기들이 할 일을 다 알고 있었어요. 그 사람들은 정말로 그런 일을 미리 계획해서 하거든요." 형사들은 죠지의 지문을 찍은 다음 그의 머리를 깎고 그에게 수많은 무뢰한들의 얼굴사진을 보여주며 같은 길을 가지 말라고 경고했다.

죠지는 프린스턴에서 보호받는 삶을 살아왔는데 갑자기 그 삶이 사라졌다.

"연구소에서의 삶은 정말로 고립된 것이에요. 연구소는 그곳의 사람들이 무엇에 관해서든 걱정하는 것을 원치 않았어요. 사람들이 사색을 하면서 시간을 보내기를 바라죠. 교수 한 사람이 어디로 여행을 하면 연구소에서 여권, 일정, 그밖에 이런저런 세부사항을 모두 챙기죠. 리무진이 있어서 부인들이 쇼핑하러 갈 때면 타고 가고요. 까페떼리아도 좋아요. 큰 새우나 게 요리, 다른 음식도 다 2달러에 먹을 수 있어요." 감옥은 그렇지 않았다. 교도소에는 뉴저지 주의 진짜 단면이 존재하고 있었다. 처음에는 감방 동료들에게 겁을 먹었으나, 서로를 알게 되자 그들은 더이상 거칠어 보이지 않았다. 흑인 애들이 그에게 농구하는 법을 가르쳐주었다. 농구는 기질적으로 팀 경기에 냉담한 죠지가 배워본 적이 없는 운동이었다. 그는 지금, 감옥은 나쁜 체험이 아니었다고 주장한다. 감옥은 그에게 많은 것을 가르쳐주었다.

어떤 이유에서든 그의 아버지가 자신을 감옥에 그냥 내버려두려 했다는 사실이 그를 뒤흔들었다고 죠지는 고백한다. 그 때문에 그들 사이에 있던 무언가에 종지부가 찍힌 것 같아 보인다.

당국자들은 죠지에게 2년 동안 감옥에 있게 될 거라고 말해주었고, 그는 결정을 내렸다. 그는 그렇게 오랜 시간을 복역할 수는 없다고 생각했다. 1주일 후 그들이 죠지를 석방했을 때 그는 이미 탈출을 계획하고 있었다. 일단 감옥에서 나오자 죠지는 자신이 어디로 가고 있는지 알았다. 그는 산으로 가고 있었다.

이듬해 여름, 죠지는 진짜 산에 있었다. 콜로라도 주에 있는 씨에라 클럽(미국의 자연환경보호단체—옮긴이)의 베이스 캠프에서 냄비닦이로 일하고 있었다. 로키 산맥의 흰 봉우리들이 어두운 풍경 속에서 가장 희망을 주는 특징이 되었다.

사냥꾼들의 침입을 제외하면 이상적인 여름이었다. 사냥꾼들은 캐롤 마틴이라는 마부 겸 안내인의 인도를 받아 말을 타고 왔다. 죠지와 씨에라 클럽 사람들은 마틴이 자기들의 황야 체험을 희석하는 것에 분개했다. 마틴은 마틴대로 도보여행자들이 그가 늘 야영하는 초지를 짓밟아 놓는다고 분개했다. 몇년 후에 마틴과 죠지는 다시 만나게 된다.

캠프의 물자배급소에서 죠지와 함께 일했던 처녀 중의 한 명인 쑤잔 백스터는 당시의 죠지를 이렇게 회상한다. "제가 기억하는 것은 혼자 힘으로 살아가는 것에 대한 감각이에요——그가 남의 힘을 빌리지 않고 혼자서 나아가는 것 말이에요. 그는 조숙했어요. 그 나이치고는 매우 성숙해 보였지요. 사람들과 교제하는 데에서는 그다지 성숙했다고 할 수 없어도 자신이 어디로 가고 있는지 정확히 알고 있었어요. 그는 자신이 무엇을 체험하고 싶어하는지 알았지요."

배급소의 처녀들은 죠지보다 두세살 많았는데, 여자들끼리 산중에서 벌이는 유쾌한 법석에 그를 끌어들였다. 그를 놀리기 위해서 그들은 죠지의 머리를 땋아 늘였고 죠지는 이것을 수줍게 참아주었다. 이들 중 서너 사람은 긴 머리를 땋아 늘인 죠지가 얼음 깨는 도끼를 지고 망사 롱존(위아래가 붙어 있는 서양의 남자 속옷—옮긴이)말고는 아무것도 걸치지 않은 채 그들과 함께 하이킹하던 것을 기억한다. 망사 롱존은 그의 등록 상표가 될 것이었다.

"그의 방수포(防水布, 물이 스며들지 않도록 표면에 고무 등을 입혀 방수가공한 베—옮긴이)!" 쑤잔 백스터의 기억이다. "그는 믿기지 않을 만큼 근사한 방수포를 사시나무에 박아 세웠죠. 그건 투명 플라스틱이었어요. 하루는 밤에 엄청난 폭풍이 몰아쳤는데, 우리는 모두 죠지의 방수포로 가서 폭풍을 지켜보았어요. 그 아래 앉아서 우리는 플라스틱을 통해 번개와 그밖에 모든 걸 다 지켜보았어요. 그가 아주 근사하게 방수포 작업을 해놓았던 거죠."

죠지는 또 하나의 등록상표에 매달려 일하기 시작했다. 그는 둥지를 짓고 있었다.

9

종의 기원

죠지는 열여섯살에 집을 아주 떠났다. 그후 5년 동안 그는 부친과 단한 번 만났을 뿐이다. 가끔 딱딱한 편지를 주고받는 일이 있긴 했다. 그들의 소원함은 깊어갔다. 어쨌든 사태는 어긋나버렸던 것이다. 그 이유에 대해서는 여러가지 의견이 있다.

프린스턴의 동료 한 사람: "프리먼에게는 괴로운 시절이었습니다. 양쪽 끝에 죠지 경과 아들 죠지가 있었어요. 그가 가지고 있지 않은 무언가를, 아니 그가 자기는 가지고 있지 않다고 생각한 무언가를 가진 두 남성이죠. 프리먼은 자신을 소심한 인물이라고 생각합니다."

또다른 프린스턴의 동료: "어쩐지 그건 전적으로 죠지 때문이었다는 생각이 드는군요. 60년대 후반과 70년대 초반, 그러니까 베트남 전쟁동안에는 수많은 집에서 똑같은 일이 일어났지요. 나도 우리 집 아이들때문에 비슷한 어려움을 겪었습니다. 이 문제에 대해서는 나도 설명을 도울 수가 없네요. 나 역시 우리 아들 딸과 나 사이에 무슨 일이 일어났는지 전혀 이해할 수가 없었으니 말입니다. 완전한 단절이라고나 할까요."

예전에 프린스턴에 살던 사람: "프리먼은 많은 수학자들이 그렇듯이 감상적인 사람입니다. 그는 자신의 환상으로 살았죠. 하지만 그는 그 환상을 실행에 옮겼습니다. 그는 요즘 아인슈타인처럼 약간 엉성하게 옷을 입더군요. 그는 죠지를 이해하지 못합니다. 프리먼은 세칭 일류아이였으니까요. 그는 자기 영혼을 다 팔아버리고 죠지를 통해서 그걸 만회하려고 애쓰는 세칭 일류인이죠."

베레나 후버 다이슨: "프리먼은 자신의 단 하나뿐인 아들이 주는 동물적인 따스함을 정말로 즐길 수가 없었어요. 그애를 틀에 넣을 필요가 있다고 생각했기 때문이죠. 엄청난 의무감을 느꼈는데 그것 때문에 그는 마비되고 말았어요."

죠지 다이슨: "저는 아버지가 만들어낸 틀 속에서 완전히 굳혀져, 내 아들은 이러이러해야 한다는 아버지의 선입관에 따라 제가 떠맡은 역할을 하고 있다고 느꼈어요. 마치 제가 아버지의 대리인인 것 같았죠. 집안 분위기는 냉랭했지만, 밖으로 나가는 여행은 장려되었죠. 이를테면 캠핑이요. 저는 그 어린시절의 모험이 별로 즐겁지 않았어요. 다만 해야 한다고 느꼈죠. 그건 애들이 하고 싶어하는 일이 전혀 아니에요."

카트리나(그녀를 그렇게 귀여워한 새아버지가 어떻게 자신의 친아들과는 그렇게 힘들게 지내게 되었는가를 물었을 때): "아버지는 딸아이들과는 잘 지내셨지만, 죠지는 가공의 아이가 아니었어요. 그애는 진짜 사내아이였죠. 강한 정신을 가진 사내아이요."

프리먼 자신은 자신을 탓하는 것말고는 이 이별에 관해 거의 말을 하지 않는다. "지난 5년의 세월은 나 때문입니다. 내 잘못이었어요. 그애는 나라 반대편에서 지냈죠. 내 잘못에 값을 치른 거죠. 그리고…… 그리고 나는 죠지가 집을 떠나 독립하게 된 것이 중요하다고 생각합니다."

하지만 프리먼이 쓴 글의 행간에서 죠지에 관해 좀더 많은 것을 찾아낼 수 있다. 1971년 베트남 전쟁의 와중에, 그리고 죠지가 미국을 떠나 캐나다로 간 직후에 출판된 영국 공군 시절에 관한 고백적인 글은 부분적으로는 그의 평화주의자 아들에게 보낸 것처럼 보인다. 그 고백이 약간 거짓처럼 들리거나 약간 이상하게 들린다면 —— 프리먼의 지인 중 몇몇 사람은 그렇다고 생각한다 —— 그 잘못은 내부에 은밀히 숨어 있는 논박의 욕구 때문이다. 『핵과학자 회보』의 도처에도 죠지는 등장한다. 1969년 죠지가 집을 떠난 해에 프리먼은 그 학술지에서 현대적 삶의 몇가지 실상들을 열거했다.

"삶의 세번째 실상은 약이다. 내가 말하는 것은 아스피린이나 페니실린과 같은 무해하고 합법적인 약이 아니라 불법적인 약, 즉 LSD나 마리화나 등의 마약이다. 이런 문제를 나보다 더 경험한 사람들이 많을 테지만, 어쨌든 10대 아이들을 키우면서 나는 마약이 풍경의 중요한 부분이라는 것을 실감하지 않을 수 없었다.

나는 그 밑에 깔린 행동양식이, 다소 작은 집단에서 최선의 구실을 해내는 인간의 성향이라는 것을 알고 있다. 마리화나를 피우는 우리의 10대 아이들은 마리화나의 대단한 점이 약 그 자체가 아니라 그것이 만들어내는 우애라고 하나같이 입을 모아 말하고 있다. 그리고 그 우애를 진짜로 만들기 위해서는, 동아리 안에 있는 한 무리의 친구들뿐 아니라 반항의 대상이 되는 경찰, 부모, 권위 등 바깥의 적이 있어야 한다. 이것이 인간의 삶의 방식이다. 내 아들이 머리를 보기 흉하게 기르는 것도 그렇게 하면 내가 사람들 앞에 함께 나서길 꺼려한다는 걸 알기 때문이다. 나이먹은 세대에 속하는 우리는 머리를 짧게 자르고 마리화나를 불법으로 만듦으로써 부모로서의 우리 의무를 다한다."

프리먼의 해법은 극적이다. 그 답은 우주라는 새로운 미개척 영역에 있었다. 저 바깥에서, "인간의 종족 본능은 국가주의와 인종주의, 젊은 이의 소외라는 파괴적인 방향에서 물러나 미개척 사회의 위험한 삶에서 비로소 만족을 찾게 될 것이다"라고 그는 썼다.

행간에서 죠지를 찾으려고 하는 사람에게 이 말은 놀라울 따름이다. 세대간의 단절이 갑자기 행성간의 진공이 된 것이다. 프리먼은 보기 흉하게 머리를 기른 아들을 이 지구 밖으로 완전히 쏘아보낼 생각을 했던 것 같다.

1972년, 런던의 버크벡 대학에서 프리먼은 자신이 "세계, 육체 그리고 악마"라고 부른 강의를 했다. 그는 그 제목을 물리학자 J.D. 버널이 쓴 책에서 빌려왔는데 런던에서의 그 행사는 버널을 기리는 것이었다. 프리먼은 자신이 버널의 영향을 받았음을 인정하고는 미래에 대해 자신들이 공유하는 견해가, 버널이 처음으로 그 견해를 개진했던 1928년이나 지금이나 인기가 없기는 마찬가지라는 점을 시인하면서, 그 견해를 대략 다음과 같이 바꾸어 말했다. 인간은 이 행성을 떠나 우주 속에서 자유로이 떠다니는 이주지로 감으로써, 이 세계와 그 제한된 자원 및 주거공간에 패배를 안길 것이다. 인간은 생체공학적 신체기관과 생명공학, 자가재생산 장치 등의 도움을 받아 육체와 그 질병 및 결함에 패배를 안길 것이다. 인간은 과학의 진로에 따라 사회를 재조직하고 감정에 대한 지성의 통제를 배움으로써 악마성, 즉 인간의 본성 안에 있는 불합리성에 패배를 안길 것이다. "버널은 인간과 사회를 개조하자는 자신의 제안이, 철저하게 굳어져 있는 인간의 본능에 부딪쳐 산산조각나리라는 점을 알고 있었다. 그러나 그는 그런 이유로 자신의 주장을 약화시키거나 타협하지 않았다. 그는 이성적인 인간은 궁극적으로 미래에 대한 자신의 전망을 합리적인 것으로 받아들이게 될 거라고 믿었고, 그에게는 그것으로 충분했다. 그는 인간이 두 종으로, 즉 그가 묘사한 과학기술의 길을 좇는 한 종과 힘이 닿는 데까지 고래(古來)의 자연적인 삶의 방식을 고수하는 다른 한 종으로 분리되리라 예견했다. 그리고 그는 광대한 우주공간으로 인류가 분산되는 것이야말로, 극한 투쟁과 사회의 붕괴를 겪지 않고 그러한 분리가 일어나는 데에 필요한 것이라는 점을 인식했다."

하지만 버널이 그 분리가 한 세대와 그 다음 세대 사이에 나타날 거라고 예견했던가? 런던에서 버널의 견해를 바꿔 말할 때 프리먼의 머리에는 이러한 종의 분화가 이미 일어났으며, 그리하여 그와 그의 아들은 서로 다른 동물이라는 생각이 떠오른 것일까?

10

평선원(平船員)으로 2년

죠지는 열여섯살 때, 느슨한 의미에서, 쌘디에이고의 캘리포니아 대학에 다녔는데, 그 캠퍼스는 그와 맞지 않았다. 몇주 후에 그는 북쪽의 버클리로 옮겨와 거기서 대충 강의에 참석했다. 하지만 그곳 역시 그의 관심을 붙들어두지 못했고 그에게는 멀리 돌아다니는 습관이 붙었다. 그러던 어느 날 어슬렁거리던 그는 버클리 계선장(繫船場)에 발길이 닿았다. 작은 요트가 한 계류소에 매여 있는데 '팝니다'라는 표지가 붙어 있었다. 죠지는 발걸음을 멈추었다. 저 배를 사고도 돈이 남을 것이다, 라고 그는 계산했다. 그의 재산은 3000달러였는데, 그 돈의 일부는 아버지가 학교에서 쓰라고 준 것이었다. 그는 요트에 관해서는 아무것도 알지 못했을뿐더러 요트를 소유한다는 생각도 해본 일이 없었다. 하지만 만약 그 배를 산다면 살아갈 곳과 배를 둘 다 가지게 되리라는 생각에서 배를 샀다. 그는 자신의 물건을 배로 옮기고 배에서 살았다. 프리머스 난로(캠프 따위에서 쓰는 휴대용 석유난로─옮긴이)에서 음식을 만들고, 네 개의 좁은 벽침대 중 하나에서 자고, 조그만 주방테이블에서 독서를 했다. 배에서 사는 것은 계선장의 규칙에 어긋나는 것이었기 때문에 그는 몰래 나타났다가는 사라졌다.

　생물학자들에게는 이런 행동을 일컫는 말이 있다. 그들은 옛날 용어
인 '음폐동물성(陰蔽動物性)'에 새로운 의미를 부여해, 너구리와 쿠스쿠
스 및 그밖에 문명 곁에서 남몰래 살아가는 방법을 배워 문명에 적응하
는 다른 동물들의 삶을 묘사하는 데 사용한다. 죠지의 스타일은 '음폐동
물적'이었다. 캘리포니아의 밤, 어둠으로 거뭇해진 채 줄지어 있는 배들
가운데 그의 비밀스러운 불이 타고 있었다.

　우리 가족은 그때 죠지를 알게 됐다. 내 여동생은 2년 전 여름에 그의
머리를 땋아주고 그의 투명 플라스틱 방수포를 통해서 번개와 폭풍을
지켜보았던 배급소 처녀 중의 한 사람이었다. 버클리에 도착하자마자
죠지는 우리를 찾았고, 친구가 필요할 때 혹은 배의 비축품이 떨어졌을
때 우리 집을 방문했다. 그는 그때 이미 가공식품을 미덥지 못하게 여기
고 있었다. 언젠가 우리 어머니는 죠지가 당신의 부엌에서 개 먹이 자루
에 씌어 있는 성분표를 읽고 있는 것을 본 적이 있다. "이게 집안에서
유일하게 먹기에 알맞은 거네요"라고 죠지가 투덜거렸다. 이것은 어머
니가 늘 기억하고 있는 문장이다.

　죠지는 그냥 밧줄을 풀고 출발함으로써 혼자서 항해하는 법을 배웠
다. 쌘프란씨스코 만은 그에게 집의 연장이었다. 드문 일이긴 했으나 공
부를 할 때에는, 에인절 섬으로 가서 섬 해안에서 멀리 떨어진 곳에서
책을 읽는 것을 좋아했다. 그는 자신이 고등교육을 좋아하지 않는 게 아
닌가 의심했는데 과연 옳았다. 그는 대학에서 한 학기도 견뎌내지 못했
다. 학교를 그만두고 그는 하와이로 항해할 준비를 했다. 항해에 관한
책을 읽으면서 그는 자신의 배가 비록 크기는 작지만 외양(外洋) 항해
에 알맞게 만들어졌다는 것을 알게 됐다.

　우리 어머니는 그의 계획을 듣고서 가지 말라고 강하게 말렸다. 어머
니가 보기에 죠지는 불행해서, 정작 그가 하와이에 도착하는 데는 별로
신경을 쓰지 않을 것 같았기 때문이었다. 어머니는 밴쿠버에 살고 있는

죠지의 누이 카트리나에게 전화를 해서 도움을 청했다. 두 여성이 함께 죠지에게 압력을 가했다. 이 모든 야단법석이 재미있어진 죠지는 그들이 자신을 설득해 단념하게 만들도록 내버려두었다. 그는 우리 형제들과 나에게 자기 배를 팔겠다고 제안했지만 우리는 빈털터이였으므로 그는 모르는 사람에게 꽤 손해를 보고 팔았다. 그는 버클리를 떠나 브리티시 컬럼비아로 향했다.

그후 그는 나한테 하와이에 가지 않기를 잘했다고 말했다. "제가 지금 바다에서 하려는 일이 무언지 알고 나니, 그때 갔더라면 바다 밑바닥에서 끝장이 났을 거라는 생각이 드는군요." 그는 예의 기묘하고 수줍은, 소리없는 웃음을 웃었다. 어깨가 흔들렸지만 소리는 새어나오지 않았다.

죠지는 캐나다에서의 자신의 새출발에 관해 쓴 적이 있다. 그것은 고래에 관한 출판되지 않은 글의 일부이다. 당시 그의 문체는 150년쯤 묵은 해양소설풍이었다. 그는 틀림없이 멜빌(『모비 딕』을 저술한 미국의 소설가―옮긴이)과 리처드 헨리 데이나(미국의 법률가 겸 저술가로 항해체험기를 씀―옮긴이) 같은 철저히 상투적인 해양고전에 의존하고 있었을 것이다.

열일곱살 때, 나는 힘들고 끈기가 필요한 일을 통해 이 세상에서의 내 자리를 찾기 위해 드쏘노쿠아 호의 진수(進水)에 동참했다. 드쏘노쿠아 호는 약 15미터에 20톤짜리 작은 배로서, 나는 앞서 여러 달 동안 그 배를 건조하는 일을 도왔다. 그 배는 브리티시 컬럼비아 주 밴쿠버에서, 1년 내내 흰줄박이돌고래를 지켜보는 바다로 띄워졌다. 수가 줄어들었어도 여전히 번성하고 있는 돌고래 무리는 모여드는 연어 떼를 먹기 위해 여러 해협과 소해협을 찾아오는데, 자기들이 이 지방의 많은 전설과 존경의 주인공 까닭에 사람들이 거의 괴롭히지 않는다는 것을 알고 있다. 이곳은 해안 항로를 배우려는 모든 이에게

풍요롭고 친절한 해안이며, 마땅히 뱃사람의 존경을 받을 가치가 있음에도 불구하고 여러가지 기술로 조심스레 배를 부리는 사람에게 훌륭한 안식처이자 안전한 여행 장소가 돼준다.

우리의 작은 배는 아직 완성되지는 않았으며, 따라서 우리가 알고 있는 이 배의 진정한 특성도 오직 배가 만들어지는 동안 추측된 것뿐이었다. 드쏘노쿠아 호는 우리가 모은 빈약한 기금을 마지막으로 털어 진수되었기 때문에, 우리는 그렇게 새로 탄생한 배에 으레 따르게 마련인 예비항해를 무시하고, 바로 그날로 해안을 따라 위쪽으로 모험을 감행하자는 제안을 받아들였다.

우리는 밴쿠버에서 록 음악인 다섯 명과 네 명의 조력자 그리고 그들과 관계된 모든 장비를 싣고, 흰줄박이돌고래가 청중이 될 콘서트를 공연하러 960킬로미터가 넘는 왕복여행을 떠날 참이었다. 이것은 폴 스퐁 박사가 얼러트 만 근처에서 하고 있는 고래 연구 중 일부였는데, 나는 처음으로 나 자신을 발견하는 행사에 고래가 다가왔다는 것을 지적하는 것말고는 이 멋진 여행에 대해 자세히 말하지 않겠다.

내가 자세히 말하겠다.

드쏘노쿠아 호는 죠지와 선주인 짐 베이즈(죠지는 가끔 그를 '로드 짐'이라고 부른다)가 1년 동안 작업한 철 씨멘트 배였다. 드쏘노쿠아란 이 지방 인디언들이 숭배하는 반신반인의 이름을 따서 지어진 것이었다. 이 배에는 디젤 보조장치가 있었지만 나중에는 돛, 돛대, 삭구(배에서 쓰는 로프나 쇠사슬 따위의 총칭─옮긴이) 등을 갖추어 쌍돛대 횡범선으로 쓰일 예정이었다. 진수하기 전 날 죠지는 마지막 준비를 하느라 공기가 나쁜 배 밑바닥에 고인 물 속에서 여덟 시간 동안 기어다니며 힘들게 일했다. 통풍이 안되는데다 진력해서 일을 하고 있었기 때문에 그는 어질어질해졌다. 결국 그는 28킬로그램의 강철 펀칭 밸러스트(배의 복원력을 유지하기 위해 바닥 부분에 싣는 중량물로 바닥짐이라고도 함─옮긴이) 두 양동이를 들고 선창과 배 사이를 건너다 쓰러졌다. 물 속으로의 자유낙하는 볼트 덕분에 멈추어졌다. 볼트가 그의 팔을 관통한 것이다. 그는 새파랗게 질린 채 거기에 매달려 있었다. 사람들이 그를 들어올리려 했지만 피 때문에 번번이 미끄러뜨려 그를 다시 볼트에 걸린 상태로 떨어뜨리고 말았다. 마침내 사람들이 그를 볼트에서 빼주었고, 그는 성형외과에서 밤을 보낸 후 다음날 새벽 여섯시에 병원을 나왔다. 드쏘노쿠아 호가 그를 빼고 출범하기를 원치 않았기 때문이었다.

배가 밴쿠버 항을 떠날 때 큰 폭풍이 강타했다. 아직 해치(화물과 사람의 출입을 위하여 설치한 갑판의 개구부—옮긴이)가 없었기 때문에 배는 곧 물을 뒤집어쓰기 시작했다. "재미있었어요." 죠지의 회상이다. "신나는 시절이었죠." 드쏘노쿠아 호가 로큰롤 음악처럼 전후좌우로 정신없이 흔들리자 다섯 명의 로큰롤 음악인들은 곧 멀미를 하기 시작했다. 그들은 여행 내내 그 모양이었다.

"우리는 그 음악인들이 배를 정돈하는 걸 도와줄 거라고 생각했어요. 하지만 그 사람들은 그런 일을 전혀 할 수 없다는 것이 밝혀졌죠. 좋은 사람들이긴 했어요. 돈이나 뭐 그런 걸 받지 않았거든요. 계속 술을 마시고, 천상 음악하는 사람들 그 자체였어요. 게다가 그 사람들을 따라다니는 열다섯살 먹은 여자 팬 애들도 두 명 있었어요. 그 사람들, 술 마시고 담배를 엄청나게 피우고 LSD를 했죠."

죠지는 상처 때문에 여전히 쇠약했으므로 술을 많이 마시지 않았다. 하지만 상처에도 불구하고 멀미는 하지 않았다.

"우리는 우리가 대체 어디로 가고 있는지 몰랐어요. 펜더 항으로 가고 있다고 생각했지만 줄곧 얼러트 만으로 가고 있었다는 것이 밝혀졌죠. 침상도, 돛대도, 돛도, 신선한 물도 없었어요. 식수는 갑판 위의 드럼통 안에 있었고요. 연료는 샀지만 그밖에는 별게 없었어요. 나나이모에서 돌아오는 길에 연료가 떨어져서 몇시간 동안 그냥 표류하고 있었는데 그때 페리선이 우리를 보고 해안경비대를 불렀죠.

돌아갈 연료를 살 돈을 벌기 위해 우리는 얼러트 만에서 춤을 공연하기로 했어요. 술에다 돈을 다 써버린 판국이었죠. 하지만 공연을 하려는 계획은 틀어지고 말았어요. 인디언들이 춤을 공연하고 있어서 공연장을 모조리 사들였기 때문이었죠. 추장이 우리에게 부족회의장을 빌려주었지만 그때는 시간이 너무 늦어서 결국 우리는 돈을 받지 않고 공연을 했어요. 인디언들은 그 공연을 즐겼죠. 인디언 아이들은 정말로 로큰롤을 좋아해요.

고래들도 마찬가지예요. 그 음악인들은 고래를 좋아했고 고래들도 진짜로 거기에 감응했어요. 음악을 연주하면 고래들이 배 주변에서 온통 점프를 하기 시작해요. 근사한 로큰롤이었죠."

죠지는 글로 쓴 이야기에서 블랙피시 해협에 있는 핸슨 섬에 닻을 내리고 있을 때 그가 어떻게 처음으로 흰줄박이돌고래와 만났는지를 묘사한다.

따뜻한 8월의 밤, 배에 탄 열한 사람 중 나를 빼고 모두가 잠든 가운데, 나는 갑판에서 닻보초를 서고 있었다. 조용한 바다와 고요한 공기의 완벽한 정적 속에서, 나는 갑판 아래에서 모든 이들이 내는 가지각색의 울려퍼지는 숨소리와, 멀리에서 꽤 큰 무리의 고래들이 물을 뿜어내는 소리를 들을 수 있었다. 주의깊게 귀를 기울이고 있으려니, 그들은 지느러미에 부딪치는 희미한 잔물결말고는 아무도 눈치채지 못하게 소리없이 몇분 거리의 공간을 지나 우리 선체 곁으로 미끄러지듯 다가왔다. 내 주위의 바다로부터 솟아오른 그들의 느리고 낮은 숨결은 잠자고 있는 내 동료 선원들의 숨결과 간간이 이어지는 쿵쿵 소리, 코고는 소리와도 조화를 이루었다. 들키지 않은 채 얼마쯤 시간이 흐르자 그들은 소리없이 떠나갔다. 그들의 강력한 정신과 접촉한 후 내가 예전과 달라졌음을 느낀 것말고는 이 방문의 의미를 확신하지 못하는 상태로 나를 남겨두고서.

음악인들을 밴쿠버로 데려다준 뒤 죠지는 다시 바다로 나갔다.

드쏘노쿠아 호와 나는 그후 2년 동안 계속 함께했으며, 첫 겨울은 콰씨노 해협에서 보냈다. 거기에서 우리는 쿡 선장이 우리보다 오랜 세월 전에 택했던 바로 그 빼어난 세로 나뭇결 가문비나무 숲에서 돛댓감을 골랐다. 우리는 수액이 아직 올라오지 않은 나무들을 베고 여전히 항해에 적합한 이 군락생물 전부에서 군더더기를 쳐내, 이 나무가 다 말라 돛대용의 둥근 목재가 되면 거기에 삭구와 돛을 달 수 있도록 만들었다.

4월의 미풍을 받고 순항하는 중에 우리는 시험삼아 해안 무역을 해보기로 하고, 스콧 곶에서 선회하여 나흐위티 모래톱의 부서지는 파도를 거쳐 브리티시 컬럼비아의 내해로 돌아왔다. 밴쿠버에서 물품과 식품을 보충한 다음, 우리는 바다에서 생계를 꾸리며 운이 우리의 앞

길에 가져다준 온갖 방식의 모험에 나섰다.

11

소행성

화성과 목성 사이에는 옛날에 하나나 둘, 심지어는 세 개의 행성이 궤도를 그리며 돌았을 거라고 생각되는 큰 간격이 있다. 그 행성들이 충돌이나 다른 심각한 사고를 겪은 까닭에 지금 그 간격은 파편으로 채워져 있다. 이 파편들이 소행성이다. 우주에는 수천 개의 소행성이 존재하는데 그중 1600개가 추적되었으며, 각각의 행성은 태양 주위에 전용 궤도를 가지고 있다. 소행성은 별 모양의 뾰족한 빛으로 망원경에 나타나기 때문에 '아스테로이드'(본래 불가사리를 뜻하는 말—옮긴이)라는 이름을 얻었다. 천문학자들은 그 빛을 분석함으로써 소행성에 관해 많은 것을 알게 되었다. 소행성들이 빙빙 돌며 반사하는 태양 광선의 변차(變差)가 그들의 모양을 알려주는데, 좀더 작은 크기의 소행성은 모양이 일정치 않지만 큰 것들은 공 모양이다. 큰 소행성에 작용하는 중력은 상당해서 거의 달의 중력에 맞먹는다. 케레스 소행성은 지름이 768킬로미터이다. 팔라스는 너비가 480킬로미터이고 베스타는 384킬로미터, 주노는 192킬로미터이다. 이카로스는 지름 1.6킬로미터의 둥근 돌이다. 대략 맨해튼의 크기와 모양을 가진 에로스는 마치 꺼진 담배꽁초처럼 우주 공간을 이리저리 뒹굴고 있다.

"소행성에서 아주 좋은 소식이 왔습니다." 프리먼 다이슨의 보고이다. "큰 소행성까지 포함해서 소행성의 태반은 실제로 물이 아주 풍부

합니다. 아무도 그런 상상을 하지 못했지요. 사람들은 소행성이 그저 큰 바위에 불과하다고 생각해왔습니다."

물이 프리먼을 사로잡았다. 우주의 사막을 가로지르는 그의 정신적 방랑 속에서 그는 마치 베두인(아라비아반도 내륙과 북아프리카 사막 지대에서 생활하는 아랍계 유목민족 — 옮긴이)처럼 물에 대해 걱정했다.

프리먼은 점점 나이를 먹었고 혜성은 그에게서 그만큼 멀어져 보이기 시작했다. 동시에 소행성에서 들려오는 소식은 더 좋아졌다. 최근에 그는 상상력의 초점을 조정했다. 관심을 혜성에서 소행성으로 돌린 것이다.

"나에게 소행성은 진짜로 도피할 수 있는 장소의 상징입니다"라고 그는 말한다. "혜성은 출구이죠. 그리로 가면 진짜로 실종될 수 있는 그런 곳이에요. 바로 그것이 우주로 들어가려고 하는 이유 중 하나입니다 ── 진짜로 실종돼서 아무도 당신을 다시 보지 않게 되기를 원한다면 말입니다. 그곳에 가면 당신은 진정으로 독립해서 살아가게 될 겁니다. 그렇게 하고 싶어하는 사람들이 많죠. 그렇다면 혜성이 필시 그 장소일 겁니다.

반면에 소행성은 훨씬 가까이에 있습니다. 좀더 전통적이지요. 화성보다 소행성에 가는 것이 더 쉬운데, 그것은 중력이 훨씬 낮고 착륙이 더 쉽기 때문입니다. 지금 당장은 확실히 소행성이 훨씬 더 실질적입니다. 만약 우리가 앞으로 20년 안에 우주로의 이주를 시작한다면 나는 소행성에 투자할 겁니다."

다이슨은 이 점에서 앙뜨완느 쌩떽쥐뻬리와 그의 『어린 왕자』가 예견한 인물이다. 사실, 이주지 개척자들에게 소행성을 제시할 때가 되면 이주지 취지설명서의 삽화는 그 책에서 표절할 수 있을 것이다. 바오밥나무 때문에 크기가 작아 보이게 된 조그만 행성을 보여주는, 쌩떽쥐뻬리가 '바오밥나무'라고 부른 그림은 유전공학적으로 조성된 160킬로미터 높이의 과수원 때문에 크기가 작아 보이게 될 다이슨의 세계와 아주 비숫하다. 쌩떽쥐뻬리는 외계농업에 대해 다이슨보다 덜 낙관적이었던 게 사실이다. "그때 어린 왕자의 집인 행성에는 끔찍한 씨앗이 있었다"라고 그는 행성 B612에 대해 썼다. "이것은 바오밥나무 씨였다. 별의 땅은 바오밥나무 씨투성이였다. 바오밥나무는 너무 늦게 손을 쓰면 영영 없애버릴 수 없다. 그것이 행성 전체를 뒤덮어버린다. 그것은 뿌리로 땅속에 구멍을 뚫는다. 만약 별이 너무 작고 바오밥나무가 너무 많으면 나무는 별을 조각조각으로 터뜨리고 말 것이다." 쌩떽쥐뻬리는 소행성에서의 생활이 삶을 품위있게 해주리라는 점에 대해서도 그다지 낙관하지 않았다. 그의 어린 왕자는 해답을 찾기 위해 여러 별을 방문하지만 별에 사는 사람들은 인간의 이런저런 해묵은 결점을 보여준다.

그러나 이런 의심은 취지설명서에서는 삭제될 수 있다. 소행성 지대의 삶을 그린 그림치고, 석양을 계속 볼 수 있게 의자를 B612 서쪽으로 서너 발자국 옮기거나, 자신의 화산을 청소하거나, 밤에 유리 밑에서 키우는 장미와 얘기를 나누는 어린 왕자의 그림보다 더 사람의 마음을 끄는 그림은 없을 것이다.

프리먼 다이슨과 어린 왕자는 아주 비슷하다. 프리먼에게는 크고 엄숙한 눈과 거창한 질문에 대한 사랑이 있다. 프리먼은 어느정도 어린 왕자와 같은 순수함을 간직하고 있다. 적어도 나에게는 왕자의 망또를 두른 물리학자가 화성과 목성 사이의 광대한 공간, 행성들이 산산이 부서진 틈에서 방랑하는 모습을 상상하는 것이 어려운 일이 아니다. 나는 그가 해답과 물과 집을 찾아서 먼 옛날 심판의 날에 떨어진 부스러기 사이를 깡충깡충 뛰는 것을 볼 수 있다.

12

내수로

나무 위의 집은 죠지 다이슨에게는 집이 아니다. 그는 더글러스 전나무가 훨씬 더 큰 집의 곁방이라고 생각하고 있다. 내수로(內水路) 지방 전체, 즉 밴쿠버 섬의 남쪽 끝에서 알래스카의 글레이셔 만에 이르는 1440킬로미터 보호해역이 죠지의 집이다. 그는 해안을 따라 여기저기에 죽 방을 짓고 싶어한다.

지구상에 있는 해안선으로서 이렇게 복잡하게 뒤얽힌 곳도 드물다. 죠지의 영토에 있는 갑(岬) 전부와 톱니 모양의 만입(灣入)을 모두 실처럼 풀어 이 끝에서 저 끝까지 펼치면 그 선은 거의 영원을 내달릴 것이다. 큰 만, 중간 규모의 만, 작은 만, 넓은 해협, 중간 너비의 해협, 좁은 해협, 운하, 긴 수로, 짧은 수로, 후미, 내포, 어귀 또는 모퉁이를 돌자마자 나오는 뜻밖의 장소 등에는 끝이 없다. 이 해안에는, 달리 말하면 하나의 우주가 들어 있다. 여기에는 에게해 제도에 맞먹는 수많은 섬이 있다. 율리씨즈도 이렇게 수많은 군도에서 헤맨 적이 없었다. 아이네이아스(로마 건국의 기초를 쌓은 그리스 신화의 영웅—옮긴이)도 이보다 더 이상한 사람들을 만나지 못했으며 쿡 선장도, 플래시 고든(1930년대 미국 만화와 영화에 등장한 인물로 우주를 여행하며 수많은 위험에서 지구를 구함—옮긴이)도 마찬가지이다. 여기에는 고래에 노래를 불러주는 사람들의 섬이 있는가 하면 죽은 사람을 씽어 재봉틀(미국의 재봉틀 상표—옮긴이) 밑에 묻는 인디언들의 섬도 있다. 벌목장도 있고 어촌도 있다. 어귀 깊숙한 곳에는 수염을 기른 남자들과 머리를 길게 기른 여자들의 공동체가 숨어 있고 산 속 오지에는 이상한 종교집단의 수도원이 서 있다. "드쏘노쿠아 호에서 이 모든 사람들과 사귀며 살아가는 법을 터득했어요"라고 죠지는 말한다.

"우리 친구가 스테이크 먹고 싶대." 벌목공이 굵직한 팔을 죠지의 가냘픈 어깨에 두르며 다그쳤다.

요리사는 스테이크가 이제 더는 없다고 잘라 말했다.

"괜찮아요." 이제는 고기를 거의 안 먹는 죠지가 말했다. "난 스테이크 먹고 싶지 않아요."

"아니, 먹고 싶지" 하고 벌목공이 말했다. "요리사가 스테이크가 떨어졌대. 그건 그놈의 빌어먹을 실수지. 스테이크를 찾는 게 나을걸. 스테이크를 못 찾으면 우리는 내일 일 안 할 거야."

덴먼 섬에서 하루는 밤늦게 마을 아이들이 부두로 비틀대며 내려왔다.

"그애들은 술을 마시고 있었어요." 죠지가 얘기했다. "시끄럽게 굴면서 드쏘노쿠아 호로 술병을 던졌죠. 거기가 그애들이 술 마시는 데예요. 그애들은 술 마실 때면 늘 부두로 내려오거든요. 그런 일이 있으면 저는 그냥 몸을 뒤척이고는 다시 잠을 청해보려고 하죠. 너무 시끄러우면 일어나서 책을 읽어요. 거긴 그 사람들 부두고 우리는 이방인이니까요. 그런데 우리 배의 한 사람이 정말 화가 났어요. '이놈들, 여기서 꺼지지 못해, 잠 좀 자자.' 그애들이 저쪽에서 그 사람한테 욕설을 퍼붓자 그는 아래로 내려가서 우리가 배에 가지고 다니는 구형 윈체스터 총 —— 빈 총이었지만 —— 을 가지고 올라와서 그애들한테 겨누었어요. 그건 정말이지 잘못한 일이었지요. 그 섬에서는 애들이 자기네 식구들을 위해 사슴을 사냥하거든요. 그애들은 집으로 돌아가 총을 가지고 와서는 차 뒤에서 배를 쏘았죠. 진짜로 맞히지는 못했지만 솜씨는 정말 좋았어요. 하마터면 진짜로 맞힐 뻔한 적도 있었어요. 핑! 찍! 우리는 낮게 엎드렸죠. 그때 어떤 부인이 잠옷 바람으로 내려왔는데 정말 화가 나 있었어요.

브리티시 컬럼비아와
남부 알래스카의 해안

브레이디 빙하
주노
치차고프 섬
앙군
애드머럴티 섬
씨트카
쿠프리어노프 섬
바라노프 섬
피터스버그

알렉산더 군도

프린스 오브
웨일즈 섬

N

캐 나 다

딕슨 어귀
매셋
그레이엄 섬

프린스 루퍼트

브리티시 컬럼비아

해커티 해협

퀸 샬롯 제도

모레스비 섬

태 평 양

퀸 샬롯 해협

얼러트 만
죠지아 해협

밴쿠버 섬
밴쿠버

0   마일   200

0   킬로미터   200

'조니! 짐! 그만두고 들어오지 못해!' 어떤 애의 엄마였죠. 그래서 그애들은 총 쏘는 것을 그만두고 집으로 갔어요."

드쏘노쿠아 호는 라자 섬의 처치하우스라는 인디언 마을과 계약을 맺어 식료품을 배달했다. 라자 섬의 인디언들은 한때 신기에 가까운 카누 제작자들이었지만 이제는 카누를 더이상 만들지 않았다. 그들은 정부에서 주는 수당으로 쾌속선과 큰 선외 모터를 샀고, 술을 진탕 마셨다. 그들은 안전모의 안감으로 머리띠를 둘렀는데 안전모의 안감은 당시 열광적으로 유행했다. "우리는 생활보호 수표가 나온 지 하루 내지 이틀 안에 거기 도착해야 했어요. 그렇지 않으면 그 사람들이 돈을 다 써버리거든요."

내수로를 항해하면서 죠지는 그의 본보기가 될 사람들을 만났다. 그에게 본보기라는 것이 있는 한에서 말이다. 심리학자로서 흰줄박이돌고래 학도가 되었다가 나중에는 그들의 챔피언이 된 스퐁 박사말고도, 고기잡이이자 팔방미인이 된 해양생물학자 마이클 베리를 만났다. 공산주의 중국에서 캐나다로 건너온 아름다운 수제 대바구니를 찾아 밴쿠버 차이나타운 골목골목을 뒤지고 다니는 짐 랜드도 만났는데 그는 그 빈바구니들을 가지고 몸소 궁전을 지었다. 까마귀와 감자를 먹고 사는 노파도 있었는데 그것은 죠지의 견해로는 흥미로운 식사 실험이었다.

그는 자기 나막신을 손수 만들어 신고 해먹(그물 침대 — 옮긴이)에서 사는 젊은이도 만났다. 이 지구상에서 해먹 위의 이 젊은이보다 더 가뿐하고 더 때묻지 않게 산 사람도 드물다. 그는 예전에 사서였고 한때는 벌목공이기도 했으나 그 모든 것이 사라졌다. 그는 상황을 단순하게 만들었다. 그는 이제 해먹 속에서라면 어디에서든 잤다. 숲이든 기름투성이의 조차장(操車場)이든 상관없었다. 그는 모든 불편함을 초월해 심령술사처럼 공중에 붕 떴기 때문이다. 칫솔과 다른 살림들이 해먹 끈 위에서 제자리를 차지하고 있었다. 그의 전 생애는 두 점 사이에 매달려 있었다. 그는 일체의 설비를 갖지 않는다는 점에서 후디니(미국의 마술사로 아무 도구도 갖지 않고 결박을 풀거나 갇힌 곳에서 탈출하는 것으로 유명해졌음—옮긴이) 같은 사람이었다. 그는 죠지보다 별로 나이가 많지 않았는데, 죠지는 그를 기억할 때면 부러움에 고개를 가로젓는다.

이런 사귐의 더욱 좋은 점 가운데 하나는 아주 쉽게 그 사귐을 뒤로하고 떠날 수 있는 것이었다. 죠지와 짐 베이쯔는 사람들에게 싫증이 나면 그저 닻을 올리고 곶 주변을 항해하면서 사람이 살지 않는 미개지에 자신들만이 홀로 있음을 느끼면 되었다. (최근에 라스퀘티 섬을 지나는데 죠지가 그 섬을 향해 고개를 끄덕였다. "저 섬에는 아름다운 여자들이 있어요" 하고 그가 말했다. "건강해요. 자신들이 먹을 빵을 스스로 굽죠." 이는 그가 사람들의 세상에서 원하는 최대한의 것을 멋지게 요약한 말이었다. 하지만 그는 바로 그 당시에는 그것을 원하지 않았기에 해안에 상륙하지 않았다.)

죠지의 우주에는 중심이 있었다.

퀸 샬롯 섬은, 그가 알고 지내는 사람들 중 거기에 가본 이들에 따르면, 북부지방의 에덴이다. 내수로의 중간 지점에 있는 퀸 샬롯 섬은 내수로 지방의 군도 가운데 가장 바다 쪽으로 나와 있다. 그 섬들은 북서부 지방의 정수로서 처녀림과 사냥감, 조개가 있는 약속의 땅이다. 까마귀가 인간에게 카누 만드는 법을 가르쳐준 것이 바로 이 퀸 샬롯 섬에서라고 틀링깃 인디언들은 말한다. 틀링깃 족에 따르면 맨 처음에 사람들은 무서워서 까마귀가 만들어놓은 원형 카누에 올라타려 하지 않았다. "카누는 위험하지 않다. 사람들은 물에 빠지지 않을 것이다"라고 까마귀가 그들에게 장담했다. 드쏘노쿠아 호가 그 섬에 볼일이 없어서 죠지는 그곳에 가보지 못했지만 섬에 대해 알게 된 그날부터 그는 자신을 그리로 데려다줄 배를 만들 생각을 했다. 그는 퀸 샬롯 섬에는 매일같이 바다로 나가 1.5킬로미터를 헤엄쳐 갔다가 다시 1.5킬로미터를 헤엄쳐 돌아오는 인디언 처녀가 있다는 얘기를 들은 적이 있다. 극심하게 추운 북태평양에서 3킬로미터라니! 그는 그 여자의 얘기가 진실인지 알고 싶었다.

브리티시 컬럼비아 해역은 지구의 지각에 생겨난 1440킬로미터의 습곡(褶曲, 지각에 작용하는 횡압력으로 인해 지층이 물결 모양으로 주름지는 현상—옮긴이) 지형이다. 밴쿠버 섬과 퀸 샬롯 섬은 바다 쪽으로 나란히 서 있는 습곡의 일부이며, 습곡 대부분은 물에 잠겨 있다. 두 습곡은 다 ──아니, 내수로 지방 전부가── 대륙 전체를 가로지르는 대륙빙하로 덮여 있었는데, 그 얼음은 죠지의 영토를 향해 길을 닦아 나가면서 산천의 모습에 마무리 조각을 가했다. 빙하는 엄청나게 컸으며 빙하가 뒤에 남겨두고 가는 육지와 바다의 풍경 또한 엄청났다. 이곳의 피오르드(빙하의 침식으로 만들어진 골짜기가 빙하의 소실 후 물에 잠겨 생긴 좁고 긴 만—옮긴이)는 깊고 또 미로 같다. 지세는 마치 더욱 큰 행성에 속해 있기라도 한 듯이 모두 일정한 척도에서 벗어나 있다. 피오르드 사이의 반도는 사라져버린 얼음 언어의 부정어(否定語)처럼 크고 가파르며 어둡다. 그 어둠은 지질학적 어둠이라기보다는 식물학적 어둠이다. 얼음이 녹은 후에 이곳에는 더글러스 전나무와 삼나무, 가문비나무, 솔송나무 등의 숲이 생겨났다. 숲이 수면 위에서 식민지를 개척했다면 태평양과 해초는 수면 아래에서 식민지를 개척했으며, 오늘날 이 두 영향은 삐걱거리는 부조화를 향해 나아가고 있다. 해안선 위를 여행하는 사람은 한대에 속하는 숲을 본다. 조수가 빠르다면 그는 북쪽 강에 있는 것이고 조수가 느려지면 북쪽 호수에 있는 것이다. 하지만 수면 아래에서는 물결에 흔들려 살이 빠진 켈프가 보이며, 간간이 바다표범이나 돌고래의 지느러미가 수면 위로 올라오기도 한다. 이때 그는 강이나 호수에 있는 것이 아니다. 이곳의 물은 소금이다. 솔송나무의 가지들은 높은 파도를 맞아 일직선으로 다듬어져 있다. 이 강은 태평양이고 태평양은 바다와 강 양쪽으로 흐른다.

내수로는 물이 만들어낸 고장이다. 바람이 남서부의 뷰트(미국 서부, 캐나다 평원의 고립된 산—옮긴이) 지방을 만들어냈고 별똥별이 달 표면의 분화구를 만들어냈듯, 물은 이 지방의 성격을 만들어냈다. 물은 이런저런 형태로 모든 일을 해냈다. 빙하의 얼음은 이 지방을 가파르게 조각했으며 폭우는 짙은 초록색을 주었다. 안개는 침엽수 이파리에 홈을 팠고 늑대의 몸에 난 굵고 빳빳하며 긴 털 끝을 물들였다. 차가운 물의 흐름은 밍크와 수달의 모피를 빽빽하게 해주었고 회색 곰을 살찌웠으며 송어의 옆구리를 은빛 유선형으로 만들었고, 집을 향해 뛰어오르는 연어의 꿋꿋한 마음을 받아주었다. 많은 연간 강우량 덕분에 더글러스 전나무 숲은 60미터 이상 자라나고 줄기는 5미터 두께로 두꺼워지며 나무껍질엔 주름살이 지는데, 약 1000년 후에 그 비가 뿌리를 파고들어 나무를 쓰러뜨린 다음 그것들을 태평양으로 보내면, 바닷물은 그 나무들을 물에 적시고 굴려서 부드럽고 껍질 없는 거대한 통나무로 만들어 해변둑에 쌓아놓아, 그 나무 조각이 한밤에 죠지의 불에 연료가 되는 것이다.

내수로의 대부분은 물 아래에 이런저런 모양으로 잠겨 있다. 태평양은 서쪽에서 살랑거리고 만년설이 동쪽 산봉우리를 덮고 있다. 그 사이에 있는 건조지방은 여간해선 진짜로 물이 마르지 않는다. 해안 지역은 비가 1년에 5000밀리 이상 내린다. 물은 어디에서나 흐른다. 강물은 기회가 있을 때마다 불어나고 몇차례 만곡부를 지난 다음에는 어마어마해진다. 눈이 물의 원천일 때에는 맑은 물의 강이, 빙하가 물의 원천일 때에는 젖빛의 강이 흐른다. 젖빛 빙하는 물에 떠다니는, 분말처럼 갈린 얼음의 대류으로서, 내륙에서 계속 부서져 내리는 얼음 때문에 생겨난다. 이렇게 빙하기는 죠지의 땅에서 아직 끝나지 않았으며 그를 위해 계속 땅을 넓혀주고 있다.

내수로의 하늘은 금성처럼 안개가 자욱한 행성에 속해 있다. 흐르는 물이 아래와 마찬가지로 위도 지배하는 것이다. 다만 이 물은 각기 다른 고수(鼓手)의 박자에 맞춰 다른 밀도로 행진하고 있다. 납빛으로 덮인 구름을 뚫고 해가 작열하는 경우는 드물다. 구름은 북태평양의 찬 가마솥에서 짙은 회색을 배경으로 하얗게 끓어오른다. 안개는 주기적으로 어귀에 흘러들어왔다 흘러나간다. 운무는 숲을 신비롭게 만든다. 수증기는 삐죽 튀어나온 갑의 키를 키운다. 볼록렌즈처럼 양면이 볼록한 흰구름은 산기슭의 작은 언덕에 모자를 씌운다. 회색으로 변한 구름바다는 산봉우리의 목을 벤다.

죠지는 아버지와는 달리 물을 찾지 않아도 되었다. 죠지는 살 곳을 찾아야 했다.

이곳의 토착민들은 물의 사람들이었다. 그들은 해안에, 대체로 강 어귀에 마을을 건설했으며, 사슴과 순록, 염소와 곰 따위의 육지 동물을 사냥했다. 그들은 사냥솜씨가 좋았지만 사냥은 그들에게 일이라기보다 놀이에 더 가까웠다. 그들의 진짜 사업은 바다였다.

북서부 해안의 문화는 일곱 개의 어족으로 나뉘어 있었다. 사람들은 남쪽에서부터 북쪽으로, 쌜리시어, 벨라 쿨라어, 누트카어, 콰키우틀어, 침시안어, 하이다어, 틀링깃어를 사용했다. 이 언어 집단은 열두 개의 부족으로 나뉘는데, 이들은 모두 바닷사람들로 고래잡이이거나 조개잡이 또는 고기잡이였다. 그들은 앞쪽의 바다와 뒤쪽의 깎아지른 듯한 산맥으로 인해 외부와 단절되어 있었기 때문에 고립된 가운데 문명을 발전시켰다. 극히 드물긴 하지만 외부로부터의 영향은 기본적으로 해안을 따라 위쪽에서 아래쪽으로 전해졌으니, 이는 그들이 북쪽에 있는 에스키모에게서 사냥기술을 배웠기 때문이다. 에스키모와 달리 이들은 진짜 전쟁, 즉 이웃 종족을 절멸시키거나 그것이 안되면 최소한 이동이라도 시킬 작정으로 전투를 치렀다. 진짜 전쟁은 아메리카 대륙의 토착민 사이에서는 흔치 않은 일이다. 여기에서는 아마 주거공간을 차지하기 위해 전쟁을 했을 것이다. 바다와 산 사이의 육지는 너무나 빈약하고 가팔랐으므로 이들은 마을이 자리잡을 터를 찾기가 어려웠다. 전사들은 짐승가죽이나 나무로 만든 갑옷을 입고, 겁을 주는 얼굴 모양이 새겨진 나무투구를 썼다.

북서부 해안의 예술가들은 남북미 대륙을 통틀어 가장 훌륭하다. "나무로 만든 모든 것에 조각을 새겨넣기 좋아하는 이들의 취미는 의상에 문양을 그려넣는 취미 내지 의도와 부합한다"라고 쿡 선장은 썼다. "겁을 주는 무늬나 동물 문양이 새겨져 있지 않은 것은 아무것도 없다." 강력하고 애니미즘적이고 양식화되어 있으며 다양한 색채가 배합되어 있는 이 북서부의 장식은 시대를 수세기나 앞선 것이다. 1900년대에 피카소 같은 사람에 의해 재발견되면서 이 장식은 세계 미술에 그동안 미뤄져온 영향을 끼쳤다. 인디언들은 농업을 하지 않고서도 그런 성취를 거둘 수 있었다. 농업은 한 부족으로 하여금 그들에게 허락된 농한기 동안 비축식량에 안주해 예술적 실험을 할 수 있게 해주는 발명으로 여겨지지만, 해안의 인디언들은 담배를 좀 심은 것을 제외하면 전혀 농업을 하지 않았다. 그들이 이 오래된 원칙을 깰 수 있게 해준 것은 바로 바다였다. 해안의 바다는 어느 밭보다도 기름졌다. 내수로를 따라가며 엄청난 수의 갑각류를 채취하는 것은 쉬운 일이었다. 해안의 여자들은 콩 대신 대합과 홍합 껍질을 깠으며, 그들의 참을성있는 손가락은 수세기에 걸쳐 거대한 패총을 지었다. (비가 많은 기후에서, 일부러 만든 목조 예술품은 썩는 데 비해 해안을 따라 도처에 서 있는 크고 평범한 패총 유적은 오래도록 지속된다. 이 패총은 머루가 자라기에 좋은 토양이 되는데 죠지 다이슨은 머루 따는 것을 좋아해 손가락을 자줏빛이나 붉은빛으로 물들였다.) 연안의 강을 따라서는 커다란 연어들이 이동했다. 연어는 북서부의 옥수수이다. 인디언들은 연어를 대량으로 훈제하거나 말렸고, 많은 양의 대합을 모은 다음 예술로 관심을 돌렸다.

그들은 훌륭한 바구니 제작자였다. 그들은 독창적인 낚시와 고래잡이용 작살을 만들었다. 그들은 산양의 털로 빼어난 이불을 짰으며, 그들

중 한 부족인 쌜리시 족은 털이 많은 종자의 개를 키워 그 털로 모직천을 짰다. 그들은 모카신(북아메리카 인디언들이 신던 가죽신의 일종—옮긴이)을 만들 줄 알았지만 죠지 다이슨처럼 맨발로 다니는 것을 더 좋아했다. 내수로 지방은 맨발로 다니기에 좋은 땅이다. 비가 숲의 바닥에 이끼 융단을 깔아주고 해변의 돌은 발 밑에 쾌적한 자갈길을 깔아주기 때문이다. 죠지의 설명에 따르면 그런 데서 신발을 신는 것은 베이거나 발가락이 그루터기에 챌까봐 두려워서가 아니라 잠자리에 들기 바로 전에 재수없게 배설물 따위의 불쾌한 것을 밟지 않기 위해서이다.

인디언들은 먼 바다를 항해하는 카누를 만들었다. 이것은 삼나무 원목을 깎아낸 카누로서, 선체를 조각해 색을 칠하고 금이 가는 것을 방지하기 위해 규칙적으로 기름을 문질렀다. 전쟁용 카누는 때로 18미터 길이에 전사를 여든 명씩 실어 날랐다. 카누에는 핼리벗(넙치의 일종—옮긴이) 카누, 갈매기 카누, 왜가리 카누——이렇게 이름이 붙여졌다. 어떤 카누의 뱃머리에는 궁수들을 위해 창문을 낸 키가 큰 방패가 갖추어져 있었다. 이곳 인디언 중 한 부족인 누트카 족은 전쟁용 카누를 타고 나가 고래를 잡았다.

브리티시 컬럼비아 대학에는 유물 거의 전부가 북서해안 지방의 물질문화를 충실히 보여주는 미술박물관이 새로 생겼다. 죠지의 누이 카트리나는 그 박물관에서 응접계원으로 일하고 있었다. 나는 죠지와 함께 그 박물관에 한 번 간 적이 있었는데, 그는 누나와 얘기를 나누고 나자 나를 이끌고 팔팔하게 박물관 여기저기를 누볐다.

유리와 연회색 콘크리트로 된 밝고 천장이 높은 어떤 방에는 토템 기둥이 숲 속의 나무처럼 빽빽이 늘어서 있었다. 기둥들은 엄청나게 크고, 각 기둥 위에는 반신반인(半神半人), 반인반수(半人半獸), 독수리, 곰, 흰줄박이돌고래의 거대한 두상이 서로의 뒤를 이어 지붕까지 가닿았다. 채색된 눈은 색이 바랬다. 나무로 된 안구는 앞을 볼 수 없는 파열된 시

선으로 콘크리트를 응시하고 있었다. 어쩌면 유리
의 바깥을 응시하고 있는지도 몰랐다. 기둥들은 어
색한 칵테일 파티에 온 손님들처럼 이쪽저쪽으로
얼굴을 마주보고 있었는데, 내 생각에는 메마른 콘
크리트와 유리가 비바람을 맞아 색이 바랜 나무에 좋은 배경이 되어주
는 것 같았다. 죠지가 나를 재촉하지 않았더라면 거기서 좀더 오래 머물
고 싶었을 것이다. 우리는 까마귀의 특대형 부리 아래를 걸어서 토템 숲
밖으로 나갔다.

우리는 기하학적인 디자인으로 깎은, 진주층(珍珠層, 조개 껍데기 안쪽
면에 있는 진주 광택이 나는 층—옮긴이)이 상감된 저장용 궤짝을 지나갔다.
큰 공기와 음식 접시, 국자, 딸랑이, 단검, 핼리벗 몽둥이, 머리 장식, 모
직 이불, 토가 등도 지나쳤다. 쿡 선장이 관찰한 대로 이 중 어느 것에도
장식이 없는 것은 없었다. 죠지는 주변에 거의 눈길을 주지 않았다. 그
가 걷는 속도에 따라 북서부의 예술품이 마치 얼룩처럼 지나갔다. 나에
게는 누군가로부터 주시당하고 있었다는 인상만이 남았다. 북서부의 예
술가들은 이용할 수 있는 모든 공간을 그림으로 채우고 싶어했는데, 그
공간은 대개 양식화된 눈 그림으로 채워져 있었기 때문이다. 동물의 가
슴 한가운데 박힌 눈, 관절을 표시하는 눈, 가장 비구상적인 기하학적
도안 속에서 바깥을 내다보는 눈.

우리는 가면의 벽을 지나갔다. 가면들은 얼굴을 찡그리고 우리를 곁
눈질했다. 나는 이 가면들이야말로 이 사람들에 대해 할말이 아주 많을
것이라고 생각했다. 늙은 북서부 인디언들은 보리스 칼로프(영화「프랑켄
슈타인」에서 괴물 역할을 함으로써 유명해진 영국의 배우—옮긴이)의 영화를 좋
아했을 것이다. 모든 사신(邪神)들이 검은색 펠트 천을 배경으로 진열
되어 알아들을 수 없는 말을 지껄였다. 이 가면들은 위대한 상상력과 유
머로써 조각된 것들이다. 그들은 시간과 문화적 간격을 훌쩍 뛰어넘어
20세기에 나에게 겁을 주고 있는 것이다. 목 쉰 유머로 가득 찬 익살맞

은 가면도 있었고, 백인을 묘사한 몇 안되는 가면에는 날카로운 풍자가 담겨 있었다. 내 생각에 검은 배경막을 단 것은 훌륭한 착상이었다. 악마 가면과 죽음의 머리에는 특히 그러했다. 그 가면들은 마치 원생적(原生的) 무의식의 어둠 속에서 형체가 부여되고 있는 것처럼 보였다. 나는 그 가면들을 더 오래 꼼꼼히 보고 싶었다. 하지만 죠지는 앞으로 나아갔고 나는 그를 따랐다.

우리는 카누가 있는 데로 왔다.

나는 북서부 예술의 성공은 곡선의 우아함에 있으며 그 우아함은 카누에서 최고점에 달했다는 판단을 하게 되었다. 카누를 바라보면서 나는 과연 어디에서 그 북서부의 곡선이 나왔을까 궁금해졌다. 무엇이 영감을 불어넣어 그런 곡선이 생겨났을까? 빙하가 만들어낸 피오르드 곶의 곡선이었을까? 볼록렌즈처럼 생긴 구름의 곡선이었을까, 아니면 달아나는 고래의 등줄기 곡선이었을까? 아니면 카누의 선 그 자체로부터 유래했을까? 아마 북서부 예술은 전부 파도가 제기하는 문제에 대한 실질적 해답에서 시작되었을 것이다. 그것은 확실히 모양으로 보나 기능으로 보나 행복한 해답이었다. 쾌속범선을 설계하는 사람들도 그렇게 생각했기에 이 해법의 영향에 자신을 내맡겨 뱃머리선을 살짝 들어올린 것이다.

내가 보기에 가장 훌륭한 선은 신화에서 카누가 시작된 곳, 퀸 샬롯 섬의 주민인 하이다 족이 구부린 곡선이다. 나뭇잎 모양의 물갈퀴를 단 하이다 노는 분명 인간이 고안해낸 고전적 형태 중 하나이다. 그 형태에는 나뭇잎 모양의 날을 가진 아프리카 창이나, 말이 났으니 말이지만, 나뭇잎 자체가 보여주는 모든 필연성이 내재되어 있다. 하지만 죠지는 지나가버렸다. 그는 거의 전속력으로 박물관 구경을 마쳤다.

"좋았어요?" 죠지가 문에서 놀란 얼굴로 나에게 물었다. 그는 고개를 가로저으며, 자기는 박물관이 전혀 좋지 않았다고 털어놓았다. 박물관은 그의 신경을 곤두서게 했다. 그는 박물관의 유리와 콘크리트를 증오

했다. 그는 웃자란 블루베리 덤불 속에 쓰러져 있는 토템을 발견하는 쪽을 더 좋아했다.

"꼭 묘지 같지 않아요?" 그는 물었다. "부자 백인들이 토템을 구해다가 여기에 갖다놓았어요. 마치 죽은 거라도 되는 것처럼 말예요."

13

우리 운명의 약속

"우리는, 운이 좋다면, 수소폭탄이 빽빽이 들어찬 세계에서 수세기 동안 생존하리라 희망할 수 있다"라고 프리먼 다이슨은 썼다. "하지만 나는 우리가 이 행성에 갇혀 있다면 1만 년을 넘어 살 확률은 아주 적을 거라고 생각한다. 우리는 너무 작은 바구니에 담겨 있는 너무 많은 달걀이다.

태양계의 멀리 떨어진 곳으로 상당수의 사람들이 이주한다면 전체로서의 우리 종은 손상받지 않을 것이다. 지구상에서 핵 대학살이 일어난다면 그것은 이루 말할 수 없는 비극이 될 것이며, 99퍼센트의 사람을 쓸어 없앨 것이다. 그러나 우주에 흩어져 있는 1퍼센트의 사람들은 인간이 만들어내는 어떤 파국으로도 일제히 사라질 수 없으며, 그들은 살아남아서 우리 운명의 약속을 실행할 것이다.

혜성으로 건너가는 이주자들이 싼타페 도로 위 포장마차처럼 행렬을 이루며 앞으로 나아가는 상상은 아마 말도 안되게 낭만적이거나 환상적인 얘기일 것이다. 어쩌면 그 일은 내가 상상하는 방식대로 일어나지 않을지도 모른다. 하지만 나는 궁극적으로 이 행렬을 따라서 무언가 중요한 일이 일어날 것이라 확신한다. 우주는 그야말로 방대하므로 그 방대함 속 어딘가에는 반역자와 범죄자 들을 위한 공간이 있을 것이다. 태양 가까이의 우주는 큰 정부와 컴퓨터화된 산업에 속하게 된다. 바깥의 열린 미개척지는 예전에도 그러했듯이 압제로부터 도망치는 박해받는 소수와 이웃으로부터 도망치는 종교적 광신도, 부모에게서 도망치는 반항적인 10대, 사람들로부터 도망치고 있는 고립된 연인 들에게 손짓을 보내리라. 아마도 모든 인간의 미래를 위해 가장 중요한 것은, 주위의 엿보는 눈에서 벗어나, 우리가 원숭이를 능가하듯이 정신적 능력에서 우리를 능가하는 근본적으로 새로운 유형의 인간을 창조하는 실험을 자유롭게 행할 수 있는 공간을 찾아나서는 사람들이 있을 거라는 점이다.”

14

우리 운명의 약속
(다른 의견)

틀링깃 사람들에 따르면 창조주는 바위와 나뭇잎을 동시에 써서 인간을 만들려 하였다. 하지만 바위는 느렸고 나뭇잎은 아주 빨랐다. 그래서 인간은 나뭇잎으로 만들어지게 되었다. 창조주는 첫 인간에게 나뭇잎을 보여주며 이렇게 말했다. “이 나뭇잎을 보아라. 너는 이와 같을지니라. 나뭇잎이 가지에서 떨어져 썩으면 아무것도 남지 않는다.” 그것이 이 세상에 죽음이 존재하는 이유이다. 인간이 바위에서 왔다면 죽음이란 없었을 것이다.

“우리는 바위로 만들어지지 않아서 불행하도다. 나뭇잎으로 만들어

졌으니 우리는 죽어야 하리." 사람들은 나이가 들어가면서 이렇게 말하
곤 했다.

15

오라이언 호

폭탄으로 추진되는 우주선이라는 발상은 수소폭탄을 발명한 스타니
슬라브 울람으로부터 시작되었다. 1955년, 그와 코넬리어스 에버렛은
로스알라모스에서 그 개념을 대략적으로 이끌어냈고, 이 개념은 다시
예전에 로스알라모스에서 울람의 동료로 일했던 시어도어 테일러에게
로 넘어갔다. 테일러는 경력의 많은 부분을 폭탄을 설계하면서 보냈으
나, 그러지 않았더라면 좋았으리라고 생각하는 물리학자였다. 그는 구
체적인 것들을 다루는 데 재능이 있는 사람이었으므로 울람의 우주선에
자신이 예전에 폭탄을 가지고 죽 해온 작업을 결합했다. 그는 추상적 개
념을 실질적인 것으로 바꾸어놓은 것이다.

"울람은 나와 아주 비슷한 유형의 사람입니다. 기본적으로 수학자이
죠. 그 사람은 테드 테일러보다는 나하고 더 비슷해요. 울람과 나는 무
언가에 그다지 오래 매달리지 않습니다. 하지만 테드는 아닙니다. 그는
개념을 파악해서 그것을 훨씬 더 나은 것으로 만들었습니다. 그는 우주
선을 세부적으로 어떻게 설계해야 하는지 이해해서 그것을 설계했습니
다. 그는 또 조직할 줄도 알았죠. 그래서 프로젝트가 진행될 수 있게 했
는데, 울람이라면 그렇게 못했을 겁니다." 프리먼 다이슨의 말이다.

그 프로젝트에 이름을 붙인 사람은 테일러였다. "그냥 하늘에서 따왔

습니다"라고 그는 오라이언에 대해 말한다.

테일러는, 예전에 한스 베서의 학생이었던 다이슨과 마찬가지로, 1956년 쌘디에이고에서 열린 원자력에 관한 학술회의에서 그들의 옛 스승을 만났다. 에드워드 텔러와 앨빈 와인버그, 마샬 로즌블러스, 그밖에 다른 핵물리학계의 거물들도 가까이에 있었다. 그 회의를 조직한 사람은 프레더릭 드 호프만이었는데 그는 예전에 로스알라모스의 물리학자였으나 지금은 제너럴 다이내믹스사의 새로운 부문인 제너럴 어타믹사를 이끌고 있었다. 비밀에 부쳐졌던 원자로의 전모가 막 밝혀진 때였으므로 드 호프만은 원자로로 무엇을 할 수 있는지에 관해 자유로운 토론을 해보고 싶었다. 에드워드 텔러에게 한 가지 생각이 있었다. 그는 세계가 필요로 하는 것은 "바보들이 만져도 고장이 나지 않을 뿐만 아니라, 박사들이 만져도 고장이 나지 않을" 절대적으로 안전한 원자로라고 생각했다. 테일러와 다이슨은 그 생각이 마음에 들어 안전원자로 팀에 합류했다. 그들은 서로가 함께 일하기에 좋은 사람들이라는 것을 알았다. 그들은 트리가(TRIGA)라고 불리는 작은 원자로를 함께 설계했는데, 원자로의 목적은 의학적 동위원소를 생산하는 것이었다. 그렇게 해서 여름방학이 지나갔고, 그런 다음 그들은 각자의 길을 갔다. 프리먼은 프린스턴으로, 테일러는 제너럴 어타믹의 작업으로 돌아갔다.

1957년 겨울, 테일러는 프린스턴의 다이슨에게 전화를 해서 울람의 새로운 생각을 설명했다. 테일러는 원자폭탄을 이용해서 그들을 우주로 날아가게 해줄 우주선을 만들고 싶어했다. 프리먼에게는 이 생각이 조금도 미친 소리로 들리지 않았다.

"멋있게 들렸어요. 그 얘기를 듣고 전혀 놀라지 않았죠. 모든 사람이 당장 보인 반응은 폭탄이 우주선을 산산조각으로 폭발시키리라는 것이었지만, 나는 그런 것에는 신경쓰지 않았습니다. 그의 생각은 기술적인 차원에서 말이 되는 것이었으니까요. 그건 마치 우리 모두가 기다리고 있던 일처럼 들렸습니다. 그의 생각은 화학로켓에 대해 효력을 발휘할 수 있는 대안이었죠."

프리먼은 화학로켓에 별로 열의가 없었다. 로켓은 엔진합금의 내열성에 의해 속력이 엄격히 제한된다. 화학로켓에서는 온도 제한이 분출가스의 속력을 1초당 약 4킬로미터까지 붙들어둔다. 핵로켓에서 그 제한은 1초당 약 8킬로미터이다. 하지만 핵동력 로켓이 아직도 솔깃한 아이디어로 남아 있는 것은, 핵원료가 화학 원료의 100만 배나 되는 에너지를 내는, 이제까지 알려진 가장 작고 경제적인 에너지원이라는 점 때문이다. 수많은 고속 두뇌들이 핵엔진에 달려들어 핵엔진의 온도 제한을 모면하는 가능한 방법을 상세히 검토해왔다. '가스-노심'(爐心, 원자로 내부의 연료가 되는 핵분열성 물질과 감속재가 있는 부분—옮긴이) 체계는 가스가 부도체가 되어 엔진을 감싸긴 하지만, 가스 자체가 열을 받아야 추진 연료가 될 수 있는 까닭에 사기라고 할 수 있다. '핵-전기' 체계는 원자로를 사용해서 전자기력을 발생시키고, 이온, 즉 많은 공상과학 소설을 고무하는 플라스마(거의 동수의 양이온과 전자를 함유하는 고도로 전리 電離된 기체—옮긴이) 드라이브를 내뿜을 것이다. 플라스마 드라이브가 진짜 엔진에 동력을 공급해야 한다는 문제가 아직 남아 있으나, 그것은 장래성이 있는 생각이기에 프리먼은 언젠가는 이 문제를 위해 시간을 할애하고 싶었다. "동력원(動力源)에서의 문제만 제외하면 플라스마 드라이브에는 아무 문제가 없었죠. 우주선용 핵-전기 엔진, 이것이 바로 내가 만들고 싶은 것 중의 하나입니다"라고 프리먼은 말한다. 플라스마 드라이브 엔진은 추력(推力)이 심하게 제한될 것이다. 그 우주선은 천천히 가속될 것이므로 장거리 무인 여행에서 가장 큰 가치를 나타낼 것이다.

무인 우주여행은 프리먼 다이슨을 그다지 자극하지 못한다. 하지만 테드 테일러가 계획하고 있던 여행은 그를 '정말로' 흥분으로 몰아넣었다. 테일러가 생각한 유인 우주선은 승무원과 장비를 태양계 주변으로 빠르게 옮겨놓을 것이다. 프리먼은 그 체계가 다른 체계들이 보여준 것보다는 문제점이 적게 나타난다고 생각했고, 그 문제들은 그가 살아 있는 동안 해결될 수 있을 거라고 믿었다. 1958년 봄, 그는 고등연구소에서 휴직허가를 받아 가족과 함께 캘리포니아로 이사와서 오라이언 호 작업을 시작했다. 1958년 7월, 그는 다음과 같은 선언을 썼다.

어린시절부터, 내가 살아 있는 동안 인간이 행성에 가게 되리라는 것과 내가 그 기획을 도우리라는 것이 내 확신이었다. 내가 이 확신을 합리화한다면 그것은 두 가지 믿음에 근거한다고 생각된다. 하나는 과학적 믿음이요, 다른 하나는 정치적 믿음이다.

1. 하늘과 땅에는 오늘날의 과학이 꿈꾸는 것보다 더 많은 것이 존재한다. 밖에 나가 그들을 찾기만 한다면 우리는 그들이 무엇인지 알게 될 것이다.

2. 결국에는 작은 집단의 사람들이 이웃과 정부로부터 달아나 황야로 가서 그들 마음대로 살아가는 것이 모든 새로운 고등문명의 성장에 필요불가결한 일이 될 것이다. 진정으로 고립된 작고 창조적인 집단은 이 행성에서 다시는 가능하지 않을 것이다.

이 두 믿음의 조항에 나는 세번째 조항을 덧붙인다.

3. 우리는 어마어마하게 저장된 폭탄더미를 사람을 살상하는 것보다 훨씬 나은 목적을 위해 사용하는 방법을 최초로 생각해냈다. 내 목적 그리고 내 믿음은 히로시마와 나가사끼에서 사람을 죽이고 수족을 절단한 폭탄이 미래의 어느 날에는 인간에게 하늘을 열어주리라는 것이다.

오라이언 우주선은 열을 날려보냄으로써 온도 제한을 피할 것이었다. 매번 터지는 폭탄이 오라이언 호의 추진판과 상호작용하는 시간은 1000분의 1초 내지 그보다 더 적게 줄어들 것이다. 폭발은 우주선에 열이 투과하기 전에 그 타력을 우주선에 전달한다. 아니 우주선을 날려버린다. 상식적으로는 우주선이 폭파되어야 마땅하겠지만 그 상식은 틀렸다. 오라이언 요원들은 의심의 눈초리를 보내는 사람들에게 이 아이디어를 설명할 때 양탄자에 떨어진 석탄의 비유를 들었다. 뜨거운 석탄이 불에서 갑자기 펑 하고 양탄자 위로 떨어진다. 그 석탄을 엄지와 집게손가락 사이에 쥐고 조심스레 옮긴다면 여러분은 비명을 지를 것이다. 하지만 그것을 벽난로로 휙 튀기면 여러분은 아무 고통 없이 석탄을 떼버릴 수 있다. 폭탄도 이런 식으로 오라이언 호를 우주 공간으로 튀겨보낼 것이다. 알루미늄과 강철은 짧은 기간 동안에는 8만 켈빈(영국 물리학자 켈빈의 이름에서 유래된 열역학적 온도를 나타내는 단위―옮긴이)보다 더 높은 표면 온도를 견뎌낸다. 다만 융제(融劑, 대기와의 마찰 때문에 열이 나서 우주선 피복물질 일부가 증발 또는 용해되는 것―옮긴이)현상 때문에 얇은 금속 피막만이 닳을 뿐이다. 오라이언 호의 엔진과 같은 외부연소 엔진은 그런 온도에서 작동할 수 있지만 일반 로켓의 내부연소 엔진은 약 4000켈빈 정도의 추진온도 이내로 제한된다.

오라이언 요원들은 만약 폭발과 폭발 사이에 추진판에 윤활유를 칠수 있다면 융제를 완전히 방지할 수 있다는 것을 발견했다.

추진판은 0.5초마다 덜컹대며 움직일 것이다. 알루미늄으로 만들어질 볼록렌즈 모양의 추진판은 보통 차 무게의 3분의 1 가량 나가는 매우 무거운 판으로서 압축공기가 채워진 충격흡수기에 의해 선체에 연결될 것이다. 충격흡수기는 탑승상태를 안정시키는 기능을 하므로, 비록 갑작스레 흔들리긴 할 테지만 그 덕에 불쾌하지 않은 비행이 될 것이다. 만약 해협을 건너는 사람처럼 기름칠을 한다면, 오라이언 호는 개구리 차기를 하며 허공을 지날 것이다.

분명, 충격흡수기가 결정적으로 중요했다.

"추진판 위 약 90센티미터 높이에 가스로 속을 채운 구부러지는 도우넛 한 쎄트가 타이어를 쌓아놓은 모양으로 달려 있습니다. 그 다음에는

6미터 가량의 높이에 압축질소로 채워진 알루미늄 씰린더가 한 쎄트 있는데 그 씰린더가 피스톤처럼 작동합니다. 이 씰린더들은 정말로 충격을 완화해주죠. 오라이언 우주선의 최고 가속은 약 3 내지 4그라브(가속도의 단위로, 중력의 가속도를 1G로 함―옮긴이)인데, 이 속도는 아폴로 우주인들이 낸 속도보다 낮습니다." 테드 테일러의 설명이다.

"충격흡수기를 운영하는 방법에는 두 가지가 있습니다. 하나는 우리가 '소산성 방식'이라고 부르는 것으로, 이 방식을 쓰면 충격흡수기는 일단 압축했다가 멈출 때까지 에너지를 소산 반사하며 팽창합니다. 이는 공처럼 펑펑 튀기는 우주선을 타게 된다는 걸 의미했지요. 매초마다 3 내지 4그라브까지 걷어차 올려졌다가 다시 밑으로 떨어지는 거예요. 우리는 모두가 격심한 멀미에 시달리게 되리라는 쪽에 기꺼이 내기를

걸었습니다.

하지만 또 하나의 방식이 있는데, 이것이 우리가 최종적으로 동의한 방식입니다. 이 방식은 우주선의 운행과 동시에 충격흡수기를 작동하는 것입니다. 이렇게 하면 선체의 가속이 약 1.5 내지 2그라브 정도로 안정되는 결과를 보게 됩니다. 그 정도면 꽤 편안할 겁니다. 타이밍을 잘 맞춰야 하고, 약간 다루기 어려운 방식이긴 하지만 그럴 만한 가치가 있어 보였죠."

오라이언 호는 매우 빠르게 움직일 것이므로 대기중에서 폭탄을 터뜨릴 일은 고작 한두 번에 불과할 것이다. 이온층을 지난 곳에서 오라이언 호는 오른쪽으로 방향을 잡고 잠시 공중에 떠 있다가 토성을 향해 나아갈 것이었다. 대기중의 폭발작용은 현재의 폭탄 시험에서 나오는 방사능 낙진에 더 많은 양의 낙진을 보탤 것이나 그리 큰 양은 아니다. 오라이언 호를 오명에서 구원하는 은총이 있다면 우주선은 폭탄 시험과는 달라서 최소한 어디로든 갈 거라는 점이다. 오라이언 요원들은 자신들이 떠날 준비가 될 때쯤이면 순수한 핵융합 폭탄이 발명될 거라고 추측했기 때문에, 그들이 남겨두고 가는 이 지구 위로 플루토늄을 흩뿌리는 것에 대해서는 별로 걱정을 하지 않았다.

그들은 우주여행의 세세한 점에 대해서도 걱정하지 않았다. 아무도 우주광선을 막기 위해 얼마나 많은 차폐물이 필요한지 계산하는 성가신 수고를 하지 않았다. 오라이언 호는 매우 두터운 금속덩어리이고, 30미터 밖으로 핵폭탄이 규칙적으로 발사되며 감마선이 선체의 배 부분을 사정없이 두드릴 터이므로 우주를 헤매 돌아다니는 몇몇 우주광선은 문제가 되지 않을 것이었다. 오라이언 호 요원들은 선체 내부의 숙박시설을 설계하느라 시간을 낭비할 필요가 없었다. 오라이언 호는 그 자체의 어마어마한 힘으로 초과 화물을 끌 수 있기 때문에 전용실이나 창고를 설계하는 데까지 머리를 쓸 이유가 없었다. 그들은 물을 수백 톤이나 실을 수 있는 여유가 있었으므로 자신의 오줌을 재활용하지 않아도 되었다. 그저 우주 밖으로 배설물을 배출하면 될 것이었다. 또한 오라이언 호의 냉동고에는 쇠고기를 부위별로 실을 수 있기 때문에 그들은 튜브에서 밍밍한 밥을 짜내지 않아도 되었다.

프리먼은 오라이언 호를 주도하는 수석 이론가가 되었으며 테드 테일러와 공동 책임으로 전체 상황을 개관했다. 그의 전문 영역은 ─── 오라이언 호 요원 모두 전공 영역이 있다는 전제 아래서 ─── 폭발의 물리학이었다. 그와 테드 테일러는 그 문제에 대해 생각하느라 많은 시간을 보냈다. 충격파 자체는 우주선을 운행하기에 충분하지 않다는 것을 그들은 알고 있었다. 폭탄은 모종의 추진연료, 즉 증발하면서 추진판을 때리는 물질로 포장이 되어야 했다.

"만약 폭탄이 모든 방향으로 균등하게 폭발한다면 추진연료 대부분을 낭비하는 셈이 됩니다." 프리먼은 말한다. "폭발을 효율적으로 만들려면 모든 폭탄 찌꺼기가 전후 방향으로 움직이는 것이 중요했습니다. 절반은 선체를 치고 나머지 반은 뒤쪽으로 빠져 날아가게끔 되어야 했죠. 그것이 가장 효과적인 배열입니다. 그것을 성취하려면 폭탄 추진연료의 배열을 아주 세심하게 설계해야 합니다.

좀더 큰 우주선이라면 비축되어 있는 핵무기를 이용해도 효과를 볼 수 있었을 겁니다. 주변에 추진연료만 충분히 포장하면 장전량이 정해져 있지 않아도 상관없었지요. 그것이 우리가 하는 모든 일의 특징이었습니다. 뭐든지 크게 만들면 항상 일이 쉬워져요.

추진연료는 마음에 드는 것이면 아무거나 쓸 수 있습니다. 물도 아주 훌륭하지요. 그것이 우리가 물을 가지고 가는 중요한 또다른 이유였어요. 지구에서 제일 그럴듯한 추진연료는 파라핀 왁스입니다. 한 가지, 전혀 효과가 없는 것은 바위죠. 그게 바로 달이 그렇게 흉하게 보인 이유입니다. 어떤 면에서는 화성이나 토성으로 가는 장거리 여행이 더 쉬웠습니다. 바위는 융제 문제를 증가시켰을 겁니다. 바위가 과연 증발할지는 분명치 않으니까요. 아무도 바위 조각이 추진판에 구멍을 내기를 원치 않았죠.

내 생각에 우리 모두는 어디로 갈 것인가에 대해 관습적인 생각을 하고 있었습니다. 달이 확실히 첫번째 목적지였죠. 우리는 거기 물이 있는지 알고 싶어했습니다. 진심으로 갈 작정이면 그건 중요한 문제입니다. 나는 달에서 발견된 물이 적어서 낙담해 있었습니다. 하지만 여전히 물을 발견할 기회는 있죠. 달의 북극이나 남극에 가면 어두운 동굴에서 얼음을 발견할지도 모르니까요.

두번째 목적지는 화성입니다. 거기에서도 같은 것을 찾게 될 겁니다. 물이죠. 우리는 화성의 북극으로 가고 싶었습니다. 거기에는 얼음이 있는 게 정말 확실하니까요. 우리는 화성 북극에 영구기지를 건설했을 겁니다.

세번째는 토성의 고리였어요. 실질적인 이유와 미학적인 이유 둘 다에서이지요. 우리는 모두 그 고리를 보고 싶어했습니다. 당시에 우리는 그 고리가 얼음 수정으로 된 포그(기체 중에 확산된 액체 입자의 혼합물—옮긴이)라고 생각했는데, 지금은 레이다 덕에 작아도 몇 피트 크기의 커다란 얼음덩어리라는 것을 압니다. 우리는 거기 멈추어서 얼음을 모았을 거예요. 그것이 오라이언 호의 아름다움 중의 하나죠——연료를 재충전할 수 있는 것입니다. 폭탄 100파운드마다 추진연료가 900파운드씩 필요한데, 얼음은 훌륭한 추진연료 역할을 하거든요."

다이슨과 테일러는 1964년까지는 화성에, 1970년까지는 토성에 갈 계획을 세웠다.

테일러는 화성에서 암석을 몇점 가져다가 집 벽난로 위에 올려놓고 싶어했다. 그는 오라이언 호 덕분에 화성의 암석이 지구에서도 아주 흔한 것이 되어, 사람들이 그 돌을 흩어져 있는 그대로 내버려두게 되기를 바랐다. 프리먼은 토성의 위성인 야페투스가 어째서 한쪽은 검은색이고 다른 한쪽은 흰색인지 알고 싶어했다.

테일러와 다이슨은 오라이언 호 요원들을 대신해서 상상 속의 우주여행을 도맡아 했다. 그들의 두뇌 속에서 이루어지는 여행은 특이한 것이었다. 열정 면에서는 소년다운 데가 있었으나, 세부사항에서는 그렇지 않았다. 그들이, 무거운 짐을 넣은 장화(무중력 상태에서 걸어다닐 수 있도록 만들어진 우주인의 장화—옮긴이)를 신고 덜컹거리는 소리를 내며 돌아다니는 자신들의 모습을 상상하면서 시간을 보내는 일은 거의 없었다. 대신 그들은 자신들이 보게 될 세상을, 그리고 자신들이 볼 현상을 상상했다. 그들은 마치 육체에서 분리된 지성처럼, 아니면 헤매는 눈처럼 다녔다.

프리먼은 특히 외계행성의 위성에 가고 싶어했다. 흥미를 끄는 부동산이 저기 외계에서 수없이 궤도를 그리며 돌고 있다. 목성의 위성인 개니미드는 수성보다 더 크고, 개니미드의 자매위성 셋도 우리의 달보다 크다. 프리먼은 목성과 토성의 위성들이 저 어마어마한 세계를 관찰하기에 좋은 장소가 될 거라고 생각했다.

강력한 중력 때문에 대행성 자체에 착륙하는 일은 힘들지만, 같은 힘이 그 행성의 위성에 착륙할 때에는 도움이 된다. 프리먼은 이 현상을 제너럴 어타믹사에 제출한 보고서 GAMD-1012, 「고추력 핵우주선에 대한 외계행성의 접근성」에서 설명했다. 그가 보고서에 제출한 계산에 따르면, 오라이언 호는 초당 30킬로미터의 배기속력으로 작동하므로 양 끝지점에서 이륙과 착륙을 시도한다면, 목성의 위성까지는 2년 안에, 토성의 위성까지는 3년 안에 왕복여행을 할 수 있을 것이었다. 이는 중력과 오라이언 호의 빠른 감속능력을 이용함으로써 실현될 것이었다.

예를 들어 목성의 위성인 칼리스토까지 여행을 떠난다면, 오라이언 호는 지구의 궤도속력과 일치하는 항로를 잡고, 그 항로가 목성의 초거대 궤도 속으로 우주선을 진입시켜주는 날을 골라, 우르릉 소리를 내며 지구를 떠날 것이다. 우주선은 지구 가까운 곳에서 엄청나게 적재된 폭탄을 써버린 다음 정적 속에서 목성으로의 긴 항로에 접어든다. 초당 67킬로미터의 속력으로 목성을 스쳐지나게 되면, 오라이언 호는 역추진점

화된 폭탄을 일제히 투하해 초당 7킬로미터의 속도로 감속하며 목성의 중력장이 자신을 붙잡도록 할 것이다. 목성의 반지름은 7만 1000킬로미터이기 때문에 조종에 쓸 수 있는 시간은 약 1000초밖에 안될 것이다. 핵-전기 로켓과 같은 저추력 우주선에서는 이것이 결코 충분한 시간이 아니지만 오라이언 호는 식은 죽 먹기이며, 목성에 붙잡히기만 하면 오라이언 호는 그 중력에 의지해 자유롭게 비행한다. 이때 목성의 타원형 궤도는 우주선을 칼리스토의 궤도에 접선하도록 데려다줄 수 있는 곳으로 선정된다. 칼리스토에 도착하면 마지막 변속이 필요할 테지만 그곳은 중력이 약하므로 변속의 규모는 작을 것이다. 마지막으로 점잖고 당당하게 기침을 하면서 오라이언 호는 칼리스토의 표면에 내려앉을 것이다.

프리먼의 최대 관심사는 외계행성의 안쪽 위성이었다. 목성과 토성의 안쪽 위성은 저 아름답고 꽁꽁 얼어붙은, 독을 품은 우주 광경을 가장 잘 보여줄 것이다. 토성의 가장 안쪽에 있는 위성인 미마스는 토성 표면에서 18만 4000킬로미터밖에 떨어지지 않은 곳에 있으니 미마스에서 보면 토성이 하늘의 많은 부분을 가리고 있을 것이다. 오라이언 요원들은 토성의 대기띠가 서로 다른 속도로 돌아가고 있는 모습을 지켜볼 것이며, 토성의 고리가 드리우는 그림자의 가는 회귀선도 자세히 보게 될 것이다. 목성의 안쪽 위성에서는 목성의 빠른 회전, 즉 적도를 부풀리고 극점을 평평하게 하는 원심력을 보게 될 것이다. 그들은 또한 제우스(목성-옮긴이)의 붉은 반점이 연어의 붉은색에서 엷은 초록색으로 바뀌는 것을 볼 수 있을 것이다.

프리먼은 여러 위성으로 가는 여행에 필요한 속도 증가를 계산해서 그 결과를 도표로 적었다. "안쪽 위성은 행성을 관찰하는 목적을 위해서는 가장 흥미로운 곳이지만, 실질적으로 외계행성보다 더 도달하기가 어렵다. 다행히도 연료가 가장 필요한 곳, 즉 안쪽 행성에서는 연료보급을 도움받을 수 있음이 매우 확실하다"라고 그는 요약했다.

행복한 일치. 만약 오라이언 호가 연료를 보급할 수 있다면 모든 일은 더욱 쉬워질 것이다. 오라이언 호는 추진연료로서 얼음이나 암모니아 또는 탄화수소를 사용할 수 있었고, "이 재료들은, 밀도 0.52에 주로 얼음이나 눈으로 이루어진 미마스에서 확실히 발견할 수 있다."(물의 밀도는 1이다.) "목성 5의 크기는 알려져 있지 않지만 미마스와 비슷한 밀도와 성분을 가지고 있을 듯하다. 커다란 중간행성인 칼리스토와 타이탄은 밀도가 각각 1.7과 2.1이다. 비교하자면 그들에 필적할 만한 크기에다 암석으로 이루어진 달은 밀도가 3.3이다. 그러므로 칼리스토와 타이탄에는 추진연료로 쓸 수 있는 두꺼운 바깥 얼음층이 있는 것이 거의 확실하다. 게다가 필요하다면 타이탄의 대기중에 있는 메탄을 추진연료로 전환할 수 있을 것이다."

프리먼은 야페투스를 방문해서 어째서 한쪽은 검은색이고 다른 한쪽은 흰색인지를 알아내고 싶어했다. 불행히도 그 위성은 바깥쪽에 자리잡고 있을 뿐 아니라──토성의 아홉번째 위성의 여덟번째 위성이다──밀도가 높았다. 밀도 5.5에 아마도 금속이나 암석으로 덮여 있을 것이다. "얇은 바깥 얼음층이 있을 수도 있고 없을 수도 있다"라고 프리먼은 썼다. 이는 물이 없는 우리의 달보다 꽤 밀도가 높은 야페투스의 미심쩍은 점을 선의로 해석한 것이다.

"결론적으로 우리는 고추력 추진 체계가 천체역학을 최대한으로 이용하기에 특히 안성맞춤이라는 얘기를 할 수 있을 것이다. 외계행성들을 정류소로 이용하면 우리는 전반적인 속력을 놀라우리만치 적게 늘리고서도 위성까지 왕복여행을 할 수 있을 것이다. 위성에서 추진연료를 보급할 수 있는 가망이 있다는 점에서, 이 여행은 화성이나 금성에로의 여행만큼 용기를 꺾지는 않을 것이다."

아마도 그럴 것이다. 그러나 오라이언 팀에 있는 모든 이가 그런 식으로 생각한 것은 아니었다. 프로젝트의 하드웨어를 책임지고 있던 브라이언 던은 테티스나 히페리온, 에우로파(목성, 토성의 위성들―옮긴이)를 방문할 계획을 세우고 있지 않았다. "나는 좀더 산문적인 문제를 다루고 있었지요. 이를테면 실험팀을 모으고 사람들이 갑작스레 화를 터뜨리지 않도록 하는 것, 진척보고가 계속 들어오도록 하는 것들이죠. 나도 이 외계행성으로의 여행에 관한 GAMD 보고서를 보고 싶습니다. 그 사람들은 아주 전위적이지요.

내 생각에 오라이언은 결국 위대한 인간의 노력이 될 것입니다. 하지만 이 일은 2020년대나 2050년이 되어서야 실현되리라는 것이 내 느낌입니다. 이 점에 관해 테일러와 토론해보았는데 그는 지금, 여기, 우리 시대에 실현되어야 하며, 그 자신이 꼭 가보고 싶다는 뜻이 철석같이 굳더군요. 다이슨도 마찬가지였어요. 그들은 둘 다 토성의 고리를 지나서 비행한다는 생각에 취해 있었지요."

프로젝트가 진행되는 동안 차 마시는 휴식시간이 되면, 던과 오라이언 팀의 공학자 중 한 사람인 카를로 리파벨리는 테일러와 다이슨에 대해 토론하기를 좋아했다. 어느 날 리파벨리가 손을 갑자기 들어올리곤 놀라움에 고개를 가로젓더니 눈동자를 굴리며 웃었다. "그 사람들은 우리와 동떨어진 세상에 있어 브라이언, 그걸 받아들여야 한다구." 던은 동의해야만 했다. 그것은 문자 그대로 사실이었다.

"프리먼과 테드 테일러는 서로에게 아주 희한하게 보완적인 존재이지요. 테드는 엄청나게 시각적입니다. 그는 중성자들이 굴러다니며 서로 부딪치는 모습을 마치 당구공처럼 볼 수 있었어요. 그에게는 진행되고 있는 일에 대한 이러한 직감적 느낌이 있었지요. 하지만 무언가를 정확한 수학적 언어로 적는 능력은 부족했습니다. 사실, 그는 그저 서투른 수학자였죠. 난 그를 잘 아는데――캘리포니아 공과대학에서 그와 한 반이었으니까요――확실히 별로 뛰어나지는 않았어요. 그의 능력은 훨씬 나중에 꽃피었지요. 프리먼과 함께…… 그 두 사람은…… 모짜르트적 천재인 프리먼은…… 글쎄 경이로웠죠. 그저 경이로웠습니다. 테일러에게는 아이디어가 많았지만 그중 어떤 것은 정말 이상했는데, 프리먼은 옳은 개념을 골라내어 그것을 발전시켰어요. 그것은 특별하고 흔치 않은 우정이었지요. 그들은 서로의 눈을 들여다보곤 했는데——전기가 많이 통했어요. 나는 언제나 그들을 방해하는 게 싫었습니다.”

테일러 자신은 “보완적”이라는 말이 꼭 맞는 말이라고 생각지 않는다. “프리먼은 내가 전혀 모르는 것을 엄청나게 많이 알고 있었습니다. 그 역은 참이 아니고요. 그는 내가 하는 모든 말을 이해했습니다. 내 말이 말이 된다면 말이에요. 만약 말이 안되면 그는 어째서 말이 안되는지를 아주 따뜻하고 우정이 깃들인 방식으로 설명해주었죠” 하고 그는 말한다.

“프리먼의 재능이요? 그건 우주적이지요. 그는 어느 누구보다 더 많은 것을 보고, 그것들 사이에서 어느 누구보다 더 많은 상호연결을 볼 수 있습니다. 그는 상호연관 관계를 보지요. 그것이 어떤 미시적인 물리학적 과정에 있건 오라이언 같은 크고 복잡한 기계 속에 있건간에 말입니다. 그는 10대 시절부터 자신이 흥미를 가진 것은 무엇이든 본질적으로 이해를 할 수 있는 능력이 있었어요. 내가 알고 있는 가장 총명한 사람이지요. 만약 그가 이미 만들어진 것들을 사고하는 일에 영원히 뛰어들기로 결심하고 오라이언에 착수해서 지난 20년 내내 그 일을 계속했었더라면 전 세계는 달라졌을 겁니다.”

딴생각을 하다가 떠오른 아이디어를 낙서할 때면 테일러는 스케치를 했고, 프리먼은 공식을 적었다. 프리먼은 책상에 앉아서 또는 이리저리 걸어다니며, 어디에서나 생각을 했다. 그가 많은 생각을 기울였던 것 중의 하나가 오라이언의 폭발에 의해 발생하는 가스의 불투과성(不透過性)이었다. 불투과성에 대한 프리먼 다이슨의 생각은 이렇게 생겼다.

$$\bar{K} \leq \frac{h}{kT\,S^2} \int (v)dv = \frac{h}{kT} \frac{\pi e^2}{mc} \frac{Z}{AM} \frac{1}{S^2}$$

"그의 사무실이 바로 내 사무실 옆에 있었지만, 나는 방에 들어가 그를 성가시게 하고 싶지 않았습니다. 왜냐하면 아시다시피 그는 아주 뛰어난 사람이기 때문이죠. 거기에는 정말 귀중한 어떤 것이 있는 것처럼 느껴졌습니다. 사소한 대화나 하찮은 일로 그것을 방해하고 싶지 않았죠." 던의 회상이다.

"하루는 그에게 무언가를 물어보려고 옆방으로 갔어요. 그는 자리에 앉아서 노란 종이철 위에 그가 두번째로 좋아하는 연필로 글을 쓰고 있었습니다. 모든 사람들이 안테나를 곤두세우고 있었지요. 그들은 내가 방에 들어왔다는 것을 알아차렸지만 프리먼은 몰랐습니다. 나는 거기서 몇분 동안 그대로 서 있었어요. 방해하고 싶지 않았지요. 그러자 그가 날 알아보았습니다. 그는 의자에서 10센티미터나 뛰어올랐어요. 그는 다른 세계에 있었던 거죠. 놀라운 일이었습니다.

우리 업계에서는 신호 대 잡음의 비율에 대해 얘기합니다. 꼭 해야 할 일, 꼭 기억해야 할 일에서는 언제나 배경잡음이 나옵니다. 수퍼마켓에서 골라야 할 물건에서도 나오지요. 그것은 모든 일에 끼여듭니다. 잡음의 단계가 신호 강도 가까이로 상승하면 우리는 자기가 하는 일을 제대로 수행할 수가 없습니다. 한데, 프리먼의 정신이 보여주는 신호 대 잡음의 비율은 가히 환상적이었습니다.

그는 오후에 GAMD 보고서를 쓰곤 했습니다. 행간의 여백 없이 방정식과 이런저런 것을 다 넣어 일사천리로 보고서 작업을 했는데, 지우개를 쓰는 것은 보지 못한 것 같군요. 다섯, 여섯, 일곱 페이지를 쓰고 비서에게 넘겨준 다음 주말에는 쉬었죠. 내가 무언가를 완성하려면 초고를 열 번쯤 써야 할 텐데 말입니다. 첫 원고에서는 영어를 제대로 써야 하고, 두번째 원고에서는 철자를 맞추어야 하고, 세번째 원고에서는 방정식을 넣고, 다음엔 이걸 갖고 말이 되게 하기 위해서 네번째 원고를 써야 하죠. 프리먼은 사람들의 기를 죽였습니다.

그가 처음 왔을 때 나는 그가 신경쇠약에 시달리고 있다고 생각했습

니다. 그는 이혼수속을 하는 중이었고 눈에도 문제가 있었습니다. 내 생
각엔 시신경에 염증이 생긴 것 같았습니다. 공군 잉여품 고글을 쓰고 다
녔는데 눈이 빛에 너무 민감해서 그 안에 필터를 넣었지요. 실내에 있거
나 작업을 할 때말고는 언제나 이 공군 고글을 쓰고 있었습니다. 꼭 스
누피 고글 같았지요." 던은 그 생각이 나자 소리내어 웃었다. "프리먼은
우선 괴상한 사람처럼 보였죠. 그 고글을 쓰고 있었기 때문에 사람들이
두 번, 세 번씩 보았습니다. 사람들은 그가 화성에서 온 사람인지 뭔지
상상할 수가 없었습니다.

1958년, 처음으로 라호야에 왔을 때 그는 티화나에 가보고 싶어했습
니다. 그래서 친구 몇사람과 함께 갔죠. 그가 시장에서 티화나의 그 모
든 혼돈 속에 묻혀 쇼핑을 하고 있는데 미친 개 한 마리가 상점으로 들
어왔어요. 그놈은 모든 사람들 가운데 하필이면 덮칠 사람으로 프리먼
을 찍어, 프리먼의 다리를 물고 길로 튀어나갔습니다. 아마 그놈을 잡지
는 못했을 겁니다. 프리먼은 광견병 치료를 받아야 했지만 단 하루도 일
을 빠뜨리지 않았습니다. 분명히 몸이 불편해 보이는데도 진땀을 흘리
면서 출근해 일을 했는데, 겉보기에 두뇌의 출력은 그대로인 것 같았습
니다. 여전히 글을 쓰거나 사람들하고 이야기를 하거나 강의를 했지요.
프리먼에게는 무쇠 같은 강인함이 있습니다. 그는 아주 가냘프기 때문
에 약한 사람이라고 생각할 수도 있지만 실은 대단한 체력과 무쇠 같은
강인함의 소유자입니다. 그리고 매우 환상적인 집중력을 갖고 있죠."

프리먼과 그의 동료들은 시간이 별로 없다는 것을 알았기 때문에 맹
렬히 일했다. 정부가 곧 화학 우주선을 띄울지 핵우주선을 띄울지 결정
할 것이었기 때문에 오라이언 팀 사람들은 금방이라도 작업 가능한 계
획을 마련해놓고 있어야 했다. "그건 우리와 베르너 폰 브라운 사이의
경주였습니다. 비록 우리가 동률을 성취하지는 못했지만 말입니다" 하
고 프리먼은 말한다.

프리먼은 우주선 일 때문에 너무 바빠서 라호야로 오면서 가입한 쎄

일플레인(상승기류로 부상하는 매우 가벼운 글라이더─옮긴이) 동호회 모임에 나갈 수가 없었다. 그때 열네살이 된 카트리나가 그를 대신해서 나갔는데 그녀는 동호회 회관에서 커피 마시는 것과 담배 피우는 것을 배웠다. 쎄일플레인 타는 법도 배웠다. 프리먼이 상상력 속에서 허공을 항해하고 있는 동안 그의 양딸은 담배를 입에 물고 진짜 삶 속에서 지구 위로 비상했다.

죠지는 그때 다섯살이었다. 라호야로 이사오자마자 그는 늘 그랬던 대로 파슬리를 심었다. 죠지는 라호야 지방통학학교에 다녔다. 그 학교는 선생님들이 쉐스 박사 같은 사람들에게서 강의를 듣는 호사스러운 학교였다. (쉐스 박사가 죠지의 방향에 영향을 주었을까? 수상가옥은 확실히 쉐스 스타일의 건축이긴 하다.) "그 학교는 바다에 면한 창이 없었어요. 바다가 너무나 흥미를 끌었을 테니까요. 하지만 화장실에는 창이 있었죠. 바다를 지나다니는 것이 둘 있었어요──잠수함하고 회색 고래죠. 누군가가 화장실에 가서 잠수함이나 고래를 보고 오면 그 말이 쫙 돌아요. 그러면 다음 아이가 손을 들고, 이윽고 모든 아이들이 화장실에 가겠다고 하죠." 죠지의 회상이다.

"라호야 시기는 마법 같은 시절이에요. 저는 어렸지만 무언가 큰일이 진행되고 있다는 것을 알 수 있었어요. 아버지는 언제나 별을 보면서 우리들에게 별자리를 가리켰죠. 아버지는 마치 사랑에 빠진 것 같았어요. 아버지의 책상에는 오래된 황동 망원경이 있었는데, 대단했죠. 그걸로는 아무것도 볼 수 없었거든요."

라호야에서의 별 보기는 주로 테드 테일러 집 뒤뜰에서 이루어졌다.

"우리는 목성의 위성을 보았습니다. 어떤 동료의 아들한테서 그애가 버린 망원경을 싸게 사서 사용했죠. 그애는 한 열네살쯤이었을 겁니다. 망원경은 검은색 마분지로 된 반사관(反射管)이었어요. 우리는 위성을 보고 그것에 대해 이야기를 나누었는데 보통 프리먼이 거기 무엇이 있는지 말해주었습니다."

테일러는 죠지가 발 밑에 있었다는 것을 기억하긴 하지만 어렴풋한 기억일 뿐이다. "아주 반짝이는 눈에 휙휙 날아다니는 아이라는 일반적인 인상이 남아 있습니다. 하지만 우리는 가족끼리는 별로 시간을 많이 보내지 않았어요. 프리먼과 나는 많은 시간을 함께했지만요. 우리는 말하자면 우리끼리 옆길로 빠져서 흥분했었죠."

"테일러는 나에게 프리먼이 얼마나 총명한지를 말하곤 했습니다. 나는 몇달 동안 이 말을 받아들이지 않았습니다. 왜냐하면 테일러는 사람들을 열광적으로 존경하는 일이 많았지만 많은 경우 대상을 잘못 골랐기 때문이죠. 나는 아주 유명한 이론가들을 많이 접해보았는데 그들이 사물에 대해 가지고 있는 지식, 특히 실험상의 문제에서는 엄청난 틈이 있다는 것을 알고 있었거든요. 어떻게, 무엇을 조합해서 효력을 발휘하도록 하는가. 조금 있으면 실험가가 이론가에 대해 갖는 이 우스운 반감을 이해하게 됩니다." 브라이언 던의 말이다.

"그가 정말 좋은 공학자라는 것을 알게 되었을 때 나는 놀랐습니다. 그는 전기공학과 금속공학, 구조공학을 알고 있습니다. 그와 같은 명성을 누리는 이론물리학자에게서 그런 지식을 보는 것은 기가 죽는 일이지요. 양자전기역학에 대한 그의 공헌은 고전입니다. 아름다운 작품──물리학에서의 시라고나 할까요, 그렇게 말할 수 있다면 말입니다. 한 사람이 추진판 메커니즘과 충격흡수기 메커니즘을 분석하고 제동계수와 내구성, 압력 등을 첨가해서 그것이 바르게 돌아가도록 하는 것을 보는 것, 그건 사람 기를 죽이는 일이죠.

이론물리학자는 아주 비현실적인 사람으로 여겨집니다. 재료의 한계와, 사물을 조립하는 방식에서 사람들이 드러내는 한계를 알지 못하는 것으로 되어 있죠. 어떤 설계에서 알맞은 균형을 잡는 것은 하나의 예술 형식입니다. 원자로나 우주선, 비행기 또는 카누의 균형을 잡는 것, 균형을 바르게 잡는 것은 예술 형식이며 재능입니다. 우리는 이런 재능의 스펙트럼을 한 사람에게서 보리라고는 기대하지 않죠.

프리먼에게는 독일적인 정확성의 결정판인 '물리학 교과서' 같은 점이 없습니다. 한 군데에서는 타당하지만 나머지는 틀리는 프랑스적 무모함도 없죠. 영국식의 경직된 억제도 없습니다. 그의 스타일은 순전히 그 자신이 독창적으로 발전시킨 것이죠."

던에 따르면 프리먼이 가장 많은 공헌을 한 것은 고양된 의미의 상식이다. 그것은 오라이언 프로젝트가 모아놓은 사람들 사이에서 분명 매우 가치있는 특성이었다. "그는 방대한 이해력으로 사물을 헤쳐가는 능력을 지니고 있었습니다. 내 기억에, 한번은 내가 고속현상 촬영용 카메라의 기록을 샅샅이 관찰했던 적이 있습니다. 나는 그것을 아주 자랑스러워했지요. 그건 우리가 융제를 측정하기 위해 만든 폭발성 모의 실험장치에서 처음으로 얻는 기록 중 하나였으니까요. 그 카메라에는 엄청난 속도가 기록되어 있었습니다." 고속현상 촬영용 카메라에는 가스 터빈으로 움직이는 회전거울이 있다고 던은 내게 설명해주었다. 빛은 틈새를 통해 들어와 회전하고 있는 거울에 부딪쳐 반사되면서, 광속현상의 거리 시간 구도를 기록한다. 그는 고속촬영용 카메라는 플라스마 물리학에서 매우 유용하다고 내게 자신있게 말했다. 거울의 지렛대 때문에 기록 속도는 엄청났다. 1000분의 1초당 1쎈티미터의 빠르기로 돌아갔다. "우리는 넋을 잃고 이 터빈을 전속력으로 달리게 했죠. 정말로 홍분제를 먹인 꼴이었는데 프리먼이 이걸 언뜻 보고 조사를 하더니 '음, 참 흥미롭군요. 예, 그래요. 하지만 아마 터빈의 축차를 그렇게 빨리 돌려서는 안될 거예요'라고 말하더군요."

기억을 되살리며 던은 이 사건의 명민함에 이를 드러내고 씩 웃었다.

나는 이해하지 못했다.

"그래, 맞았어요! 프리먼은 정곡을 찔렀습니다. 그가 정확히 옳았습니다. 왜냐하면 측정을 잘하려면, 이를테면 그래프처럼 약 45도 각도상에 있는 것이 필요하기 때문입니다. 나는 이것의 끝이 잘려나가게 했기 때문에 각도를 측정하는 것이 불가능했습니다. 맞았어요! 꼭 그랬죠.

순간적인 인식이죠."

　때때로 프리먼은 광적인 아이디어를 편집하는 사람으로서의 역할에 싫증이 났다. 그는 그 역할에 반발하며 자신의 생각을 몇가지 제출했다.

　"몇몇 멋진 구상이 기억납니다. '볼로(끈넥타이의 일종으로 목에 건 끈의 양 끝을 장식물에 끼워 가슴 앞으로 내림―옮긴이)와 오징어'라고 불린 글을 쓴 적이 있지요. 우리는 충격흡수기에 진저리가 났습니다. 충격흡수기는 그다지 우아한 것이 아니었죠. 그래서 나는 이 두 가지를 제안했습니다. 볼로는 긴 끈에 달려 있는 우주선입니다. 긴 케이블에 의해 추진판이 본체로부터 분리되어 있는 거죠. 오징어는 약간 더 실용적인 변형입니다." 프리먼의 말이다.

　볼로에서는, 추진판 아래에서의 폭발로부터 매질하듯 두들겨맞은 우주선이 모기 같은 파동으로 움직이며 허공을 지나가게 된다. 오징어에서는 추진판이 우주선의 밑바닥이 아니라 꼭대기가 되며 여섯 개의 케이블이 추진판을 우주선의 나머지 부분에 붙인다. 오징어의 폭탄은 여섯 개의 케이블로 만들어진 큰 새장에서 터질 것이다. 매번 폭탄이 터질 때마다 추진판이 앞으로 뛰어오름에 따라 케이블은 곧게 펴진다. 그리고 나서 추진판이 타성을 잃으면 선체가 따라붙고, 그러면 케이블은 다시 둥그런 다발이 된다. 우주의 암흑 속에서 그 우주선이 움직이는 모습은 심연의 암흑 속 오징어의 움직임처럼 으스스했을 것이다.

　"테드는 그걸 아주 좋아했죠. 물론 그건 가치라고는 없는 생각이었습니다" 하고 프리먼은 말한다.

　"그때가 프리먼에게는 인생의 대단한 열정기였다고 말하고 싶습니다. 동지애가 있었죠. 무언가 이유가 있어서 그 모든 사람들이 궁합이 딱 맞았습니다. 기술적으로나 창조적으로, 그렇게 일이 빨리 진행되는 것을 본 적이 없습니다. 프리먼은 열정에 사로잡혀 넋이 나가 있었죠. 아마 그것은 개인의 자아가 팀 속으로 녹아들어가는 것일 겁니다. 그가 익숙해져 있는 사회는 상당히 경쟁적입니다. 그들은 수없이 많은 학문적 경쟁을 벌이고, 뒤에서 중상을 하는가 하면, 우선권을 주장하며 싸웁니다. 논문을 써내지 못하면 쫓겨나고 말죠. 정서적인 자양분이라곤 별로 없습니다. 하지만 제너럴 어타믹 사에서 우리가 체험한 분위기 속에는 어마어마한 양의 정서적 자양분이 있었죠." 브라이언 던의 말이다.

프리먼도 동의한다. "그해가 내 인생에서 가장 많은 것을 배운 해였습니다. 그것이 진짜 기쁨이었죠. 우리에게는 전문가가 없었습니다. 이런 종류의 일에는 전문가란 없는 겁니다. 바로 우리가 전문가가 되어야 했죠. 그건 누구나 참가할 수 있는 경기였습니다. 우리는 모두 다른 기술을 가지고 있었지만 특정한 일에 얽매이지 않고 모든 사람이 모든 일을 했습니다. 심지어 벽돌을 이리저리 옮기는 일까지요. 적어도 내가 거기 있는 동안에는 성격 충돌도 없었습니다. 그 일은 많은 희망과 함께 시작되었죠. 우리에게는 공통의 목표가 있었고, 고성능이지만 유명하지는 않은 훌륭한 지성들이 있었습니다. 훌륭한 지성들과 한방에서 어떤 생각을 가지고 유희를 하는 것은 아주 흥분되는 일입니다. 그 이후로는 그와 같은 체험을 해보지 못했습니다" 하고 프리먼은 말한다.

"테드가 우리의 지도자였습니다. 그는 서두르지 않았고 그것이 좋은 점이었습니다. 우리로 하여금 무언가를 결정하기 전에 그것을 다시 보고 또 다시 보게 했으니까요. 버트 프리먼은 우리의 컴퓨터 전문가로서 매우 중요한 사람이었습니다. 그가 가장 전문적인 사람이었죠. 그는 놀라웠어요. 늦게까지 엄청나게 열심히 일했지요. 그에게는 잠이나 여가 활동 같은 것이 필요없는 것처럼 보였습니다. 브라이언 던은 하드웨어를 책임지고 있었는데 하드웨어를 위해 설계해야 할 하드웨어의 부품들이 있었죠. 이를테면 충격흡수기의 부품들, 추진판의 부품들 따위 말입니다. 제리 애스틀은 우리의 폭파전문가로 손에 고성능 폭약을 갖고 있으면 항상 아주 행복해했습니다. 체코 사람이었지요. 그는 독일 기차를 탈선하게 하면서 고성능 폭약을 다루는 법을 배웠는데, 기차 파괴에서는 예술가와 같은 사람이었습니다."

1959년 어느 토요일 오후, 브라이언 던과 제리 애스틀은 폭약을 싣고 로우머 곳으로 갔다. 그곳은 쌘디에이고 근처에 있는 측면이 가파르고 잡목림이 덮힌 반도이다. ("아닙니다, 그는 기차 탈선 전문가가 아니에요." 브라이언 던이 애스틀에 대해 말한다. "그는 비행기 파괴 활동가였죠. 독일인이 운영하는 체코 공장에서 일했는데 그 공장에서는 독일 폭격기를 만들었습니다. 그는 쇠톱날을 들고 모든 비행기에 붙일 날개 구조를 잘라냈지요.") 공학자와 파괴 활동가가 그때 올랐던 로우머 곳에는 아틀라스 로켓을 위해 4분의 1 축척의 정지모터를 시험했던 탑이 서 있었다.

"그 탑은 아틀라스 요원들이 남겨놓은 녹슨 고철더미로 뒤덮여 있었습니다. 우리는 90킬로그램 가량의 합성 C-4 폭약과 프리마코드를 가지고 가서, 그 탑에 크리스마스 나무처럼 줄을 묶어 그 폐품더미를 폭파했습니다. 이제까지 들어본 중 가장 엄청난 굉음이 울렸고 녹과 먼지가 허공을 채웠습니다. 폐품더미는 굉음과 함께 부서졌습니다. 우리는 올라가서 폭약을 가지고 남아 있는 *끄트러기*들을 잘라냈어요. 멋진 폭파의 날이었죠."

이제 탑은 모형실험을 할 준비가 되었다.

오라이언 요원들은 회의주의에 대한 대책으로서 실험용 모델을 만들 필요가 있다는 결정을 내렸다. 프리먼은 지름 1미터의 추진판을 갖춘 소형 오라이언을 만들자고 제안했다. 1미터는 기억하기도 쉽고 축척을 계산하기에도 쉬운 수치였기 때문이다. 모형실험을 책임지고 있던 던은 그 생각을 좋아했다. 카를로 리파벨리는 폭탄을 맨 꼭대기에 실은 다음 줄에 매달아 밑으로 빙글 돌려내려 약한 빛을 내며 터지게 하자고 제의했다. 이것은 던을 미치게 만드는 종류의 생각이었다. 그는 폭탄이 추진판 한가운데의 구멍을 통해서 발사되어야 한다고 주장했고 프리먼의 지원을 받아 그대로 밀고 나갔다.

던은 탑에 밧줄로 묶어놓은 오라이언 모형을 가지고서 정지된 단발 시험을 연달아 해보았다. 그는 추진판이 움푹 패지 않으려면 어떤 모양으로 만들어져야 하는지, 또 폭발작용 전에 매 장전량이 얼마나 멀리까지 발사되어야 하는지를 알게 되었다. 마침내 그는 다발 시험을 할 준비가 되었다.

"우리가 다발 시험을 하고 있던 어느 날 프리먼이 내려왔습니다. 장전된 폭탄은 추진판에서 카밤 카밤 카밤 소리를 내면서 계속 나오는데 모형은 거기 그냥 앉아 있었죠. 움직이질 않는 겁니다. 유리섬유로 된 반구형 지붕이 입혀져 있었기 때문에 모형은 꽤 무거웠습니다. 프리먼은 아주 장난기 있는 소견을 내놓았습니다. 항상 기억이 날 거예요. 그는 '1그라브 이상 가속을 하지 못하면 시험을 중지해야 할 것 같군요' 하고 말하는 것이었습니다."

던은 그 일의 장난스러움에 킬킬거리며 웃었다.

나는 이해하지 못했다.

"그것은 의미심장한 생각이었습니다" 하고 그는 주장했다. "우리는 모형을 대기중에 띄워야만 했죠. 그런데도 나는 그 점을 알아차리지 못한 겁니다. 때로 어떤 일에 너무 가까이 연루되어 있을 때, 오히려 명백한 점은 달아나는 수가 있죠."

던은 모형의 껍질을 벗겨내고 벌거숭이를 만들다시피 아주아주 기본적인 것만을 남겼다. 그는 유리섬유로 된 반구형 지붕과 위쪽에 있는 충격흡수기, 덮개 등을 떼어냈다. 그 결과, 속력을 내는 데는 불필요한 장비를 너무 많이 떼어낸 나머지, 사람들은 오라이언을 "개조자동차(엔진을 고속용으로 갈아낀 헌 자동차—옮긴이)"라고 불렀다. 토요일마다 개조자동차의 행렬이 장엄하게 하늘을 향해 날아올랐다가 산산히 부서졌다.

테드 테일러는 세계적인 수학자 중 한 사람이며 충격파장의 전문가인 리샤르 꾸랑을 초대해서 시험을 참관하게 했다. 그날은 모형이 땅 위에서 얼마 떨어지지 않은 곳에서 해체되었다. 나중에 그들이 참호에서 나온 후 테일러가 앞서 걸어가고 있는데, 꾸랑이 뒤에서 예의 강한 억양으로 "이건 미치광이들이 아니야. 왕미치광이들이라구" 하고 투덜거리는 소리가 들렸다.

오라이언 호가 수백 조각이 나서 다시 지구로 돌아와 물에 둥둥 떠다니고 있을 때 프리먼은 토요일 오후의 선원들이 그것으로 과연 무엇을 만들까 궁금해했다. 로우머 곳 아래에 있는 푸른 태평양에는 흰 돛이 점점이 박혀 있고 태양은 물 위에서 반짝반짝 빛나고 있었다. 프리먼은 언덕빼기를 왔다갔다하면서 뻐꾸기와 꽃이 핀 선인장 냄새 속에서 조각을 찾고 있었다. 조각을 발견할 때면 그는 그것을 호주머니에 집어넣었다.

"그것이 내가 이때까지 한 일 중에서 가장 위험한 일이었습니다." 던의 시인이다. "오늘까지도 나는 무엇에 끌려서 우리가 그런 위험을 무릅썼는지 이해할 수가 없습니다. 그건 아주 위험한 일이었지요. 우리는 원시적인 폭약과 기술을 썼습니다. 우리의 장전량은 900그램이었는데 폭약이 다섯 개 내지 여섯 개 들어갔습니다. 마치 알루미늄 깡통 속에 든 수류탄 같았지요. 만약 그중 하나라도 일찍 폭발하면 전원이 폭사하는 겁니다. 프리마코드 퓨즈는 불똥에 민감했습니다. 그걸 자를 때는 강철 칼을 쓰면 안되고 동으로 된 칼을 써야 하지요. 좋은 기폭장치도 없고 그저 발파 뇌관이 있을 뿐이었고요. 그 일을 되돌아보면, 거기에는 틀림없이 무모한 도취 같은 것이 있었다는 것을 깨닫게 됩니다."

1959년 11월 12일, 중요한 시험의 날이 왔다. 과학자들이 방방곡곡에서 로우머 곳으로 왔다. 그들이 모여듦에 따라 브라이언 던은 파국의 잠재적 가능성을 보았다. 오라이언 호가 잘못되면 미국의 과학공동체에 진짜 움푹 팬 상처를 입힐 수 있었다. 제리 애스틀은 바리케이드 뒤에서 가만히 있지를 못하고 연방 머리를 내밀었고, 던은 파편이 제리를 덮치기라도 할까봐 걱정이 되었다.

오라이언 호는 그들이 '통'이라고 부른, 오라이언 호를 대기 속으로 발사할 포신이 짧은 대포 속에 들어가 있었다. 다섯 개의 영화용 카메라가 언덕빼기에서 차르르 돌아가며 이 행사를 녹화하기 시작했다. 카운

트다운이 끝나고 굉음이 들린 후 오라이언은 연기 속에 사라졌다. 블록 하우스(로켓 발사지역에 있는 발사작업 조작요원 및 전자 제어장치 따위를 보호하기 위한 돔형의 콘크리트 건조물 — 옮긴이)의 가늘고 긴 창을 통해서는 오라이언 호가 더이상 통 안에 있지 않다는 것말고는 무슨 일이 일어났는지 볼 수가 없었다. 그들은 귀를 기울여 폭발 횟수를 셌다. 듣기 좋고 성공적인 소리가 여섯 번 났다. 언덕 위에 있던 사람들과 다섯 대의 카메라는 오라이언이 불기둥을 타고 하늘로 올라가는 것을 보았다.

16

바이다르카

죠지는 하이다 족의 카누 젓는 사람들이 수면에 엄청난 거품을 일으켜 전투용 카누를 완전히 물 밖으로 들어올릴 수 있을 만큼 괴력을 발휘해 노를 저었다는 얘기를 들은 적이 있다. "그리고 나서 그 사람들은 배를 물 위에 털썩 내려놓았어요. 고속도로에서 자동차가 급발진하는 것과 마찬가지죠" 하고 죠지는 말한다. 그 이야기에 감명은 받았지만 그는 기질적으로 물이 덜 튀기는 배에 끌렸다. 북서해안의 통나무배는 훌륭한 배였지만, 좀더 조용하고 항해에 적합한 디자인으로 만들어진 카누도 때로 내수로로 미끌어져 들어왔다.

알래스카의 글레이셔 만 북서쪽에 이르면 내수로는 끝이 나고, 에스키모의 땅이 시작되면서 통나무배도 가죽배에 자리를 내준다. 에스키모와 그들의 사촌인 알류트 족은 내수로의 조각가나 목수 들에 비하면 거친 부족이었지만, 뱃사람으로는 더 훌륭했다. 그들에게는 자신들을 북태평양으로부터 보호해줄 것이 없었다. 내륙 피오르드라는 상호연락체계도 없었고 바다에 면한 군도라는 방벽도 없었다. 그래서 그들은 너무나 가벼워 한 팔로 끼고 다닐 수 있는 카누를 타고 그 변덕스럽고 폭풍을 일으키는 바다 속으로 과감히 뛰어들었다. 나무 뼈대 위에 짐승가죽을 잡아당겨 만든 것이었으므로 에스키모의 배는 단순하고 고치기 쉽고 충격을 잘 견뎠으며 아름답고 빨랐다. 에스키모의 우미악은 지붕이 없는 커다란 배인데, 엄청난 짐과 마흔 명이나 되는 사람들을 날랐다. 에스키모의 카약은 홀쭉하고 거의 무게가 나가지 않는 배로서 역사상 가장 훌륭한 사냥용 카누이다. 가죽배 덕분에 에스키모들은 활동 범위를 아시아와 아메리카, 그린란드의 최북단 해안까지 확장하면서, 극지방을 도는 문화적 별 노릇을 할 수 있었다. 우미악의 긴 노와, 카약의 양 날을 가진 짧은 노가 광대한 거리를 토막토막 잘라 떨어뜨렸기에 에스키모들은 세계의 꼭대기 곳곳에서 생각과 디자인과 유전자를 교환할 수 있었다. 그린란드의 에스키모는 서부 알래스카 에스키모의 말을 더듬거리며 따라 할 수 있지만 통나무배 지방에서는 사정이 다르다. 누트카 사람에게 말을 거는 침시안 사람은 차라리 중국 말이나 콰키우틀 말을 하는 편이 나을 것이다.

다른 민족도 가죽배를 가지고 실험을 한 적이 있다. 유럽에서는 켈트인들이 가죽배를 만들었다. 아일랜드 사람들은 엘리자베스 여왕 시대까지만 해도 일종의 우미악을 타고 바다로 나갔으며 지금도 호수에서는 여전히 '커럭'이라고 하는 쇠가죽배의 노를 젓는다. 카약과 나란히 놓으면 뭉뚝하고 느린 이 타원형 배는 한심한 성능을 보일 따름이다.

카약의 모양은 다양하다. 폭풍이 일으키는 커다란 파도가 갑자기 몰아닥치는 알래스카 만 지방의 카약은 파도를 견디는 강한 배로 설계된다. 근해를 떠다니는 얼음더미가 뱃길을 좁혀놓아서 사냥하는 사람들이 얼음 속의 가느다란 줄처럼 항해해야 하는 북부 알래스카에서는 카약이 가볍고 날씬하며 옆면이 낮게 만들어진다. 재료도 다양하다. 그린란드

에스키모들은 북미 순록의 가죽을 쓰고 알류트 사람들은 강치의 가죽을 쓴다. 알래스카 에스키모들은 수염난 바다표범을 구할 수 있을 때에는 그 가죽을 사용하고 그렇지 못할 때에는 바다코끼리를 쓴다. 뼈대로는 에스키모들 대부분이 나무를 썼지만 중앙 북극 지방의 순록 에스키모들은 그렇지 않았다. 그들의 툰드라에는 나무가 전혀 자라지 않기 때문이다. 그들이 가진 나무 조각이라곤 바다에 떠다니는 나무뿐이며 그들은 나무의 기원도 몰랐다. 그 사람들은 나무가 해초처럼 바다 밑 숲에서 자라며, 폭풍에 뿌리가 뽑혀 해안으로 쓸려오는 것이라고 믿었다. 그들은 고래의 골격을 약간 순서를 바꾸어 다시 조립함으로써 카약의 골격을 만들었다.

자신의 첫 카누의 뼈대로 죠지는 알루미늄을 택했고, 가죽으로는 유리섬유를 골랐다.

"돛이나 기계를 써야 하는 무거운 배를 경험하며 여행을 해보니 브리티시 컬럼비아 해안의 많은 곳이 그런 배로는 접근할 수 없거나, 극단적인 위험을 안겨준다는 것을 금방 알겠더군요. 부빙이 떠다니는 해안에다 복잡한 조수의 작용을 받는 수로로 이루어진 브리티시 컬럼비아의 광대한 체계는 대부분, 사람들이 현대적인 여행을 하기에 안전한 길이라고 생각하는 한계 바깥에 있어요. 그런 배로는 그저 간단하게 멀리서만 볼 수 있을 뿐이죠."

드쏘노쿠아 호 다음에도 죠지는 돛이나 기계를 써야 하는 큰 배에서 여러 번 일했다. 그중 어떤 배는 애정을 가지고 기억했지만 그런 배를 만들거나 갖고 싶은 욕심은 없었다. 그는 그런 배들의 가로들보 넓이나 흘수(吃水, 배가 떠 있을 때 수면에서 선체 최하부까지의 수직거리 ─옮긴이) 깊이뿐 아니라 재정적인 거추장스러움이 성가셨다. 죠지의 친구 중 서너 사람이 그런 배를 소유하고 있었고 그 배를 가지고 생활비를 긁어내느라 애썼지만, 이 친구들은 모두 은행과 문제가 있었다.

나는 밴쿠버에서 죠지와 함께 그런 친구 중 한 사람인 데이브라는 이름의 남자를 찾아갔다. 데이브는 출감 후 마음을 잡고 사는 전직 마약밀수꾼으로 이제는 바바라 B 호라는 작은 화물선의 주인이었다. 우리는 시의 어떤 다리 그늘 속에 정박해 있는 바바라 B 호를 찾아냈다. 빛은 침침했고 공기는 동굴 속 같았으며 교통량 때문에 우리가 있는 곳 위쪽 높은 데서 다리가 흔들리고 있었다. (죠지 다이슨의 밴쿠버는 그러하다 ──어둑하고 사람 다니는 길에서 벗어나 있다. 그는 볼일을 대부분 고속도로 아래 또는 쇠락해가는 부두에서 처리하는 것 같다.) 선장 데이브는 검고 풍성한 턱수염을 기른 대머리였는데 마약 일과 보트 사업의 불확실성 때문에 그 수염에 회색 서리가 내려앉았다. 그는 밀수업에 대해 싫은 생각을 하고 있던 차에 밀수품을 가지고 오는 배들을 사랑하게 되었다. 바바라 B 호는 그가 처음으로 지휘하는 배였다. 그는 단돈 500 달러에다가 좀 허튼 수작으로 은행을 구슬러 그 배를 샀다. 그는 좋은 소식을 한아름 풀어놓으며 죠지를 맞이했다. 그는 위쪽 유니언 만에 새 동업자가 생겼는데, 그 동업자는 수완가이자 사기꾼으로 어업면허증 갑과 을을 가지고 속임수를 쓰는 일이나 뭐 그런 등의 일에 도사지만 황금 같은 마음씨를 가진 사람이라고 말했다. 새 파트너는 그쪽 지역사회를 위해 일하고 싶어하는데 바바라 B 호가 바로 그 배가 될 것이었다. 그들은 싱싱한 고기 ──연어, 대구, 핼리벗, 게, 대하 등── 를 가공처리해서 그것을 바바라 B 호에 실어 밴쿠버로 보낼 것이다. 데이브는 곧 북쪽으로 가서 그곳을 찾아다닐 예정이다. "믿거나 말거나지만, 죠지, 거기 가면 기계로 작업하는 공장이 있어. 아니 그렇다는 얘기를 들었어"라고 데이브가 말했다 데이브가 알기로는 유니언 만에서는 감자값이 밴쿠버보다 싸다. 데이브는 그건 아주 좋은 징조라고 생각했다.

데이브의 항해사는 작업바지만 입고 셔츠는 입지 않는 빨간 수염의 땅딸막한 남자이다. 그는 가슴 앞으로 근육이 우람한 팔을 엇갈려 끼고 있었는데, 아무 말도 하지 않아 뿌루퉁하게 보였고, 영리해 보이지도 않았다. 나는 그가 지난 날부터 데이브에게 암흑가의 관례를 강요해온 악당이 아닐까 궁금했다. 그는 의심의 눈초리로 우리를 보는 것 같았다.

우리는 천장이 낮은, 손으로 만든 취사실에서 브리티시 컬럼비아 해안 지도가 덮여 있는 탁자에 둘러앉아 허브차를 마셨다. 그리고 작별인사를 했다. 죠지와 나는 판자를 걸어내려와 배에서 떠났다. 나는 죠지가 데이브의 감격을 함께 나누는 것 같아 보이지 않는다는 것을 알아차렸다. "꽤 유망하게 들리는데요." 내가 과감히 말해보았다. 죠지는 알아들을 수 없는 소리를 냈다. 나는 바바라 B 호가 좋은 배가 아니냐고 물었다. 아뇨, 좋은 배예요. 화물창이 크거든요, 라고 그는 대답했다. 하지만 그 배는 은행과 문제가 있었다. 죠지는 데이브처럼 신변을 조심해야 되는 사람들이 큰 배를 가지고 벌이는 사업에는 끼지 않기로 결심했다고 말했다.

"예전에 사람들이 이 해안선을 따라 생존하고 여행을 할 수 있었던 것은, 현재의 중앙집중화 방식에서 볼 수 있듯이 몇 안되는 지역에서 현대적 교통수단 및 매체에 편의를 제공했기 때문이 아니라 가벼운 항해용 카누를 사용했기 때문이다. 이제는 소멸하고 없는 이 여행 방식이야말로 내가 이 해안과의 사이에 확립하고자 했던 좀더 가까운 접촉의 기회를 내게 주었다는 것을 알 수 있었다. 그래서 나는 카누 여행에 관해서라면 세계사를 통틀어 구할 수 있는 모든 정보를 모으기 시작했다"라고 죠지는 썼다.

"강한 조수의 흐름에 대처하기 위해, 또 길게 뻗은 개빙역(開水域, 부빙이 수면의 10분의 1 이하인 바다—옮긴이)을 건너기에 유리하고 예측가능한 조건이 마련되는 제한된 시기를 최대한으로 활용하기 위해 카누는 빨라야만 한다. 또한 물 속에서 쉽게 앞으로 나아가고, 무거운 배가 닻을 내리거나 숨어 있을 곳이 없는 수많은 지역에서 안전하게 해안에 닿으려면, 가능한 한 가벼워야 한다. 만약 배가 바닥짐이나 용골이 없이도 본래부터 안정되어 있다면, 이 배는 파괴적인 물더미가 몰려오는데도 으레 비극적으로 고정되어 있기만 하는 무거운 용골이 달린 배와는 달리, 이리저리 흔들림으로써 엄청난 파도를 피해 해를 입지 않고 거친 날씨를 헤어나올 수 있다. 건현(乾舷, 배에 짐을 가득 실었을 때 수면 위로 드러나는 뱃전의 부분—옮긴이)은 배꾼의 숙련되지 않은 솜씨와 거친 바다를 이기고 배가 안전하게 남아 있기 위해 필요한 것이지만, 만약 갑판 없는 카누를 만든다면 선체의 바람 쐬는 면이 너무 많아져 최소한의 바람을 막기 위해서도 대단한 가외의 노력이 필요하게 되므로, 건현을 낮추고 카누에 갑판을 대어 노젓는 사람들을 개별 잠입구에 앉힘으로써 안전을 확보하는 쪽이 유리하다. 카누에 이렇게 갑판을 대면 들보가 거의 없어도 낮은 측면과 무게중심이 안정될 수 있으며, 그 결과 예외적으로 좁고 효과적이며 쉽게 운전할 수 있는 배가 탄생한다. 그런 배들은 멋지게 줄지어 거친 바다를 쉽게 헤치며 지나다니는데, 이런 조건에서의 안전한 여행은 큰 파도타기를 거쳐 탁 트인 해변에 상륙할 수 있는 능력에 따라 가능하다. 바람이 불 때 이런 배를 운전하기 위해 필요한 작은 돛은 바닥짐이나 고정된 삭구 없이도 갖출 수 있으며 바라는 대로 올렸다 내렸다 할 수 있다.

나는 모든 가능한 재료와 방법을 고려하여 이상적 설계와 실질적인 기술 사이에서 타협을 해야 했다. 내가 생각 속에 그리고 있는 형태는 알류트인들 및 에스키모들이 발전시킨 형태와 공통점이 많았다. 질긴 방수가죽으로 덮인 가볍고 유연한 뼈대와 관련해서 나는 그들의 융통성 있고 효과적인 건조방식을 연구했다. 그들의 가볍고 연약한 배가 폭풍우 몰아치는 얕고 얼음으로 가득 찬 북쪽의 바다를 견딜 수 있었던 것은 이렇게 멋대로 구부러지는 뼈대와 가죽을 결합한 결과이다.

그들의 배는 뼈와 떠다니는 나무, 짐승가죽을 서로서로 이어 맞추어 만든 것이었고 이러한 사실 때문에 크기와 강도, 지속성이 심하게 제한을 받았다. 그들의 고도로 진화된 방법을 현재 구입할 수 있는 더 나은 재료에 적응시킴으로써 나는 작업가능한 체계에 도달했다. 알루미늄 관을 튼튼하게 그러나 유연하게 묶어서 뼈대를 형성했으며, 박층 유리가 보강된 폴리에스터 송진의 방수 내구성 가죽으로 그 위를 덮었다. 이 방법은 현재 비행기를 만드는 몇몇 방법과 좀 비슷하긴 하지만 보트 건조에 알려진 현존하는 어떤 공정보다도 더 강하고 더 가볍고 더 쉽게 조립되는 선체를 만들어낸다."

쪼지의 첫번째 카약은 누니박 섬의 카약을 본떠 만든 4.8미터 길이의 카약으로, 그는 처음에 초록색 천으로 뼈대를 덮으려 했으나 그것을 팽팽히 당겨지게 할 수가 없었다. 에스키모들은 젖은 날가죽을 꿰맨 다음 그것이 줄어들어 팽팽해지게 했지만 초록색 천이 그렇게 움직여줄 리 만무했다. 그게 잘 안되자 쪼지는 유리섬유로 시선을 돌렸다. 그는 채플과 애드니가 쓴 『북아메리카의 나무껍질 카누와 가죽배』에서 카약의 설계도를 그대로 복사했다. 이 책은 쪼지의 경전이었다. 저자들은 가죽배들이 박물관에서 썩어들어가는 속도를 염려해 그 책을 쓰기 시작했다. "이 연구의 목적은 가죽배의 치수를 재어 축척도를 작성함으로써, 외양과 형태, 구조, 그리고 작업 행위 등의 세부사항에서 정확한 복제품을 만들 수 있게 하려는 것이다"라고 채플은 적었다. 쪼지는 재료만 빼고 모든 점에서 누니박 에스키모들이 한 대로 따라했다. 그의 카약은 184번 사진에 생명을 불어넣은 것이다.

누니박 카약에는 단 하나의 커다란 잠입구가 있는데 그 안에서 승객은 노젓는 사람과 등을 맞대고 앉았다. 쪼지가 변형한 카약은 엎어지기

사진 184. 누비박 카약(미국 국립박물관 소장)
선체의 골격을 보여주기 위해 부분적으로 표면을 절개함.

110

쉬운 것으로 밝혀져 그는 지금 그 사실에 매우 당황하고 있다. 하지만 짧은 거리를 갈 때는 여전히 그 배를 이용하며, 돌이 많은 해변에서 거칠게 사용하는데도 카약의 가죽은 움푹 팬 곳이 단 한 군데도 없다.

죠지는 더 나은 본보기를 찾아 두리번거렸다.

채플에 따르면 옛날 카약 중에서 가장 좋은 것은 알래스카와 그린란드 사람들의 카약이었다. 아시아와 캐나다 북극의 카약들은 그만큼 좋지는 않았다고 한다. 그 두 종류의 우월한 카약 중에서 알래스카의 배보다 끝에 바늘이 달린 그린란드의 배에 더 정교한 장비가 장착되어 있었다. 하지만 기본적인 설계의 질은 거의 비슷했다. 알래스카가 죠지에게는 더 가까웠으므로 그는 그쪽으로 관심을 돌렸다. 그는 알래스카 카약의 으뜸은 알류트 사람들이 만들었다는 것을 알게 되었다. 알류트 사람들은 세계의 어느 누구보다 카약을 잘 다루었다. 그들은 필요 때문에 카약의 명수가 되었다. 알류트 제도는 지구상에서 풍토가 가장 황량한 곳 중의 하나로, 강풍이 섬을 채찍질하지 않을 때는 빽빽한 안개가 그들을 부드럽게 감싼다. 알류트 사람들은 곧바로 내리쬐는 햇빛을 보는 적이 거의 없다. 모든 산맥 중에 나무가 있는 곳은, 150년 전에 백인이 심었으나 오늘날에도 여전히 발육이 정지되어 있는 조그마한 가문비나무 덤불 단 두 군데뿐이다. 이 슬프고 작은 조림지가 있기 전에는 바람이 단 하나의 장애물도 거치지 않고 섬들을 휩쓸며 윙윙거렸다. 알류트의 새들은 땅을 꼭 껴안고 있다. 알류트의 곤충은 너무 오랫동안 낮게 누워 있었기 때문에 어떤 종은 날개가 퇴화되었다. 알류트 사람들은 툰드라에서 온기를 간직하기 위해 땅에 묻은 공동 오두막집에서 살았다.

캐나다 북극의 순록 에스키모들도 나무가 없고 바람에 휘몰렸지만 그들에게는 순록이 있었다. 알류트 사람들에게는 몇몇 먹을 수 있는 식물과 둥지를 틀고 사는 새, 새의 알을 빼면 오직 잔인한 바다밖에 없었다. 그들은 거의 병기창고를 가져가다시피 하고서 바다로 나갔다. 힘줄로 보강된 활, 뼈로 끝을 댄 화살, 짧은창살 발사기, 긴창살 발사기, 대형 칼, 고래잡이용 작살, 새잡이 창, 작살 등이 그것이다. 그들은 강치와 바다표범, 해달, 해우, 고래, 오리, 거위, 아비, 바다오리, 가마우지 등을 잡아왔다. 그들은 특대 해초 줄기로 짠 150길짜리 끈으로 핼리벗과 대구를 낚았으며, 조개로 만든 작은 미끼로 플라운더(넙치류의 일종―옮긴이)를 잡았다.

내수로 지방의 예술적인 통나무배 제작자들은 육지의 광경을 떠나기 싫어했다. 그래서 그들은 작살을 맞은 고래가 그들을 끌고 가거나 폭풍이 그들을 날려버릴 때에만 위험을 무릅쓰고 수평선을 넘어갔다. 알류트의 카약 타는 사람들은 정기적으로, 일부러 노를 저어 수평선을 넘어갔다. 그들은 아시아의 캄차카 반도까지 무심코 여행을 떠나곤 했다. 사실상 알류트 사람들이 인종적으로 에스키모로부터 일탈한 것은 캄차카 원주민과의 결혼 때문일 것이다. 알류트 사람들은 이른바 교양인은 아니었을지 모르지만 세계인이었다.

알류트 사람들의 해달 사냥은 협력을 통해 이루어졌다. 잠입구가 하나 혹은 둘인, 네 척에서 스무 척에 이르는 카약이 반원형의 부채꼴로 퍼진다. 해달이 공기를 마시러 수면 위로 올라오면 그것을 본 사냥꾼이 노로 가리킨다. 그러면 카약들은 그 지점으로 모여들고, 해달이 다시 수면 위로 올라왔을 때 일제히 쏟아지는 돌창살이 그 해달을 맞이한다. 그들은 덧지레의 역할을 하는 발사판을 이용해 창살을 던지는데, 창살 하나하나에는 강치 부레로 만든 부표가 끈으로 연결되어 있다. 그 부표는 상처입은 해달이 도망가지 못하도록 하는 한편 해달이 어디에 있는지를 알려준다. 카약은 날아다니는 부표를 편안히 따라간다. 그렇게 쫓아가면 해달은 산소에 진 빛에 이자를 보태게 되고 결국 빛을 청산하기 위해 수면 위로 올라올 수밖에 없게 된다. 해달이 올라오면 카약은 부표 주변으로 원을 그리며 빽빽이 모여들었고 발사판은 또 한 번의 발사를 위해 뒤로 당겨졌다.

해달은 2인승 카약에서 활과 화살을 가지고 잡기도 했다. 한 사람은 활을 쏘고 다른 사람은 귀얄처럼 끝에 가로장이 달린 긴 장대를 가지고 나가 그 장대로 화살을 건져올린다. 활 쏘는 사람은 해달을 맞히지 못할 수도 있지만 해달이 숨을 완전히 들여마시기 전에 물 밑에서 해달을 몰 수 있다. 사냥꾼들은 거품을 지켜봄으로써 지쳐가는 해달을 좇았다.

알류트 사람들은 독이 묻은 작살을 사용해 고래를 잡았다. 먼저 그들은 아메리카 원주민들이 고래잡이를 하기 전에 항상 치르는 열렬한 의식을 통해서 자신의 영혼에게 각오를 갖게 한다. 그러고 나서 바곳의 뿌리에서 뽑은 치명적인 독을 작살에 바르는데, 바곳이란 알류션 열도에 흔한 짙은 고깔을 쓴 꽃이다. 최소한 두 척의 카누가 바다로 나가므로, 만약 한 척이 고래 꼬리에 맞으면 다른 한 척이 구조를 할 수 있었다. 사냥꾼들은 뒤쪽에서 조심스럽게 고래에게 다가간다. 작살을 던지고 미신에 따라 손에 입김을 내뿜은 다음 다른 방향으로 필사적으로 노를 젓는다. 며칠 지나야 독이 퍼져 고래가 죽는데 사냥꾼들이 운이 좋다면 시체가 해안으로 표류해온다.

알류트 카약은 잠입구의 가장자리에 내장(內腸)으로 만든 방수 덮개가 달려 있으며, 노젓는 사람은 그것을 가슴 주위로 꼭 당겨서 나비 모양으로 끈을 묶고 그 위에 목과 소매를 졸라매는 끈이 달린 내장 파카를 입었다. 마지막 끈을 졸라맬 때 사냥꾼은 정말로 배를 탄 것이 된다. 인간과 카약은 물이 새지 않는 하나의 단위, 바다의 껜따우루스(그리스 신화에 나오는 반인반마의 괴물—옮긴이)가 되었다. 파도가 카약을 뒤집는다 하더라도 노젓는 사람은 배를 바로잡는 방법을 알고 있었다. 물 속에서 거꾸로 뒤집혀 있는 동안 잃어버린 노를 찾아 그것으로 카누를 바로잡는 기술을 지녔던 것이다. 심지어 노가 전혀 없어도 카누를 바로잡을 수 있었다. 오늘날 그린란드의 에스키모들은 바다에서 일어나는 열 가지의 우발적인 사건에 대처하기 위해 고안된 열 가지의 회전을 연습하는데, 알류트 사람들도 마찬가지로 잘 훈련되어 있었을 것이며 솜씨 역시 마찬가지로 곡예적이었을 것이다. 그들은 그린란드 사람들처럼 일부러 회전을 해서 부서지는 파도의 힘을 피하는 무자맥질을 하는 데 명수들이었다. 그들은 마치 바다표범처럼 밀려드는 파도 속에서 놀았다.

알류트 사람들은 해안으로 나오지 않고도 카약의 심한 손상을 고칠수 있었다. 돌고래들이 무리 중에서 다치거나 아픈 고래에게 다가와 수면에서 분수공으로 그 고래를 도와 물 위로 올라오게 하듯이, 두 척의 건강한 카약이 나란히 흘러와서 아픈 카약을 바다 위로 들어올려 그들의 갑판 사이에 배를 세로로 걸쳐놓은 다음 손상을 치료했다.

알류트 사람의 장화 바닥은 바다표범의 물갈퀴였고 바닥을 뺀 윗부분은 바다표범의 식도였다. 내장으로 만든 비옷 아래에는 바다표범 가죽으로 된 제2의 파카를 입었으니, 그는 자신의 표피를 더이상 자신의 것이라 부를 수 없었다. 알류트 사람은 배를 만들 때도 바다포유류의 구조를 모방했다. 노를 저을 때 그의 심장은, 이 생물들에게서 영감을 받아 만든 인공 갈비뼈의 골조 안에서 고동쳤다. 그는 물고기를 먹었고, 자신이 디자인과 재료를 빌려온 동물들처럼 물 속에서 편안했다. 하지만 그 편안함은 본능적인 것이 아니었다. 그는 그 편안함을 손윗사람들로부터 배워야만 했다. 그러나 그것은 바다로 되돌아온 다른 온혈 짐승들도 대부분 그러했다. 알류트 사람들에게 표본이 되지 않는 바다포유류를 정의하기란 어렵다. 1741년, 비투스 베링과 함께 알래스카에 온 박물학자 죠지 스텔러가 처음으로 본 알류트 사람은 허리 아래는 카약 모양이고, 허리 윗부분은 바다표범 모양에 새의 깃털이 나 있었으며, 태양에 그을린 얼굴에다 코에 뼈를 달고 있었다. 박물학자는 새로운 종을 보고 있었던 것이다.

러시아의 모피 사냥꾼들은 강치가죽과 해달가죽을 구하러 베링을 따라서 알류선 열도까지 왔다. 그들은 알류트 우미악에 바이다르라는 이름을 붙였고, 카약은 애칭인 바이다르카라고 불렀다.

죠지는 그의 두번째 유리섬유 카누, 즉 바이다르카를 1972년에 만들었다.

그의 누니박 섬 카누를 해변 위로 끌어올려 그 뒤를 이은 알류트 계승자 옆에 놓으니 마치 장난감처럼 보인다. 설계를 하고 재료를 다루는 죠지의 솜씨는 분명 비약적으로 늘었다. 그는 중간의 두세 단계를 뛰어넘었다. 죠지는 자기자신에게 써서 탁자 위의 마분지 상자에 모아두는 메모 중 하나에 "카누의 설계 —— 직관과 분석의 산물"이라고 적었다.

채플은 알류트의 바이다르카 중에 길이가 9미터를 넘는 것은 아마 없었을 거라고 썼다. 죠지의 바이다르카는 9.3미터 길이이다. 그 배는 잠입구가 둘이 아니라 셋이고, 돛이 두 개이다. 이렇게 보태진 것이 있음에도 불구하고 이 배는 에스키모 알류트 전통의 본류(本流) 속에 남아 있다. 다양한 카약은 극지방을 도는 하나의 아이디어가 옷을 다르게 입고 있는 것이다. 알류트 사람들은 바다표범 가죽으로, 북부 알래스카 사람들은 수염난 강치로 카약을 덮은 반면, 죠지는 유리섬유를 사용했다.

알류트의 배는 솔기를 고래의 지방에 적심으로써 방수가 되었는데 죠지의 바이다르카는 폴리에스터 송진으로 방수처리를 했다. 하지만 죠지는 에스키모나 알류트 사람들도 송진을 사용했을 거라고 생각하고 싶어했다. 그렇게 생각하는 사람이 죠지만은 아니었다. "한때, 커럭을 만들면서 역청이 사용된 적이 있다. 기름처리법이 에스키모가 쓰는 유일한 방법이라고 가정하는 것은 현명치 못한 일일 것이다"라고 채플은 썼다. 알류트 사람들은 계속적으로 자신들의 설계를 만지작거리는 실험가들이었으므로 그들이, 특히 역청을 뽑아낼 나무를 가지고 있던 대륙 알류트 사람들이 송진을 써보지 않았을 거라고 믿기는 어렵다. 식물성 고무나 송진은 비록 카약을 덜 유연하게 만들지 몰라도 방수처리를 개선했을 것이라고 채플은 썼다.

알류트 바이다르카에 씌울 가죽을 준비하는 것은 힘들고 냄새나는 일이었다. 가죽들을 쌓아놓고 물기가 스며나오게 해 털이 다 빠지면, 오줌에 담가 적시고 지방을 긁어내서 함께 꿰맸다. 가죽에 구멍을 내는 것은 뼈송곳이었다. 꿰매는 바늘은 갈매기 날개의 작은 뼈로 만들었고 실은 힘줄이었다. 배는 물 속에서 1주일을 지낸 다음에 다시 기름을 먹였으며, 수년간 사용한 후에는 가죽을 완전히 바꾸어야 했다.

죠지의 바이다르카에 유리섬유를 응용하는 것 또한 힘들고 냄새나는 일이었다. 송진 깡통에서 올라오는 냄새는 오줌통에서 올라오는 냄새보다 더 머리를 어질어질하게 했고 더 위험했다. 하지만 유리섬유는 1주일마다 다시 기름을 먹이지 않아도 되었고 몇년마다 교체할 필요도 없었다. 유리섬유는 가죽보다 훨씬 질겨서 유연성이 좀 떨어졌고 가볍지도 않았다. 죠지는 알류트 사람들처럼 바이다르카를 팔 아래 챙겨 넣고 해변으로 성큼성큼 걸어갈 수 없었다.

죠지가 보기에 유리섬유의 가장 훌륭한 미덕은 배를 만들기 위해 바다표범이나 수염난 강치, 해마나 순록 등을 죽이지 않아도 되는 점이었

다. 지금은 알류트 시절보다 그런 바다 짐승들을 찾기가 어려워졌고 죽이는 것도 덜 합법적이지만, 죠지는 어쨌거나 별로 피에 굶주려 있지 않았다.

죠지의 재료는 우주시대에 걸맞은 것이었지만 그의 바이다르카는 알류트 카누 그대로이다. 상점에서 팔리는 유리섬유나 형성 플라스틱으로 만든 급류용 카약은 원래의 알류트 카약과의 유기적인 유사성에서 벗어나 있으므로 알류트나 에스키모의 카누가 아니다. 그런 카약은 방수성 표피의 범위 안에 있는 독자적인 잔해인 셈이다. 그들의 조상은 바다표범이 아니라 맥주 깡통이다.

"유리섬유는 보통 구조재로 쓰입니다. 하지만 제 카누에서는 그렇지 않아요. 제 배는 진짜 유리섬유 배라고는 할 수 없고, 유리섬유로 방수막을 씌운 배이죠. 유리섬유의 강점은 섬유가 신장력이 있다는 점입니다. 하지만 그것은 압축력이 가해지면 찢어지지요. 제 카누에서 유리섬유는 신장력이 있는 하중을 받고, 알루미늄은 압축을 가하는 하중을 받습니다"라고 죠지는 말한다.

알류트 사람들은 힘줄이나 꼰 창자로 그들의 뼈대를 묶어 조립했고 죠지는 나일론을 사용했다. 알류트의 바이다르카에는 내장으로 만든 덮개가 바닥에서 잠입구의 가장자리까지 깔려 있고 그 꼭대기에 졸라매는 끈이 있었다. 죠지의 배에서 그 덮개는 꼭대기와 바닥에 고무줄을 넣은 밝은 노란색의 나일론이다. 알류트 사람들은 바다에 나갈 때 수선용 동물기름을 가지고 가서 물이 새는 솔기에 발랐지만 죠지는 섬유 조각, 송진, 촉매 등의 수선용구를 가지고 바다로 갔다. 알류트 사람들은 배 밑 만곡부에서 물을 빨아내기 위해 속이 빈 뼈를 가져간 데 비해 죠지는 스펀지를 가져갔다. 알류트 사람들은 작살, 창, 낚시도구를 갑판에 묶었다. 죠지도 그렇게 했다. 그들을 모방해서라기보다는 불가피성에 항복한 것이었다. 왜냐하면 바이다르카에서 대부분의 시간을 보내게 되면 자연스럽게 물건들을 갑판에 묶어두게 되기 때문이다. 도르래 달린 작은 삭구, 여분의 노, 똘똘 말린 선미삭(船尾索)과 가로돛 양끝을 팽팽하게 당기는 밧줄, 칫솔 등, 이 모두가 50킬로그램 시험에 통과한 나일론 끈으로 묶여 갑판 위에서 제자리를 잡고 있다. 갑판 위의 손 닿기 편리한 지점에는 작은 샌드위치 모양의 나일론제 접착천이 비상사태를 위해 준비되어 있는 특별히 긴 밧줄을 감싸고 있다.

죠지의 건터 러그쎄일(상단보다 하단이 긴 네모꼴의 세로돛—옮긴이)들은 확실히 에스키모와 알류트 전통에서 벗어난 것이다. 하지만 과연 돛 그 자체가 이탈인지는 확실치 않다. 백인과 접촉하기 전, 에스키모들은 돛을 썼을 수도 있고 쓰지 않았을 수도 있다. 알류트 사람들은 두 척의 배를 연결해 쌍동선을 만든 다음 돛을 올렸다고 알려져 있지만, 이 아이디어가 자생적인 것인지 아니면 그들이 광범위하게 여행하는 도중에 어디에선가 입수한 것인지는 확실하지 않다. 죠지의 돛은 그다지 큰 것이 아니다. 12평방미터의 범포(돛을 만드는 피륙—옮긴이)는 바이다르카를 그가 원하는 대로 빨리 움직여준다. 바람이 없을 때에 죠지는 돛대를 둘 다 내려 잠입구 속에 꽂아놓는다.

죠지는 한 가지 확실한 기술혁신을 보탰다. 방향타이다. 방향타는 잠입구의 양편에 있는, 바이다르카의 길이와 같은 고삐 한 조에 의해 제어된다. 세 개의 잠입구 중 어느 구멍에 있는 선원이라도 그 고삐를 잡아당겨 오른쪽 또는 왼쪽으로 돌 수 있는데, 흥미롭게도 그 방향타가 죠지에게 걱정거리를 안겨주는 유일한 부분이다. 방향타는 배의 나머지 부분의 모양을 만들어낸 오랜——그 완만함과 보수주의에 있어서 거의 생물학적인——진화의 혜택을 받지 못했기 때문이다. 방향타는 바이다르카에서 유일하게 움직이는 부분이다. 그는 이것을 어떻게 하면 세련되게 만들 수 있을까에 관해서 많이 생각했다.

죠지가 자신의 모델로 택한 구멍 세 개의 바이다르카는, 내수로의 역사를 바로 자신의 역사라고 주장할 수 있는 가장 강력한 자격을 가진 카약이다. 3인승 바이다르카 무적함대는 한때 모피사냥을 휩쓸었다. 어떤 알류트 사람들이 세 개의 구멍이라는 생각을 창시하고 곧 후회했을지도 모르지만, 어쨌든 세 개의 구멍은 러시아 사람들이 준 힌트 같아 보인다. 이 의심스러운 기원 때문에 채플과 애드니는 청사진을 포함시키지 않았다. 배를 만들면서 죠지는 2인승 바이다르카의 그림에서 미지의 것을 추정할 수밖에 없었다.

"모든 곳을 샅샅이 뒤졌지만 러시아 사람들이 사용한 배의 그림이나 도해, 재건 따위를 단 하나도 보지 못했어요. 하지만 러시아 사람들이 쓴 배는 3인승 카누였어요. 러시아 사람들은 200척 또는 그 이상의 3인승 카누 선단들을 가지고 있었죠"라고 죠지는 말한다.

"러시아 사람들은 무법자였어요. 그들은 혁명의 소용돌이에서 내쫓겨 시베리아를 건너 동쪽으로 이주했죠. 걸어서 시베리아를 건너려면 강인해야 해요. 그냥 보통 사람이어서는 안되죠. 태평양에 다다른 사람들 대부분이 해안에서 죽었어요. 몇몇 사람들만이, 강한 자 중에서도 강한 자들만이 바다를 건너왔지요. 그들 중 다수는 러시아에서 쫓겨나기 전에 부유하게 살던 사람들이었어요. 그들은 돈이 되는 일에 뛰어들었죠. 그들의 여행은, 가서 알류트 사람들의 부족을 찾아 노예로 만드는 것이었어요. 그런 다음 그들을 데리고 물개를 잡으러 떠나는 거죠. 러시아 사람이 가운데 앉고 앞과 뒤에서 노예가 노를 저었어요. 왜냐하면 그게 바로 그 사람들의 신분이었으니까요 —— 노예였죠."

처음에 알류트 사람들은 나무로 된 갑옷을 입고, 활과 창으로 러시아 사람들과 싸웠다. 그들은 해묵은 집안싸움을 제쳐두고, 단합해서 모피 사냥꾼들에 대항해 몇몇을 죽이는 데 성공했지만 그 앙갚음은 언제나 더욱 끔찍했다. 마침내 알류트 사람들은 졌다. 그들은 반자발적인 공모자가 되어, 러시아 사람들과 합류해 알류션 열도 저 너머로 모피사냥 원정에 나섰다. 그들에게는 황폐한 모험말고는 아무것도 남아 있지 않았다. 열여덟살부터 쉰살에 이르는 알류트 남자들은 추첨을 해야 했다. 운이 좋은 사람들은 손익을 공동으로 부담해 일하도록 허락을 받아 잡은 것의 절반을 가질 수 있었다. 그들은 코디악 섬에서 해달을 잡다가 에스키모에게 공격을 당했다. 또 프린스 윌리엄 해협에서 사냥을 했는데 거기에서도 에스키모의 공격을 받았다.

1799년, 바라노프의 지휘 아래 500척의 바이다르카 선단이 내수로에 진입했다. 그들은 장차 러시아령 미국의 수도가 될 씨트카에 정착촌을 건설하기 위해 알렉싼더 군도로 깊숙이 노를 저어 왔다. 알류트 사람들과 그들의 러시아인 지배자들은 기회가 있을 때마다 틀링깃 사람들의 공격을 받았다. 그들은 내수로의 꼭대기를 지키는 호전적인 부족으로, 1802년 틀링깃 사람들이 씨트카를 포위했을 때 알류트 사람들 수백 명이 죽임을 당했다.

바라노프와 그의 알류트 사냥꾼들은 내수로의 해달을 향해 일종의 '전격전'을 벌였다. 바이다르카 500척 내지 600척이 시간당 11킬로미터의 속도로 움직이며 길이가 수 킬로미터에 이르는 전초선(前哨線)을 형성한다. 해달을 만나면 그 줄은 여섯 척에서 여덟 척으로 이루어지는 사냥 그룹으로 나뉜다. 그들은 해달을 깨끗이 잡아들였고 다시 줄을 형성해서 계속 휩쓸어갔다.

오래지 않아 바이다르카 선단은 캘리포니아에 도착했다. 19세기초, 쎈프란시스코 만에는 해달이 너무 많고 겁이 없어서 선원들이 긴 노로 해달을 때렸다. 북극의 배들이 골든 게이트와 온화한 바다로 들어왔다. 자신들이 계획했던 것보다 세상을 너무 많이 보아버린 탓에, 분명 세상에 지쳐버린 사람들이 그 배들을 젓고 있었다. 알류트 사람들은 해달을 깨끗이 잡아들였고 방향을 바꾸어 마침내 집으로 가는 노를 젓기 시작했다.

러시아 사람들이 알류션 열도에 오기 전에 섬들은 토착 아메리카 지역 중에서 가장 인구밀도가 높은 곳 중의 하나였다. 주변의 바다는 거칠었지만 풍요로웠고, 알류트의 1, 2인승 바이다르카는 바다에서 훌륭한 식량을 거둬들이며 1만 5000명에서 2만 명에 이르는 인구를 먹여살렸다. 3인승 바이다르카를 타고 러시아 모피사냥을 다닌 40년의 세월이 지난 후, 알류트 사람들은 2000명으로 줄어들었다. 스텔러가 보았던 해우는 지구상에서 사라져버렸으며 해달은 멸종 직전에 있었다.

죠지가 3인승 바이다르카를 택한 것은 이 야만적인 역사를 조금이라도 존경해서가 아니라 그도 러시아인들과 마찬가지로 더 나은 운반 능력을 필요로 했기 때문이었다. 그들은 모피를 싣기 위해서였지만 죠지는 자신의 배를 여행용 카누로 만들어줄 장비를 싣기 위해서였다. 죠지에게서는 이상주의와 실용주의가 예측할 수 없이 섞인다. 그는 자신의 앞과 뒤에 앉아 있는 알류트 노예의 유령에 마음을 어지럽히지 않는다.

1972년 4월, 죠지의 바이다르카는 처음으로 진짜 시험을 받았다. 드 쏘노쿠아 호가 죠지와 그의 카누를 내수로의 저 북쪽 유쿨타 급류까지 싣고 가 거기에 내려놓았다. 해질녘, 최고로 부풀어오른 조수 위로 보름달이 올랐을 때 그는 혼자서 출발했다. 그는 무서웠다. "밀물 때 유쿨타 급류를 헤쳐가는 건, 통례를 모조리 거스르는 일이라고 생각되죠"라고 죠지는 말한다.

그 급류는 쏘노라 섬과 본토 사이에 있는 악명 높은 해협이다. 깎아지른 듯한, 숲으로 덮인 산기슭 작은 언덕들이 다 함께 어깨를 내밀며 해협을 빽빽하게 죈다. 900미터 위에서 그 짙은 초록의 산기슭 언덕이 끝나고 만년설의 최저 경계선이 시작되면, 키가 큰 순백의 봉우리들은 훨씬 더 높이 솟아오른다.

급류는 마치 강의 급류처럼 사람에게 달려든다. 처음에는 쉬쉬 하는 마찰음이 멀리서 불길하게 들리고 그 다음엔 포효이다. 그런 후 마음의 태세를 갖추면 잠잠히 가라앉은, 완전히 텅 빈 정지된 순간이 온다. 그 순간 사람들은 물의 흐름이 그들을 사로잡기를 기다린다. 첫번째 잔물결이 느리지도 않고 빠르지도 않게 다가오고 나면, 카누의 뱃머리는 포구의 가장자리를 지나 넘쳐흐르는 물 속으로 휙 뛰어든다. 속력이 난다.

마치 앞쪽 어딘가에서 하수구 마개가 휙 뽑힌 것처럼 배가 빠르게 움직인다. 유컬타 급류에서는 방향을 돌리거나 배에서 내릴 수 있는 길이 없으므로 카누는 가속을 내 원기를 돋우며 전속력으로 달려서, 은빛 강과 강 위의 모든 것이 어두운 산 속으로 자취를 감추는 데까지 내려간다. 조류는 어떤 굴 속으로 들어가는 대신, 마지막 순간에 간신히 왼쪽으로 돌아 원류로부터 나뉜 다음, 산기슭의 작은 언덕에 있는 두 틈새로 휘몰아친다. 강은 자신의 속력과 소요를 감춘 채 부드럽게 흘러간다. 카누는 마치 바늘 끝이 물의 마찰로 자력을 띠게 된 것처럼, 불가해하게 이리저리 빙빙 돈다. 소용돌이를 따라서 카누가 여울의 물결 한가운데로 들어가면, 카누는 소용돌이에 몸을 맡긴 채, 빙글빙글 도는 짧고 매끄러운 정적의 오아씨스 속에 머물게 된다. 죠지는 회교 수도사처럼 소리를 지르고 빙글빙글 돌며 강하류로 내려갔다. 달이 강의 소요 위로 빛나고 있었고 흰줄박이돌고래와 고래들이 그의 주변에서 사냥을 했다. 조류가 만나는 곳은 고기를 잡기에 좋았기 때문에 고래류는 급류를 좋아했다. 바이다르카는 바다포유류처럼 대체로 편안히 헤엄쳤다. 죠지는 어디에 고약한 소용돌이가 있는지 알고 있었으므로 두 개의 노를 저어 멀리 나아갔다. 두려움이 그를 떠났다. 어둠이 깔리기 시작했을 때 그는 급류의 중간 지점에 닿았다. 이끼가 덮인 바위 위로 배를 끌어내고 거기에서 밤을 보냈는데 흥분한 탓에 거의 잠을 이루지 못했다.

다음 이틀 동안 그는 바람을 맞으면서 배를 저어 코르데로 해협과 웰보어 해협 그리고 휠풀 급류를 지나갔다. 존스토운 해협에 도착하자 좁은 항로가 열리고 바람이 바뀌었다. 강한 남동풍이 해협으로 불어왔다. 바람이 조수와 반대 방향으로 불었으므로 크게 부서지는 파도가 일었다. 죠지는 처음으로 돛을 올렸다. "무서워서 죽을 뻔했어요. 그 커다란 파도 속에서 제 배가 무엇을 할 수 있을지 모르겠더군요. 모든 사람들이 그런 곳에서는 살아남을 수 없을 거라고 말했어요." 죠지의 말이다. 하지만 모두 틀렸다. 바이다르카는 그날 아침에 64킬로미터를 달렸다. 그것은 대단한 순간이었다. 죠지는 인정한다. "바로 그 순간 제가 카누를 타고 여행하고 있다는 것을 알았어요. 돛이 효력을 발휘하기 전까지 그 배는 그저 큰 카약일 뿐이었거든요."

그러고 나서 전혀 예상하지 못한 일이 일어났다.

바이다르카에 너무나 속력이 붙은 나머지 뱃머리가 물 밖으로 나왔다. 배가 수면에서 떠올랐다.

"배가 날 것이라곤 예상하지 못했죠. 배가 날아올라 수면에서 떠오를 거란 생각은 제 머릿속에 들어온 적이 없어요. 날아오르니까 정말 무섭더군요. 갑자기 속력이 붙는 거예요. 그 속도에 공포감이 들었죠. 모터 싸이클 경주나 뭐 그 비슷한 것처럼요."

선체의 너무 많은 부분이 물 밖으로 나와서 카누를 조종하기가 어려웠다. 죠지는 노를 젓는 구멍에서 경마의 기수처럼 몸을 웅크린 채, 손은 조타 고삐를 잡아당기고 눈은 모양이 뒤틀린 돛을 보면서 무언가가 딱 부러지기를 기다렸다. 하지만 아무것도 부러지지 않았다.

"수상스키를 타는 것 같았어요. 이따금씩 배가 완전히 물 밖으로 나왔죠. 글쎄요, 그건 과장이고요. 선체의 절반이 물 밖으로 나와 있었어요. 그건 예상하지 않았던 거예요. 배가 날아가리라는 생각은 해보지 않았죠."

17

귀리죽

로우머 곶 위의 높은 곳에서 낙하산이 펄럭 펼쳐지고 오라이언 호는 지구로 다시 떠내려와 블록하우스 앞에 착륙했다. 오라이언 요원들은 샴페인을 터뜨리며 경축했다.

"모든 것이 잘 되었습니다. 그건 인생에서 자기자신을 가능한 한 멀리까지 확장한 순간 중 하나였는데 제대로 성공한 것입니다. 환상적으로 오싹오싹했죠. 그게 어떤 건지 아십니까? 그건 마치 자유형식의 그림을 그리는 것과 같았습니다. 자신이 가진 분석적 기계장치의 일부를 정지시키고 무의식 속에서 사고를 하는 것이죠. 그건 느낌으로 이루어집니다. 그런데 그게 성공한 거죠." 브라이언 던의 말이다.

"'직관과 분석의 산물'인가요" 하고 내가 넌지시 물었다.

"네, 그렇게 표현하는 것이 좋겠군요."

모형 프로그램이 성공했기 때문에 오라이언 호는 생명을 부지할 수 있었지만, 프로젝트는 이제 곤경을 겪고 있었다. 프로젝트는 스뿌뜨니끄 호(옛 소련에서 발사한 세계 최초의 인공위성—옮긴이)가 발사된 직후인 1958년 7월에 공식적으로 시작되었는데, 프리먼 다이슨에 따르면 "그때가 그런 프로젝트를 파는 것이 가능했던 유일한 시기"였다. 그 시기는 짧았고 순식간에 끝이 났다.

"첫 해는 우리가 정말로 우주로 들어가는 문을 활짝 부수어 여는 일을 하고 있다는 흥분과 확신이 점점 더 속력을 더해가는 해였죠. 프리먼이 표현한 것처럼 단지 열쇠구멍을 들여다보기만 하는 것이 아니었습니다. 그리고 나서는 곤경에 빠졌죠. 많은 사람들이 이 프로젝트를 물어뜯기 시작했습니다. 이 프로젝트는 정말 말이 되는 것처럼 보였기 때문에 그걸 파괴할 수는 없었지만 질질 끌기 시작했죠."

1959년 여름 베르너 폰 브라운은 테일러와의 경주에서 이겼다. 미국 정부는 핵로켓이 아닌 화학로켓이 정부의 우주 프로그램에 동력을 공급하게 될 거라고 결정했다. 오라이언 프로젝트는 공군에 넘어갔다. "공군은 그걸 원하지 않았습니다. 우리도 역시 그들을 원하지 않았고요. 그건 정략결혼이었습니다"라고 프리먼은 말한다. 오라이언 팀 요원들은 처음부터 우주선으로 무기를 만들 수 있는 방법이 없다는 것을 알고 있었고, 잠시 후에는 공군도 그런 생각을 하기 시작했다.

한 무리의 사람들이 공군무기연구소에 진척보고를 하기 위해 라호야에서 뉴멕시코로 날아갔다. 오라이언 사람들은 발표를 하는 데에 익숙하지 않았기 때문에 신경이 곤두서 있었다. 항공회사가 파업중이어서 그들은 우회로로 여행을 해야 했다. 그들은 느지막이 지친 상태로 도착했다.

"다음날 아침에 식사를 하는데 해리스 마이어 박사가 거기 있더군요." 브라이언 던의 회상이다. "가슴이 두툼한 연구소장인데, 몸집이 큰 보이스카우트 단장 같은 타입이었습니다. 그는 달걀 세 개가 얹혀 있는 3쎈티미터 두께의 스테이크에, 해시 브라운 감자(삶은 감자를 썰어 프라이팬에 넣어 양면을 알맞게 구운 요리 —옮긴이)를 먹고 있었습니다. 커피도 있었지요. 그것을 다 먹었어요. 어머어마한 아침식사죠. 테일러는 음란한 얘기를 하고 있었고 마이어는 정신없이 소리내어 웃으면서 이 엄청난 단백질 식사를 연소하고 있었습니다. 그때 프리먼이 들어와 조용히 영국식으로 '안녕하십니까' 하고 인사했죠. 여종업원이 와서 무엇을 먹겠느냐고 묻자 그는 '음, 귀리죽을 먹겠어요. 그리고 홍차도 좀 주세요' 하고 말했습니다. 그래서 그는 귀리죽과 홍차를 들었지요.

우리는 버스를 타고 강당으로 갔습니다. 사람들이 400명 내지 500명쯤 있더군요. 내가 일어나서 몇몇 실험에 대한 발표를 했고 다른 사람들도 발표를 했습니다.

우리는 불투과성(不透過性)에 대해 토론하기 시작했습니다. 불투과성은 오라이언에서 중요한 고려사항 중 하나였는데, 과연 융제된 추진판은 추진판에 쌓이는 뜨거운 가스의 불투과성에 의존하는가가 문제였죠. 가스가 방사선이 투과하는 것을 충분히 막지 않는다면 방사선이 들어가 판을 삶아 없앨 테니까요. 불투과성에 전체 개념의 생사가 달려 있었습니다. 로스알라모스에 있는 사람들은 불투과성에 아주 열광했습니다. 수소폭탄 기술에서도 불투과성은 기본적인 개념이었기 때문이죠. 그들은 그 분야에서 아주아주 강했습니다. 오라이언을 비판하는 사람들은 그걸 붙들고 늘어져서 오라이언을 영원히 잠재우려고 애를 썼습니다. 해리스 마이어도 그중 한 사람이었지요. 그는 왕왕 울리는 권위적인 목소리의 소유자로서, 자신에게 모든 발언권이 있다고 생각했습니다.

프리먼이 청중석에서 일어나 맑고 날카로운 목소리로 그들을 차츰 제압해나갔습니다. 그것은 내가 이제까지 들어본 과학에 관한 연설 중에서 가장 아름답고 위엄있는 작품이었어요. '이것은 저것의 결과로써 생깁니다, 따라서, 등등' 하는 얘기가 계속되었습니다. 이 모든 것을 귀리죽에 홍차만 먹고 전혀 잠을 자지 않고서 해냈죠. 강당은 조용했습니다. 그건 정말 비범한 일이기 때문이었죠. 그는 모든 사람들이 자신의 발언에서 충분한 이익을 얻을 수 있게, 연설을 하면서 천천히 몸을 돌렸습니다. 그런 다음 공손히 자리에 앉았지요."

하지만 이 연설은 지연작전에 불과했다. 프로젝트에서 생명이 빠져나가고 있었다. 오라이언의 역사적 행로는 그 자신이 우주로 출항했다면 그러했을 것처럼 잠시 반짝였을 뿐이다. 우주선은 잠시 동안 아주 밝게 타올랐다가 사라졌다. 1959년 이후에 상당한 기술적 작업이 이루어졌지만 자신들이 몸소 우주에 가리라고 믿었던 사람들에 의해 이루어진 것은 아니었다. 1963년의 제한시험금지 협정은 대기 및 우주에서의 핵폭발을 금지함으로써 오라이언의 몸에 새끼줄을 씌웠고, 미항공우주국의 최종적 거절은 남아 있는 희망을 죽여버렸다. 프로젝트는 1965년 봄, 공식적으로 끝이 났다.

"프로젝트가 사망한 날, 나는 거기 있었습니다. 다섯시에 숨을 멈추었죠. 우리는 말끔하게 치우고 마지막 보고서를 쓰고 있었습니다. 우리는 옛 시절 얘기를 했죠. 정말 극적인 점은 그것이 전혀 극적이지 않다는 것이었습니다. 사람들이 그저 앉아서 시계를 바라보고 있었어요."

프리먼의 말이다. 프리먼은 프린스턴에 있는 자신의 책상서랍에 로우머곳에서의 실험 때 주운 알루미늄 조각 한 자루를 넣어두었다. 그는 지금도 그것을 간직하고 있다. 꿈의 파편이자, 그가 그냥 꿈을 꾸고 있지만은 않았다는 증거이기에.

죠지 다이슨 경은 오래 전에 『음악의 진보』라는 책에서, 일부러 의도한 것은 아니었으나, 오라이언을 위해 일종의 묘비명 같은 것을 쓴 적이 있다. 아들이 우주선에 말려들 것을 예언적으로 인지한 글이다. 메타포는 음악이었으며 주제는 위대한 작곡가였다.

"그는 지고한 신앙의 행위로써, 자기 생애의 가장 좋은 시기를 신중히 바쳐 어마어마한 규모의 작품을 시작해 점차로 완성해갔다. 이 작품은 그의 철학적, 시적, 음악적 사상의 전 범위를 망라하는 것이었으며, 실제 오페라 연출가인 그 자신이 당시 세상에 존재하는 모든 극장의, 모든 이용가능한 수단을 절대적으로 초월하는 작품임을 누구보다 잘 알고 있었다. 음악에서『니벨룽엔의 반지』에 비할 수 있는 작품은 없다. 다른 예술 분야에서도 그것에 견줄 만한 작품은 없다. 만약 어떤 건축가가 생애의 절반을 바쳐, 당시 세상 어디에도 존재하지 않는 재료로, 공인되지도 않았을 뿐 아니라 있으나마나한 건물을 거대하고 정교하게 짓는다면, 그것이야말로 바그너가 택한 과업에 좋이 필적할 작품이 될 것이다."

차이점이 있다면 프리먼은 생애의 절반을 오라이언에 바치지 않았다는 것이다. 그는 전성기의 1, 2년을 바쳤을 뿐이며 우주선은『니벨룽엔의 반지』와는 달리 날지 못했다. 하지만 오라이언이 지면을 떠났더라면 심벌즈가 요란하게 울리는 가운데에서였을 것이다. 우주 속을 힘차게 지나며 오라이언은 바그너적인 음악을 연주했을 것이다.

2

18

인간, 늑대, 리바이어선

"이 행성의 바다 위를 조용히 미끄러지듯 돌아다니기 위해서는 바람과 파도도 알아차리지 못하는 날씬한 형태를 취해야 한다. 물과 공기의 가볍고 빠른 움직임을 교묘히 취해 그 둘의 접촉면 속으로 섞여 들어가야 한다. 조그만 날개를 달고 조금만 긴장하면 그대는 바람과 함께 움직일 수 있다." 출판되지 않은 보고서 중 하나에서 손자 죠지 다이슨은 이렇게 썼다.

바이다르카를 타고 브리티시 컬럼비아를 탐험하면서 죠지는 알류트 사람들이 수세기 동안 알고 있던 것들을 다시 배웠다. 그 지식은 대부분 사람들의 체험으로부터 전수되어온 것이지만, 바이다르카의 하루하루는 그 지식을 조금씩 더 되살아나게 했다.

"나는 조금이라도 트인 해변이나 보호되는 만이 있어서 카누가 상륙할 수 있으면 어디에서든 자유롭게 단단한 땅의 안전함과 편안을 구했다. 하지만 편안히, 속력을 내며, 기계적인 체계에 대한 염려 없이 멀리까지 여행하는 것 또한 자유로웠다.

조용히 안개와 어둠 또는 폭풍을 뚫고 여행하는 카누에는 위험을 인지하고 피하게 해주는 레이다나 항해장비에 대한 주의가 필요없다. 다만 방심하지 않는 인간의 감각만 있으면 된다. 사람은 해안이 얼마나 가까운지 냄새 맡을 수 있고, 폭풍 속의 위험한 파도 소리나 칠흑같이 조용한 밤 위로 튀어나와 있는 바위의 메아리를 들을 수 있고, 안개가 자

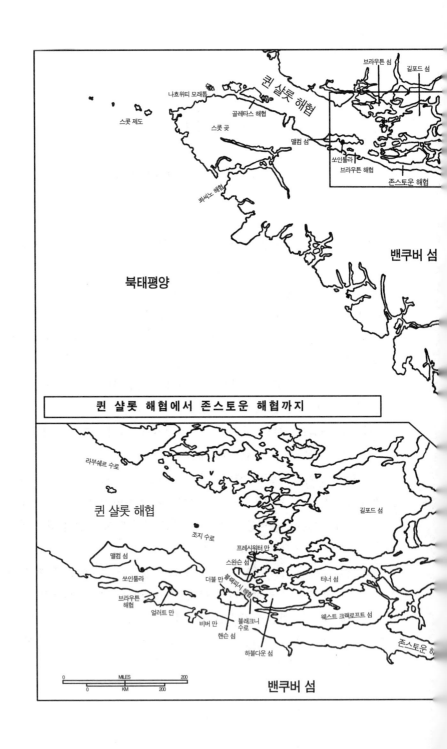

브라우튼 섬
길포드 섬

나흐위티 모래톱
퀸 샬롯 해협
골레타스 해협
스콧 제도
스콧 곶
맬컴 섬
쿼씨노 해협
쏘인툴라
브라우튼 해협
존스토운 해협
밴쿠버 섬
북태평양

퀸 샬롯 해협에서 존스토운 해협까지

라부쉐르 수로
길포드 섬
퀸 샬롯 해협
조지 수로
프레시워터 만
맬컴 섬
스완슨 섬
터너 섬
쏘인툴라
더블 만
블랙피시 해협
브라우튼 해협
얼러트 만
비버 만
블래크니 수로
웨스트 크래로프트 섬
핸슨 섬
존스토운 하
하블다운 섬
MILES 0 200
KM 0 200
밴쿠버 섬

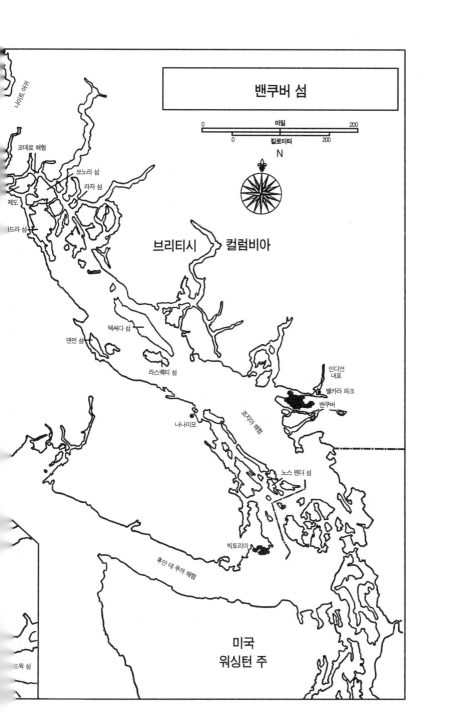

밴쿠버 섬

마일

킬로미터

N

나이트 어귀

코데로 해협

쓰노라 섬

라자 섬

제도

ᅡ드라 섬

브리티시 컬럼비아

텍싸다 섬

덴먼 섬

라스퀘티 섬

인디언
내포

벨카라 파크

밴쿠버

조지아 해협

나나이모

노스 펜더 섬

빅토리아

후안 데 푸카 해협

미국
워싱턴 주

ᅳ월 섬

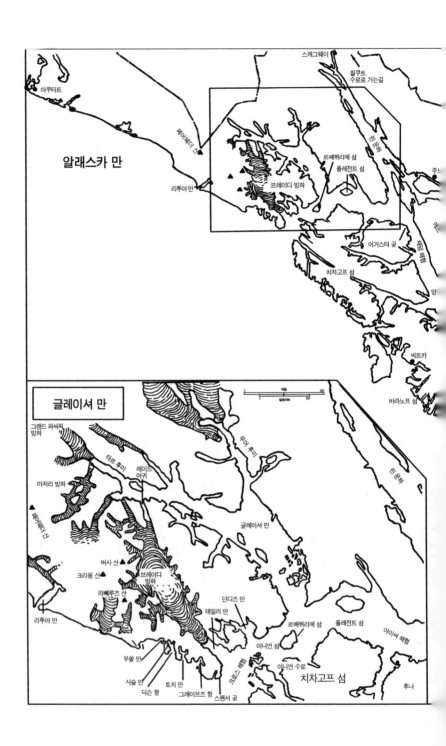

알래스카 만

스캐그웨이

칠쿠트
수로로 가는길

아쿠타트

페어웨더 산

르메쒸리에 섬

플레전트 섬

린 운하

주

리투아 만

브레이디 빙하

어거스타 곶

차차고프 섬

씨트카

바라노프 섬

글레이셔 만

그랜드 퍼씨픽
빙하

타르 후미

레이드
어귀

마저리 빙하

페어웨더 산

린 운하

유이 후미

무이 후미

글레이셔 만

버사 산

크리용 산

브레이디
빙하

라페루즈 산

던디즈 만

테일러 만

리투아 만

르메쒸리에 섬

플레전트 섬

아이씨 해협

부쑬 만

시슬 만

토치 만

이니언 수로

치차고프 섬

딕슨 항

그레이브즈 항

스펜서 곶

이니언 해협

크로스 해협

후나

알렉쌘더 군도

트레이씨 내포

캐 나 다

브리티시 컬럼비아

프레더릭 해협
피터스버그

카케

구프리아노프 섬

미국
알래스카 주

썸너 해협

베이커 곶

클래런스 해협

프린스
오브
웨일즈 섬

케치칸

해커티 해협

프린스 루퍼트

딕슨 어귀

욱한 날씨 속에서 바다의 움직임을 통해 눈에 보이지 않는 주변환경의 성격과 위치를 느낄 수 있다. 내가 원하는 곳에 가는 데에 기계나 연료는 필요없다. 다만 바람과 조수, 노를 쓰면 된다. 내 식량과 연료는 주변환경이 아낌없이 마련해주었다. 바다에 풍부하게 떠다니는 나무로 지핀 불 위에다 영양분이 풍부한 다양한 바다 생선을 구우면 되었다. 나는 이 지역에 서식하고 있는 수많은 형태의 생명체 모두와 친밀한 관계를 맺었고, 그들에게 영향을 주는 조수와 날씨, 계절적 이동 등의 조건에 대해 차차 알게 되었다. 내 카누는 물 속에 있는 만큼이나 해변 위에도 올라와 있었는데, 바로 이러한 능력 덕분에 양쪽의 시각에서 대양과 대륙의 만남에 대해 연구하는 것이 가능했다."

바이다르카는 죠지를 고독 속으로 더 깊이 데려갔다. 때로 그는 자신과 함께 갈 카약꾼을 찾기도 했지만 그렇지 않을 때가 더 많았다. 카누에 혼자 있으면서 그는 파도 속에서 사람 목소리를 들었다. 선원들은 인간이 바다로 나간 이래 죽 그 웅얼거림을 들었으며, 옛날에는 그 소리가 물에 빠져 죽은 모든 뱃사람들의 탄식이라고 상상했다. 죠지는 온전한 문장을 들었는데 그 문장들은 실망스러운 것들이었다. "그건 '아름다움은 우주의 비밀이다' 같은 게 아녜요. '이봐 조우, 버터 좀 이리 줘.' 이런 거죠." 죠지의 불평이다.

바이다르카 때문에, 사람이 살지 않는 곳을 여행할 때 따라오는 결과로서, 그는 마지못해 문명의 가치를 인정하게 되었다. 언젠가 며칠 동안 혼자 지낸 후에 죠지는 해변에서 물에 흠뻑 젖은 신문을 발견했다. 그 신문이 전하는 문명화된 사건들은 오래된 것이었지만 죠지는 그것을 간절히 바라고 있었다. 그는 신문을 한장 한장 벗겨내서 차례차례 읽었다.

그는 자신을 모험가라고 생각한 적이 없었다. 죠지에게 바이다르카는 교통수단일 뿐이었다. 그는 현금을 거의 들이지 않고 배를 움직였는데, 카누는 그가 돈을 한푼도 쓰지 않고 수많은 지방을 돌아보는 방법이었다. 그가 하는 여행의 목적은 결코 모험이 아니었다. 죠지는 휴가중인 부유한 젊은이들의 모험보다는 알류트 사람들이 일상적인 일에서 이루어낸 위업과, 손으로 젓는 배를 타고 씨애틀에서 주노까지 갔던 그 옛날의 고참 개척자들이 해낸 일에서 더 큰 감동을 받았다. 그는 옛날 사람들이 한 일에서 경외심을 느꼈다. 그는 우리가 소인(小人)의 시대에 살고 있다고 생각한다.

1973년 여름에 죠지는 핸슨 섬 북쪽에 있는 후미와 섬을 탐사하면서 1주일을 보냈다. 그 주가 끝날 무렵 바람이 방향을 바꿔 북쪽에서 그를 향해 기운차게 불어오기 시작했다. 바이다르카에서는 부드러운 바람일지라도 바람을 맞으며 노를 젓는 것이 힘들기 때문에 죠지는 바람이 불어오는 쪽으로 뱃머리를 돌리고 돛을 올린 후 하루에 120킬로미터를 달려서 핸슨 섬으로 돌아왔다.

다음날 그는 핸슨 근처의 인디언 마을인 얼러트 만에서 술집에 앉아 있었다. 그는 우편물을 기다리며 시간을 보내고 있었는데 그때 카우보이 장화를 신고 카우보이 모자를 쓴 사람이 그의 옆에 와 앉았다. 그가 입은 제복은 특이했다. 죠지가 사는 북쪽 숲에서는 코르크 장화에 털실 모자를 쓰는 스타일이 더 많았기 때문이다. 죠지는 호기심이 일어난데다가 맥주 때문에 마음이 약간 풀어져서 대화를 시작했다. 그는 그 카우보이가 콜로라도 출신이며 이름은 캐롤 마틴이라는 것을 알았다. 서로의 비망록을 비교하자마자 마틴과 죠지는 자신들이 예전에 만난 적이 있다는 것, 그때 마틴은 로키 산맥의 사냥 안내인이었고 죠지는 거기서 냄비닦이였다는 것을 알게 되었다. 마틴도 지금 무언가를 기다리는 중이었다. 우편물이 아니라 그의 예인선에 달 디젤 부품을 기다리고 있었다. 마틴의 말에 따르면 그 예인선은 바지선을 끌고 있는데, 그 바지선에는 알래스카로 가져갈 건초와 소, 말 등이 가득 실려 있다는 것이었다. 디젤 부품이 도착하면 수상비행기를 전세내 병든 예인선으로 날아간 다음, 북쪽으로 가는 원정을 다시 시작할 계획이라는 말도 했다. 죠

지는 건초니 소니 말이니 하는 부분은 믿지 않았지만——내수로 지방
에서는 아무도 그런 동물원을 싣고 알래스카까지 가지 않는다——브리
티시 컬럼비아의 수로에서 생계를 꾸리며 살아가는 그의 형제들과 마찬
가지로, 돈을 벌 수 있는 기회에는 주의를 게을리하지 않았다. 마침 드
쏘노쿠아 호가 남쪽에서 막 들어와 있었으므로 죠지는 마틴에게 변경
(邊境)을 다니는 비행사를 찾아다닐 값에 드쏘노쿠아 호를 전세내지 않
겠느냐고 제안하였다. 마틴은 그러마고 동의했다.

　마틴의 이야기는 모두 진실로 밝혀졌다. 그와 그의 건초, 말, 소가 주
노를 향해서 가고 있었고, 거기서 그는 새 목장과 새 삶을 시작할 계획
이었다. 그에게는 배에 대해 아는 사람이 필요했기에 그는 죠지에게 함
께 가자고 청했다.

　죠지는 그 제안에 대해 생각을 해보았다. 그가 알기로 주노는 글레이
셔 만 근처에 있고, 글레이셔 만의 깊은 후미들은 내수로의 바로 끝부분
이다. 그러니까 그 만은 1440킬로미터에 이르는 그의 집 지붕인 셈이
다. 지붕 널을 점검하지 않는 사람은 변변한 집주인이라고 할 수 없다.
죠지는 함께 가기로 했다. 죠지는 매우 가뿐하게 여행을 하고 있었으므
로 준비나 작별인사 같은 것도 필요없었다. 그는 그저 바이다르카를 바
지선 위로 끌어올렸을 뿐이다.

　"그건 별난 전환이었어요. 하루는 남쪽으로 가는 카누에 있다가 그
다음 날엔 동물을 가득 실은 바지선을 타고 북쪽으로 가고 있었으니 말
이죠. 저는 허드렛일을 했어요. 그 전엔 허드렛일을 해본 적이 없어요.
동물들에게 먹이를 주고 물을 먹여야만 했죠. 말과 소에게 170리터를
주었어요. 하지만 그 배는 아름다웠죠. 그 배가 곧 콜로라도였으니까요.
돌아다니면서 건초 냄새를 맡곤 했어요" 하고 죠지는 말한다.

　길이 33미터에, 너비 13미터인 바지선은 소 세 마리, 말 네 마리, 건
초 25톤, 물 2만 리터, 픽업 트럭 한 대, 18미터짜리 하우스 트레일러,
집짓기에 충분한 양의 목재, 수톤의 식량과 물품 등을 나르고 있었다.

그 배는 마틴의 방주였다. 그가 새 삶을 시작하는 데 필요한 모든 것이 거기에 있었다. 그것은 하나의 촌락 전체나 마찬가지였는데 그것을 끄는 것은 미니 예인선이었다. 죠지는 예전에 이런 종류의 구성을 본 적이 있다. 내수로의 너그러운 바다에서는 짐배들이 우스꽝스러울 정도로 짐을 너무 많이 싣는 경우가 종종 있었다. 그는 바이다르카에서 팔 힘에 의지하여 그들 사이로 끼여들어간 적도 있다. 또는 육지의 돌출부에서 캠핑을 하면서, 그 배들이 밀물 때 신나게 그를 지나쳐갔다가 썰물이 되면 후진하며 다시 그를 지나쳐가는 모습을 지켜보았다. 하지만 마틴의 배치는 극단적인 경우였다. "그 예인선은 항구 근처에서 통나무나 두어 개 끌도록 만들어진 거였어요. 그런데 여기서는 30미터짜리 바지선을 끌고 있었죠. '저동력'이란 말은 명함도 못 내밀어요. 물결을 거슬러서는 거의 움직일 수가 없었으니까요. 우리는 4노트를 내며 쥐죽은 듯이 고요하게 있었죠. 이것도 옛날 얘기네요. 지금은 선외 모터로 퀸 메어리 호도 끌 수 있어요. 썩 빨리 움직일 수는 없지만요. 하지만 제가 카누에서 배운 기술을 모조리 써야만 했기 때문에 저한테는 재미있었어요. 우리는 조수와 바람에 의지해야 했거든요." 죠지의 얘기이다.

"무전기도 없었어요. 씨애틀과 알래스카를 오가는 예인선에 무전기가 없다? 그런 얘기는 들어본 적이 없어요. 나침반도 없었고, 레이다도 없었어요. 견인 밧줄을 감는 윈치(밧줄이나 쇠사슬을 감았다 풀었다 함으로써 무거운 물건을 위아래로 옮기는 기계―옮긴이)도 없었어요. 대신에 우리는 쇠밧줄을 트럭에 매고 바지선 위에서 트럭을 앞으로 몰았다 뒤로 몰았다 했죠. 그런데 프린스 루퍼트에서 후진기어를 잃어버리고 말았어요. 세상에, 후진기어가 없었어요. 후진기어 없이 30미터짜리 바지선을 마을에 대는 것은 난투예요."

뭍에 대기 위해 부두로 들어가면서 그들은 예인선을 분리하고 선착장을 향해 바지선을 조준한 뒤 속도와 궤도가 딱 들어맞기를 기도해야만 했다. 목성 궤도의 중력이 오라이언 호를 붙들었을 수도 있는 것처럼 선

착장이 바지선을 꼭 붙들어줄 것으로 생각되었으나, 죠지에게는 각도를 계산할 컴퓨터가 없었다. "그렇게 해서 우리는 통조림공장을 뒤흔들게 되었죠." 죠지의 고백이다.

바지선은 피터스버그의 선창으로 들어가면서 통조림공장 건물을 들이받았다. 순식간에 공장의 창에는 통조림공장 노동자들의 겁먹은 얼굴이 한가득 채워졌다. 죠지는 그 일을 회상할 때는 여전히 움찔한다. "그 이후로 아무도 그런 일을 보지 못했죠. 그 해안에서는 지금도 그 얘기를 해요. 내가 관여했던 일 중에 가장 미친 짓이었어요."

캐롤 마틴이 선장이었고 죠지는 항해사이자 조수였다. 최초의 갑판선원은 캐롤의 아홉살 먹은 아들 조우 마틴과, 미국에서 마틴의 배를 얻어 탄 투쏜 출신 남자였다. 그런데 켈씨 만에서 그들은 세번째 선원을 태웠으니, 에릭이라는 유콘 출신의 야생인이었다. "에릭은 괴물 같은 카누를 타고 밴쿠버에서 유콘으로 돌아가는 길이었어요. 집에서 만든 6미터짜리 카누였는데 도무지 희망이 없었죠. 그 배는 고래처럼 물이 있어야 떠올랐어요. 중력의 힘을 견딜 수가 없었죠. 우리가 그걸 물에서 들어올리자 딱 부러지는 소리가 나더니 부서져버렸어요. 에릭은 더이상 어떻게 해볼 수 없이 솜씨없는 사람이었어요. 못 하나도 똑바로 박지 못하는데다 게을렀어요. 하지만 직선 행로의 키는 잡을 줄 알았고, 그러면 대단한 사나이가 되었죠."

마틴 선장은 배에 관해 아무것도 몰랐다. 엔진에 관해서는 조금 아는 것이 있었는데 그건 좋은 일이었다. 왜냐하면 죠지는 그 부분에선 전혀 도움이 되지 않았기 때문이다. "저는 결코 엔진을 만지지 않았어요." 죠지는 자랑스럽게 말한다. "저는 다양한 종류의 엔진을 작동해봤어요. 좋은 기계공이 될 수도 있었을 거예요. 하지만 한번 엔진을 갖고 놀기 시작해서 엔진을 잘 만지게 되면 그 다음에는 늘 엔진만 고치고 있게 돼요."

마틴이 콜로라도를 떠난 것은 그곳이 너무 붐비게 되었기 때문이다. 그는 알래스카에는 운신의 여지가 충분히 있을 거라고 생각했다. 알래스카로 짐을 옮기는 값에 충격을 받은 그는 타코마에서 예인선과 바지선을 사고 아내와 어린 아이들을 먼저 주노로 보냈다. 북쪽으로 가는 여행 도중 비가 오는 날이면 마틴 선장은 기분이 우울해져서 주노에 얼른 도착해 가족과 재회하고 싶어했다. 하지만 해가 나는 날이면 그에게는 빨리 갈 이유가 없었다. 그는 긴장을 풀고 서서히 지나쳐가는 산천을 즐겼다. 숲 속에 있는 어떤 개간지를 가리키며 "저기는 농장을 하기에 좋은 곳일 것 같은데" 하고 알아보기도 했고, 높은 곳을 가리키며 "저 위의 염소들 좀 봐! 사냥하면 멋있겠다!"라고 외치기도 했다. 맑은 날이면 선장은 가족을 잊어버린 듯이 보였으므로 원정대는 즐겁게 놀았다. 죠지는 가축을 데리고 해변으로 내려가 풀을 뜯겼다. 그의 삶은 한 순간 해양적이었다가 다음 순간 목가적인 것이 되었다. 개중에는 배가 뿌리를 내리고 영원히 머물렀으면 좋겠다고 생각되는 특별히 아름다운 곳이 한두 군데 있었다. "그 바지선에는 열 사람을 2년 동안 먹여 살리기에 충분한 식량과 물품이 있었어요. 온갖 종류의 총과 장비 등등 별게 다 있었지요. 고기를 가득 채운 냉동고도 있었어요. 그걸 먹어야만 했죠. 그것말고는 먹을 게 없었으니까요. 우리는 산사람처럼 내내 고기만 먹었어요. 하지만 고기는 참 좋았어요. 사슴이나 뭐 그런 고기였죠." 죠지의 말이다.

그러고 나면 비가 되돌아왔고, 목가(牧歌)는 끝이 났다. 원정대는 비틀거리며 앞으로 나아갔다.

그들이 가는 길을 따라 서 있는 작은 마을들에 도착해 뭍에 오를 때면 이 바지선의 선원들은 이상한 행진을 벌였다. 카우보이 옷을 입은 마틴과 결코 신발이라곤 신지 않아 발이 옹이지고 쩍쩍 갈라진 유콘의 에릭이 있었으며, 키가 크고 마른 몸매에 어쩌다 자신이 이 대열에 합류하게 되었는지 의아해하는 투쏜 사람, 히피 덫사냥꾼 옷을 입고 있는 죠지, 그리고 어른처럼 경계를 서며 나머지 사람들과 마찬가지로 자유를 위해 뭍에 오르는 아홉살짜리 조우 마틴이 있었다.

마을들 자체도 이상했다. 죠지가 하나하나 열거하듯이 그의 삶에는 종종 꿈 같은 성질이 있었거니와, 그가 본 알래스카의 마을들도 꿈 속의 마을이었다. "피터스버그는 여자들의 마을이에요. 술집에 들어갔는데 거기 있는 사람들 4분의 3이 오레건이나 그런 데서 온 예쁜 남녀공학 여학생들이었어요. 그애들은 여름에 통조림공장에 와서 일을 했죠. 남자친구들은 금요일까지 바깥에서 배를 타고 있었어요." 바지선 사람들은 여자애들을 그냥 보기만 하기로 합의했다. 그애들이 술집에 가득 차 있는 것을 보고 그들은 술집을 나왔다. 바깥으로 막 나오려는데 흉측한

매부리코 모양의 가면을 쓴 사람 셋이 그들을 덮쳤다. 맥주 덕분에 힘을 얻은 죠지와 그의 동료들은 물러서지 않았다. 세 개의 가면에서 실망의 소리가 새어나왔다. 가면이 벗겨지자 그 밑에는 아름다운 10대 소녀의 얼굴 셋이 있었다. (죠지의 얘기에 나오는 여자는 모두 아름답다.) 그 소녀들은 자기들이 미성년자라서 가면으로 변장하고 술집에 들어가려 했다고 설명했다. 죠지는 자신과 동료들이 좀더 그럴듯하게 깜짝 놀랐으면 좋았을걸, 하고 생각했다. "하지만 우리는 피터스버그를 몰랐어요. 거기가 정상적인 곳인 줄 알았죠" 하고 죠지는 말한다.

그는 여자애들에게 바지선과 소 세 마리, 말 네 마리, 건초 25톤에 대해 말해주었다. 그 여자애들은 잠시 동안 그 말을 믿지 않았다. 남동 알래스카는 말을 키우기에는 가난한 지방이라서 말이 거의 없었기 때문이었다. 하지만 여자애들은 재미있어했다. 그들은 말을 좋아할 나이였지만 말이 없는 삶을 살아왔다. 죠지가 내려와서 말을 보라고 권하자 그들은 초대에 응했다. 엄격하고 유목적인 생활을 하느라 실제로 여자가 없는 삶을 살아온 스무살 난 죠지에게 "배로 와서 내 말 볼래요?"는 나쁜 대사가 아니었다. 하지만 그는 계속 따라다니진 않았다. 소녀들은 가축을 만지고 귀여워하며 잠시 얘기를 하더니 작별인사를 했다.

원정대는 계속 북쪽으로 갔다.

원정대는 아이들이 말을 한 번도 본 적이 없는 어떤 인디언 마을에 잠시 멈추었다. 배를 둘러보라는 초대를 받자 인디언 아이들은 그 괴물 같은 짐승 주위에 널따란 동그라미를 그리며 둘러섰다. 냉동고를 살짝 열어서 엄청난 양의 고기를 보고 이 고기는 말의 먹이일 거라고 추측하기도 했다. 그것은 합리적인 추론이었다. 그들이 알고 있는 육상동물 중에서 유일하게 그와 비견될 만한 크기를 가진 것은 회색 곰이었으니 말이다. 그들은 마침내 용기를 내서 우리 근처로 모여들었다. 뒤에 있는 애들은 앞으로 밀었고, 앞에 있는 애들은 밀리지 않으려고 몸을 뒤로 젖혔다. 말이 발을 쿵 내딛거나 히힝거리면 아이들은 전부 흩어졌다. 그러곤 다시 모여들어 한번 더 놀랐으면 하고 기다렸다.

원정대는 불확실하게 앞으로 나아갔다. "거의 모든 걸 잃어버린 적도 서너 번 있었어요. 매일매일 쉬지 않고 내내 오싹한 모험을 하는 것 같았죠. 두 번은 예인선을 거의 침몰시키다시피 했어요." 엔진이 고장나거나 키잡이가 계산을 잘못하면 이렇게 배를 침몰시킬 지경에 이르는 경우가 생겼다. 그들이 고개를 돌려보면 바지선이 뒤에서 마치 운명처럼 육중하고 냉혹한 모습으로 다가오고 있는 경우가 있었다. 하지만 다행히 구조선이 많았기 때문에 죠지는 생명에 대해서 염려하지 않았다. 마틴에게는 커다란 쾌속정이 있었고 에릭에게는 괴물 카누가 있었으며 죠지에게는 바이다르카가 있었다. 죠지는 배에서 사는 쥐처럼 충성스러웠지만, 당장에라도 배를 떠날 수 있도록 바이다르카에 자신의 소지품을 전부 실어두었다.

예인선은 안개가 심하게 낀 가운데 정박지를 떠났다. 그들이 항해에 나서자마자 안개가 더 짙어지며 그들을 순백 속에 가두었다. 그들은 그만 자신들이 가고 있던 항로를 놓쳤다. 죠지는 카누에서 하던 것처럼 소리를 듣고 육지에 상륙할 수가 없었다. 안개 때문에 소리가 나지 않았고, 예인선의 엔진이 날씨만큼이나 다른 소리를 통과시키지 않는 하얀 소음을 내고 있었기 때문이다. 그런데 그때 바로 코앞에 빙산이 불쑥 거대한 모습을 드러냈다. 그들은 타이태닉 호(영국의 여객선으로 절대 가라앉지 않을 것으로 생각되었으나 1912년 첫 항해에서 빙산에 부딪혀 침몰해 탑승자 1500명 전원이 사망함—옮긴이)를 기억했지만 빙산을 향해 갔다. "우리보다 더 곤욕을 치르는 경우도 별로 없을 거라는 생각이 들었죠." 죠지의 말이다. 누군가가 빙산의 8분의 7은 물 속에 잠겨 있기 때문에 빙산 아래의 바닥은 틀림없이 깊다는 것을 기억해냈다. 그들의 운명이 어떻게 되든지간에 배가 암초 위에 얹히는 일은 없을 것이다. 그들은 안개가 걷히길 기다리며 빙산 주위를 맴돌았다. 죠지는 자신에게서 멀찍이 떨어져서 자신의 모습을 보았는데 그것이 그를 즐겁게 했다. 여기 말과 소,

25톤의 건초를 가득 실은 바지선 위에서, 빙산 주변을 맴도는 조그만 예인선에 끌려가는 죠지 다이슨, 그가 있었다.

안개가 걷히고 원정이 다시 시작되었다.

하루는 소 한 마리가 배에서 물 속으로 떨어졌다. 캐롤 마틴은 콜로라도의 행복했던 추억에 가슴이 벅차 예인선에서 밧줄을 빙글빙글 돌리며 소를 좇았다. 그는 갑판에서 올가미를 던져 그놈을 잡았고 그들은 소를 배 위로 끌어올렸다.

다른 날은 투쏜 사람이 예인선에서 떨어졌다. 그는 견인 밧줄에 걸려 다시 기어올라왔으나 그 체험에 너무 겁을 먹은 나머지 선실로 내려가 주노에 닿을 때까지 다시는 나타나지 않았다.

원정대는 빙산 주위를 맴돌고 소를 좇느라 구불구불 흘러갔지만 대체로는 북서쪽으로 가고 있었다. 해협과의 경계에 있는 산들이 점점 높아졌고 차츰 더 눈 덮인 모습이 되어갔다. 예인선은 빙하가 물러가면서 취했던 행로를 1000년이 지난 지금 되밟아갔다. 죠지는 얼음이 더이상 물러서지 않는 산중의 요새까지 얼음을 좇아가고 있었다. 글레이셔 만과 내수로의 머리 부분에 있는 다른 굴 속에는 빙하가 다음 빙기가 오기를 기다리며, 몇년 동안은 잠정적으로 앞으로 나왔다가 또 몇 쎈티미터 뒤로 갔다 하면서 여름잠을 자고 있다.

날씨가 점점 차가워졌다.

유콘의 에릭은 마침내 굴복했다. 그는 더해가는 추위와 예인선 갑판 위에 있는 모든 사악한 돌출물과 잠자리에 들기 전에 재수없게 무언가를 밟는 데 질겁해 커다란 테니스 신발을 샀다. 그 전에 신던 장화가 더이상 맞지 않았기 때문에 그는 부득불 테니스 신발을 사야만 했던 것이다. 죠지가 관찰한 바에 따르면 너무 오랫동안 신을 신지 않고 다니면 이런 일이 종종 일어난다. 옹이 때문에 발이 신발 한 치수 내지 두 치수 정도 커지는 것이다. 에릭은 이제 덜 야생적으로 보였지만 대신 좀더 광대 같은 모습이 되었다.

추위가 깊어감에 따라 죠지는 둥지를 지었다.

"건초 속에 제 조그만 아파트를 지었어요. 25톤 건초였으니까요. 그건 아주 많은 양이에요. 말에게 건초를 먹일 때 그 속으로 계속 굴을 파고 기어들어갔죠. 그래서 방 하나만한 공간을 비웠어요. 바깥은 알래스카의 날씨였지만 그 안은 따뜻하고 건조했어요. 촛불이 하나 있으면 섭씨 32도가 유지되었죠. 어쨌든 보통 26, 7도 정도는 되었어요. 건초가 자연히 썩으며 열을 냈으니까요. 분해되었다는 뜻이죠."

안개 낀 퀸 샬롯 해협과 클래런스 해협의 유역 위, 이주하는 건초의 산 속 깊은 방에서 죠지의 감춰진 촛불이 탔다.

"이따금 저하고 에릭, 가끔은 어린 조우까지 트럭에 앉아 트럭 라디오를 틀었어요. 앨버타로부터 산을 넘어 튀어오는 컨트리 음악을 골랐죠. 그게 우리를 미치게 했어요. 트럭에서는 바지선의 측면이 보이지 않기 때문에 우리가 어디 있는지 알 수 없었어요. 건초 냄새에 컨트리 음악이 있으니 콜로라도라고 생각했죠."

캐롤 마틴은 피아노를 가져왔다. (그는 문명을 버리고 황야로 들어가는 것이 아니었으므로 될 수 있는 대로 문명의 세간을 많이 실었다.) 죠지는 피아노를 배운 적이 없었지만 가끔 하우스 트레일러에 들어가 피아노 의자에 앉아 찬 손을 비비고 건반에 손가락을 얹곤 했다. 프레더릭 해협과 스티븐즈 항로의 혹독히 추운 물결 위에서, 밍크고래 떼와 빙하, 물 밑에서 자맥질을 하거나 수면 위에서 날개를 털며 지나는 바다오리 떼, 바지선으로 다가와 수염 달린 코를 킁킁거리거나 배를 물끄러미 바라보는 황소 같은 목을 가진 스텔러바다표범, 미친 듯이 웃는 대머리독수리 등을 벗삼아 죠지 다이슨 경의 손자는 실험적인 곡을 쳤다.

주노에 닿기 이틀 전 그들은 맹렬한 맞바람을 만났다. 열두 시간 동안 바람과 사투를 벌인 끝에 그들은 마지막 연료를 다 써버렸다. 예인선은 트레이씨 내포 어귀의 정박지를 향해 꾸물럭거리며 갔는데, 그곳은 피오르드 절벽이 가팔랐다. 거기에는 알맞은 바닥이 없어서 그들은 잠시 동안 닻 내리기를 지체했다. 그런데 그때 닻줄이 다 풀리면서 한 지점에 닻이 걸렸다. 그들은 어떤 선택을 할 것인가를 의논했다. 정상적인 항해로에서 벗어나 있었기 때문에 그들은 다른 배의 도움을 기대할 수 없었다. 죠지가 바이다르카를 타고 피터스버그로 돌아가 도움을 청할 수는 있지만 그가 돌아왔을 때 배가 여전히 거기 있으리라는 보장이 없었다. 아무 방안도 떠오르지 않자 바지선 사람들은 이제는 걱정하는 데에도 면역이 돼서 그냥 잠자리에 들었다. 그들은 새벽의 어둠 속에서 무언가가 쿵 부딪치는 소리에 잠이 깼다. 대형 예인선이 바지선에 묶여 있었다. 그때 나타난 이 있을 법하지 않은 존재는 옛날에 일어난 어떤 사고의 결과였다. 그날로부터 2년 전, 재목의 유출을 방지하기 위해서 강에 쳐놓은 방책에서 통나무들이 빠져나와 트레이씨 내포로 흘러들어왔는데, 그 예인선은 2년이 지나 그 통나무들이 공유지에 들어가기 전에 그것들을 건지러 온 것이었다. 예인선의 선장이 죠지와 다른 사람들을 자기 배로 초대해서 그들은 그를 따라 타륜실까지 갔다. 죠지의 친구들은 처음에 너무 당황해서 자신들의 곤경에 대해서는 말을 꺼내지도 못했다. "멋진 타륜실이었어요." 죠지의 설명이다. "커다란 동 나침반이 있었어요. 거대한 스로틀 밸브(엔진에서 증기나 연료의 흐름을 제어하는 밸브— 옮긴이)와 동 다이얼도 있었고요. 모든 게 아주 견실했어요." 마침내 타륜실에서 나가기 직전 캐롤 마틴은 어쩔 수 없이 자신을 쥐어짜 디젤 연료가 떨어졌음을 고백했다. 선장은 흔쾌히 연료를 채워주었다.

마침내 그들은 주노에 닿았다. 투쏜 사람은 창백한 몰골로 나타나서는 비틀거리며 예인선에서 걸어나가더니 집으로 전보를 쳐 돈을 부쳐달라고 했다. 캐롤과 조우 마틴은 가족과 행복하게 재회했다. 에릭은 유콘의 집으로 가는 걸음을 계속했다. 죠지는 마틴의 가축을 위해 축사를 짓거나 아니면 보스를 도우며 약 한달 반 동안 주노에 머물렀다. 그는 건초 속 자신의 아파트에서 살았는데 그 아파트는 그 자신과 말들 덕택에 계속 넓어지고 있었다. 더이상 할 일이 남아 있지 않게 되자 그는 북서쪽으로 가는 여행을 다시 시작하기로 결심했다.

글레이셔 만으로 향하는 길은 날씨가 나빴기 때문에, 그는 대신 린 운하로 올라가서 스캐그웨이까지 간 다음 칠쿠트 고갯길을 지그재그로 넘어가는 기차에 바이다르카를 태웠다가 산 너머 쪽에서 바이다르카를 다시 찾고, 유콘 강 3200킬로미터를 저어 베링 해로 가볼까 하는 생각을 했다. 오랜 시간이 지난 후, 내가 베링 해에 그때 도착했다면 무엇을 했을 것인가 묻자 죠지는 막연하게 대답했다. 아마 그는 즉흥적으로 할 일을 만들어냈을 것이다.

다행히 글레이셔 만 방향으로 날씨가 개어 그는 예전의 계획으로 되돌아갔다. 그가 모선(母船)인 예인선에서 바이다르카를 들어올린 후 양날이 선 노를 저어 앞으로 나아가자 바지선은 마치 다 써버린 로켓 보조 추진장치처럼 빠른 속도로 뒤처졌다. 그 바지선은 그를 이만큼 멀리 데려다주었으니 자신의 임무를 다한 것이다. 그의 바이다르카, 푸른 쪽배에서 그는 홀로 길을 재촉했다.

내수로의 맨 위는 지세가 매우 큼직큼직한 지방이므로 처음에는 그곳을 향해 나아가는 것이 불가능해 보였다. 하루 종일 돛을 올리고 노를 저었는데도 페어웨더 산줄기의 흰 산들은 그가 출발했을 때와 똑같이 저 멀리에 있는 것처럼 보였다. 바이다르카의 뱃머리를 따라서 좁다랗게 난 배 지나간 자국은 환영일지도 몰랐다. 그러고 나서도 산들은 마치 앙심을 품은 듯이 더욱 커졌다. 날씨는 늦은 9월치고는 드물게 맑고 고요했다. 죠지가 아이씨 해협에 닿았을 때 순풍이 멎었고, 죠지는 이것이 고마웠다. 바람이 없다는 것은 그가 노를 저어 건너가야 한다는 것을 의미했지만 동시에 이 해협의 명물인 험한 역량을 만나지 않으리라는 것을 의미하기도 했다. 지도 위에 있는 '아이씨 해협'이라는 이름은 죠지를 오싹하게 했다. 그러나 실제 해협은 그렇게 나쁘진 않았다. 새벽부터 황혼녘까지, 그는 크릴새우를 풀처럼 뜯어먹고 있는 혹등고래를 벗삼아 자신의 길을 가고 또 갔다. 저녁 무렵이 되자 조수가 그의 반대방향으로 돌아섰고, 그는 열심히 노를 저어 최후의 직선 구간을 답파했다. 그는 처음으로 눈에 띈 적당한 해변으로 가서 고무보트를 타고 훌쩍 밖으로 뛰어내린 뒤 바이다르카를 높이 잡아끌었다. 주노에서 160킬로미터 가량 와서 글레이셔 만에 닿은 것이다.

물가에는 해변의 풀이 야트막한 풀밭을 이루며 자라고 있었고 풀 뒤에는 어두컴컴한 어린 가문비나무 숲이 서 있었다. 나무는 아직 작았다. 200년 전만 해도 여기는 빙하의 얼음이 덮여 있던 곳이었기에, 극상종(極相種, 식물이 외계의 영향을 받아 변화하여 그 지점의 생태적 조건에 가장 적합한 식물군을 이룬 상태를 극상이라고 하고, 극상종은 그런 식물의 종자를 가리킴—옮긴이)인 가문비나무도 최근에서야 이곳으로 전이해 자리를 잡았다. 그곳은 새로운 땅이었다. 키 큰 풀밭의 가장자리에 죠지는 침낭을 펼쳤다. 등을 기대고 누우니 피로가 밀려왔지만 자신이 고결해진 느낌이 들었다. 그는 거대한 땅에 혼자 있었다. 그의 뒤에 있는 숲에서 달이 떠올라, 물 위로 흰 봉우리를 밝게 비추었다.

달이 둥글게 떠올라 가문비나무의 꼭대기를 맑게 비추고 있을 때 갑작스레 무언가가 짖는 소리가 달을 맞았다. 죠지는 잠자리에서 일어나 앉았다. 늑대가 숲에서 조용히 내려와 해변의 풀 속에 들어와 있었던 것이다. 죠지에게는 그 소리가 자기 존재의 핵심에 곧바로 와닿는 것 같았다. 그 소리는 핵심을 뚫고 반대편으로 나가 아이씨 해협을 두루 돌아다닌 다음 달빛에 물든 산을 향해 사라져갔다.

그의 모든 감수성이 활기를 띠었다. 이따금 늑대가 잠시 멈추었을 때에는 풀잎 하나하나가 사각사각 하는 소리, 파도 하나하나가 철썩철썩 치는 소리가 들렸다. 늑대가 다시 울기를 기다리면서, 죠지는 기슭 가까이에서 혹등고래가 힘차게 나아가며 물을 뿜는 소리를 들었다.

바다로부터 고래가 늑대의 노래에 화답을 하자 늑대들은 노래를 멈추었다. 죠지는 맹세코 이것이 진실이라고 한다. 죠지의 말에 따르면 고래의 음악은 휘파람 소리와 나팔 부는 소리, 노랫소리가 섞인 것 같다고 한다. 그것은 그가 알고 있는 어떤 인간의 작품과도 닮지 않았지만 늑대의 합창과 완벽하게 조화를 이루었다. 숲의 구슬픈 포효는 바다 속 깊은 곳의 금관악기, 목관악기와 어울렸다. 지구는 달에게 노래를 부르고 있었고, 바다는 조화음을 더하고 있었다.

죠지는 그 음악의 한가운데에 말없이 앉아 있었지만 자신이 그 음악에서 제외되고 있다고 느끼지 않았다. 그에게는 두 세계가, 육지와 바다가 함께 자기 안으로 들어오고 있는 것 같았다. 그는 오늘 아침 늑대처럼 맨발로 이끼 낀 숲의 바닥을 밟았고 오늘 오후 혹등고래처럼 아이씨 해협에서 노를 저었다. 3인조, 그들이 달을 찬미하였다. 늑대, 죠지, 리바이어선(성서 욥기에 나오는 지상 최강의 괴동물, 레비아탄―옮긴이).

19

후미의 주인

200년 전, 글레이셔 만은 존재하지 않았다. 1794년, H.M.S. 디스커버리 호에서 내린 대형 보트가 만의 입구에 닿았을 때, 사람들은 만의 시초를 보았을 뿐이다. 톱니 모양으로 만입되어 있는 해안선의 끝단을 이루는 것은 청백색의 얼음 절벽이었다. 글레이셔 만은 아주 작고 빙하가 많은 곳이었다. 대형 보트 주변의 바다에는 빙산이 가득 떠 있었다. 얼음 전선(前線)이 엄청난 후퇴를 단행하며 장차 만이 될 곳을 드러내고 있을 때, 그 빙하들이 아이씨 해협의 바다로 수없이 떨어져 나갔기 때문이었다. 몇 년 뒤 얼음은 극적인 속도로――빙하기적인 의미에서――후퇴했고 지금은 디스커버리 호 사람들이 봤던 종착지에서 104킬로미터 내륙으로 들어간 곳에 최종 종착지가 있다.

얼음이 공간을 마련해주자 틀링깃 사람들은 글레이셔 만에 와서 머물며 얼음 전선 근처에 여름철 야영지를 지었다. 얼음 전선에는 강치가 아주 많았기 때문이다. 그들은 그 만을 '씨티이타 가이', 즉 '얼음이 물러나기 시작한 만'이라고 불렀다. 얼음은 몹시 바쁘게 물러나면서 틀링깃 사람들에게 새로운 수로, 즉 빙산이 들어찬 작은 만과 후미가 이루어낸 나뭇가지 모양의 체계를 남겨 주었다. 얼음은 또한 그들에게 새로운 땅을 남겼다. 이끼가 덮이지 않은 둥근 돌과 자갈의 선상지(扇狀地)가 펼쳐진 달 표면, 아직 생명에 의해 더럽혀지지 않은 신천지가 바로 그것이었다. 최근 어디에서도 얼음이 그렇게 빨리 물러난 적이 없었고, 지질학적 과정이나 식물공동체의 천이원칙이 그렇게 분명하게 펼쳐진 경우도 드물다. 새로운 풍경의 탄생은 장관이었고 소란스러웠다. 낮에는 틀링깃 사람들은 거석(巨石) 같은 얼음이 빙하의 표면에서 떨어져 나가 와르르 소리를 내며 만으로 흘러드는 것을 보았다. 밤에는 천둥소리를 들었다. 그러고 나서 빙하는 몇몇 모퉁이를 돌아 물러갔다. 마지막 메아리가 사라지자 생명이 없는 새 땅은 조용하게 되었다. 풀 한 포기도 바스락거리지 않았고, 벌레 한 마리도 찍찍거리지 않았다.

글레이셔 만의 맨 안쪽 후미, 얼음이 가장 멀리 물러난 내포는 타르 후미이다. 그리 멀지 않은 과거에 타르 후미의 얼음은 다른 나라로 멀리 물러났다. 그 후퇴는 이렇게 진행되었다. 1892년 타르 후미에 있던 그랜드 퍼씨픽 빙하 종점은 캐나다 국경에서 25킬로미터 떨어진 곳에 있었다. 1907년 그 종점은 캐나다 국경에서 5킬로미터밖에 떨어져 있지 않았고, 1925년에 이르자 이제는 더이상 예전처럼 거대하지 않게 된 그랜드 퍼씨픽 빙하는 캐나다 안쪽 1.6킬로미터 지점까지 후퇴했다. 그후에는 다시 앞으로 전진해 1966년, 종점은 국경선 너머 240미터 지점으로 옮아왔다.

1973년 죠지가 글레이셔 만으로 노를 저어 갔을 무렵, 빙하는 다시 후퇴하고 있었다. 아니, 죠지는 그렇다는 얘기를 들었다. 종점은 다시 한번 캐나다 국경 안쪽에 놓이게 되었다. 물이 아주 차가운 캐나다 바다의 작은 항구로 노를 저어가서 배에서 내린 다음, 캐나다의 흙, 아니 흙은 아직 형태를 갖출 시간이 없었으므로, 캐나다의 바위에 발을 디디는 것이 가능했다.

죠지는 타르 후미의 꼭대기에 돌로 집을 짓기로 결심했다. 꼭 돌이어야만 했다. 주변 수 킬로미터에 걸쳐 나무라곤 자라지 않았기 때문이다. 죠지는 얼음 절벽 근처 어딘가에 집을 짓기에 알맞은 빙퇴석(氷堆石, 빙하에 의해 운반되어 하류에 퇴적된 암석 부스러기―옮긴이)이 있을 거라고 생각했다. 달 비슷한 풍경 속, 휑뎅그렁한 빙퇴석이 프리먼 다이슨의 아들 마음에 집을 짓기에 완벽한 장소로 와닿았다.

"갓 태어난 바위들의 희미하고 황량하고 신비스러운 고독"이라고 초기의 탐험가들은 적었으며 대부분의 문헌에도 그렇게 씌어 있다. 이곳에 왔던 가지각색의 사람들은 이제 막 얼음이 떨어져 나간 글레이셔 만의 땅을 가리켜 가혹하고, 혼돈에 차 있고, 거대하며, 조용하고, 춥고, 우울하며, 구름이 덮여 있고, 거칠고, 혹독하며, 이상하고, 환상적이고, 멋지고, 쓸쓸하며, 원시적이라고 묘사했다. 거의 모든 필자들이 적어도 한 번은 이곳을 달표면이라고 불렀다. "그 창조물은 완전히 새로웠으며, 그곳은 여전히 움직이고 있는 빙하 덕분에 차츰 유기적 생명의 처소가 될 준비를 갖추어가고 있다. 우리를 창조 이전 혼돈의 원기(原基, 개체발생 도중에 장래에 어떤 기관이 될지 예정되어 있으나 아직 형태적, 기능적으로는 미분화 상태에 있는 부분―옮긴이)로 떨어뜨리기 위해서는 오직 어둠만 있으면 된다"라고 1885년 찰스 핼럭은 썼다. 죠지는 그 모든 것을 읽었지만 어느 것도 죠지를 단념시키지 못했다. 그의 벽은 발생의 원기를 재료로 지어질 것이고, 그의 창은 혼돈에 테를 씌울 것이었다.

타르 후미의 집은 그의 더 큰 집, 밴쿠버에서 글레이셔 만 사이에 있는 1440킬로미터 피오르드 땅 저택의 다락방이 될 것이었다. 이곳은 그의 여름 방이 되고, 그는 여기에서 카누를 타고 브리티시 컬럼비아 남쪽에 있는 그의 겨울 방으로 왕복할 것이었다. 그곳은 은신처 속의 은신처 속의 은신처가 될 것이었다. 그의 집은 평화로운 캐나다의 구석, 미국 국립유적지 영역 안에 있는 돌오두막이다. 얼음 원류에다 캐나다에서 가장 높고 가장 눈이 많이 덮여 있고 가장 통과하기 어려운 산에 둘러싸인 타르 후미는 죠지의 개인적 티벳이 될 터였다. 산봉우리들은 그가 육로로 오는 방문자들 때문에 성가실 일이 없을 것이라는 점을 보장했다. 게다가 후미에서는 부빙(浮氷)이 5월까지 떠다녔다. 그의 바이다르카처럼 그렇게 빠르게 또 그렇게 쉽게 들어올 수 있는 배는 거의 없었다. 그는 빙산을 헤치며, 조그마한 빙산은 옆으로 밀어내고 더 큰 빙산 중에 어느 것이 굴러올 것인가를 예측하느라 애쓰며, 자신의 길을 누빌 것이었다. 빙산은 계속 삐걱거리며 한숨을 내쉬므로 바이다르카는 음악적으로 전진할 것이었다. 죠지는 6미터 높이의 조수에 경외심을 느끼며 배가 뒤집히지 않게 조심할 것이었다. 섭씨 3도 물에서는 오래 견디지 못할 것이기 때문이다.

그는 단백질 섭취를 위해 물고기를 잡아 그 주요식품을 카누에 싣고 오기로 계획했다. 빙역토에서는 채마밭을 가꿀 수 없을 것이기 때문에 그는 밭 없이 살아야 한다고 생각했다.

남쪽에 있는 두 개의 후미인 라이드 후미에는 한때 밭이 있었다. 그곳은 죠지가 집을 짓고 싶어하는 곳에서 27킬로미터 떨어져 있다. 1940년 대에 글레이셔 만의 인물 중 가장 유명한 사람인 조우 이바흐는 바지선으로 상층토를 가져와서 아내인 무즈와 함께 밭을 가꾸어, 라이드 후미의 금에 대한 소유권 청구작업을 하는 동안 거기에서 나오는 채소를 먹고 살았다. 이바흐 가족은 꽃, 딸기, 가문비나무 세 가지를 심었다. 지금 이바흐의 통나무집은 다 황폐했지만 가문비나무는 크게 자라고 있다 ──얼음이 떨어져나간 땅의 식물천이 법칙에서 벗어난 세 가지 외로운 예외이다. 하지만 죠지에게는 물건을 수송할 수 있는 수단이 오직 바이다르카뿐이었다. 그는 이바흐 가족처럼 르메쒸리에 섬에서 흙을 파서 나를 수가 없었다. 르메쒸리에 섬은 글레이셔 만의 입구에 자리잡은 섬으로서 타르 후미로부터는 112킬로미터 떨어져 있는데, 그 근방에서는 가장 가까이에 있는 맞춤한 곳이다. 죠지가 카누에 실을 수 있는 흙으로는, 그가 112킬로미터를 노저어 흙을 운반할 때 소비할 열량 전부를 대체할 만큼 감자를 충분히 키울 수가 없었다. 밭은 그의 카누 경제학 내에서는 가능하지 않은 계획이었다.

글레이셔 만의 대부분 지역에서는 탄생의 천둥소리가 들리지 않지만 타르 후미는 여전히 그 소리에 반향한다. 그랜드 퍼씨픽 종점의 측면은 현재 정체되어 있어서 더러웠으나 가운데 부분은 여전히 활동을 계속하며 청백색의 작은 얼음 조각을 떨어뜨리고 있었고, 종점의 측면에서 타르 후미로 들어오는 마저리 빙하는 거대한 얼음 기둥과 얼음 비석을 떨어뜨리고 있다. 거기에서 나는 소음은 예전에 틀링깃 사람들의 밤을 가득 채웠던 것처럼 죠지의 밤을 가득 채울 것이었다.

죠지는 그랜드 퍼씨픽 빙하가 다시 앞으로 나오기 시작하고 있다고 생각했다. 이것이 그를 괴롭히지는 않았다. 그는 빙하지역의 날씨 변화에 준비가 되어 있었다. 그는 빙하가 자신의 생각을 털어놓지 않고, 아무도 이해하지 못하는 법칙에 따라, 아무도 예측할 수 없는 일정대로, 앞뒤로 왔다갔다하고 있다는 것을 알았다. 그는 빙하의 느리고 찬 숨결이 지독히 비율동적이며, 빙하는 잠자는 가운데 갑자기 방향을 바꾸는 경향이 있다는 것을 알았다. ("내 아들의 딸이여, 아주 조심하거라. 너는 나를 급히 덮칠지도 모르니"라고 틀링깃 사람들은 빙하를 일깨웠다. 하지만 빙하가 언제나 조심을 한 것은 아니었다.) 그러나 빙하가 죠지를 쫓아내면 그는 간단히 떠날 것이었다. 이의없이 짐을 꾸릴 것이다. 그는 카누에 자신의 물건들을 쌓기만 하면 되었다. 그가 보기에, 빙하기의 가장자리에 새처럼 앉아 있는 것에는 불안정한 점이 전혀 없었다.

"식량이라는 관점에서 보면 더 나은 곳이 있지 않을까요?" 하고 내가 물어본 적이 있었다.

"식량이요? 거기에는 다른 종류의 식량이 많아요. 그곳은 거대한 산이 발현한 곳이에요——높이 올라가는 지방이죠. 식량은 전혀 문제가 안돼요. 내 등산친구들이 올 수 있는 곳이에요. 그들에게 전화를 걸어 여름 동안 우리 집에서 머물며 등산을 하고 싶냐고 물어볼 수도 있죠. 그들에게 음식을 가져오라고 할 수 있어요."

"그럼 당신은 타르 후미의 여관 주인이 되는 셈이군요, 아니 후미의 주인이오" 하고 내가 말했다.

"네, 그렇군요. 그게 좋은데요."

그러나 죠지가 집 짓는 일을 시작하기에는 철이 너무 늦었다. 그는 바이다르카를 글레이셔 만 국립공원 본부에 있는 어떤 건물 아래에 들여놓고, 작은 연어 예인망 어선을 타고 밴쿠버로 향하는 남쪽길로 나아갔다. 그는 자신의 수상가옥에 칩거해 카누를 만들 계획을 세우며 그 겨울을 보냈다.

20

요리사

이듬해 4월, 봄철의 싼 뱃삯이 여전히 효력을 발휘하고 있을 때 죠지는 페리선을 타고 알래스카로 갔다. 잠은 갑판 위의 최저요금 객실에서 잤다. 글레이셔 만에 도착한 그는 바이다르카가 긁힌 곳 한 군데 없이 겨울을 난 것을 보고 기뻤다. 그는 스폰지로 바닥의 물을 조금 닦아내기만 하면 되었으며, 그렇게 하자 배는 곧 항해에 적합해졌다. 그는 타르 후미에 집을 지을 준비가 되었다.

그러나 일은 그렇게 되지 않았다. 그의 삶에는 또 한번 갑작스런 역전이 일어났다. 글레이셔 만 국립유적지의 직원들은 바이다르카에 반해서 그것을 연구용 배로 쓸 수 있는 방법을 찾고 싶어했다. 그들은 죠지에게 과학원정대의 요리사이자 바이다르카 모는 사람으로 취직할 생각이 없느냐고 제안했다. 죠지는 카누 프로젝트를 위해 돈이 필요했고, 타르 후미로 접근하려면 미국 공원청과 좋은 관계를 유지해야 한다는 것을 알고 있었으므로 그 제안을 받아들였다.

여름철 탐사는 글레이셔 만 유적지의 바깥 해안에 있는 조그만 피오르드인 토치 만에서 이루어질 예정이었다. 죠지는 바이다르카를 타고 토치 만으로 향했다. 그는 승객을 한 사람 태웠는데, 가는 도중에 내려주기로 되어 있는 국유림 순찰대원이었다.

크로스 해협을 떠나 광막한 바다로 나서려는 차에 죠지와 순찰대원은 험악한 날씨를 만나, 이틀 동안 스펜서 곶에서 기다려야만 했다. 그 순찰대원은 무모한 타입으로 여행을 계속하지 못해서 몸살을 했는데 그의 재촉이 마침내 죠지의 신경을 건드렸다. 죠지의 정상적인 신중함은 마침내 그의 재촉에 압도되었다. 폭풍이 조금 약해지자마자 그들은 배를 떠밀어 바다로 나가, 죠지가 바라는 것보다 더 육중하게 밀려드는 파도를 뚫고 나아갔다. 그들은 갑의 주변을 빙빙 돌아 알래스카 만으로 들어갔다. 그는 그레이브즈 항구에 있는 외로운 초소에 순찰대원을 내려주었다. 바이다르카에서 다시 혼자가 된 죠지는 토치 만을 향해 북쪽으로 노저어 갔다.

토치 만은 빙하가 해안에 깎아놓은 L자 모양의 깊은 골짜기였다. 골짜기를 포함하는 능선들은 최저 60미터에서 최고 90미터의 높이로, 깎아지른 듯이 물에서 솟아 있었다. 능선은 눈과 가문비나무, 북미 솔송나무로 덮여 있었다. 제일 높은 절벽 위에는 원형의 협곡이 오목하게 감추어져 있었으며, 그곳에서 엄청난 폭포가 피오르드로 쏟아졌다.

토치 만의 입구에 들어섰을 때 죠지는 카누 지방의 끝에 거의 다다른 셈이었다. 토치 만 위로는 작은 피오르드가 세 개 더 있었고 그 다음에는 해안선이 직선으로 펼쳐졌다. 아이씨 포인트라고 불리는 지점에서부터 해안은 북서쪽을 향해 일직선상으로 달렸고 거기에는 항구도 없었다.

죠지는 토치 만에서 산악인이자 크로스컨트리 스키 교사인 네드 질레트와 합류했다. 야영지 관리인이 될 예정인 질레트는 파타고니아로 원정을 갔을 때 사용했던 고무 페렐리 뗏목을 타고 만까지 왔다. 두 사람은 공원청이 배편으로 보낸 도구와 물자를 체계적으로 짜맞추며 함께 야영지를 지었다. 다음 두달 반 동안 토치 만은 그들의 집이 될 것이었다.

그들이 알아볼 수 있는 한, 그들은 토치 만의 첫번째 거주자였다. 그들이 발견할 수 있는 유일한 인간의 흔적은 톱으로 잘라낸 작은 씨트카 가문비나무의 그루터기였다. 그들은 견지 낚시대를 부러뜨린 어부가 해안으로 올라와 새 것을 베어갔을 거라고 추측했다. 그밖에는 아무것도 보이지 않았다. 나무에 새겨진 머릿글자도 없었고, 탄피나 화살촉도 없었다. 도무지 아무것도 없었다. 인디언들도 이 만에서는 살지 않았을 거라는 것이 죠지의 믿음이었는데, 그것은 조개무지의 흔적을 전혀 발견할 수 없었기 때문이다.

그들은 검은 곰들이 온순하고 호기심어린 시선으로 내려다보는 가운데, 해변 풀밭 높은 곳에 야영텐트를 세웠다. 그 곰들은 인간을 본 적이 있는 곰처럼 행동하지 않았다. 그들은 낚시꾼의 총에 맞은 적이 있는 곰들처럼 경계하지도 않았고, 국립공원 야영지의 곰들처럼 버릇없지도 않았다. 일정한 날 아침이면, 늘상 두 마리 혹은 세 마리가 해변의 풀을 뜯어먹으며 봄철 털갈이를 마무리하고 있었다. 두 사람과 세 마리의 곰이 조수의 작용을 받는 풀을 공유했다. 모든 존재가 다른 모든 존재의 공간을 존중했다.

연구실은 높이 2.4미터, 너비 3미터의 텐트 두 채였고, 취사텐트는 높이 3미터, 너비 4.5미터였다. 네드와 죠지는 만의 바위투성이 해안에서 모아온 유목으로 토대를 만들고 그 위에 합판으로 텐트 바닥을 깔았다. 죠지는 취사텐트의 뒷면에 있는 버팀기둥에 두 개의 가로장을 못박아 냄비와 팬을 걸었다. 또 가슴 높이의 커다란 탁자를 만들어서 자신의 작업대로 삼고, 거기에 닿을 수 있을 만큼 높은 요리사용 의자를 만든 다음, 과학자들을 위해 소풍 탁자를 만들었다. 으깬 감자요리를 좋아하는 네드는 붉은 삼나무 토막을 깎아 감자 으깨는 기구를 만들어 죠지에게 주었는데, 나뭇결을 어찌나 잘 살렸는지 다 만들어진 기구는 마치 조각품 같았다. 죠지는 못을 하나 더 박아서 그것을 냄비 및 팬과 나란히 걸어놓았다.

죠지는 해변 풀밭 위에 있는 9미터 높이의 가파른 야산에 자신의 텐트를 쳤다. 쓰러진 통나무가 꼭대기로 올라가는 사다리 노릇을 해주었고, 가지가 그의 사다리 가로장이었다. 텐트 뒷문에서 본 내륙의 풍경은 빽빽하고 어둑어둑했는데, 야산의 어린 가문비나무 숲이 빛을 대부분 가려주었기 때문이다. 빛줄기들이 나무의 윗부분을 뚫고 들어와 숲 바닥의 이끼에 내려앉아, 거기서 푸르게 연기를 냈다. 그의 앞문에서 본 풍경은 광활하고 밝았다. 그는 야산 가문비나무 숲의 끄트머리에 있는 나무 한 그루에 텐트를 묶고, 나무들 사이로 피오르드로 둘러싸인 아래 바다와 맞은편의 피오르드 절벽 풍경을 바라보았다. 그것은 일본 병풍에서 볼 수 있는 풍경이었다. 멀리 경사면에 자리잡은 침엽수들은 경사면의 높은 위도와 가파름 때문에 자연히 분재한 나무처럼 키가 자라지 않았다. 두 겹의 벽으로 에워싸인 죠지의 텐트는 산중의 사원이었다. 그는 전혀 틀림이 없는 감각으로 토치 만에서 가장 좋은 야영지를 찾아냈다. 거기서 그는 해변 풀밭의 덤불 속에 있는 자신의 바이다르카를 곧바로 내려다볼 수 있었다. 그는 자신에게 바다의 말과 같은 그 배를 야산 밑에 있는 오리나무에 매어놓았다.

풀밭에 길이 이리저리 나는 것을 방지하기 위하여 네드와 죠지는 텐트에서 바다로 가는 단 하나의 오솔길에 붉은 리본으로 기를 달았다. 그들은 토치 만의 황야를, 맨 처음 그들이 발견했을 때와 똑같이 짓밟히지 않은 상태로 남겨두기로 결심했다. 자신들이 만든 오솔길에만 과학자들의 발걸음이 집중해서 2년이나 3년 후에는 풀이 원래의 모습으로 돌아가 있기를 바랐다.

　죠지는 넓게 떨어져 서 있는 가문비나무 두 그루를 타고 올라가 라디오 안테나 구실을 하는 전선을 나무 사이로 끌어올렸다. 토치 만의 라디오인 KB661이 가동되기 시작했다. 텐트 안, 송신장치의 꼭대기에는 공

원청이 그들에게 준 357구경 매그넘 리볼버 총을 올려놓았다. 매그넘 총은 갈색 곰 때문에 지급된 것이다. 이 계절, 늦봄이 되면 덩치 큰 곰들은 좀더 높은 곳에서 털갈이를 하지만, 연중 더 늦은 철인 늦여름, 연어의 귀환이 시작되면 그들은 낮은 곳에 모습을 드러낼 것이었다. 그때가 되면 검은 곰들이 점잖게 밖으로 나올 것이며 과학자들은 조심을 해야 한다. 알래스카의 갈색 곰은 지구상에서 가장 크고 힘이 센 육식동물이다.

갈색 곰과 총에 관해서는 두 파가 서로 다른 생각을 하고 있다. 어떤 북부 사람들은 잔혹한 곰이 가진 힘과 예측불가성 때문에 총을 지니지 않는 것은 바보 같은 짓이라고 생각하고, 다른 사람들은 갈색 곰은 오히려 상처를 입었을 때 잔인해지는 것이 확실하므로 총을 지니는 것이 위험하다고 생각한다. 죠지는 후자에 속했다. 그는 총에 대해 아는 것이 거의 없었고 더 알고 싶지도 않았다. 그는 자신의 유일한 장비인 오감을 곤두세우고, 아무런 방해를 받지 않고 방심하지 않으면서 숲을 여행하는 쪽을 좋아했다. 라디오 위에 있는 357구경 총이 그의 신경을 날카롭게 했다.

죠지와 네드가 토치 만에 도착했을 때에는 고지대에 있는 풀밭에 아직 눈이 덮여 있었다. 띄엄띄엄 드러나 있는 땅 표면 위에서 소용돌이 모양의 고사리가 이제 막 동그랗게 말리기 시작하는 중이었다. 죠지는 그 고사리를 따서 푸성귀처럼 끓였다. 2주 후, 첫번째 과학자가 도착할 무렵이 되자 언덕 경사면의 수 킬로미터 위에서 눈이 녹았고 고사리도 15~30쎈티미터 길이로 자라 벌써 좀 씁쓸한 맛이 돌았다. 죠지와 네드가 들락날락하는 바람에 땅으로 내려가는 깃발 단 오솔길은 이미 닳아버렸다.

과학자들을 기다리면서 죠지는 자신이 어쩌다 이 일에 끼이게 되었는지 의아해졌다. 그는 토치 만에 봄이 오는 것을 지켜보면서 그가 알고 있는 다른 곳의 봄을 생각했다. 타르 후미에서는 얼음의 붕괴가 어떻게 진행되고 있을까 궁금했다. 2주가 지났을 뿐인데도 그는 한 군데에서 이렇게 오래 머무는 것을 못 견뎌했다.

그러나 죠지가 토치 만에 있게 되어 타르 후미에 집을 짓지 않은 것은 도리어 잘된 일이었다. 그의 타르 후미 계획은 오해에 기반하고 있었기 때문이다. 그랜드 퍼씨픽 빙하는 죠지가 믿고 있는 것처럼 캐나다 국경 안쪽으로 물러나지 않았다. 그 빙하는 오늘날에도 물러나지 않고 있으며 캐나다는 얼음 밑에 그대로 남아 있다. 그가 택한 나라의 국경은 그를 차갑게 맞이했을 것이다.

나중에 여름이 되었을 때 죠지는 진실을 알게 되었다. 그의 돌집은 한 해를 더, 아니 10년을 더 기다려야 했으리라는 것이다. 그러나 그는 실망하지 않았다. 죠지는 매우 개념적인 개척자이다. 타르 후미에 집을 짓는다는 생각 그 자체가 중요한 것이었다. 실제로 돌을 쌓는 것은 꼭 필요한 일이 아니었다.

21

산책

나는 첫번째로 도착한 과학자와 함께 토치 만으로 날아갔다. 그는 몸집이 땅딸막하고 수염이 난 젊은 조류학자로 이름은 쌤 패튼 2세였으며, 그의 아내 르네가 동행했다. 우리의 쎄스나 수상비행기는 글레이셔 만 안쪽을 떠나 낮은 산줄기를 가로질러 글레이셔 만 유적지에서 가장 큰 브레이디 빙하의 광대한 빙원 상공을 날았다. 우리 비행기의 날개가 순백의 얼음 위에 조그만 그림자를 드리웠다. 브레이디 빙하 상공에 이렇게 높이 떠 있으니 우리가 가려는 유적지의 바깥쪽 해안이 보였고 그 너머로 알래스카 만이 보였다. 바깥쪽 해안에서는, 산지의 초록 가장자리가 피오르드에 의해 주름이 잡혀 빙하의 순백에 테를 두르고 있었다. 피오르드는 거의 얼음에까지 끼여들어가 있었다. 다음 순간 우리 비행기 날개의 그림자는 빙하를 떠나 초록 가장자리 위를 날았다. 그 숲은 비가 많고 위도가 높은 수풀이었다. 지세는 너무 커서 일정한 기준으로는 잴 수 없을 듯이 보였다. 눈이 가장 희박한 땅은 피오르드들을 갈라놓는 바다 쪽 능선이었다. 가문비나무로 덮인 가파른 능선들은 깎아지른 듯한 갑에서 끝났다. 그 갑들이 빠른 속도로 모습을 드러내고 있었다. 우리는 작은 부빙이 절반쯤 들어차 있는 권곡호(圈谷湖, 빙하의 침식 작용 때문에 U자 모양으로 팬 계곡에 생겨난 호수—옮긴이) 위를 지나갔다. 땅이 약간 솟았다. 그러자 우리 아래 능선의 가문비나무들은 토치 만의 골짜기 속으로 어느 사이엔가 사라졌다. 우리는 바로 아래에서 야영지 텐트를 보았다.

나는 바이다르카를 발견했다. 죠지는 배를 해변 풀밭 위로 끌어올려 그의 야산 밑에 있는 오리나무에 묶어놓았다. 밝은 청색의 갑판에, 노란색 해치덮개가 세 개 있는 그의 배는 이 야영지에서 가장 색채가 풍부한 물건이었다.

토치 만은 깊고 아름다운, 작은 피오르드였다. 제일 높은 절벽에서는 눈으로 채워진 원형 협곡이 피오르드로 엄청난 폭포를 쏟아내고 있었다. 지금은 사라졌지만, 오래 전에 이곳에 걸린 빙하가 원형의 협곡을 멋지게 깎아낸 것이다. 원형 협곡과 폭포는 사랑스럽고 시원하며 깎아지른 듯했다.

우리는 착륙해서 앞바다에 닻을 내리고 있는 목조 바지선으로 육상이동했다. 그 짐배의 이름은 S.S. 어슐라임 호였으며, 배 위에는 야영지에서 먹을 식량이 곰의 손길이 닿지 않는 곳에 저장되어 있었다. 죠지와 네드는 우리를 만나기 위해 바닥이 평평한 작은 어선을 타고 노저어 왔다. 우리는 돌아가며 악수를 했다. 죠지와 네드는 우리를 도와 짐을 내려주며 별것도 아닌 일을 보고 기묘하고 불규칙하게 웃었다. 그들은 우리가 이해할 수 없는 농담을 했다. 네드는 다른 사람을 보지 못하고 토치 만에서 너무 오랫동안 지냈기 때문이라고 설명하며 사과했다. 그의 말에 따르면 자신들은 핼리벗넙치를 너무 많이 먹어서 약간 미쳤다는 것이었다. 죠지가 해안 가까이에서 주낙으로 16킬로그램이나 나가는 핼리벗넙치를 잡았는데 그걸 먹을 사람은 오직 그들 둘뿐이었다. 지난 닷새간 그들은 하루 세 끼 넙치를 먹고 지냈다.

죠지의 얼굴은 갈색이었다. 거의 2주 동안 토치 만에서는 남동 알래스카의 날씨치고는 드물게 해가 쨍쨍 났다. 나는 그의 가계 속에 있는 브리튼 사람의 징후를 찾아보려고 그의 검은 얼굴을 들여다보았다. 그러나 나는 발견하지 못했다. 그의 누트카 수염은 여전히 드문드문 난데다 솜털 같았다. 그의 코는 레드 클라우드나 제로니모(백인들에 맞서 싸운 전설적인 인디언 추장들─옮긴이)의 코만큼이나 영웅적으로 크고 구부러져 있었다. 그의 머리칼은 조금만 더 자라면 어깨에 닿을 것 같았다.

오늘은 구름이 덮여 있고 서늘했다. 죠지는 그의 누더기 스웨터와 군복 바지 밑에 육군 잉여품인 긴 모직 속옷을 위아래로 입고 있었다. 스웨터는 뼈가 앙상히 드러난 어깨의 두 지점에 걸려 있었으며, 그의 군복 바지에는 큰 호주머니가 있었는데 물건이 가득 차 있었다. 그의 머리에는 L.L. 빈 방수 모자가 씌워져 있었다. 서늘한 날씨에도 불구하고 그는 맨발이었다. 그의 발은 길었으며, 표면에 척골이 튀어나와 있었다. 그 발에는 쥐는 힘이 있는 것처럼 보였다.

조류학자인 쌤 패튼은 전문가적인 흥미를 가지고 왜가리같이 길쭉한 죠지의 발뼈를 연구했다. 그의 발가락은 걸상에 까는 얇고 좁은 널을 마치 나뭇가지처럼 꽉 쥐고 있었다. "발이 시리지 않아요?" 쌤이 물었다.

"아직 겨울에 비축해둔 혈기가 남아 있어요. 사람의 몸은, 그러니까 사람의 물질대사는 추위에 익숙하도록 되어 있어요. 사람은 음식을 많이 먹고 그걸 하루 종일 연소하죠. 그 덕분에 몸이 따뜻하게 유지되고요. 제 생각에는 가문비차가 몸의 혈기를 올바르게 조정하는 데에 도움을 주는 것 같아요. 우리는 취사텐트를 칠 자리에서 어린 가문비나무를 좀 잘라야만 했어요. 그 뾰족한 바늘잎을 끓인 차를 죽 마셨죠." 죠지의 대답이었다.

　다음날 아침 우리는 야영지 위에 있는 능선의 고지, 자그마한 900미터 봉우리를 오르기로 결정했다. 죠지나 네드도 전에 그곳에 오를 시간을 내지 못했었다.

　우리는 먼저 해변의 풀밭을 가로질러서 가문비나무 숲으로 들어갔다. 아름드리 가문비나무는 없었다. 빙하가 떨어져 나간 후 충분히 오랜 세월이 흐르지 않았기 때문이었다. 나무줄기나 시냇물, 띄엄띄엄 난 악마클로버 덤불이 없는 곳에는 어디든지 이끼가 있었다. 이끼는 표력토(빙하에 의해서 밀려 내려왔다가 빙하가 녹으면서 그대로 남게 된 점토나 자갈 따위─옮긴이) 어디에나 끼었다. 이제 봄이 되었으므로 겨울에 눈이 덮여 있던 곳 어디에나 이끼가 덮여 있었다. 10분 동안 걸어 가문비나무 그늘에서 벗어난 다음 우리는 솔송나무가 우뚝우뚝 솟아 있는 가파른 경사면 풀밭을 오르기 시작했다. 솔송나무는 바닷바람 때문에 가지가 잘려 있는 데다가 잎이 가벼웠으므로 햇살이 더 자유롭게 들어왔다. 앉은부채(천남성과의 여러해살이 풀로 골짜기 응달에 자람─옮긴이)의 통통한 연초록 새싹이 저보다 더 짙은 초록색 풀밭을 뚫고 올라오고 있었다. 우리는 폭포의 아랫부분에 다다른 다음, 폭포를 따라 원형 협곡으로 올라갔다. 천둥 같은 폭포 소리에 우리가 말을 나누는 소리조차 축축해졌다. 우리는 폭포의 입술, 즉 물이 쏟아지는 곳을 지나 우묵하게 팬 원형 협곡으로 들어갔다. 그곳에 이르자 시냇물이 다시 평평하게 흘렀고 우리는 그 옆에서 잠깐 휴식을 취했다. 원형 협곡의 낮은 쪽 고지는 약 1주일째 눈이 오지 않아 버드나무가 겨울의 무게를 이기고 튀어오르려 하고 있었다.

하지만 아직까지 모든 나무들이 다 자신들의 자유를 깨닫지는 못했다. 원형 협곡 안의 더 높은 절벽은 여전히 눈에 덮여 있었다.

죠지가 손가락으로 한 군데를 가리켜 그곳을 보니 버드나무 속으로 산양들이 지나가고 있었다. 그들이 먼저 우리를 보곤 원형 협곡 높은 쪽의 둥근 가장자리를 향해 곧바로 성큼성큼 올라갔다. 그들은 마치 갈매기처럼 하얀 모습으로 우리 위에 높이 떠 있었다. 전혀 겁먹지 않은 채 힘들이지 않고 몸을 움직였다. 산양들은 두 번 걸음을 멈추고 옆으로 서서 우리를 돌아보았다. 수염과 다부진 체격, 역도선수 같은 몸통을 가진 고귀하게 생긴 동물이었다. 그들은 버드나무로 덮인 경사면을 떠나 눈 쌓인 경사면으로 뛰어들었지만, 새로운 땅의 표면이 그들의 속력을 늦추거나 그들의 활력있는 리듬을 바꾸어놓지는 못했다. 우리는 눈의 순백 속에서 산양들을 놓쳐버리고 말았다.

죠지는 양털을 모아서 스웨터를 만들면 좋겠다고 말했다. 그는 양들이 털을 여기저기 남기고 다니므로 여름 동안이면 충분한 양털을 모을 수 있을 거라고 생각한다고 했다. 우리는 일어나 위쪽으로 향했다. 비록 산양들보다는 훨씬 천천히 갔지만. 봄 햇살에 땀이 흘렀다.

산양들은 원형 협곡 꼭대기의 바로 아래쪽에서 다시 모습을 나타냈다. 그렇게 높은 곳에 다다를 시간이 충분치 않았는데도 그들은 거기에 있었다. 죠지는 부서진 쌍안경의 반쪽인 자신의 작은 망원경으로 그들을 보았고 우리들은 쌤 패튼의 쌍안경을 차례로 빌려 보았다. 산양들은 원형 협곡의 윤곽을 따라 길을 내고 있었는데 전혀 힘을 들이지 않으면서도 아주 많은 땅을 답파하고 있었으므로 우리는 소리내어 웃었다. 산양들은 빨랐고 사람들은 너무 느렸던 것이다. 산양들은 흔들목마 같은 과장된 동작으로 가파른 경사면을 가로질러 뛰어갔다. 그들은 자신의 근육이 실룩거리는 것을 느끼는 게 좋은 듯했다. 그들은 설인(雪人) 같은 마음을 가졌다. 그들의 위에는 벼랑 끝에 처마처럼 붙어 있는 눈더미와 푸른 하늘말고는 아무것도 없었다. 단 한 점 양털 같은 구름이 떠 있는 것을 제외하면 하늘은 맑았다.

우리 인간들이 눈에 다다랐을 때 나는 걸음의 속도를 갑자기 올려 앞으로 나아갔다. 죠지는 밧줄을 가지고 뒤에 머물러 있다가 르네 패튼이 가파른 곳을 오를 때 그녀를 밧줄로 감아 맸다. 나는 다른 사람들보다 먼저 능선에 도착해서 내친 김에 정상을 향해 갔다. 능선에도 봄은 한껏 다가와 있어서 띄엄띄엄한 고산성 풀밭이 띄엄띄엄한 눈땅과 자리바꿈을 하고 있었다. 낮게 자라는 이끼와 풀밭의 지의류 식물이 거기서 풀을 뜯는 양들처럼 촘촘히 엮여 있었지만, 그 식물은 그다지 연하지 않았다. 작은 고산 식물 중 어떤 것은 가시가 많았던 것이다. 나는 산양 한 마리가 쉬려고 누웠다가 풀밭 위에 털의 보풀을 일으켜놓은 지점에 당도했다. 녀석은 그 자리에 긴 양털 올을 남겨놓았다. 그 양털을 손에 올려놓으니 포근했고, 냄새도 깨끗하고 좋았다. 처음에는 냄새가 없었는데 좀 더 열심히 냄새를 맡자 고산 이끼 때문에 약간 따끔거렸고 동물의 냄새가 희미하게 났다. 나는 양털을 호주머니에 넣으며, 그것을 충분히 모아서 내 양털 스웨터를 짜기로 결심했다. 산등성이를 계속 올라가자 산양들이 휴식을 취했던 곳을 더 많이 볼 수 있었다. 그들은 바람을 피해 쉴 수 있는 작은 구렁을 좋아하는 것 같았다. 나는 풀밭의 깔쭉깔쭉한 자리에서 털을 걷어내어 내 호주머니에 있는 털 뭉치에 보탰다.

나는 여전히 겨울 털을 달고 있는 바위뇌조를 서너 마리 보았다. 그들은 꼼짝 않고 바위 위에 앉아 있었다. 에스키모들이 동석(凍石, 질이 좋고 모양이 고운 활석의 하나—옮긴이)에 새긴 뇌조처럼 진짜 바위로 만들어진 진짜 바위뇌조일지도 몰랐다. 그들은 내가 아주 가까이 다가가도 가만히 있었다. 때때로 수놈이 날아올라 과시 비행을 하기도 했는데, 그 녀석은 맹렬히 붕붕거리다가 갑자기 날개를 펴 고정시키곤 꾸룩꾸룩 울었다. 이 일은 내 아래에서 벌어지고 있었다. 나는 뇌조가 날아오르는 곳 위에 올라와 있었던 것이다.

다른 사람들보다 먼저 정상에 도착하니 내 자신이 다리엔 봉우리에 오른 건장한 꼬르떼스(낭만주의 시인인 존 키이쯔의 시 「채프먼의 호머를 처음 읽고서」에 나오는 구절 "억센 꼬르떼스가 말없이 다리엔 봉우리에서 독수리의 눈으로 태평양을 바라볼 때처럼"에서 따온 비유. 꼬르떼스는 에스빠냐의 탐험가이고 다리엔 봉우리는 파나마의 지명 ─ 옮긴이)처럼 느껴졌다. 우리의 상황이 정반대라는 것만 빼면 말이다. 내 뒤에는 태평양이 있었고, 내 앞에는 마치 대서양 같은 얼음이 있었다. 브레이디 빙원이었다. 그 사이에 낀 지협(地峽, 두 대륙을 연결하는 잘록하고 좁다란 땅 ─ 옮긴이)은, 내가 지금 건장하게 서 있는 지협 봉우리 위에서 보니 홀쭉했다.

정상에서 내려다보는 풍경은 어제 비행기에서 본 풍경과 거의 비슷했으나, 다른 세계였다. 비행기의 창에서 보면 풍경은 그저 장면일 뿐이다. 그러나 두 다리로 딛고 서면 그 풍경은 진짜가 된다. 한 지방의 여기저기를 몇걸음 걸어보면 그곳의 축척과 규모를 알 수 있다. 그곳의 느릿느릿한 삶은 장화의 바닥을 통해서 감지된다. 그제야 우리는 빙하의 옛 융기와 지나간 활동을 느끼며 지질을 정확히 읽기 시작하는 것이다.

나는 프리먼 다이슨에 대해 생각했다. 과연 무거운 짐을 넣은 우주인의 장화를 통해서 그와 똑같은 땅의 미묘함이 느껴질 수 있을지 궁금했다. 안테우스가 땅 위에 서 있기 위해 그의 발 밑에 필요로 했던 것은 지구의 흙이었을까, 아니면 다른 행성의 흙도 소용이 있었을까?

하늘에는 구름 한 점 남아 있지 않았다. 서쪽으로 드넓은 태평양이 펼쳐져 있었는데, 지구의 곡선 때문에 수평선이 휘어 있었다. 피오르드는 대륙을 꼭 움켜쥐고 있는 바다의 손가락이었다. 연안에 이리저리 흩어져 있는 능선들은 내가 서 있는 곳과 같은 고지에서부터 완만히 내려가 반도가 되었다가 물 속으로 가파르게 뛰어들었다. 바다 쪽을 바라보았을 때 능선들은 커 보였다. 그런데 북쪽으로 시선을 돌리자 거기에 진짜 봉우리들이 있었다. 검은 바위와 얼음 폭포, 매달린 빙하로 이루어진 라뻬루즈 산과 크리용 산, 버사 산 등이었다.

북쪽과 동쪽에는 브레이디 빙하의 빙원이 있었다. 그 빙원에는 무언가 무시무시한 데가 있었다. 빙원에는 막연함이 깃들여 있었다. 빙원에 접한 산봉우리들은 하늘을 배경으로 분명한 선을 그리고 있었으며, 바위와 눈도 실체가 있었고 봉우리의 각도도 선명하게 새겨져 있었다. 하지만 빙원의 지평선 그 자체는 흐릿했으며 요기가 서려 있었다. 얼음은 마치 봉우리가 솟아오르기 전에 그 봉우리들을 결정(結晶)시킨 거대한 가스의 바다처럼 보였다. 만약 내가 다른 행성에서 이런 바다와 마주쳤더라면 멀리 에돌아 갔을 것이다.

　다른 사람들이 나를 따라잡았다. 우리는 정상에서 점심을 먹고 바람이 닿지 않는 구렁에 양처럼 누웠다. 그러고는 파카의 지퍼를 꼭 채우고

손을 호주머니에 넣은 다음 잠을 잤다. 희미한 봄 햇살이 우리 얼굴 위로 따스하게 내리쬐었다. 겉잠이 들어가는데 연한 바람이 이제 막 자라기 시작한 내 턱수염에서 살랑거리고 있는 것이 느껴졌다. 나는 바람 그늘 속으로 더 깊이 몸을 묻었다. 이따금 바람이 서쪽에서 불어왔다. 바닷바람이었다. 이따금 동쪽에서도 불어왔다. 빙하의 바람이었다.

다시 해수면과 같은 높이로 돌아온 우리들은 다음날 아침 일찍 비옷을 입고 작은 어선에 올랐다. 쌤 패튼은 토치 만 북쪽으로 두 피오르드를 지나서 있는 갑의 키티웨이크갈매기 군락지에 가보고 싶어했다. 그 여행에는 아침나절이 다 걸릴 것이었기 때문에 우리는 새벽의 여명을 보며 아침을 먹었다.

펌프로 어선에서 물을 퍼내다가 죠지는 위로 올라가는 펌프 손잡이에 코를 세게 부딪쳤다. "제 코는 너무 커요. 그래서 방해가 돼요" 하고 죠지가 불평을 했다. 그는 3년 전에 밴쿠버에서 교통사고로 코를 부러뜨린 적이 있다고 말해주었다. 오랫동안 그는 코가 부러진 줄도 모르고 있었다. "그걸 보면 제가 얼마나 거울을 안 보는지 알 수 있죠. 어느 날 마침내 거울을 보았어요. 저는 '이런, 뭔가 잘못됐잖아! 코가 비뚤어졌군!' 하고 말했죠. 밴쿠버에 있는 사람들은 아무도 알아차리지 못했어요."

바다는 잠잠했다. 해안에 안개가 끼어 있어서 우리는 처음에 추위를 느꼈으나, 잠시 후에 해가 구름 사이로 약하게 새어나와 우리를 조금 따뜻하게 해주었다. 토치 만을 떠나면서 우리는 바닷새를 보기 시작했는데 조금 있으니까 도처에 새들이 있었다. V자 모양의 대열을 만든 오리들이 물 위에서 북쪽으로 가고 있었고, 녹회색 날개의 갈매기 한 떼가 하늘 높이에서 동쪽으로 날고 있었다. 그 사이에는 땡벌과 같은 몸에 앵무새 같은 부리를 가진 섬새 한 편대가 남쪽으로 가고 있었다. 원양가마우지는 도처에 있었으며 우리를 피해 사방으로 날아갔다. 바다오리. 보나파르트갈매기. 여기 한 마리, 저기 두 마리, 저 멀리에는 세 마리, 이런 식이었다. 아침 여행 도중에 우리는 대머리독수리를 열다섯 마리나 셌다. 그들은 가문비나무 꼭대기에서 주위를 지켜보며 앉아 있거나 하늘 높이 날면서, 갑 주변을 서성이고 있었다. 어제 본 산양들처럼 가슴이 넓고 다부진 체격이었다.

다 자란 대머리독수리가 가문비나무에 앉아 있을 때 그 커다랗고 하얀 머리는 넓다란 흰 삼각형 꼬리와 균형을 이룬다. 그 사이의 몸은 가문비나무처럼 어두운 색이기 때문에 멀리에서 보면 마치 숲 속에 흰 점이 두 개 찍혀 있는 것 같다. 처음에 우리는 탄성을 지르며 독수리를 볼 때마다 손으로 가리켰으나 열 마리 남짓 본 다음부터는 우리의 흥분이 바보같이 느껴지기 시작했다. 목에서는 탄성이 잦아들었고 팔은 허리 옆에 붙어 있게 되었다. 그러자 독수리를 보고 소리를 지르지 않는 것이 왠지 이상한 것 같았다.

우리는 부쏠 곶에 도착했다. 그곳은 배 모양을 한, 192미터의 바위들로 이루어진 소름끼치는 곳이었는데, 키티웨이크갈매기들은 거기에 둥지를 틀었다. 바위 절벽은 직각을 이루고 있거나 바다 위로 쑥 나와 있었다. 꼭대기의 지지러진 나무들은 절벽 가장자리에 바짝 붙어 자랐는데 어떤 것은 절벽 아래로 몸을 기울이고 있었다. 키티웨이크갈매기들은 늘 이런 절벽을 골라 둥지를 틀며, 그 깎아지른 듯한 벽에 의해 육상동물의 침범에서 보호를 받는다고 쌤 패튼이 설명했다. 그들은 이러한 접근불가능한 터전에 익숙해져 있기 때문에 다른 갈매기들이 보이는 공격적인 둥지보호 행동을 별로 계발하지 않았으며, 또한 공격적이지 않은 까닭에 접근불가능한 터전을 좋아한다. 어느 것이 먼저인지, 키티웨이크갈매기인지 절벽인지를 알기란 어렵다. 좋아하는 둥지의 조건을 볼 때 키티웨이크갈매기는 죠지 다이슨과 공통점이 많다는 생각이 들었다.

키티웨이크갈매기들이 절벽 위에서 우리를 내려다보고 있는 동안 우리는 절벽 아래로 흘러가며 그들을 올려보았다. 갈매기들은 소리를 지르고 날개를 들어올렸지만 바위 턱을 떠나는 녀석은 거의 없었다. 쌤의 수동계수기 단추는 기계총같이 찰칵거렸다. 죠지는 배 바깥에 장치한 엔진의 조종장치에 서서 가능한 한 절벽에 가까이 갈 수 있도록 배를 조종했다. 엔진은 배가 제 속도를 잘 유지하기에 딱 알맞은 속도로 빠르게 돌아가고 있었다. 배는 멋지고 오래된 미국 동부지방 어선이었는데 붉은 칠이 되어 있었다. 배를 탄 죠지는 비옷에 장화를 신은 모습이며, 목덜미 위에 방수모처럼 젖혀진 L.L. 빈 모자를 쓴 것이 꼭 윈즐로우 호머(미국의 화가·삽화가—옮긴이)의 작품에 나오는 인물 같았다. 큰 파도가 절벽을 향해 평화롭지만 육중하게 일렁였다. 작은 바위들이 주변에서 온통 거품을 내고 있어서 나는 약간 신경이 곤두섰다. 만약 우리 배가 뒤집히면 키티웨이크갈매기의 깎아지른 절벽에는 우리가 기어올라갈 수 있는 곳이 없었기 때문이었다. 죠지는 새와 큰 파도를 다 지켜보았다. 그의 눈은 방심하고 있지 않았으며 고요했다.

부쏠 곶의 끝에는 밀려드는 파도가 27미터 높이의 천연 홍예문(윗부분을 무지개 모양으로 반원형이 되게 만든 문—옮긴이)을 깎아놓았다. 남쪽에서부터 갑의 튀어나온 부분을 일주하자 우리에게는 홍예문이 천천히 열렸다. 그것을 통해 우리는 본토에 있는 라뻬루즈 산의 두 봉우리를 볼 수 있었다. 라뻬루즈 산의 눈과 얼음은 멀리 떨어져 있어서인지 푸르게 보였다. 검은 바위의 홍예문이 저 너머 밝은 히말라야 같은 장면에 테를 두르고 있었다. 잠시 동안 우리는 새들을 잊어버렸다. 쌤의 수동계수기도 찰칵 소리를 멈추었다.

부쏠 곶에 있는 네 개의 키티웨이크갈매기 하위군락지 중에서 가장 큰 군락지가 홍예문 아래쪽의 동굴 속에 있었다. 안을 자세히 들여다보니 새들이 수없이 줄을 지어 앉아 있는데 그 모습이 마치 어둠 속의 유령 같았다. 우리를 보자 키티웨이크갈매기들은 '키티웨이크 키티웨이크' 하는 울음소리를 내기 시작했고, 그 소리가 축축히 젖은 동굴 내벽에 되튀어 메아리가 점점 더 커져갔다. 어둠 속의 갈매기들은 우리에게는 감지되지 않는 미세한 균열에 꼭 늘어붙어 있었다. 올무의 흰 화살이 각각의 새를 가리키고 있었다. 쌤은 이렇게 눈에 띄게 둥지에 깃대를 꽂아두는 여유를 부리는 갈매기 종은 거의 없다고 우리에게 말해주었다.

동굴 속의 키티웨이크갈매기들은 처음에는 우리에게 소리지르는 것에 만족했다. 그러나 마음의 변화는 마치 서식지를 헤치고 들어오는 바람처럼 급하게 밀려들어왔다. 처음에는 몇 녀석이, 다음 순간에는 그 나머지 대부분이 횃대를 떠났다. 그들은 마치 알비노박쥐처럼 우리에게 달려들었는데 잘 다듬어진 바닷새의 날개 때문에 박쥐보다 훨씬 더 빨랐다. 그들은 동굴을 떠나 두 패로 나뉜 다음 우리 주변을 빙빙 돌며 날았다. 그들이 홍예문 아래로 지나가자 명암의 대조가 역전되었다. 저 너머 산의 공기 같은 얼음 폭포를 배경으로 흰 새들이 거무스름하게 날아가는 것이었다.

"원, 세상에, 정말 깨끗한 군락지로군." 쌤이 말했다.

죠지는 절벽을 따라 다섯 개의 수로를 돌았고, 쌤은 각각의 수로에서 각 하위군락지에 있는 새의 숫자를 셌다. 그는 다섯 지역의 총계를 가지고 평균을 내 군락지의 크기에 대한 어림값을 낼 것이었다. 마지막 수로의 끝에서 죠지는 스로틀 레버를 비틀어 홍예문을 향해 감으로써 우리를 놀라게 했다. 홍예문 아래에서는 파도가 어지럽게 철썩이고 있었고 굴 밑의 여유공간도 별로 없었지만 우리는 상당히 쉽게 그 밑을 지났다. 죠지는 방향을 돌려 다시 홍예문을 지나 집 쪽으로 향했다. 그는 왠지 뚱해 보였다. "이제 제가 여기서 하고 싶었던 두 가지 일을 했어요. 산에 올랐고 홍예문 밑을 지났죠." 그는 말했다.

집이 가까워지면서, 밀려드는 파도가 다닥다닥 퍼진 앞바다 바위를 부드럽게 쓸고 지나가는 곳으로부터 18미터 떨어진 지점에 이르자, 죠지는 어선의 바깥에 달린 엔진을 껐고 우리는 표류하는 꼴이 되었다.

"무슨 일이죠?" 누군가가 물었다.

"들어보세요." 죠지가 말했다.

모터를 끄자 매우 조용했다. 우리는 선체를 철썩철썩 때리는 파도 소리와 속삭이듯 밀려와 바위 위에서 부서지는 파도 소리를 들었다. 멀리서 움직이는 새의 소리와 바다가 대륙을 만나면서 내는 낮고 끝없는 포효가 들려왔다. 아무도 말을 하지 않았다. 나는 우리 동아리를 둘러보았는데 모두가 홀로 귀를 기울이고 있는 모습이었다. 우리는 각자 자신이 앉아 있는 방향에서 먼 곳을 바라보았다. 각자가 홀로, 바다의 소리를 머릿속에 넣고 있었다. 나는 이것이 바이다르카에서 늘 듣는 세상의 소리일 거라고 생각했다. 잠시 후에 죠지는 시동 끈을 확 잡아당겼고 우리는 다시 우리의 길을 가기 시작했다.

22

쥐의 여인

쎄스나 비행기가 돌아오면서 간조생태학자 두 명을 데려왔다. 이제 토치 만에는 우리 일곱 사람이 살게 되었으며, 풀밭 위에 텐트 한 채가 더 올라갔다. 죠지는 아직까지는 붐빈다고 느끼지 않았지만 걱정을 하기 시작했다. "여기 스무 사람이 살면 이곳이 어떻게 될지 상상할 수 있으세요?" 죠지는 나에게 물었다. 나는 상상해보려고 애썼다. 그렇게 끔찍할 것 같지는 않았다.

간조생태학자들은 둘 다 대학원생으로서 열심히 일하는 사람들이었고, 죠지는 열심히 일하는 사람들을 위해 음식을 만드는 것을 좋아했다. 그저 빈둥빈둥 지내는 사람에게 음식을 해줄 때 죠지는 자신의 가치에 대한 의식에 상처를 입었다. 그는 몇번이나 이 점을 날카롭게 설명했고,

우리는 그것을 하나의 경고로 받아들였다.

"요리사에게는 권력이 많죠. 저는 그 권력을 사용하려고 해요"하고 죠지가 한번은 나와 네드에게 털어놓았다. 그것은 웃으라고 한 말이거나 아니면 사람을 불안하게 하려고 한 말이었는데 어느 쪽인지 확실히 알 수 없었다. 우리는 죠지의 왕국인 취사텐트 밖에서 그에 대해 토론을 벌였고, 수시로 변하는 그의 기분과 무례함은 고독한 생활을 해온 결과라는 점에 의견을 같이했다. 사람들하고 더 많이 어울려 지내면 그도 좋아질 것이었다. 그밖에도, 요리사들은 성질이 나쁘기로 악명이 높다. 솜씨가 좋으면 그들은 성질을 부려도 별다른 질책을 받지 않는데, 죠지는 솜씨좋은 요리사였다. 후식으로 쓸 파이를 하룻밤에 네 종류나 구워내는 사람이라면 그가 오만을 많이 부린다 해도 받아들이는 수밖에 없다.

어느 날 아침, 죠지가 만든 효모 팬케이크로 막 아침을 먹고 났을 때, 우리는 늑대가 먼 해안에 있는 것을 보았다. 늑대는 만의 갑 부분을 돌아다니다가 우리를 향해 오게 된 것이었다. 우리는 쌍안경으로 늑대가 가는 길을 좇았다. 그것이 우리 모두가 야생의 늑대를 처음으로 본 때이다.

늑대는 죠지의 야산을 향해 곧바로 갔다. 늑대는 바이다르카에 다다랐지만 그것 때문에 놀라지는 않았다. 그 배가 인간과 관련된 어떤 것이라고 생각하는 것 같지는 않았다. 그 다음에 우리 냄새를 맡았다. 녀석은 머리를 내밀더니 꼼짝 않고 서서 1분 내내 우리를 응시했다. 주둥이는 검고 눈은 노란빛이었다. 그는 전혀 개처럼 보이지 않았다. 나는 그 늑대가 가면을 쓴 인간처럼 보인다는 생각을 했던 기억이 난다. 확신하건대 녀석은 이렇게 대책없이 인간과 마주치게 된 것에 당황하고 있었다. 그러더니 방향을 돌려, 과장된 위엄을 갖추고 죠지의 야산 뒤 숲으로 걸어들어갔다.

늑대가 사라졌을 때 쌤 패튼은 아내에게로 몸을 돌렸다. "다시는 그렇게 가까이에서 야생늑대를 볼 수 없을 거야"하고 그는 아내에게 말해주었다. 나는 그의 말을 믿고 싶었지만, 바로 그날 오후 쌤과 르네는 어선을 타고 토치 만 남쪽 어귀의 해안을 따라 표류하다가 두번째 늑대를 보았다. 이번 늑대는 좀더 어리고 좀더 밝은 털색을 가지고 있었다. 녀석은 해변의 풀에서 무언가를 사냥하고 있었다. 어선에 있는 사람은 쌤과 르네였는데 그들에게는 전혀 관심을 기울이지 않는 듯했다. 그 녀석은 풀 속에 주둥이를 쳐박고, 거기에 걸린 것이 무엇이든간에 그것에만 주의를 기울이고 있었다.

우리는 다시 늑대를 보지 못했다. 그것은 작지만 슬픈 교훈이었다. 토치 만은 우리에겐 여전히 완벽한 황야처럼 보였지만 늑대들에게는 더러움을 탄 곳이 되었으며, 그래서 그들은 다른 지방으로 옮겨간 것이었다.

그날 밤 취사텐트 안에서 늑대에 대해 토론을 하고 우리가 보고 있는 다른 동물에 관한 기록을 비교하고 나자 우리의 대화는 학교에 관한 것으로 바뀌었다. 쌤 패튼은 석사학위 논문을 내기 전에 치르는 구두시험에 관해 이야기해주었다. 그는 알래스카로 오기 전에 막 시험을 통과한 터였다. 구두시험은 시련이야, 하고 그가 말했다. 두 시간 남짓 사이에 사람이 5년은 늙는다는 것이었다. "그들은 작은 칼로 정밀하게 찾아내요. 찔러, 찔러, 찔러. '여기가 약한 구석이군!' 그리고 나서 정말로 칼을 들이미는데, 그럴 때는 일어나서 내가 그들을 어떻게 생각하고 있는지 말해주고 싶어요. 하지만 그렇게 할 수는 없죠. 결국 나도 그들과 같은 사람이 되어가는 거니까. 통과의례예요." 쌤이 말했다.

"한 사람이 나한테 발생학의 역사에서 가장 중요한 새가 무엇이냐고 물었어요. 그런데 나는 몰랐어요." 쌤은 그 순간을 돌이키곤 얼굴을 찡그리며 웃었다.

"닭 아닌가요?" 나는 추측을 해보았다.

쌤은 나를 한참 훑어보더니 웃지 않고 고개를 끄덕였다. "맞아요. 닭이에요. 하지만 내 예상은 뭔가 더…… 나는 그가 무슨 얘기를 하는지 몰랐어요."

"그럼, 농담('닭이 먼저냐 달걀이 먼저냐' 하는 농담—옮긴이)으로 물어본
건가요?" 내가 물었다.

"맞아요. 농담으로 물어본 거였어요."

"왜요?" 죠지가 물었다.

"뭐가 왜예요?"

"왜 사람들은 그런 일을 하고 싶어하죠?"

죠지의 얼굴에 오만한 웃음이 어렴풋이 떠올랐다.

그 다음번에 쎄스나 비행기는 가장 가까운 마을인 후나에서 고등학생
제프 스캐플스태드를 데려왔다. 제프는 야영지 주변의 일을 돕고 아직
도착하지 않은 작은 포유동물 학자의 조수 노릇을 할 예정이었다. 이제
우리는 여덟 명이 되었다. 토치 만은 빠르게 사람이 들어차고 있었지만
죠지는 아직까지는 답답하다고 느끼지 않았다. 죠지는 제프를 좋아했고
그것이 도움이 되었다. 제프는 틀링깃 인디언의 피가 섞여 있었다. 그는
죠지가 '진짜 사람들'이라고 부르는 범주에 드는 사람이었다. 어부와 벌
목공, 예인선의 선장과 인디언들이 진짜 사람들이다. 과학자와 작가는
그다지 진짜가 아니다. 제프는 아무데나 망원 가늠자가 달린 300매그넘
장총을 어깨에 걸치고 다녀 죠지의 신경을 약간 곤두서게 했다. 남동 알
래스카 지방의 진짜 사람들 대부분이 그러하듯 제프도 갈색 곰이 나타
나는 지방에서 무장을 하지 않고 다니는 것은 바보 같은 짓이라고 믿었
다.

그 다음에 우리는 무전으로 쎄스나 비행기가 한 번 더 돌아올 것이며
이번에는 작은 포유동물 학자를 데려오리라는 것을 알게 되었다. (포유
동물학자 그녀 자신은 작은 여자가 아니었다. 그 여자는 사실, 키가 거
의 180쎈티미터나 되었다. 작은 것은 바로 그 여자가 연구하고 있는 들
쥐와 뒤쥐 들이었다.) 토치 만에는 이제 곧 우리 아홉 사람이 살게 될

것이었고 죠지는 맬서스가 말한 압박을 느끼기 시작했다. 그는 미리 그 작은 포유동물 학자를 좋아하지 않기로 했다. 그는 장차 자기 주변에서 쥐를 죽이고 껍질을 벗기는 일이 일어나리라는 점이 싫었다. 아니면 그는 이 아홉번째 여자가 보태짐으로써 그의 영역이 적재량을 초과하게 될 것을 감지했다. 아니면 이 둘 다 이유가 됐을 것이다. 그는 그 여자를 쥐의 여인이라고 불렀다. 그는 쥐의 여인이 수백 개의 쥐덫을 가져오면 어떻게 될까 하고 혼자 중얼거리며 궁금해했다. 이 원시적인 황야에서 사냥감의 발자국을 따라가다가 빅터(상품명—옮긴이) 생쥐덫의 덫줄을 발견하게 되면 어떨까요? 그는 수사학적으로 물었다.

"빅터 생쥐덫이 아니에요." 작년 여름에 북쪽에 있는 피오르드에서 쥐의 여인을 도왔던 제프가 말했다. "그건 다른 종류예요. 시궁쥐덫처럼 더 커요."

제프는 우리에게 쥐덫을 놓았던 체험을 들려주었다. 어떻게 그 작은 동물의 껍질을 벗기고 기관의 치수를 쟀는가 등등의 얘기였다.

"넌 종류를 식별할 수 있니?" 내가 물었다.

"물론이죠. 미크로투스 롱기카우두스, 미크로투스 클레트리오네스, 쏘렉스 뭐라든가 등이 있어요. 어떤 종은 갈색이고 어떤 종은 회색, 그리고 어떤 종은 뒤쥐죠."

"껍질 벗기는 것도 배웠니?"

"아뇨. 제 손은 너무 커요. 저는 일을 망칠 뿐이에요."

제프는 자신과 쥐의 여인이 어떻게 이중 덫줄을 장치했는지 우리에게 들려주었다. 그들은 두 개의 줄을 평행으로 놓고, 땅콩 버터와 베이컨 기름으로 미끼를 단 덫을 일정하게 측정된 거리에 놓아두었다.

땅콩 버터라, 나는 생각했다. 나는 죠지를 흘긋 보았다. 땅콩 버터는 아마 그가 좋아하는 음식일 것이다. 나는 쥐의 여인이 부리는 술책에 관한 이 새로운 정보에 그가 어떻게 반응하는지를 읽어내려 했지만 그의 얼굴은 지금으로서는 읽을 수가 없었다.

"덫이 쥐를 상하게 하지 않니?" 하고 간조생태학자 중 한 사람이 물었다. "내 말은, 집에서 보면 빅터 쥐덫이 쥐의 눈을 찍기도 하고 뒤쪽에서 몸을 찍기도 하던데, 그래도 기관을 사용할 수 있어?"

"물론이죠. 그래도 그녀는 난소 황체나 그런 것을 볼 수 있죠. 그녀는 모든 쥐를 다 사용해요. 반쯤 잡아먹힌 것도요."

"정말? 그놈들을 먹는 게 뭔데?"

"다른 쥐가 나와서 그놈들을 산 채로 먹어요. 이따금 작은 발자국을 따라가보면 쥐가 덫을 질질 끌고 이리저리 돌아다닌 걸 보게 돼요. 피투성이죠."

"과학자들이란!" 죠지가 조용히 말했다. 그는 하늘 쪽을 바라보았다. "그 사람들은 정신병자들이에요. 이 모든 일이 과학이라는 신의 이름으로 자행된다고요. 동물을 알코올에 빠뜨리고 고문해서 작은 병 속에 집어넣죠."

"껍질을 가지고 뭘 하지?" 아까의 간조생태학자가 주제를 바꾸기 위해 질문했다. 그 자신이 그날 아침 연체동물을 작은 병 속에 넣으면서 시간을 보냈던 것이다.

"껍질은 스미스쏘니언 박물관으로 보내요." 제프가 말했다.

"정말? 하지만 껍질을 가지고 그 이상의 일을 해야 할 텐데."

"꼭 그런 건 아니야. 그게 포유동물학자들이 작업하는 방식이거든." 다른 간조생태학자가 말했다.

"스미스쏘니언 박물관이라!" 첫번째 간조생태학자가 말했다.

죠지는 감동을 받지 않았다. "그런 물건을 받기 위해서 스미스쏘니언 박물관에 거대한 지하실을 지었어요." 죠지는 우리에게 알려주었다. "그런 것 수십 톤이 있다고요. 유리 상자의 먼지를 닦기 위해 쥐가죽이 필요한가 보죠." 그는 제프에게로 몸을 돌렸다. "얘기를 들어보니, 그 쥐의 여인은 네가 멀찌감치 떨어져 있어야 할 사람 같구나. 너, 저 언덕에 올라가서 경계를 서야겠다. 쥐 한 마리가 밀기만 해도 바위사태가 난다.”

하지만 그때까지는 쥐의 여인이 죠지와 진짜로 부딪칠 기회가 없었다.

그들의 첫번째 논쟁은 음식 때문에 일어났다. 쥐의 여인은 자신의 기초대사를 위해서 식사에 동물성 단백질이 있어야 한다고 믿었다. 죠지는 그것이 미신이라고 생각했다. 그것은 그 여자의 머릿속에 있는 생각일 뿐이다. 그 자신은 생선을 조금, 쌀·채소·감자는 많이, 고기는 극히 조금 먹었다. 어떤 환경에서는 고기를 먹는 것도 괜찮다고 그는 설명했다. “만약 하루 반나절 내내 산등성이를 따라 산양을 쫓아다니다가 마침내 그놈을 구석에 몰아넣고 총을 쏘았다고 합시다. 하지만 맞히지 못했어요. 그런데 다음날 낮에 여기서 16킬로미터 떨어진 어떤 능선에서 결국 그놈을 죽였어요. 그렇다면 그놈을 먹을 수 있죠. 원한다면 산양 한 마리를 다 먹을 수도 있어요.” 만약 그렇지 않으면 고기는 뱃속에 들어앉아서 음식물의 흐름을 방해할 뿐이라고 그는 말했다. 고기는 보통의 활동에 필요한 연료를 공급하기에는 너무 강한 음식이다. 죠지는 자기가 쥐의 여인이 하는 과학을 아주 평범한 활동이라고 생각한다는 점을 분명히했다. 쥐의 여인은 그녀대로 영양에 관한 죠지의 생각은 설익은 것이라고 믿었다.

그들은 화장실 휴지 때문에 또 한번 다투었다. 죠지는 요리사였으므로 직권상 우리의 보급장교였는데, 하루는 쥐의 여인이 그에게 배에 휴지가 몇 통 남아 있느냐고 물었다. (쥐의 여인은 지나치게 걱정이 많은 사람이라는 것을 말해두어야겠다.) 죠지는 모른다고 대답했다. 그는 정말 몰랐다. 그는 야영지에 땅을 파고 만든 화장실에 발을 들여놓은 적이 없었고 화장실 휴지를 쓴 적도 없었다. 그는 언덕에 올라가 볼일을 보았다.

“화장실 휴지를 안 쓴단 말예요, 죠지?” 그녀가 물었다. “그럼 뭘 쓰죠?”

"나뭇잎이 뭣 때문에 있다고 생각하세요? 사람들은 가문비나무 숲을 베어내서 화장실 휴지를 만들어가지고…… 사람들은 이 멋진 나뭇잎과 이끼가 한창일 때 숲을 베어 넘어뜨려요. 이끼가 제일 좋아요. 언제 한번 써보세요."

쎄스나 비행기가 다시 돌아왔고 또 다시 돌아왔다. 담수어류 전문가 두 사람, 식물학자 한 사람과 빙하지질학자 세 사람이 왔다. 죠지는 짜증을 내기 시작했다. 그는 붐빈다는 느낌이 들었다.

하루는 비가 텐트 위로 퍼붓고 있었다. 토치 만의 인구는 열여섯 명에서 유지되었다. 과학자들은 날씨가 개기를 기다리며 취사텐트에 앉아 있었는데, 간조생태학자 한 사람이 우리에게 뉴욕 주 북부지방의 동굴 탐험에 관해 이야기를 들려주었다. 죠지는 늦게 들어와서 첫부분을 못 들었다. 그는 못에 비옷을 건 다음 앉아서 귀를 기울였다. 간조생태학자는 옴짝달싹할 수 없는 비좁은 곳과 극도의 피로에 대해 얘기했다. 그는 어떤 사람들에게 일어나는 폐소공포증과 동굴 속에 스며드는 습기와 한기, 그리고 완전한 암흑에 적응하는 문제에 대해 얘기했다.

"그 동굴이 어디 있죠?" 죠지가 물었다.

"뉴욕 주 북부예요."

"그 동굴에도 사람이 사나요?" 죠지가 궁금해했다.

다른 날은, 같은 텐트에서이지만 다른 비구름 아래에서, 다른 과학자들이 바닷물결에 모가 둥글어진 네모난 유목 들보에 앉아 있었다. 우리는 그것을 벤치로 썼다. 이번에는 빙하지질학자가 우리에게 남극대륙의 건조계곡을 묘사하고 있었다. 그는 최근에 그곳에서 조사를 마친 터였다. 우리는 그 건조계곡이 사막 같은 남극 얼음 표면에 생겨난 미발달 토양의 오아씨스라는 것을 알게 됐다. 그 계곡들은 마치 기적처럼 예기치 않게 거기에 자리잡고 있다. 얼음 대륙 위에, 조그마한 맨땅과 야트막하게 자라나는 이끼, 지의류가 있는 것이다. 지질학자는 날마다 계곡 꼭대기 너머로 구름의 형태를 지켜보았으나 구름은 계곡에 당도하기 전에 흩어져버리더라는 얘기를 해주었다. 구름은 언제나 흩어졌다. 계곡 꼭대기의 지형 속에 있는 무언가가 거의 모든 빗길을 돌려놓아 건조한 땅이 생겨나게 된 것이다. 그 지질학자는 남극의 강치에 대해서도 말해주었다. 이유는 알려지지 않았지만 강치들은 건조계곡으로 기어와서, 때로는 32킬로미터나 떨어진 내륙으로 들어와 죽는다는 것이었다. 그들은 자신이 움직임을 멈춘 바로 그 자리에 몇세기 동안 그대로 누워 있는데, 주위의 빙하에서 쏟아지는 건조하고 찬 공기에 때문에 미이라가 된다. 4000년이나 된 사체도 있었다.

 침묵이 흐르는 가운데 우리는 그것에 대해 골똘히 생각하고 있었다. 죠지가 침묵을 깼다.

 "거기에서 상주하는 사람이 있나요?" 그가 물었다.

 나는 황량하고 외딴, 사람이 살지 않는 세계에 대한 다이슨 집안의 본능에 이미 익숙해져 있었으므로 죠지의 생각이 어디로 달려가고 있는지 알 수 있었다. 상상 속에서 그는 남극의 건조한 계곡과 뉴욕 주의 동굴을 거주지로 시험해보고 있었다. 그는 이사할 생각을 하고 있었다.

23

한증막

 기분이 우울해질 때 죠지의 치료법은 혼자 말없이 사라져서 무언가를 만드는 것이다. 그는 여전히 규칙적으로 해변을 샅샅이 뒤지고 다녔고, 취사텐트 옆에 유목과 표류화물 더미를 쌓아놓고 있었다. 그는 과학자들이 신경을 건드릴 때면 언제든지 이 더미를 잠깐씩 들여다보았다.

어느 날 죠지는 게 잡는 통발을 만들었다. 그는 오리나무 묘목으로 둥근 테를 만들었는데, 먼저 천천히 묘목을 구부려 원을 만든 다음, 묘목 바깥쪽의 잘 구부러지지 않는 부분은 어디든지 손도끼로 다듬었다. 그는 뚱해서 작업을 했으며, 말을 할 때에는 외마디 말만을 사용했다. 나는 일하고 있는 그의 팔을 바라보았다. 팔에는 군살이 없었다. 죠지에게 운동이란 근육을 키우는 것이라기보다는 인상적인 혈관 그물조직에 가지를 쳐, 근육에 피를 많이 보내는 것이었다. 오리나무 테가 완성되자 죠지는 예전에 해변 바위에서 엉켜 있는 채로 발견된 낡은 그물을 가져다가 테에 팽팽하게 묶었다.

좀더 진전된 작업에 들어가기 전에 죠지는 바다 밑바닥에 게가 있는지 시험해보기로 작정했다. 그가 통발에 생선대가리로 미끼를 단 다음, 우리는 통발을 밑으로 내렸다. 몇시간이 지난 다음 물 위로 들어올리자 통발은 무겁게 딸려 올라왔다. 통발이 암흑으로부터 올라올 때 우리는 그 속에서 색깔있는 반점을 보았다. 오렌지색 큰 반점이었다. 그 색은 형체를 가지고 있었지만 죠지가 원한 형체는 아니었다. 그가 잡은 것은 수많은 광선을 발하는 불가사리였는데 엄청나게 컸다. 통발보다 더 컸다. 다섯 길 물 속에서 올라온 그 짐승은 우리에게 팔을 흔들어 인사를 했다. 죠지는 그놈을 물에 버렸고 우리는 그놈이 팔을 흔들면서 바닥으로 다시 들어가는 것을 지켜보았다. 그는 다시 시험을 하지 않았다. 그의 생각에 그런 생물체가 살고 있는 곳에는 게가 있을 것 같지 않았다. 그는 통발을 미완성인 채로 남겨두었지만 그 일은 잠시 동안 그의 마음을 사로잡는 데 성공했다.

또 다른 날의 오후, 날씨와 그의 기분이 다 쓸쓸했을 때, 죠지는 여분의 노를 새로 만들기로 결심했다. 그가 예전에 만든 여분의 노는 토치만으로 오는 동안 바이다르카의 갑판 위에 묶여 있었기 때문에 파도에 의해 박살이 나버렸다.

죠지는 어디로 가면 노의 자루를 만들기에 완벽한 나무를 찾을 수 있는지 알고 있었다. 우리의 북쪽에 있는 피오르드 딕슨 항구에는 시슬 만이라고 불리는 내포가 있고, 이 만의 위쪽 언덕에는 아주 곧고 날씬하게 자라는 노란 삼나무 묘목이 있었다. 죠지는 한달 전 시슬 만을 처음으로 찾아갔을 때 그 삼나무를 눈여겨보았고, 그것을 기억 속에 잘 챙겨두었다. 나는 그와 함께 그 나무를 찾으러 갔다.

우리는 늑대 발자국을 따라 시슬 만 해안에서 400미터를 간 다음 벌판을 지나 앞으로 나아갔다. 풀밭 지대를 거쳐 언덕 위로 올라갔더니 풀밭이 끝나는 곳에 삼나무와 산솔송나무들이 자라고 있었다. 죠지는 그 나무를 찾아 주변을 두루 살폈으나 찾기가 어려웠다. 우리는 꽤 곧게 자란 삼나무와 서너 번 마주쳤는데, 죠지는 그냥 지나쳤다.

"저거면 되지 않을까요?" 마침내 내가 물었다.

"살아 있는 나무를 벨 때는 그게 원하던 바로 그 나무라는 걸 확신해야 돼요" 하고 죠지가 말했다.

결국 우리는 그 나무를 찾아냈다. 지름이 7.5쎈티미터쯤 되는 묘목이었다. 죠지는 줄기에 눈길을 주더니 위로 죽 훑어보았다. 만족한 그는 칼집에서 칼을 꺼냈다. 그것은 캐나다 강철로 만들어진 매우 날카로운 러쎌 칼이었다. 첫번째 일격에 노란 목질이 드러났다. 이것은 목질이 좀 떨어지는 붉은 삼나무가 아니라 정말로 훌륭한 노란 삼나무였다. 죠지는 두 손을 써서, 즉 오른손으로는 도끼의 자루를 잡고 왼손 바닥으로는 도끼머리를 눌러 줄기를 아래쪽으로 쳐내며 묘목을 쓰러뜨렸다. 줄기를 위쪽으로 쳐낼 때는 오른손만을 썼다. 가지를 잘라내느라 쓰러진 나무 위로 몸을 구부리고 있다가 그는 우연히 베어낸 나무의 그루터기를 돌아보게 되었다. 그는 베어낸 노란 원뿔체가 숲 속에서 얼마나 눈에 띄게 빛을 끌어들이는지 알아차렸다. 나 또한 마찬가지였다. 이러한 황야에서조차 인간의 행동이 사람의 주위를 끈다는 것이 놀라웠다. "사람들은 비버의 짓이라고 생각할 거예요." 죠지가 말했으나 별로 확신하는 말투가 아니었는데, 거기에는 그럴 만한 이유가 있었다.. 이 지방에는 비버가 없었던 것이다. 그는 노란색의 밝은 빛을 흐리게 하기 위해 진흙을 좀 퍼다가 그루터기에 바르고는 떨어져 서서 결과를 곰곰 살폈다. 그는 만족하지 않았다. 그는 진흙을 더 보태어 토대를 만들고 그 위에 이끼를 몇줌 눌러 심었다.

우리는 나무를 끌며 숲을 지나 만으로 내려왔다. 토치 만의 집으로 돌아온 후 죠지는 묘목을 깎아 노의 자루를 만들었다. 그는 합판으로 양물갈퀴를 만들어 에폭씨 수지로 자루에 붙인 다음 새 노를 연구실 텐트의 지붕에 걸어두었다. 그곳에 달린 콜맨 호롱등의 열기가 에폭씨 수지를 말렸다.

어느 날 저녁에는 바람이 일어나 토치 만 바다 위에 흰 파도를 일으키기 시작했다. 그 물마루는 우리가 피오르드에서 처음으로 본 진짜 파도였다. 하늘은 낮게 드리워져 있었고 마치 둑처럼 쌓인 안개가 피오르드 절벽의 절반 위쪽을 잘라놓았다. 가문비나무들은 너덜너덜하게 줄을 지어 안개 속으로 기어올라갔다. 높은 쪽에 있는 나무들일수록 안개 속에서 실체를 더 많이 잃었다. 그들은 저승으로 건너가는 우리 조상들처럼 존경스럽고 유령 같은 모습으로 산을 올랐다. 가장 높은 곳에 있는 가문비나무는 유령 중의 유령이었으며, 우리는 그 나무들이 과연 나무인지 확신할 수 없었다.

우리는 모두 날씨 때문에 기분이 우울했다. 밤 열시에 때이른 황혼이 졌다. 맑은 날에는 자정 무렵이 될 때까지 하늘이 어두워지지 않았는데, 최근에는 토치 만에서 맑은 날을 보기가 어려웠다. 취사텐트에서 쌤과 나는 책을 읽고 있었고 네드와 르네, 간조생태학자들은 하트게임(하트 패를 잡지 않은 사람이 이기는 게임―옮긴이)을 하고 있었다. 그들은 죠지에게 게임을 함께 하자고 청했지만 그는 거절했다. 그는 그다지 대단한 카드놀이꾼이 아니었다. 그는 아무 말도 하지 않고 바람 속으로 나갔고 그날 밤 아무도 그를 다시 보지 못했다.

다음날 아침 깨었을 때 우리는 해안 멀리에 세워진 원뿔형 오두막집을 보았다. 비 내리는 거친 밤 내내 죠지는 손수 한증막을 지은 것이었다. 그는 프라이버씨를 위해 800미터 떨어진 곳, 검은 곰이 좋아하는 풀밭 아래쪽 자갈 해변에 터를 잡았다. 한증막은 삼발이처럼 세운 유목 깃대 위에 해변에서 찾아낸 플라스틱을 드리워 만든 원뿔형 천막이었다. 동그란 바닥 주변은 바위를 올려놓아 움직이지 않게 했다. 죠지는 거기서 밤을 보냈다. 그는 바깥에 지펴놓은 불에서 돌을 달군 다음 그것을 안으로 가져와 접는 문을 꼭 닫고 돌 위에 바닷물 한 동이를 다 부었다. 물은 수증기로 폭발했다. 참을 수 없을 만큼 더워지면 그는 밖으로 달려나가 혹심하게 추운 피오르드에 뛰어들었다. 그는 밤새도록 이 과정을 되풀이했다. 이것이 그의 충격요법이었다.

우리는 망원경으로 아침에 처음으로 나타난 검은 곰이 한증막과 마주치는 것을 지켜보았다. 곰은 죠지가 피운 불에서 나는 연기의 냄새를 맡더니, 풀을 뜯다 말고는 자세히 살펴볼 요량으로 천막을 향해 걸어갔다. 우리의 쌍안경에서는 그 장면이 생략되었는데, 곰은 다시 한증막 앞에서 안쪽으로 들어갈 차례를 기다리고 서 있는 모습으로 나타났다. 우리는 약간 신경이 곤두섰다. 제프 스캐플스테드는 장총의 망원 가늠자를 통해서 그 장면을 보더니 이만한 시계(視界)에서도 한 방으로 죠지의 생명을 구할 수 있다고 뽐냈다. 정말 그렇게 했더라면 대단한 일격이 되었을 것이다. 그런데 바로 그때 죠지가 한증막에서 벌거벗고 나타났다.

우리 중 누구라도 죠지가 놀라서 우스꽝스러운 동작을 하리라 기대했다면 ──내 생각에는 우리 모두 그랬다── 그는 우리를 실망시켰다. 그는 곰을 흘긋 바라보더니 그냥 지나쳐갔다. 곰은 김이 무럭무럭 나는 인간이 해변 자갈 위를 깡충깡충 뛰어 피오르드로 가는 것을 지켜보았다. 죠지는 팔이 길었는데, 굴 따위가 붙어 있는 해변 자갈 위를 깡충깡충 뛰어갈 때, 그 팔을 어떻게 해야 할지 몰라 긴팔원숭이 같은 자세를

취했다. 그는 물 속으로 풍덩 뛰어들었다. 곰도 흥미를 잃고 다시 풀을 뜯기 시작했다.

24

럼주

어느 비 오는 밤 간조생태학자들이 자신들이 가져온 알코올 75.5퍼센트 럼주의 병을 따자 취사텐트는 이내 훨씬 더 흥겨워졌다.

럼은 바다의 술이었다. 죠지도 이에 동의했다. 그는 사실 술을 좋아하는 편이었기 때문에 술에서 멀리 떨어져 있기 위해 노력을 기울여야 했다. 술은 죠지에게서 또다른 죠지를 빚어냈다. 오늘 밤에는 술이 그의 혀를 상당히 풀어놓았다. 술 덕분에 과학자들은 그의 내면의 본성을 처음으로 살짝 들여다보게 되었다. 그는 자기 가족에 대해 이야기했다.

"가족은 중요해요. 저는 식구들이 어디에 있는지 알 필요가 있어요. 저는 우리 아버지가 멈춘 곳에서 시작해야 한다고 느껴요. 아버지가 물리학 안에서 작업을 했다면 저는 이땅에 깃들인 자연에너지의 물리학에서 제 일을 찾을 거예요." 하지만 그것은 어려운 일이라고 그가 말했다. 왜냐하면 가족사 전부가 영국에 있기 때문이었다. 그는 할아버지 죠지 다이슨 경에 대해 더 알고 싶어했다. "할아버지는 『로마가 타고 있을 때 바이얼린을 켜다』라는 책을 쓰셨어요. 1차대전중에는 수류탄 제조법에 대한 설명서를 쓰셨는데, 아직도 출판되고 있어요! 멋있죠――블랙팬더 당(1960년대에 결성된 급진적인 흑인운동단체로 권리 쟁취를 위한 과격한 방법을 지지함―옮긴이) 같은 사람들이 그 설명서를 사용할 수도 있다니까요.

그 책은 어떻게 무(無)로부터 폭탄과 총알을 만드는가를 보여주죠."

죠지는 이복 누이들이 네 명이라고 말했다. 그들을 보지 못한 지 몇 년이 지났다. 그는 너무 늦기 전에 —— 뉴저지 주가 그들의 정신을 회복불능 상태로 사로잡기 전에 —— 그들을 자신의 카누에 태우고 싶어했다. 그는 아버지도 역시 보지 못했다. 아버지가 자기를 보고 싶어하지 않는 것 같은데, 그건 참 당황스럽다고 죠지가 말했다. 그는 자신이 그 이유를 어렴풋이 알고 있다고 생각했지만 —— 그것은 자신이 태어나기 전으로 거슬러올라간다고 그는 생각했다 —— 확실히 알지는 못했다. 아버지는 그에게 수수께끼였다. 그는 프리먼이 한번은 아무 설명도 없이 『도살장 5호』의 복사본을 보냈다고 말했다. 그 작품은 커트 보네거트가 쓴 드레스덴 소이탄 폭격에 관한 글이었다. 그는 취사텐트 안의 사람들에게 도대체 왜 아버지가 그 책을 보냈을까를 물었다. 나는 왜 프리먼이, 전직 영국 공군 수학자인 그가 그 책을 보냈는지 알 수 있었고, 내 생각에는 죠지도 역시 알고 있었다. 나는 『도살장 5호』에 대한 이 당혹감은 럼주가 빚은 수사학이지 죠지 자신이 가장한 것처럼 전적인 당혹감은 아니라는 판단을 내렸다.

그는 일어서서 약간 비틀거렸고 자신이 술에 취했음을 인정했다. 우리들도 모두 취했다. 과학자들이 먼저 털썩 주저앉았다. 그들은 하나 둘 접는 문을 옆으로 젖히고 빗속으로 걸어나가 잠자리로 향했다. 마침내 죠지와 네드 그리고 나만 남았다.

우리 세 사람은 사람이 살지 않는 곳에서 많은 시간을 보낸 적이 있었다. 이제 과학자들이 가버리고 없자 우리의 대화는 그런 문제로 바뀌었다. 우리는 혼잡과 도시의 미덕에 대조되는, 고독과 황야의 미덕에 대해 이야기를 나누었다. 우리는 그 양쪽이 다 옹호할 점이 많다는 데 의견을 같이했고, 미혼 남성의 해묵은 진퇴양난에 대해서도 이야기했다. 자유냐 여자냐?

"저한텐, 아이들이 있는 것보다 더 좋은 게 없어요, 아시잖아요. 그건 근사한 여행 같아 보여요. 하지만 지금은 그렇게 할 수 있는 방법이 없죠. 그게 큰 카누가 있어야 할 이유예요. 아마 큰 카누는……" 죠지가 말했다.

큰 카누라, 나는 생각했다. 죠지는 거대한 카누를 계획하고 있다는 암시를 준 적이 있었고, 나는 그가 올봄 초에 그 카누에 쓸 알루미늄을 주문했다는 것을 알고 있었다. 그러나 알루미늄이 배달되기 전에 1974년의 석유파동이 강타했다. 이제 럼주 덕분에 나는 그 큰 카누의 비밀스런 목적을 알게 되었다. 그 배는 죠지의 가족을 위한 것이었다.

바깥에서는 비가 텐트 지붕을 내리치고 있었다. 푸른 뇌조가 우리 뒤쪽 가문비나무 숲 속에서 파닥파닥 날개를 치고 있었다. 그들의 지저귐은 마치 아이들이 병을 불어 내는 두우 하는 소리처럼 속삭이듯 울려퍼졌다. 그 소리는 토치 만에서 늘상 들리는 소리였으므로, 어떤 이유로 그 소리에 귀를 기울여야겠다는 생각이 들지 않는 한, 우리는 더이상 그 소리에 신경쓰지 않았다. 죠지는 내게로 몸을 돌렸다.

"그래요, 당신이 저를 처음 알게 된 이후로 저는 점점 더 이상해져가고 있어요." 그는 말했다. "저는 멀리 떨어져 이 여행을 하고 있죠. 그러니까 함께 지냈다고 할 수 있는 여자는 단 하나밖에 없었어요. 하지만 저는 제가 어떻게 살아야 하는지 알아요. 저는 계속 앞으로 나아갈 수 있어야 해요. 카누예요. 저는 그저 제 카누를 탈 뿐이죠."

25

세상에서 가장 아름다운 것

어느 날 저녁 죠지는 저녁을 차리면서 코를 훌쩍이고 있었다. 그는 우리를 위해 저녁식탁을 차리곤 아무것도 먹지 않은 채 자리를 떴다. 나중에 나는 바이다르카 옆에서 그를 발견했다. 그는 이미 노란 해치덮개를 벗겨놓았고 그때는 잠입구에서 돛대와 돛을 꺼내고 있었다. 나는 코를 훌쩍이던 것에 대해 얘기했고 혹시 아프냐고 물었다. 아니다, 코를 훌쩍이는 것은 그의 머릿속에서 무언가가 잘못되었다는 것을 나타내는 징후일 뿐이라고 그는 말했다. 그는 자신이 무엇을 필요로 하는지 알고 있었다. 잠시 동안 카누를 타고 밖으로 나가는 것이다.

그는 나에게 함께 가자고 청했고 나는 즉시 응낙했다. 나는 처음으로 바이다르카를 타게 된 것이었다. 우리는 잠입구의 가장자리를 붙들고 카누를 밀어 만까지 갔다. 선체가 얼마나 쉽게 풀밭의 덤불 위로 움직이는지 나는 놀라고 말았다. 카누는 앞뒤로 길기 때문에 장애물에 부딪치지 않았으며, 배는 마치 철로를 타고 물 속으로 미끄러져 들어가는 것 같았다. 밀물이 바로 풀 높이까지 올라와 있었다. 나는 고무장화를 신고 물 속을 걸어 앞쪽에 있는 구멍으로 기어올라갔다. 죠지는 배를 떠밀어 보내면서 가운데 구멍으로 올라왔다.

내가 들어간 맨 앞쪽 구멍이 세 개 중 가장 작은 구멍이었고 뱃머리의 공간은 제한되어 있었다. 내 다리를 그 공간에 잘 맞추어서 편안한 상태로 만들려면 다리를 좀 구부려야 했다. 만약 갑자기 카누가 뒤집힌다면 밖으로 빠져나가는 데 시간이 좀 걸리겠다는 생각이 들었다. 하지만 어쨌든 아주 편했다. 나는 바다에서 작은 배를 많이 타보았지만 불안감을 완전히 떨친 적은 한 번도 없었다. 물에 빠질 거라는 예상이 언제나 내

마음의 뒷전 어딘가에 있었다. 이제 그런 불안은 사라졌다. 왜 그런지는
알 수 없었다.

　우리는 물 위에 아주 낮게 앉았다. 수면 아래 4~5쎈티미터였다. 죠
지는 바다에 대한 두려움을 없애주는 것은 바로 이런 가까움과 잠입구
의 아늑함이라고 생각했다. 아마 그가 맞을 것이다. 나는 구멍의 내부를
보았다. 푸른 유리섬유는 반투명체여서 새벽빛이 아름답게 흘러들어왔
다. 내 넙적다리 옆에서 물결치는 선에는 바다가 새벽과 만나는 더 짙은
푸른색이 있었다. 죠지는 내가 내부의 빛을 살피는 것을 보았다. "늦은
여름에는 이따금 물이 인광을 내기도 해요" 하고 그는 말했다. "밤에 이
카누는 빛이 나죠."

　물에 이렇게 낮게 파묻혀서 보니 토치 만 위의 산들이 전보다 더 높
이, 더 고귀하게 솟아 있었다. 바라보는 지점이 조금 유리해졌을 뿐인데
도 풍경은 현격하게 바뀌었고, 나는 전혀 새로운 눈으로 토치 만을 보는
것 같았다. 그것은 나에겐 좋은 일이었다. 나도 죠지처럼 나의 헌 눈과
낡은 토치 만에 싫증났기 때문이었다. 나는 여기에서 6주 동안 머물러
있었다.

　카누는 내 앞으로 몇 미터 떨어져 있는 좁고 길쭉한 갑에 도착했다.
바로 밑을 보지 않는 한 나는 카누를 전혀 볼 수 없었다. 그건 근사한
느낌이었다. 마치 물 위에 그리스도처럼 앉아 있는 것 같았다. 바이다르
카의 폭은 내 어깨만큼도 넓지 않았다. 약간만 몸을 기울이면 90쎈티미
터 떨어진 곳에서 피오르드를 곧바로 들여다볼 수 있었다. 처음으로 언
뜻 바다를 훑어보았을 때 내 눈에 들어온 것은 해파리였는데, 그 계절에
내가 처음 본 해파리였다. 하지만 곧이어 내 아래에서 각각 깊이를 달리
해 고동치고 있는 해파리를 다섯 마리 더 보았다. 뒤를 돌아보니 죠지가
활짝 웃고 있었다. 내가 자기를 보고 있다는 것을 알아차리고 그는 웃음
을 눅이려고 애썼으나, 잘 안되자 그 대신 멀리 산을 바라보았다.

　한번 속력이 붙자 카누는 바다 물살을 빠르게 가르며 움직였다. 하지

만 마치 노가 이중물갈퀴가 달린 요술지팡이인 양, 카누가 마법의 힘으로 스르르 미끌어진 것은 아니었다. 웬일인지 나는 그때까지 그렇게 생각해왔다. 노젓는 일은 특히 내게 상당히 힘든 일이었다. 내가 아직 그 리듬을 완전히 익히지 못했기 때문이었다. 바이다르카는 내가 전에 노를 저었던 카약보다 물 속에서 훨씬 더 흔들림이 적었다. 약간 더 넓은 선폭과 상당히 더 긴 길이의 기능이었다. 나는 다시 철로 위에 있는 느낌이 들었다. 카누는 파도의 소용돌이에 면역이 된 것 같았다. 카누는 조용했다. 우리가 작은 어선이나 원정대 고무보트를 타고 나갔을 때같이 선외 모터의 으르렁거리는 소리나 노받이의 삐걱거리는 소리는 들리지 않았다. 노의 물갈퀴를 조용히 물에 담그는 소리뿐이었다.

우리는 연안을 항해하면서 곰의 풀밭을 지나갔다. 검은 곰 한 마리가 해변 위에서 풀을 뜯어먹고 있었는데 우리가 빤히 바라보자 갑자기 뛰어가기 시작했다. 누가 보아도 분명히 장난 삼아 뛰는 것이었다. "저는 바로 이런 방식으로 갈색 곰을 보고 싶어요. 제 카누에서요. 갈색 곰이 있는 곳의 3미터 안쪽으로 다가가는 거죠." 죠지가 말했다.

우리가 바람을 이용할 수 있게 되기 전에 바람이 죽어버렸다. 우리는 피오르드의 한가운데로 노저어 가서 노를 배에 싣고, 흐느적거리는 돛 아래에서 미풍이 다시 불기를 기다렸다. 우리는 고요한 가운데 산을 유심히 바라보았다.

잠시 후에 죠지가 입을 열었다. 그는 과학자들이 마음에 들지 않는다고 털어놓았다. 그들은 그저 치수나 재고 수나 세는 사람들일 뿐이라는 것이 그의 생각이었다. 그들은 자신들이 공부하는 동물들과 어떤 식으로도 연결되어 있는 것 같지 않았다. 아니, 심지어 동물들을 좋아하지도 않는 듯했다. "이 사람들은 제가 전에 알고 지내던 생물학자들하고 달라요. 스퐁 박사나 제가 알고 있는 다른 고래 연구자들 말이에요. 고래를 연구하는 사람들은 학위나 뭐 그런 것을 추구하지 않아요. 여기 있는 사람들은 자기네가 원한다면 곰에게 진짜로 가까이 다가갈 수 있어요.

그 사람들이 그밖의 모든 것을 머리 밖으로 몰아낸다면 말이죠. 여기 있는 곰과 늑대 들은 사람에 대해서 몰라요. 이들의 머릿속에는 도망치거나 공격하거나 하는 짓을 할 수 있는 프로그램이 입력되어 있지 않다고요. 이 사람들은 곰과 함께 지낼 수도 있어요." 그는 잠시 멈추었다가 "쥐를 죽이는 여자에게 밥을 해주고 싶지는 않아요. 그 쥐들을 워싱턴으로 보낸다니" 하고 덧붙였다.

그는 나에게 노를 물에 담그라고 말했다. 그렇게 하자 저항하는 물살이 노를 세게 잡아당기는 힘이 느껴졌다. 우리는 움직이고 있었다. 미풍이 알아차릴 수 없게 살그머니 다가와서 우리를 바다 쪽으로 보내고 있었던 것이다. 카누는 너무 가벼웠으므로 가장 미약한 바람에조차 움직였다. 이 점에 대해 칭찬을 했더니 죠지는 큰 카누는 훨씬 더 잘 나간다고 자신있게 말했다. 이 바이다르카는 용골(이물에서 고물에 걸쳐 선체를 받치는 길고 큰 재목─옮긴이)이나 하수용골(下垂龍骨)이 없기 때문에 바람에 밀착해서 항해할 수 없지만 그 큰 배는 그렇게 할 수 있을 거였다. 바람을 타고 토치 만의 개다리같이 구부러진 지점을 지나 모퉁이를 도는 순간 우리는 탁 트인 바다를 보았다. 바다는 우리를 초대하고 있었다. 나는 잠시 동안 우리가 그냥 계속 가게 될 거라고 생각했다.

그때 바람이 잦아들었다. 우리는 방향을 바꿔 집 쪽으로 노를 저었다.

해안에 가까이 오자 바다는 점점 얕아져, 마침내 우리는 바다의 얄팍한 얼음판을 따라 스케이트를 타게 되었다. 나는 줄곧 우리가 바닥을 문지르면 듣기 싫은 소리가 날 거라고 예상하곤 내 교감신경계를 꼭 잠가놓고 꽁무니를 빼고 있었다. 하지만 그렇게 주춤했던 것은 전혀 정당화되지 못했다. 우리는 전혀 물에 잠겨 있지 않았다. 밑에서는 해조류와 소라, 울긋불긋한 불가사리 등이 지나갔다. "산호초를 보기에 정말 멋진 배로군!" 내가 말했다.

"빙산이에요, 세상에서 빙산보다 아름다운 것은 없어요" 하고 죠지가 정정했다.

우리는 해변의 풀밭으로 곧장 노를 저어 올라왔다. 뱃머리가 물을 떠나 풀 위에서 쉭쉭 하는 소리를 내며 멈추어섰다. 바다와 육지 사이에 불연속성이란 없었다. 나는 그 차이를 느낄 수 없었다. 그러나 차이의 소리를 들은 것 같기는 하다. 카누가 풀을 헤치는 소리는 좀더 신경질적이었으니까. 우리는 잠입구의 가장자리를 붙잡고 밖으로 기어올라와서 바이다르카를 죠지의 야산으로 끌고 갔다. 카누가 우리 사이에서 유유히 미끄러지고 있는 동안 우리는 풀밭 덤불에서 허우적거렸다. 우리야말로 육상 생물인데, 카누는 이곳에서도 역시 우리보다 더 우아했다.

26

버마 면도

여름의 태엽이 서서히 풀리고 있었다. 우리는 공기 속에서 가을의 첫 징후를 느꼈고 가을의 첫 빛깔도 보았다. 검은 곰들은 다른 곳에서 털갈이를 하기 위해 토치 만을 떠났다. 그러자 벌레들이 찾아들었다. 처음에는 모기, 그 다음엔 진디등에가 나타났다. 그 녀석들은 모기보다 훨씬 더 나빴다. 죠지가 처음으로 이곳에 왔을 때 해안을 덮고 있던 눈은 이제 가장 높은 산등성이의 외딴 조각땅에만 남아 있고, 뇌조의 순백 깃털도 다 사라지고 붉은색과 갈색이 얼룩덜룩하게 뒤섞인 여름 깃털이 되었다. 죠지가 처음에 푸성귀 대용으로 끓여 먹었던 곱슬곱슬한 소용돌이고사리의 이파리는 이제 다 펴졌다. 키도 다 자라 너무 쑵쑵해졌기 때문에 먹는다는 것은 상상도 할 수 없었다. 봄과 여름 내내 끊임없이 지저귀던 푸른 뇌조들은 마침내 울음을 멈추었다. 이제 그들의 침묵 속에서 우리는 그들의 소리를 들었다.

산양들은 순백색을 잃었다. 봄눈이 여름의 축축하고 검은 대지에 자리를 내줌에 따라 그들의 겉옷은 거무스름해졌다. 그들의 역도선수 같은 몸도 부분적으로는 환상이었음이 드러났다. 여름이 깊어감에 따라 그들은 털이 빠졌고 꾸준히 날씬해졌다. 넓은 가슴, 잔등의 혹, 허리 등은 근육이라기보다는 털이었던 것이다. 이제 그들의 몸에는 털이 길고 가느다란 조각이 되어 매달려 있었고 많은 놈들의 엉덩이에는 앉았던 곳의 흙이 원숭이 좌골(坐骨)의 굳은살처럼 쌍반점이 되어 묻어 있었다. 그들의 고귀함이 털실처럼 풀렸고, 우리는 그들을 너무 잘 알게 된 것이다.

죠지는 브리티시 컬럼비아에서는 이제 곧 블루베리가 익는다는 것이 생각났다. 바람과 날씨가 남쪽으로 달려가기에 딱 좋았다. 그는 편지를 통해서 큰 카누에 쓸 알루미늄이 그가 밴쿠버를 떠난 1주일 후에 도착했다는 것을 알게 되었다. 그는 작업을 시작하고 싶어 안달이 날 지경이었다. 새롭게 서늘해진 공기와 활기없는 산양, 침묵에 빠진 뇌조와 밴쿠버에 있는 알루미늄, 이 모든 것이 죠지에게 이제는 가야 할 때라고 말해주었다.

야영지의 사기는 낮았다. 요리사가 기분이 언짢을 때 사정은 지옥 같아지는 법인데, 죠지는 기분이 끔찍했다. 우리의 야영지 관리인인 네드 역시 행복하지 않았다. 우리는 이러한 분위기를 일소하기 위해 취사텐트에서 모임을 소집해, 각자 돌아가며 잘못되었다고 생각하는 점을 모인 사람들에게 말했다.

네드의 차례가 되자 그는 미안해하며 자신을 나무랐다. 그것은 존경스러운 몸짓이었다. 모든 사람의 기분이 좀 나아졌다.

죠지의 차례가 되자 그는 누구보다 더 길게 얘기했다. 그 모임의 어떤 배설적 요소가 그에게 적극성을 띠게 했다. 보통 그는 별로 말이 없는 사나이인데, 지금 그의 연설은 특이했다. 두서가 없고 뒤죽박죽이었다.

그는 우리들 중 아무도 알아듣지 못하는 물리학에서 빌려온 비유를 여러 번 사용했다. 문장 중간에서 침로를 바꾸곤 했으며, 말이 질질 끌리다가 아무것도 아닌 것이 되어버리는 경우도 종종 있었다. 어떤 때는 한낱말조차 숨쉬는 중간에 유산돼버렸다. 나는 취사텐트 안에 동그랗게 둘러앉은 얼굴들을 둘러보았다. 그들은 모두 당황하였고 잠시 후에는 지루해했다. 죠지의 초록색 눈은 크게 열려 있었고 환영을 보고 있는 듯했다. 그는 때때로 좌중을 훑어보았고 그들이 자신의 말에 흥미를 갖고 있지 않다는 것을 알아차렸지만 그것이 그를 멈추게 하지는 못했다.

어떤 것들은 분명했다. 죠지는 우리에게 브리티시 컬럼비아에 있는 자신의 나무와 카누 만드는 일에 대해 이야기했다. 그는 밴쿠버 섬에서 글레이셔 만에 이르는 북서해안 전부가 자기 집이며, 그가 알고 있는 한 토치 만과 인근의 피오르드는 그 보호 피오르드 해역의 맨 마지막 부분이라고 설명했다. 따라서 이곳은 그의 집 최북단 증축부였다. 이곳은 특별한 장소였다. 죠지에게뿐만 아니라 그 자체로서 특별했다. 그는 자신이 처음 왔을 때 토치 만의 황야가 어떠했는지를 묘사했다. 그는 곰들이 두려움을 몰랐다는 것과 조개무지가 없었다는 것을 이야기했다. 그러더니 막 어떤 요점에 접근하는 듯 보이는 찰나에 꽁무니를 뺐다. 그는 길을 벗어나 물리학에서 빌려온 비유로 샜다. 요리사로서 자신이 야영지의 중심이라는 얘기였다. 과학자들은 매일 궤도를 돌며 데이터를 수집하러 나갔다가 저녁이 되면 그에게 돌아온다. 사정이 제대로 돌아가려면 그를 둘러싼 사람들은 궤도 안에서 움직이고 있어야 한다. 그는 그들이 그렇지 않다는 것을 넌지시 비쳤다. 그는 회전이야말로 중심에게 에너지를 공급하는 것인데, 이 야영지는 회전을 상실했다고 말했다. 그는 요리사직을 사임하고 새로운 중심으로 이동하고 있었다.

"저는 다른 차원에 있어요." 그는 결론을 내렸다. "저는 다른 것을 짓고 있어요. 그게 이상하다는 걸 저도 알아요. 하지만 저는 안팎의 우주(인간의 정신이라는 우주와 외계의 우주 모두를 뜻함—옮긴이)라는 일에 관해서는 전문가예요. 하나가 어떻게 다른 하나의 현현인지 말이에요."

죠지는 그러고 나서 요리사 일을 그만두었다. 그러나 토치 만을 떠나 그의 새로운 중심으로 이동하려고 서두르는 기색은 없었다. 하루하루가 갔지만 그는 항해할 준비를 하지 않았다.

나는 이해할 수가 없었다. 바람은 북쪽에서 불어왔고 남쪽으로 가는 길의 날씨도 좋았다. 알루미늄과 큰 카누가 그 방향에서 그를 기다리고 있었다. 무엇이 그를—— 또한 나를——붙잡고 있느냐고 내가 물었을 때——나는 그의 선원이 되기로 했으니까——그의 대답은 사람의 애를 태우는 불가사의한 것이었다. 그는 출발의 시간이 옳은지 확실히해 두는 것이 중요하다고 말했다. 그는 하루에도 몇번씩 『주역(周易)』을 들여다보면서 동전을 던지고 동전의 괘가 가리키는 면을 찾곤 했다.

나는 좀처럼 이해할 수 없었다. 아마 내가 과학적인 사고의 틀에 너무 많이 빠져들어 있었기 때문이었을 것이다. 하지만 그 여름에 내가 사귄 사람들을 고려해볼 때 그것은 용서받을 수 있는 일이리라. 죠지는 다른 전통에 속해 있는데, 나는 그가 합리적인 사고를 하리라 기대하고 있었다. 바이다르카는 그를 그 전통 속으로 깊이 데려갔다. 출발을 결정하는 순간은 신비로 가득 차 있었다. 그 순간이야말로 진정으로 중요했기 때문이다. 그것은 너른 바다에서 조그만 배를 타고 남쪽으로 향하는 기나긴 여정이었다. 토치 만은 마른 땅이었고 토치 만에서는 식사가 확실히 보장되었다. 그러나 일단 떠나면 그 자신말고는 그를 도와줄 수 있는 것이 아무것도 없다. 레이다도 없고 무전기도, 일기예보도 없는 것이다. 위급한 상황에서 참조할 수 있는 설명서가 있는 것도 아니다. 그런 지침서는 알류트 사람들의 머릿속에서말고는 바이다르카를 위해 존재한 적이 없었다. 죠지는 이제 옛날의 힘을 부르고 있었다. 그는, 특별한 갑에 마련된 특별한 오두막에 머무르며 고래의 도래를 위해 열렬히 단식을 하고 여자를 피하며 내려다보는 신들을 노하지 않게 하려고 조심스럽게 말을 하던 알류트나 누트카의 고래잡이 중 한 사람인 것처럼 행동하고 있었다. 그는 자신만의 주술을 지어냈다. 그 시간은 반드시 옳은 시간이라야 했다. 그는 징표를 기다리고 있었다.

나는 토치 만을 더이상 견딜 수 없었다. 나는 빙하지질학자들과 함께 어선에 편승해 갑을 돌아 시슬 만으로 가서, 거기서부터 혼자 북쪽으로 걸어 탐험가 라 뻬루즈의 프리깃함(19세기 전반까지 유럽에서 활약한 돛을 단 목조군함—옮긴이) 이름을 따 명명된 두 개의 작은 피오르드, 애스트럴레이브 만과 부쏠 곶까지 갔다. 걷는 것은 내게 죠지의 한증막과 같은 것을 의미했다. 나는 부쏠 만의 북쪽 경계가 되는 갑에 올라가 양의 발자국을 따라 산을 넘어, 반대편에 있는 팔마 만까지 갔다. 이렇게 멀리까지 온 사람은 우리 원정대 중에 내가 처음이었다. 나는 이틀 동안 팔마 만을 독점하고 지냈다. 그러고 나서 방향을 돌려 다시 시슬 만으로 걸어와서 쌤과 르네 부부와 함께 고무배 조디액 호에 편승해 집으로 돌아왔다.

쌤은 선외 모터의 소음 너머로 내가 없는 사이 상황이 바뀌었다고 소리쳤다. 이 원정대를 조직한 사람 중의 한 사람인 와이즈브로드 교수가 만에 당도해 사정이 아주 달라졌다는 것이었다. 나는 쌤에게 자세한 이야기를 해달라고 했지만 그는 말하려 하지 않았다. 이제 곧 직접 보게 될 거라고 그가 말했다.

우리가 토치 만의 해안에 발을 디디자 쌤과 르네는 내가 앞장서 가도록 해주었다. 야영지 쪽으로 난 길을 걸어올라갈 때, 처음에는 잘못된 것이 전혀 눈에 띄지 않았다. 그런데 바로 그때, 나는 첫번째 '버마 면도' 표지판을 보았다. 놀라서 위를 올려다보았더니 다른 표지판들이 보였다. 표지판들은 합판에 펠트펜으로 글씨를 쓴 것으로, 고속도로에 있는 '버마 면도' 표지판처럼 오솔길의 오른쪽에 서 있었다. 그 표지판에는, 마치 진짜 표지판과 똑같이 하나씩 쌓여가는 교훈과 급소를 찌른답시고 쓴 바보 같은 문구들이 적혀 있었다.

이 길은 죠지와 네드가 바로 두 달 전에 처녀림을 헤치며 아주 조심스럽게 기를 달아놓은 오솔길이었다. 그곳이 갑자기 라스베이거스 외곽 15번 고속도로처럼 값싸고 번지르르하게 보였다. 문명은 완전히 한 바퀴를 돌아 토치 만까지 왔다. 중간에 끼인 단계들은 없어도 되었다. 토치 만은 그리스의 황금시대나 르네쌍스를 거치지 않았다. 풀밭은 해안의 풀에서 곧장 '버마 면도' 쪽으로 향했다.

나는 화장실의 방수포로 갔다. 양쪽 끝에 '신사' '숙녀'라는 표지가 있었다. 이것은 우습지도 않았다. 안에는 구멍이 하나밖에 없었고 모두가 그걸 알고 있었으니 말이다. 죠지의 취사텐트 앞에는 '관리자 재실__ 외출×'이라고 쓴 표지가 있었다. 연구텐트에는 와이즈브로드 교수가 재직하는 워싱턴 대학교의 연구동 이름을 딴 표지들이 붙어 있었다. 도처에 표지가 있었다. 한 표지는 죠지가 여름 내내 노의 물갈퀴를 만들기 위해 아껴두었던 판자 위에 찍혀 있었다. 나는 죠지가 이제는 기다리고 있던 예언을 받았다고 생각했다. 그는 조짐을 보았다. 많은 조짐을 보았다.

쌤 패튼이 뒤에서 나를 따라잡았다. 와이즈브로드 교수가 사기가 떨어진 낌새를 알아채고 자신을 관리자로 임명하고, 사기를 북돋우기 위해 표지들을 찍어냈다고 쌤 패튼은 내게 설명했다.

나는 한 연구텐트 안에서 죠지를 발견했다. 내부는 에폭씨 수지의 냄새와 콜맨 호롱등의 열기로 가득했다. 그는 이제 막 새 노자루에 물갈퀴 붙이는 일을 끝마쳤다. 우리는 도저히 믿을 수 없다는 듯이 서로를 바라보았다. 죠지는 나에게 표지판을 보았느냐고 물어볼 필요가 없었다. 내가 표지판들을 피할 수 있는 방법은 전혀 없었으니까. 그의 눈은 사나웠지만 왠지 또한 침착하고 단호했다. 그는 새 노를 내 손에 꼭 쥐여주며 의미심장하게 "자, 켄, 크기가 맞나 시험해보세요" 하고 말했다.

3

27

우주선

"라호야에서의 체류가 막바지에 이를 무렵 프리먼이 한 마지막 강의
는 놀라운 것이었습니다." 브라이언 던은 다이슨이 오라이언 프로젝트
에서 마지막 나날을 보내던 모습을 회상한다. "그는 오라이언 호를 끝
까지 밀고 나가기로 결심했습니다. 그건 지옥보다 괴상한 일이었죠. 나
는 처음에 그 얘기를 안 믿었어요. 그 다음엔 믿었죠. 그랬다가 다시 안
믿었습니다. 그건 너무 이상했어요. 우리가 전에 구상했던 모든 것을 초
월하는 것이었거든요. 그는 지름이 1.6킬로미터쯤 되는 추진판을 만들
예정이었던 것 같습니다. 마일라(강화 폴리에스터 필름의 상표이름—옮긴이)
로 만든다는 생각이었지요. 그가 수소폭탄을 가운데 관으로 내려보내
면, 폭탄이 몇 킬로미터 밖으로 나가서 폭발한다는 것이었습니다. 이
'아주' 높은 온도의 구름이 이 '거대' 추진판에 말려들면 우리는 약 4.33
광년 떨어져 있는 알파 껜따우루스 별에 가 있게 되는 겁니다."

던은 소리내어 웃다가 또 하나의 지엽적인 일을 기억하곤 더욱 크게
웃었다.

"그는 모든 것을 재활용하려고 했어요. 우주인의 배설물을 추진연료
로 사용하려고 했답니다!"

그렇게 되면 이건 똥폭풍이 됐을 것이다. 프리먼은 그것이 비유적인
차원에 머무는 것을 원치 않았다. 그는 진짜 원자 똥폭풍을 만들려고 했
다.

"진심이었나요?" 내가 물었다.

"아니오" 하고 던은 말했다. 그러더니 웃음을 그치고, 생각에 잠긴 얼굴이 되었다. "글쎄요, 알 수 없어요. 프리먼은 잘 알 수가 없습니다. 조심해야 돼죠."

던은 잠시 생각에 잠겼다.

"내 생각에 프리먼에게는 미래에 대한 의식 같은 것이 깊게 자리잡고 있었던 것 같아요. 그의 기본적인 비극은 그가 자신만의 이익을 생각하기에는 너무 머리가 좋은 사람이라는 것이지요. 그는 미래를 들여다보았는데 오히려 그러지 않은 쪽이 좋았을 겁니다. 그는 아마 3차대전을 보고 있었거나 아니면 우리가 보지 못하는 다른 것을 보고 있었다는 생각이 듭니다. 그의 그 눈——뚫어지게 응시하는 눈이죠."

나는 던에게 프리먼의 아들 죠지도 같은 눈을 가졌다고 말해주었다.

"그 아들의 눈도 똑같다면 좋은 일입니다. 사람들은 눈이 영혼의 창이라고 하죠. 나는 다만 그가 아버지와 같은 두뇌의 소유자이기를 바랄 뿐입니다."

28

모종의 천재

"카누를 타고 여행하면서"라는 글을 그 아들은 알래스카를 향해 떠나기 전에 써두었다.

특히, 탁 트인 태평양의 앞바다에서 보낸 영감의 시간 동안, 나는 배의 움직임을 분석하며 배의 크기를 늘리려면 무엇이 필요할까를 생각했다. 길이를 두 배로 하는 것은 횡단면적과 선체 표면이 약 8분의 1 가량이 늘어남을 뜻할 테지만, 그 개념은 상당한 가능성의 영역 안에 있었다. 잠입구 열두 개는 양쪽으로 엇갈리게 낼 수 있을 것이다. 그렇게 해서 갑판의 중심이 아무것도 구속받지 않고 연속적인 최대 선폭을 제공하게 되면 항해에 필요한 세로의 힘은 매우 강화될 것이다. 길이가 18미터가 되면 노를 젓는 속도는 약 10노트로 늘어날 것이며 알맞은 조건에서 짐을 가볍게 실을 때 항해속도는 쉽게 그 두 배가 될 수 있다. 총 면적이 약 75평방미터가 되는 세 개의 돛이 달릴 것이며, 이 돛은 어느 상황에나 쉽게 적응할 것이다. 이 배는 바다 어디에서든 사람 열두 명과 짐 또는 장비 수 톤을 안전하고 매우 편안하게 나르며, 내가 최근의 여행에서 체험한 것과 같이 이 사람들로 하여금 주변 환경과 접촉할 수 있게 해줄 것이다.

죠지는 퀸 메어리 호(영국의 초대형 호화 여객선—옮긴이)에 해당하는 카약을 만들기로 결심했다. 초대형 바이다르카였다. 그는 캐나다 정부의 허가를 문의했으며, 정부는 서식을 보내왔다.

■ 귀하가 신청서와 관련이 있다고 느끼는 개인적인 자료, 이를테면 교육 배경 같은 것을 제시하시오.
□ 저는 열일곱살 때부터 브리티시 컬럼비아 해안에서 살았습니다. 그때, 저는 21톤 보조 항해 선박을 건조하는 일을 도우면서 배 만드는 경력을 시작했습니다. 2년 동안 용선과 무역에 종사하며 그 배를 탔고 그렇게 해서 브리티시 컬럼비아의 해안과 주민에 대해 처음으로 알게 되었습니다. 그후로 이 해안에서 여러 유형의 배를 만들어 운행했습니다. 저는 공부와 경험, 실험이 결합된 결과로서 선박 설계와 배 만들기, 연안 항해 등에 관한 지식을 쌓았습니다.

■ 귀하의 기획과 가깝게 연관된 다른 사람의 작업에 대해 간략한 윤곽을 제시하시오.

□ 과거 이 해안의 주민들은 세계 어느 곳에서도 필적할 수 없을 정도로 뛰어난 바다 카누여행 기술을 발전시켰습니다. 즉시 이용할 수 있는 처녀 삼나무와 수세대에 걸쳐 내려오는 목공 지식을 써서 그들은 세련된 설계의 커다란 통나무배를 만들었습니다. 그 배는 그들의 힘, 항해 기술과 결합되었을 때 태평양 연안 전체에 걸친 빠르고 믿음직한 여행을 가능하게 해주었습니다. 한때 널리 퍼져 있던 이러한 삶과 여행의 방식을 현재 이용가능한 기술과 재료에 적용하려는 작업은 제 경우밖에 없는 걸로 압니다.

죠지는 평가서를 첨부하라는 요구를 받았다. 그는 그렇게 했다. 추천서를 써준 사람은 밴쿠버 『썬』지의 칼럼니스트인 밥 헌터였다. "나는 죠지가 모종의 천재라고 생각합니다. 그의 표현방법은 성격상 예술가의 통상적인 유형과 다르긴 합니다만 본질적으로 예술적입니다. 그는 천재일지도 모릅니다. 정말 그는 제 지지를 받을 자격이 있습니다."

죠지는 18미터 카약이 왜 필요한지 그다지 확신이 서 있지 않았다. 이따금 그는 대형 카누에 수중청음기를 달아서 그의 친구 폴 스퐁과 고래를 연구하는 다른 사람들에게 전세를 줄까 생각하였다. 스퐁 박사와 다른 고래학자들은 빠르고 조용하게 그러나 많은 전기 청음장치를 달고 고래들에게 접근할 수 있을 것이었다. 어떤 때는 카누의 설계를 팔아 생계를 유지할까 하는 생각도 해보았다. 때로 이 카누의 목적은 그에게 가족을 갖게 해주는 것이었다. (그의 9미터 바이다르카는 아내가 그 안에서 살림을 하기에는 너무 좁고 그의 수상가옥 역시 마찬가지였다.) 또 어떤 때에는 그를 퀸 샬롯 섬으로 데려다주기도 할 것이다. 거기에 가면 죠지는 매일 태평양에서 3킬로미터씩 헤엄을 치는 하이다 족 아가씨에 관해 알게 될 것이었다. 때때로 카누는 그를 하와이나 마르께싸 군도로 데려다줄 것이었다.

죠지는 신청서에 좀더 광범위하고 사회적으로 중요한 목적을 적기로 마음을 정했다. 그는 브리티시 컬럼비아에서 카누여행을 되살리려고 한다. 그는 크고 값싼 바다 카누가 200년 전처럼 승객과 사람들을 싣고 연안을 다니는 미래를 보았다. 그의 비전은 물론 미쳤다고 할 만큼 무모한 것이었다.

프리먼 다이슨은 광적인 무모함에 대해 생각을 피력한 적이 있다. 『과학적 미국인』지에 실린 「물리학에서의 혁신」이라는 글에서 그는 닐스 보어의 말을 인용하면서 첫머리를 시작했다. 보어는 볼프강 파울리가 기초입자에 관한 새로운 이론을 제안하는 강의에 참석한 적이 있었다. 파울리가 심한 비판을 받고 있었는데, 보어는 그 비판을 다음과 같이 요약해서 그에게 말했주었다. "우리는 당신의 이론이 미친 것이라는 점에 모두 동의한다. 다만 우리를 두 편으로 갈라지게 하는 물음은 그 이론이 수정될 기회가 있을 만큼 충분히 미친 것인가이다. 내 느낌에 당신의 이론은 충분히 광적이진 않다." 프리먼은 이에 덧붙였다. "위대한 혁신이 나타날 때 그것은 거의 틀림없이 갈피를 못 잡는 불완전하고 혼란스러운 형태로 나타난다. 발견자 자신에게도 절반밖에 이해되지 않는다. 그밖의 모든 사람에게 그 혁신은 불가사의일 것이다. 하지만 맨 처음 언뜻 보기에 미친 듯이 보이지 않는 사색에는 희망이 없다."

29

고속운전

프리먼은 두 개의 우주선 설계를 가지고 놀았다. 하나는 그가 보수적이라고 부른 설계였고 다른 하나는 낙관적이라고 부른 것이었다.

보수적인 형은 "열 씽크(열이 흡수, 소산되는 영역—옮긴이)" 우주선이었다. 그 우주선의 밑바닥은 구리와 같이 훌륭한 열 전도체로 만들어질 것이다. 반구형의 구리 추진판은 우주선의 수소폭탄이 낸 에너지를 흡수했다가 그것을 다시 방사할 것이다. 메가톤급의 에너지를 흡수하려면 500만 톤의 노출 표면이 필요하므로 우주선은 거대해진다. 가속이 부드럽기 때문에 우주선이 특별히 튼튼해야 할 필요는 없을 것이다. 우주선은 20킬로미터 지름의 거미 같은 구조가 될 것이다. 폭탄을 싣지 않았을 때의 우주선 무게는 1000만 톤인데 그중 절반이 구리 반구의 무게이다. 연료는 3000만 개의 폭탄에 적재된 중수소 135억 킬로그램이다. 폭탄적재량을 선반에 다 걸어놓으면 우주선의 무게는 4000만 톤이 된다. 폭탄은 구리가 에너지를 흩뜨릴 수 있도록 1000초 간격으로 작열하면서 구리 반구 아래 10킬로미터 지점에서 폭발할 것이었다.

이러한 상세한 내역은 프리먼이 쓴 바에 따르면 "만약 어떤 천체상의 파국이 일어나 어쩔 수 없이 파멸된 태양계 밖으로 노아의 방주를 보내야만 하게 되었을 때, 우리가 현재 가지고 있는 자원과 기술을 가지고 할 수 있는 작업의 절대적 하한을 나타낸다. 한 나라의 국민총생산에 해당하는 돈으로 우리는 수백 톤이 나가는 유효 탑재량(예를 들어 약 2만 명이 사는 프린스턴 같은 작은 도시 하나)을 초속 1000킬로미터 또는 1000년당 1파섹으로 보낼 수 있다."

1파섹은 대략 3광년, 다시 말하면 가장 가까운 별에 이르는 거리의 4

분의 3이다. 성 아우구스띠누스가 앵글로쌕슨 사람들에게 기독교를 전파하고 있을 때 지구를 떠난 열 씽크 우주선은 대략 프리먼의 이 계산이 대중의 주목을 끌 무렵에 알파 껜따우루스 별에 도착할 것이다.

"이주를 위한 여행치고 이렇게 느린 여행은 인간적 시간의 척도에서 볼 때 그다지 말이 되지 않는다. 인간이 아닌 종, 인간보다 더 오래 영속해왔으며, 수년보다 1000년을 단위로 생각하는 데 익숙해 있는 종이라면, 이 조건을 받아들일 만한 것이라고 생각할지 모른다."

프리먼은 이 조건이 받아들일 만한 것이 아니라고 생각했다. 다른 종이 아닌 바로 인간의 우주 이주여행이 프리먼의 관심을 끄는 것이었기 때문이다. 열 씽크 설계는 원칙상의 실현가능성을 증명하는 것일 뿐이다. 프리먼은 열 씽크 우주선이 실현되리라고 생각지 않았다.

만약 폭탄추진 우주선이 만들어진다면 그것이 바로 낙관적인 우주선이 될 것이다. 오라이언 호와 좀 비슷하나 크기가 늘어난 간소하고 단단한 우주선이다. 그 우주선들은 에너지에 의해 제한을 받는 것이 아니라 운동량에 의해 제한받는다. 추진판은 폭탄의 열에너지를 흡수하는 대신, 열에너지를 방사해서 기화된 융제물질을 훅 불어낸다. 낙관적 우주선은 좀더 돈이 많이 들어가지만(450그램의 유효 적재량당 열 씽크 우주선은 300달러의 돈이 드는 데 비해 이 우주선은 3000달러가 든다) 더 가볍고 더 빠를 것이다. 폭탄을 싣지 않았을 때 이 우주선의 무게는 10만 톤이며, 오직 300만 개의 폭탄만을 실을 것이다. 폭탄에 들어가는 중수소에는 한 나라 국민총생산의 10퍼센트에 해당하는 비용밖엔 안 들 것이다. 열 씽크 우주선이 수백 년에 걸쳐 천천히 가속을 하는 곳에서, 이 융제 우주선은 열흘에 걸쳐 빠른 가속을 할 것이다. 그 최대 속력은 초당 1만 킬로미터가 될 것이었다.

이러한 속력은 프리먼이 적은 바에 따르면 "카씨오페이아 A와 같은 초신성(超新星, 폭발에 의해 밝게 빛나는 별. 별 진화의 마지막 단계로서 그 규모가 엄청나게 커서 밝기가 은하계 전체의 밝기와 맞먹음—옮긴이) 잔해에서 떨어져 나오는 부스러기의 껍질을 타고 '파도타기'를 함으로써 도달할 수 있는 속력과 거의 비슷하다."

프리먼은 하느님이 창조의 거대한 붓놀림을 펼치며 썼던 속력의 꼭지를 다시 틀고 싶어했다. 그는 천체에서 파도타기의 감각을 갈망했다.

그가 자신의 우주선을 제안했던 것은 1958년이었다. 그의 교수다운 부드러운 외관 뒤에는 덕 테일(양쪽 옆머리를 길게 길러 뒤쪽에 갖다 붙이는, 오리 꽁무니 모양의 머리—옮긴이)에 가죽점퍼를 걸친 그 시대의 드래그스터(개조한 자동차로 가속경주를 하는 운전자—옮긴이)들 가운데 가장 무모한 자도 당황했을 만한 어마어마한 속도에 대한 갈망이 잠복해 있었다. 프리먼이 말하는, 순간적인 정지상태에서 100킬로미터로 가속하는 시간의 간격이란 소름끼치게 작은 시간의 파편이었다. 그의 우주선은 고무 타는 냄새를 피우며 끼익 소리를 내지 않았을 것이다. 우주선은 원자핵 융합반응에서 나오는 빛과 기화금속 속에 사라져 광속의 3퍼센트에 해당하는 속도보다도 더 빨리 날며, 1세기당 1파섹이라는, 사람을 혼비백산케 하는 어마어마한 속도로 땅을 망라했을 것이다.

그 속도라면 "이 특무비행단은 몇세기 내에 가까이에 있는 여러 별에 도달할 수 있을 것이다"라고 그는 썼다. 그는 첫번째 행성간 여행이 200년 후에 시작되어 파국을 막게 될 것이라고 예견했다.

"그게 그의 진심이었나요?" 나는 몇년 전에 테드 테일러에게 물었다.

"그렇지 않을 겁니다. 그는 특유의 방식으로 무언가를 극한까지 밀어붙이고 싶어했습니다. 에너지 단위당 수소폭탄은 원자폭탄보다 값이 훨씬 쌉니다. 또한 훨씬 뜨겁고 훨씬 에너지를 많이 내뿜지요. 그는 수소폭탄을 이용할 수 있으려면 어떤 원칙을 사용해야 하는가를 자신에게 물어보았던 거죠." 테드 테일러의 대답이었다.

"우주선은 수학에서의 존재 정리와 같습니다." 프리먼 자신은 말한다. "그건, 만약 당신이 그걸 증명할 수 있으면 증명이 됩니다. 내가 그걸 진짜로 믿은 것은 아닙니다. 내 마음은 몇년 안에 조립돼서 태양계를 한 바퀴 돌 수 있는 우주선에 가 있었습니다. 하지만 나는 언제나 외계의 지적인 존재에 대해 흥미가 있었죠. 그러한 관점에서 우주선이 내 흥미를 끈 것입니다."

30

블랙홀

1971년 프리먼은 외계의 지적인 존재에 대한 흥미 속에 빠져들었다. 그는 쏘비에뜨의 아르메니아 공화국 비유라깐에서 열린 제1차 외계의 지적 존재와의 소통에 관한 국제학술회의의 초대에 응했다. 회의에 참석한 사람들의 명부에는 우주생물학이라는 의사과학(擬似科學)에 공헌을 한 사람들이 거의 다 포함되어 있었다. 그 공헌의 내용 대부분은 이론적인 것이었는데, 그것은 우주생물학이 실내용이 없는 과학에 머물러 있는 한 어쩔 수 없는 일이었다. 프리먼은 오라이언 작업 때문이 아니라 10년 전에 『과학』지에 쓴 짧은 보고서 때문에 초대를 받은 것이었다. 그 보고서에서 그는 행성간의 무선신호는 외계에 지적 존재가 존재할 수 있음을 나타내는 가능한 표지 중 하나일 뿐이라고 지적했다. 다른 하나의 표지는 적외선 복사이다.

프리먼은 기술문명이 매우 빨리 확장되고 있다고 추리했다. 어떤 고등문명이 우리 인간의 태양계와 비슷한 태양계 안에서 3000년 동안 성장했다면, 그후에는 그 발전의 논리적 결과로서, 그들은 규모가 좀더 큰 행성 중 하나를 해체해서 그들의 태양 주변에다 에너지를 포착하는 벽을 세웠을 것이다. 그는, 만약 이런 일이 일어났다면 우리는 가까이에서 보이는 별을 찾느라 시간을 허비하고 있는 셈이라고 썼다. 그 대신 우리는 지구 궤도 크기만한 어두컴컴한 실내온도 물체들(위에서 말한 에너지 포착벽을 가리킴—옮긴이)을 찾아야 할 것이다. 그 물체들은 안(에너지 포착벽의 내부, 즉 외계인이 사는 태양계를 의미—옮긴이)에 숨겨진 별처럼 강렬한 빛을 뿜지만, 그들이 복사하는 빛은 원적외선이다.

프리먼의 보고는 『과학』지의 한 면을 차지했을 뿐이지만 수많은 토론을 일으켰다. 그가 제시한 것과 비슷한 서늘한 별은 그가 글을 썼을 당시에는 알려져 있지 않았지만 그후 1000개 이상이 발견되었고, 그중 어떤 것은 강한 무선신호를 보내고 있었다. 그 신호는 십중팔구 원래부터 나는 자연발생적인 신호일 것이다. 프리먼은 그러한 견해 쪽으로 기울었지만 다른 과학자들은 궁금해했다. 이것이 '다이슨 문명'일까?

프리먼은, 천문학자들이 새로운 별이 형성되고 있음을 감지한 곳에서는 적외선 별이 나타난다는 점을 주장하며 그가 예전에 말했던 문명은 더이상 자신의 견해가 아니라고 말했다. 별의 진화 초기단계에서는 먼지로 이루어진 탄생 구름이 빽빽이 모여들어 열을 내기 시작함에 따라, 별이 실내온도의 단계를 거친다는 점을 예상할 수 있었다. 하지만 프리먼의 의심이 모든 사람들을 낙담케 한 것은 아니었다. 다섯 개의 수산기(수소와 산소 한 원자씩으로 이루어진 원자단—옮긴이) 원천이 W3이라고 불리는 우주영역 안에 거의 완전한 원 모양으로 존재한다는 것이 발견되었을 때, 천문학자들은 반쯤 진지하게 이것이 다이슨 문명의 연합체일지도 모른다는 점을 암시했다.

이제 아르메니아에서 프리먼의 기분은 조용히 성을 내는 듯이 보였다. 그는 이론가들의 모임이 마음에 들지 않았다. 그런 모임은 그가 원하는 이상으로 추상적인 논의를 만들어냈다.

어느 날 아침은 외계문명의 실존가능성에 대한 토론으로 막이 올랐다. 증거가 없는 상태에서 이 가능성을 평가할 방법이 없었기 때문에 논의는 철학적이 되어갔다. 과학자들은 가능성이라는 말의 의미에 대해 논쟁을 벌였다. 프리먼만 빼고 거의 모든 사람들이 재미있는 시간을 보냈다. 프리먼은 회의의 흐름을 바꾸고 싶었기 때문에 점심을 먹으면서 전략을 짰다. "아주 간단하게 되짚어볼 점이 여섯 가지 있습니다." 사람들이 다시 모였을 때 프리먼은 이렇게 말을 시작했다. "첫번째는, 철학은 그만두자는 것입니다. 저는 관찰과 도구에 대해 배우고 싶어서 여기 온만큼, 우리가 이제 곧 이런 구체적인 질문에 대해 토론을 시작하길 바랍니다."

프리먼의 희망은 이루어지지 않았다. 프리먼의 발표 다음에 쏘비에뜨 과학아카데미의 우주연구소에 속한 까르다셰프가 말을 시작했다. 까르다셰프는 초대형 물체의 붕괴와, 외계문명이 이 현상을 이용하고 있을 가능성에 흥미를 가지고 있었다. 그는 배경을 약간 설명했다. 그는, 만약 외부에 있는 관찰자가 1.5 태양질량보다 더 큰 수축성 질량에 우주선이 접근하는 것을 지켜보게 된다면 그 관찰자는 아주 특이한 현상을 보게 될 것이라고 말했다. "우주선이 중력 반지름에 가까이 다가감에 따라, 이미 관찰된 모든 과정은 시간 속에서 무한히 확장될 것입니다. 반면 로켓 밖에 있는 사람에게 그 과정은 통상적인 시간 척도에서 일어날 것입니다. 이것은 잘 알려진 효과입니다. 우주선이 일단 중력 반지름에 접근했을 때 무슨 일이 일어나는지 조사해봅시다. 먼저 외부의 관찰자는 이것을 전혀 지켜볼 수 없습니다. 우주선에 타고 있는 사람들은 $t=rg/C=10^{-5}(M/M.)$의 시간 주기에 중심에 도착합니다. 그렇게 되고 나면 아마 모든 이들은 그 사람들이 행방불명될 거라고 가정할 것입니다. 그러나 몇몇 새로운 모델이 제시하는 바에 따르면 그 사람들은 살아 있습니다." 질량과 우주선의 수축은 무한한 밀도 속으로 나아가지 않을 것이라고 까르다셰프는 설명했다. 중력 반지름의 어느 곳에선가 ── 또는 "슈바르쯔실트 영역(블랙홀 주변의 속박 영역─옮긴이)"에서 ── 그들은 멈출 것이며 그 다음에 팽창할 것이다.

"그들은 돌아옵니다." 이 러시아 사람이 말했다. "하지만 제일 중요한

질문은 그들이 어디로 돌아올 것인가입니다. 그들은 외부의 관찰자에게
는 나타나지 않습니다. 무한한 시간의 주기 속에 있으므로 그들은 나타
나지 않을 겁니다. 이렇게 볼 때 우리는, 우리 우주가 겉으로 보기보다
훨씬 더 복잡하다는 결론을 이끌어낼 수 있습니다. 싸하로프는 무한히
많은 수의 공간들이 무한히 넓은 시간에 의해 서로서로 분리되어 있다
고 가정합니다. 이렇게 가정해본다면, 우리는 범위가 작은 정규시간 내
에, 무한히 넓은 시간 간격을 망라할 수 있게 해주는 타임머신을 만들
수 있습니다. 이건 어느정도는 추상적입니다.”

"네, 아주 추상적이군요. 전자(電子)들에는 대단한 여행이 되겠습니
다만 저는 우주선을 타임머신에 태워 보내기는 싫군요" 하고 MIT의 모
리슨 박사가 말했다.

"걱정 마십시오. 비행 조건은 정상적일 겁니다. 만약 전기 충전과 질
량이 충분하다면 밀도, 방사, 중력 경사도 등은 생명에 위험이 없을 겁
니다" 하고 그 러시아 사람이 말했다.

까르다셰프는 모인 사람들에게 우리를 과거로 끌어들이는 초대형 물
체는 화이트홀이라고 불린다는 점을 상기시켰다. 우리가 미래로 들어가
는 길은 블랙홀이다. 그의 추측에 따르면 화이트홀의 짧은 시간확장 동
안 여행자는 우주의 모든 과거를 다 볼 수 있을 것이며 블랙홀에서는 미
래를 다 볼 수 있을 것이다. 까르다셰프는 연구자들이 화이트홀과 블랙
홀에 연구를 집중해야 한다고 제안하면서 결론을 냈다.

질문하는 시간에 모리슨 박사는 까르다셰프가 말한 홀 중의 하나에
들어갈 때 승객에게 가해지는 조수의 압력에 대해 질문했다.

"조수의 압력은 중력 반지름에 비례하는 물체의 부피에 달려 있습니
다. 그런 계산은 이미 나와 있고 모든 것이 만족스럽습니다." 그 러시아
사람은 대답했다.

그러나 코넬의 골드 박사도 똑같이 심기가 불편했다. "저는 그 반지
름이 대략 2킬로미터쯤 된다면 압력이 매우 커서 틀림없이 사람이 길고

가는 실처럼 잡아당겨질 거라고 생각하는데요.”

“물론입니다. 하지만 아주 짧은 시간 동안만 그렇습니다. 그걸 기억하셔야 합니다.” 까르다셰프가 대답했다.

“저는 아주 짧은 시간 동안조차도 기다란 실이 되고 싶지는 않은데요” 하고 골드가 말했다.

골드 박사와 모리슨 박사는 프리먼 다이슨과 똑같이 추상화를 참을 수 없었던 듯하다. 이 점은 프리먼이 무척 존경하는 러시아 과학자 슈끌로프스끼도 마찬가지였다. 비유라깐에서 프리먼이 제일 좋아한 농담을 한 사람은 바로 슈끌로프스끼였다.

“다른 과학자들의 모임과 마찬가지로 그 회의에도 좀더 가벼운 순간이 있었다. 어느 순간에 천문학자 한 사람이 옆길로 새더니 종작없이 전혀 있을 법하지 않은 정신적 창조성에 관한 이론을 이야기했다. 우리의 능력은 태양 흑점의 11년 주기에 따라 차고 이운다는 얘기였다. 그는 태양의 흑점이 최대의 활동을 벌이던 시기에 이루어진 뉴튼과 아인슈타인의 위대한 발견을 전부 세어가면서 자신의 이론을 증명하려 들었다. 러시아의 천문학자인 슈끌로프스끼는 옆에 앉아 있는 사람에게 몸을 기울이면서 큰 소리로 귓속말을 했다. ‘이 이론은 태양 흑점이 최소한으로 가라앉았을 때 발명됐나 보군요’”라고 프리먼은 쓴 적이 있다.

태양 흑점이 최소화되었을 때와 같은 사고는 지구상에 널려 있다. 심지어 비유라깐에 모인 출중한 사람들 사이에서조차 그러하며, 프리먼은 이 점에 절망한다.

우리는 이제 잠깐 이 이야기의 블랙홀에 들어가 우주선 뒤에 숨겨진 동기, 다른 지적인 종을 찾으려는 프리먼의 욕망 뒤에 숨겨진 동기를 살짝 보게 될 것이다.

어느 날 새벽 두시, 이야기의 뒷부분에 속한 어느 때, 어둡고 좁은 길을 가면서 프리먼과 나는 우리 앞에 있는 곡선 주로에서 눈을 떼지 않으며 피곤하게 이야기를 나누고 있었다. 나는 밤새도록 브리티시 컬럼비아 우림의 어둠을 헤치며 운전을 하는 중이었다. 나는 주로 운전대에서 깨어 있기 위해 말을 하고 있었다. 나는 프리먼에게 어렸을 때 자신의 천재성에 대해 생각해보았느냐고 물었다. 그는 한 번이라도, 아니면 자주 왜 자신이 이런 특별한 능력을 타고났는지 스스로에게 물어본 적이 있었을까? 내게로 몸을 돌렸을 때 이 물리학자의 얼굴은 피로 때문에 생기가 없었고 그의 대답도 전혀 그답지 않았다.

"그건 질문 자체가 잘못되었군요. 문제는 왜 다른 사람들은 모두 그렇게 바보 같은가이죠."

31

완전히 미친 짓

"어느 날 누군가가 나에게 물었습니다. 만약 자기가 내게 10억 달러를 주면 오라이언 호를 만들겠느냐구요." 프리먼은 생각에 잠겼다. "대답은 아주 분명히 아니오,입니다. 그게 저를 놀라게 했습니다."

프리먼은 잠시 동안 말을 멈추고 오라이언 호와 10억 달러 또는 자신의 놀람 등에서 뻗어나온 생각의 가지들을 머릿속으로 좇고 있었다. 그러고 나서 그는 갑자기 우리의 대화로 돌아왔다. 얼마나 오랫동안 혼자 생각에 잠겨 있든, 그는 대화의 실마리를 놓치는 적이 없다.

"오라이언 호는 지저분하고 아주 원시적으로 우주에 가는 방법입니다. 그 당시에는 사방에서 폭탄이 터지고 있었습니다. 방사성 낙진에 우리가 조금 기여한다고 해도 그것은 전체에 비하면 극히 일부였을 겁니다. 1퍼센트 정도죠."

오라이언 프로젝트가 진행되고 있는 동안에는 오직 라이너스 파울링과 다른 몇몇 과학자만이 원폭실험이 대기권에 내보내는 100메가톤의 핵분열 생성물에 대해 심히 우려했을 뿐이었다. 그 이후로 과학공동체의 태도는 물론 프리먼 자신의 태도도 바뀌었다. 그는 핵폭탄을 대기권에서 터뜨리는 것은 더이상 받아들일 수 있는 일이 아니라고 생각했다.

오라이언 호의 사망 이후 프리먼은 우주여행에 대해 그다지 많이 생각하지 않게 되었다. 그의 관심은 1970년대 들어서 제라드 오닐 박사가 우주의 이주지화라는 생각을 제창해 그 생각이 대중들에게 열광적으로 받아들여졌을 때에야 비로소 되돌아왔다.

"제라드 오닐은 우주라는 마약을 먹고 황홀해져 있는 사람 같은 유형입니다. 그 사람하고 나는 오랜 세월 좋은 친구로 지냈죠. 제라드는 오랫동안 우주에 이주지를 만드는 것에 대해 열심히 생각하고 있었어요. 어떻게 하면 그냥 전통적인 소재만을 써서 우주로 이주할 수 있는지 진짜로 견적을 내보는 지경까지 갔지요. 그는 기밀을 공표했습니다. 나는 그전까지 대중들이 흥미를 잃었다는 것, 그러니까 아폴로가 모든 사람들을 지루해 죽을 뻔하게 만들었다는 것에는 의심의 여지가 없다고 생각해왔습니다. 아무도 그런 일에는 흥미가 없었죠. 그래서 나는 내가 살아 있는 동안 우주를 볼 수 있으리라는 기대를 포기했습니다. 그런데 오닐이 나를 되살린 겁니다. 그는 늘 텔레비전에 나왔죠. 심지어 미항공우주국에서 돈을 타내기도 했어요. 우주에 미친 사람들뿐 아니라 보통 사람들도 역시 실질적인 흥미를 느끼고 있었죠." 프리먼의 말이다.

제라드 오닐은 프린스턴 대학의 물리학 교수로서 프리먼의 동료이다. 그는 우주에 자유로이 움직이는 이주지를 건설하고 싶어한다. 그가 좋아하는 설계는 서로 이어져 있는 평행 씰린더 한 쌍으로서 각각의 씰린더는 반구형의 끝마개로 막혀 있다. 씰린더는 그 안에 사는 사람들에게 지구의 정상적 중력을 제공하기 위해 자신의 긴 축을 따라 회전할 것이다. 그의 1번 모형은 각 씰린더의 지름이 180미터이며 길이는 900미터, 회전 시간은 20초이다. 내벽은 세로로 나뉘어 여섯 개의 지역을 만들어 내는데, 농지에 있는 세 개의 '계곡'이 세 개의 창(窓) 지대와 번갈아가며 나타난다. 씰린더의 축은 태양 쪽을 가리키고 있으며, 창 밖에 자리 잡은 집광 평면거울들은 햇빛을 안으로 반사한다. 거울은 새벽과, 하늘을 가로지르는 태양의 당당한 행로와, 해질녘을 참작해서 여러 각도로 바뀐다. 날씨와 계절, 온도, 날의 길이 등이 거울 각도에 의해 조절된다. 각 씰린더의 바깥 끝에는 밤에도 결코 쉬지 않는 커다란 포물선 면의 거울이 있다. 이 거울은 증기 발전소를 돌리기 위해 스물네 시간 내내 태양에너지를 모은다. 1번 모형의 무게는 약 50만 톤 가량 나가며——큰 초대형 유조선의 무게이다——두 개의 씰린더에는 1만 명이 살 수 있다.

이주지는 자주 일어나는 일식과 그에 따른 태양에너지 공급의 중단을 피하기 위해 지구와 달에서 충분히 멀어야 한다. 오닐의 생각에 가장 적합한 곳은 L5라고 불리는 달 궤도상의 지점 근처에 있다. 이주지에서 쓰이는 미가공 원료 대부분은 달에서 L5로 옮겨질 것이다. 오닐은 달 표면에는 알루미늄과 씰리콘뿐 아니라 티타늄과 산소도 풍부하다는 점을 지적한다.

미항공우주국의 우주왕복선 같은 비행선들은 1만 톤의 물질을 지구에서 L5까지 나를 수 있다. 이 물질의 절반은 액화수소인데, 이 물질이 달 표면의 산소와 결합하면 4만 5000톤의 물을 만들어낼 것이다. 나머지는 식량과 장비이다. L5에서 건설공사 요원들은 알루미늄을 가공처리해 이주지의 쌍둥이 고치에서 쓰일 주물과 전선 등을 만들어낼 것이다.

오닐은 이렇게 해서 마침내 32킬로미터의 내부를 가진 더 큰 이주지가 건설될 거라고 생각한다. 자전거와 전기자동차가 그런 차원의 세계에 알맞은 교통수단이 될 것이다. 내부연소 엔진이나 더러운 에너지, 공기 오염 따위는 없을 것이다. 식품은 시장에서 32킬로미터 이상 떨어진 곳에서는 자라지 않으므로 항상 신선할 것이다. 스키, 항해, 등산 같은 것도 가능하고, 심지어 오닐의 하늘에는 구름도 떠 있다. 글라이더 조종 사인 오닐 교수가 계산해본 결과, 자신의 이주지에는 사람이 공중에 날 아오르기에 충분한 대기상의 불안정성이 있다는 것을 알아냈다. 높은 고도에서는, 인간 자신이 동력이 되어 날아다니는 오랜 꿈이 산들바람 같이 쉬운 일이 될 것이며, 스킨다이버들은 귀의 압력을 같게 하지 않고 도 다이빙을 할 수 있을 것이다. 농약 때문에 위기에 처한 지상의 종들 은 이 이주지에서 피난처를 찾게 될 것이다. 그곳에는 농약이란 없을 터 이기 때문이다. 거기에는 해충 자체가 없을 것이다.

예전에 프리먼이 오라이언 호 때 그랬던 것처럼 오닐은 이 이주지를 성사시키는 데 시간을 끌고 싶지 않았다. 그는 자신의 생전에 이 기획이 진척되는 것을 보고 싶었다. 그는 첫번째 이주지가 빠르면 1980년대에 조립될 수 있을 것이며, 고작해야 아폴로 프로젝트에 든 비용밖에 안 들 것이라고 생각하고 있다.

"이상한 점은 나한테는 오닐의 이주지가 전혀 매력이 없다는 것입니 다. 주말을 보내기에 좋은 곳이라고 말할 수 있을진 몰라도…… 어쨌든 그 이주지 덕분에 나는 우주여행에 대한 흥미를 완전히 잃게 됐습니다. 우리는 논쟁을 벌였지요. 나는 제라드에게, 장담하지만 그 기획안에 서 명할 사람은 없을 거라고 했습니다." 프리먼의 말이다.

"내가 더 좋아하는 스타일은 미치광이 한 무리가 뒤뜰에서 손수 낡은 양철깡통을 만들어 그들 자신이 직접 가는 것입니다. 죠지의 스타일 쪽 에 가깝죠. 값이 싸지 않으면 흥미가 안 당겨요. 나는 메이플라워 호에 들어간 비용의 수준을 기준으로 잡아놓았습니다. 그 수준이 얼마인지 계산하는 것은 상당히 쉬운 일이죠.

메이플라워 호에 탔던 사람들은 두 종류였습니다. 우선 개척 이민들 로, 그들은 진짜로 아메리카로 간 사람들이죠. 그리고 투기꾼들이 있었는데 이들이 돈을 댔습니다. 이민자가 이 이민사업에서 맡은 역할은 7년 동안의 노동이었습니다. 투기꾼들은 50파운드를 투자했죠. 총 비용이 5000파운드였는데 오늘날의 액수로 환산하면 2000만 달러와 맞먹습니다. 백만장자가 아니더라도 그저 약간만 미친 사람이라면 5년치 봉급을 거기에 쏟아넣을지 모르죠. 그런 식으로 한 사람당 10만 달러를 조달하는 겁니다. 그렇게 해서 이민자와 투기꾼 200명을 모으면, 그게 대략 알맞은 크기의 이주지입니다.

　오늘의 이주지는 너무 커요. 너무 위생설비가 잘되어 있고 관료화되어 있지요. 그게 내가 그 이주지에 관해 알아챈 첫번째 사항이었습니다. 오늘은 이주지의 비용이 200억 달러라고 말합니다——시작하는 데 말이죠. 그 돈이면 아주 큰 이주지를 건설할 수 있습니다. 물론이죠. 하지만 그게 모든 사람들이 믿는 숫자예요. 우주에서 하는 일에는 수십 억 달러가 들어간다는 게 이미 받아들여진 정설이죠. 하지만 나는 2000만 달러로 그 일을 해야 한다고 말하죠. 내가 흥미를 갖고 뛰어들기 전에 2000만 달러로 해야 한다고요. 단 한 순간이라도 이 기획을 진지하게 받아들일 사람은 미항공우주국에 아무도 없을 겁니다. 그 사람들한테 이 기획은 완전히 미친 짓이에요."

4

32

다시 남쪽으로

해가 밝게 빛났고 파도도 잠잠했다. 바이다르카의 뱀 모양 머리가 탁 트인 바다를 헤치고 나아갔다. 우리는 남쪽으로 향하고 있었다. 우리의 오른쪽에는 푸른 수평선이 있었다——알래스카 만이었다. 수평선의 가장자리 너머 어딘가에 알래스카 반도와 알류션 열도, 캄차카 반도가 있었다. 우리의 왼쪽에서는 아메리카 대륙의 창백한 화강암 토대가 바다에서 속속 솟아나왔다가는 뒷걸음질쳤다.

토치 만도 우리 뒤로 물러갔다. 우리는 원형 협곡과 폭포가 한계점 뒤로 지나가기 전에 그것들을 마지막으로 돌아보았다. 토치 만이 닫히자 그 다음 만이 펼쳐졌다.

우리의 노는 물에 잠겨 배를 저었다. 권능이 죠지에게 흘러들어갔다. 그는 결정을 내렸고, 그의 카누는 항해중이며, 의심은 그를 떠났다. 그는 자기자신에 대한 감각으로 충만했다.

우리는 앞바다에 점점이 떠 있는 켈프 위를 미끄러져 갔다. 굼뜬 줄기들이 선체에 스치면서 고무 같은 소리를 냈다. 줄기는 소금물 속에서 오후 햇살을 받아 빛나는, 짙고 거무칙칙한 올리브 녹색이었다. 어떤 것들은 동앗줄만큼 굵었다. 끄트머리의 둥근 뿌리에는 투명한 연녹색의 술잎이 싹터 있었다. 장식술 같은 잎을 들어 햇빛에 비춰보면 그 잎은 백열광을 내는 불꽃 모양이었다. 이 켈프들은 바이다르카의 힘을 훔쳐갔다가 뱃머리가 그들에게서 벗어났을 때 그 힘을 돌려주었다. 다른 보트에서는 이렇게 될 수 없었다. 켈프는 순식간에 선외 모터의 버팀대를 망치고 거의 같은 빠르기로 젓는 배도 옴짝달싹할 수 없게 만든다. 그 여름에 탔던 작은 어선에서 우리는 줄기 사이에 노를 넣어 켈프를 쳐 없애야 했다. 한번 치고 나면 노는 켈프로 장식이 되어, 무게가 30킬로그램은 족히 나갔다. 바이다르카에서는 줄기 사이로 노의 물갈퀴를 젓는 것이 쉬웠으며 줄기를 단단히 붙드는 것도 쉬웠다. 바이다르카는 켈프용 배이기 때문이다. 알류트 사람들은 바이다르카를 타고 해달을 좇아 켈프 속으로 들어갔었다. 해달에게는 켈프의 윗부분이 잔디와 마찬가지이므로 그들은 켈프 속에서 잠을 자거나 뒹굴며 노는 것을 좋아했다. 바이다르카는 그 소풍에 나타난 개미들이었다. 이제, 20세기에 죠지의 바이다르카는 한 해초 우듬지에서 다음 해초 우듬지로 우리를 쉽게 넘겨주고 있었다.

뱃머리에는 배에서 쓰는 도구들이 가득 차 있었고 노란색 나일론 해치덮개가 맨 앞 잠입구를 봉해놓았다. 죠지는 가운데 잠입구에 앉았고 나는 뒷부분에 앉았다. 그렇게 앉았기 때문에 여행의 나머지 기간 동안 줄곧 내 앞에는 죠지의 등이 붙박여 있었다. 전기작가가 자신의 대상을 이렇게 가까이에서 관찰한 경우는 거의 없었다.

우리가 가슴둘레에 방수덮개의 고무줄을 쑥 끼우자 바이다르카는 공기가 통하지 않게 되었다. 내가 자리에서 일어서면 죠지의 덮개는 주저앉으며 주름이 잡히고, 내가 앉으면 그의 덮개가 풍선처럼 부풀어올랐다. 전기작가와 그의 대상이 이렇게 친밀하게 연결된 경우는 거의 없었다.

우리는 조그만 섬을 지났다. 꼭대기에 작은 풀밭이 있는, 부드러운 화강암 돔이었다. 그 섬은 떨어진 소행성처럼 둥글었고 파도를 계속 뒤집어쓰고 있었다. "저런 종류의 섬을 보면 기분이 좋아지세요?"라고 프리먼 다이슨의 아들이 물었다. "나무가 없어요. 가서 며칠 동안 야영을 하고 싶은 곳이에요."

우리는 우리와 반대 방향으로 가고 있는 밍크고래의 끝없는 등과 작은 지느러미를 지나갔다.

스펜서 곶에 닿은 우리는 조수를 따라서, 갑의 끝부분에 뒤범벅으로 얽혀 있는 섬들을 헤치며 흘러갔다. 그 섬들은 커다란 화강암 덩어리들이었다. 꼭대기에는 매우 짙은 색의 가문비나무가 있었는데 바닷바람 덕분에 나무들 각각에는 개성적인 특징이 새겨져 있었다. 섬들 사이로 난 해협은 켈프의 초지였으며 술잎은 모두 우리가 가는 방향을 향하고 있었다. 조수가 우리를 앞으로 밀어내고 있을 때 죠지는 쌍안경으로 스펜서 곶을 보았다. 그가 알고 있는 바에 따르면 그달 언젠가에 등대가 자동화될 예정이었다. 그는 쌍안경을 케이스에 넣고 단추를 잠그더니 노를 다시 들었다. "제 생각인데 사람들이 벌써 그 등대를 버리고 떠났을지도 몰라요. 그런 곳에는 좋은 것들이 가득 차 있죠" 하고 그는 말했다. 그는 해안으로 올라가 물건들을 뒤져볼까 생각해보았으나 이미 바이다르카는 짐을 너무 무겁게 싣고 있다는 결론을 내렸다.

스펜서 곶을 돌자 수 킬로미터 떨어진 곳에 연어잡이 배가 한 척 보였다. 그것이 보이는 순간 소리도 들렸다. "이렇게 멀리에서 배 소리를 들을 수 있는 게 놀랍죠" 하고 죠지가 말했다. 우리는 냄새도 또한 맡을 수 있었다. 디젤 연기의 흔적이 바람에 실려왔다 실려가곤 했다. "저는 디젤이 좋아요. 그 냄새를 맡으면 기분이 좋아져요. 디젤은 제가 정말 움직이고 있다고 생각하게 해주거든요." 그는 디젤엔진 또한 좋아하며 부표 소리도 좋아한다는 말을 덧붙였다. "저는 황야가 좋아요. 하지만 배를 보는 것 역시 좋아하죠…… 다른 종류의 사람들도요."

날이 잔뜩 흐려졌지만 순풍이 우리를 크로스 해협의 반대쪽에 있는 이니언 수로로 데려가고 있었다. 이니언 수로는 아이씨 해협의 입구이며, 아이씨 해협은 우리가 가고 싶어하는 곳이었다. 죠지는 우리의 행운에 대해 무언가 말을 했지만 눈에 보이게 기쁨을 드러내지 않고 음울하게 말을 했다. 자신이 그 운을 바꾸어놓을까봐 조심하는 것이었다. 크로스 해협은 탁 트인 물줄기였는데 그는 바로 그 점을 우려했다. 해협 중간에서 날씨가 변한다면 우리에게는 달려갈 항구가 없었다.

우리가 해협을 건너고 있을 때 저녁이 왔다. 출발의 흥분은 이제 사라지고 없었다. 우리는 더이상 신출내기가 아니었다. 우리는 노젓는 리듬에 익숙해졌다. 진짜로 여행이 시작된 것은 그 해협의 중간 어딘가에서부터였다.

하늘이 회색으로 변했는데 그 색은 항해중에 볼 수 있는 정상적인 색이었다. 바다도 회색이었고 물결이 일고 있었다. 가까이에 있는 섬과 본토 능선은 거의 검은색에 가까운 회색이 감돌았고, 멀리 있는 섬과 능선은 2분의 1, 4분의 1 색조로 엷어지는 회색이었다. 몇몇 섬을 보이지 않게 감싸고 있는 안개와 몇몇 능선 위를 덮고 있는 볼록렌즈 모양의 구름은 거의 흰색에 가까운 회색이었다. 모든 회색이 유동체였다. 구름은 지형(地形) 위로 흘러갔고 지형은 바다 속으로 흘러들어갔으며 바다는 조수와 함께 흘러갔다. 날씬하고 푸른 바이다르카가 드넓은 회색의 세계를 반으로 나누었다. 배의 갑판은 이 피조물 가운데 유일하게 유채색을 띠고 있었으며 배의 장비는 유일한 세공 장식이었다. 배의 모양만이 유일하게 고정되어 있었다. 우리의 여행 이야기는 다음과 같을 것이다. 해안선이 앞에서 잇따라 부드럽게 펼쳐지고, 바다가 백 번씩 기분과 결을 바꾸며 밑을 지나가고, 하늘이 모양을 이루었다가 또다른 모양을 이루며 위로 흘러가는 가운데, 나침반 바늘같이 한결같은 바이다르카. 나는 내 눈길이 카누에게로 다정하게 돌아오고 있음을 알았다. 나는 돛대의 금빛 목재와 유리 섬유의 투명한 푸른색, 죠지의 페루 스웨터에 난 구멍, 그의 털실 모자에 달린 보풀, 뒤돌아보는 그 눈의 초록색에서 편안함을 느꼈다. 바이다르카는 이러한 원소들 한가운데 떠 있는 인간적인 따스함의 섬이었다.

나는 카누가 크기를 바꾼다는 것을 알아차렸다. 때로, 내가 돛대의 나뭇결이나 선장의 스웨터의 짜임새를 눈여겨보고 있을 때 바이다르카는 전 세계였다. 그것은 카약치고는 놀라우리만치 넓었으며 완벽하게 안전했다. 다른 때, 만이 쏟아낸 수백, 수천의 폭풍을 기억하며 서쪽 수평선을 바라보고 그 넓게 퍼진 바다를 느낄 때, 또는 바닷물결이 선체를 갑자기 찰싹찰싹 때려 내 주의를 붙들 때, 바이다르카는 줄어들었다. 그럴 때 배는 기하학의 너비 없는 선처럼 가늘게 바다를 양분하는 듯이 보였다. 카누는 내 어깨보다 별로 더 넓지 않았으며 짐을 싣지 않았을 때는 나보다 무게가 덜 나갔다.

죠지는 나를 돌아보았다. "문명으로 돌아가면 골치아픈 결정들을 내려야 되죠. 지금은 결정이라는 것이 없어요. 우리는 뭘 해야 하는지 알고 있어요. 우리에게는 목표가 있죠. 남쪽이에요. 매일 아침 일어났을 때 우리는 무엇을 해야 할지 정확히 알고 있어요. 그건 남쪽으로 가는 것이에요." 그는 말했다.

해협을 벗어나자 깜짝도요 떼가 머리를 까불까불 움직이는 동작으로 헤엄치며 우리에게서 멀어져갔다. 새끼 바다오리 여러 쌍은 우리를 사납게 노려보다가 수면 속으로 자맥질해 들어가더니 다시 물 밖으로 약간 몸을 내밀곤 마치 공수도 사범처럼, 그러나 소리는 지르지 않고, 이마를 흔들어 대면서 주변에 물을 털었다. 보나파르트갈매기는 우리 위로 날았고 술이 달린 섬새들도 날아갔다. 나는 뿔이 난 섬새를 보았는데, 그 여름에 처음으로 본 녀석이었다.

토치 만에 있을 때에 크로스 해협 저편에 있던 치차고프 섬이 이제 우리 가까이로 다가오고 있었으며, 우리는 해안에 서 있는 나무 하나하나를 식별할 수 있었다. 죠지가 알맞은 해변이 있는 작은 만을 발견할 즈음이 되자 날이 어두워졌다. 우리는 바다에 떠다니는 통나무를 굴림대로 사용해서 짐을 무겁게 실은 바이다르카를 자갈 언덕 위로 살살 끌어올렸다. 죠지는 1인용 텐트를 꺼내, 가로돛의 끝을 팽팽히 당기고 있는 뱃머리 쪽 밧줄에 줄을 걸어 텐트를 치고 그 안으로 기어들어갔다. 텐트는 그의 치수에 딱 맞게 재단된 관 크기였다. 미식축구 선수라면 그 텐트에 맞지 않을 것이다. 잠시 동안 죠지는 바닥에 배를 깔고 밖을 보았다. 바이다르카의 뱀 모양 머리와 죠지는 그들이 공동으로 쓰고 있는 밧줄 아래에서 마주보고 서로를 유심히 살폈다. 죠지가 먼저 눈을 내리깔았다. 그는 머리를 옆으로 돌리고 잠이 들었다.

다음날 동틀 무렵, 우리가 가는 방향의 하늘에 조그만 푸른색 조각이 보이는 것을 제외하면 사방이 다 회색이었다. 우리는 그것을 길조로 생각했다. 죠지는 노를 젓는 동안 푸른색을 보는 것이 좋다고 말했다. 그것이 용기를 준다는 것이었다. 정오에 즈음해서 우리의 뱃머리는 칠쿠트 수로 가까이에 있는 눈 덮인 산봉우리를 가리키고 있었다. 멀리 햇빛 속에 하얗게 빛나는 산 위로 푸른색 조각이 봉화탑같이 서 있었다. "유콘 너머는 날씨가 맑아요" 하고 죠지가 말했다. 나는 오랫동안 전혀 지루해하지 않고 눈 덮인 산을 바라볼 수 있다는 것을 알았다. 앞에 있는 산은 뒤에 있는 산에 창백한 푸른빛을 던지고 있었다. 나는 저 너머는 어떤 모양일까 궁금했다. 그곳은 캐나다였다. 그 산들은 다른 나라에 있었다.

우리는 바지선 한 척을 보았는데 너무 멀리 떨어져 있어서 그것을 끄는 예인선은 보이지 않았다. 죠지는 여행 도중 바지선과 거기에 쌓아놓은 통나무 기둥 전부를 쌍안경으로 보았던 것처럼 그 배도 쌍안경으로 보았다. "제가 진짜로 해보고 싶은 것은 예인선에 탄 사람들이 알지 못하게 바지선에 실린 통나무 기둥에 배를 묶는 거예요. 저한테는 그게 순풍을 만난 거나 같아요."

이것이 허클베리 핀이 미씨씨피 강에서 실천한 음폐동물적 여행 방식이었다. 죠지는 그 방식을 태평양 연안에 소개했다.

후나 만의 입구에 가까워지면서 우리는 숲이 우거진 작은 섬을 지나쳤다. 우리는 그 섬을 자세히 들여다보고 있는 우리 자신을 느꼈다. 그 섬에는 작은 섬이 가지는 매력이 많이 있었다. 걸어서 섬의 이쪽에서 저쪽까지 가는 데에 2분밖에 안 걸렸을 것이다. "저것보다 더 작은 섬은 지도에 나와 있지 않아요. 지도상에는 점에 불과하지요. 씨애틀에서는 저런 섬이 5만 달러쯤 나가죠" 하고 죠지가 말했다. 나는 씨애틀에서는 그보다 훨씬 값이 많이 나갈 것이라고 어림잡아보았다. 하지만 여기 알래스카에는 섬이 하도 많아서 우리는 섬에 오르는 것조차 귀찮을 지경이었다.

우리가 그 섬을 지나쳤을 때 죠지는 한 가지 실험을 해보았다. 그는 잠입구에서 기어올라와 발을 내쪽으로 뻗고 갑판에 등을 대고 누워 낮잠을 청했다. 그도 이런 일을 시도해보기는 처음이었는데, 좀 요령있게 균형을 잡는 것이 필요했지만, 마침내 그의 몸은 안전하게 조금씩 흔들리게 되었다. "이거 정말 근사한데." 그는 하늘에 대고 말했다. "앞으로 더 자주 이렇게 해야지." 내가 앉아 있는 곳에서 보면 죠지는 사격조준기가 되는 셈이었다. 그의 맨발은 앞에 있는 그의 코를 조준하는 가늠자였다. 잠입구에 앉아 나는 폰 리히트호펜(붉은 남작이라 불린 독일 비행조종사. 1차대전 때 작전수행중 사망하기 전까지 80대의 비행기를 격추시킴―옮긴이)이 된 기분이었다. 나는 낮게 이빨로 우드득 깨무는 소리를 내며 그를 겨냥했다. 죠지 코의 격막은 하늘의 푸른 조각을 비스듬히 가리키고 있었다.

죠지가 잠을 자는 동안 우리는 수면에서 잠을 자고 있는 강치를 우연히 만났다. 강치의 창백한 털은 짙은 색의 점으로 아름답게 얼룩져 있었다. 강치의 코는 죠지의 코처럼 공기중에 노출되어 있었다. 나는 녀석의 곁을 지나가면서, 죠지가 강치에게 말을 걸 때 쓰는 스스럼없는 말투로 말을 걸어보았다. 나는 죠지나 강치를 깨우고 싶지 않았다. 나는 녀석에게 내가 알류트 사람이 아니라서 좋겠다고 말했다. 녀석은 처음에 내 말을 듣지 못했으나 곧 깨어나서는 어둠에 적응된 큰 눈으로 나를 잠시 동안 바라보더니 서두르지 않고 물 속으로 자맥질해 들어갔다.

오후에 우리는 15분 동안 해안에 올라 쉬면서 기지개를 켰다. 나는 숲을 이리저리 뒤지고 다녔다. 이미 식물들이 글레이셔 만의 바깥 연안

식물들과는 아주 달랐다. 여기는 얼음이 물러간 지 더 오래되었고 숲도 또한 더 오래되었다. 나무들은 줄기가 굵었고 가문비나무 사이로 거대한 삼나무들이 있었다. 나무들은 만조선에 바로 닿을 만큼 크게 자라 있었다. 해변은 햇빛 속에 밝게 빛났지만, 한 걸음만 옮기면 빽빽이 들어선 나무 벽의 구멍 사이로 숲 속 그늘은 검게 보였다. 숲 안쪽으로 걸어 들어가면, 일순 빛은 약해지고 마치 대성당 안에 들어온 듯했다. 나무 사이의 공간은 널찍했으며 나무들은 마치 드루이드 교(갈리아 및 브리튼 제도에서 번성한 고대 켈트인의 종교—옮긴이)의 사제처럼 늘어 있었다. 우듬지들이 다른 식물들에게 필요한 몫을 전혀 남겨두지 않고 모든 빛을 훔쳐가버렸으므로 아래층은 훤히 트여 있었다. 거기에는 토치 만의 새 가문비나무 숲처럼 악마클로버나 어린 나무 덤불 따위가 자라지 않았다. 시간이 있었으면 어느 방향으로든 아무 방해도 받지 않고 이끼 융단 위로 새 길을 갈 수 있었을 텐데, 해변에서 죠지가 나를 부르는 소리가 들렸다. 나는 그에게 돌아갔고, 우리는 카누를 물 속으로 미끄러뜨렸다.

우리는 날이 거의 저물어갈 때까지 노를 저었다. 스패스키 만으로 들어가면서 우리는 야영지를 찾기 시작했다. 죠지는 완만하게 경사진 해변 두어 개를 그냥 지나쳤다. 그는 가파른 해변을 더 좋아했는데 그런 해변에서는 카누를 조수로부터 안전하게 보호하기 위해 수평 거리로 한참 끌고 갈 필요가 없기 때문이었다. 만의 어느 지점을 돌자 모터보트가 보였다. 선외 모터가 물 밖으로 나와 있었고 엔진 커버가 벗겨져 있었으며 사람이 그 위로 몸을 굽히고 있었다. 우리에게는 그에게 빌려줄 도구가 전혀 없었다. 우리는 조용히 곁을 지나쳤으므로 —— 황혼 무렵에 바이다르카가 지나가는 모습은 유령 같다 —— 나는 그 사람이 우리를 보았으리라고 생각지 않았다. 또다른 지점을 돌았을 때 우리는 아주 오래간만에 오두막집을 보았다. 오두막집 밑으로는 부두가 있었고, 부두 위에서는 어떤 사람이 서서 우리가 들어오는 것을 지켜보고 있었다. 부두 밖 3킬로미터 지점에서 우리는 노젓기를 멈추었다. 카누는 미끄러져 들어갔고 죠지는 말뚝을 피하기 위해 손을 뻗었으며 곧 말뚝을 손으로 붙잡았다. 위에 있는 남자는 짙은 살색을 하고 있었고 인디언의 피가 섞인 것 같아 보였다. 그는 우리에게 어디로 가느냐고 물었다. 죠지가 밴쿠버로 간다고 대답하자 그 사람은 처음에는 믿을 수 없다는 표정이더니 다음 순간에는 혐오스러워하는 표정이 되었다.

"당신들, 분별이 없구먼" 하고 그가 말했다. 그는 바이다르카를 내려다보더니 고개를 가로저었다. "어디서 오는 길이슈?"

"토치 만이오." 죠지가 대답했다. 그 이름은 그 남자의 기억에 전혀 떠오르지 않는 이름이었다. "스펜서 곶 너머에 있어요." 죠지가 부연설명을 했다.

그는 마치 우리의 분별없음이 전염되기라도 할 듯 자리를 떴다. 잠시 후 그는 발걸음을 멈추더니 다시 세상에서 가장 큰 바이다르카를 내려다보았다.

"그럼, 이것을 뭐라고 부르슈?"

"카누요. 큰 카누요."

"큰 카누라, 허?" 그는 조금은 더 우호적으로 된 듯했다. "글쎄, 밴쿠버까지 잘 가기를 빌겠소. 내 생각엔 당신들 완전히 미친 것 같구려."

그 다음 날도 푸른 하늘의 조각이 다시 보였다. 그 푸른 조각은 우리를 어거스타 곶 남동쪽으로 이끌었고 거기서 우리는 낡은 수로도(水路圖)를 떼어내었다. 죠지는 새 수로도를 갑판 위 자기 앞에다 붙였다. 노를 저어가면서 그는 지형에서부터 지도로 눈을 돌렸다가 다시 지형을 보았다. 이따금 그가 그 2차원적 지역(평면에 그려진 지도상의 지역—옮긴이)의 특징을 자세히 들여다볼 때 그의 노는 공중에서 멈추어 있었다. 박자를 한 번 혹은 두 번 놓친 다음 그는 다시 노젓기로 돌아왔다. 그의 머리는 원래의 위치로 올라왔고 그는 3차원의 지역을 바라보았다. "저는 브리티시 컬럼비아 수로도가 더 좋아요. 그게 더 작거든요. 이 알래스카 수로도는 너무 넓은 범위를 망라하고 있어요. 브리티시 컬럼비아에서는 한 수로도에 나온 지역을 하루에 다 건너갈 수 있어요. 그러면 진짜로 움직이고 있다는 생각이 들죠."그가 말했다.

어거스타 곶을 돌자 우리는 채텀 해협으로 들어가게 되었다. 수 킬로미터 동안 우리는 해협 서안을 따라 내려갔는데 그때 바람이 일어났다. 우리는 돛을 올리고 동쪽으로 건너갔다. 서쪽 해안이 뒤로 물러갔으며 우리는 곧 숲에서 자라는 나무들을 볼 수 없게 되었다. 우리는 해협 한 가운데 연옥에 있는 셈이었다. 양쪽 해안이 다 희미하게 보였다. 그때 새로운 해안에서 나무 하나하나가 모양을 취하기 시작했다. 바람은 변덕스러웠으며 우리는 다시 노를 젓기 시작했다.

보슬비가 내리기 시작했다. 우리는 처음에 그 비를 무시했으나 조금 있다가 비옷을 만들어 입었다. 알류트 사람들은 바다포유류의 내장으로 노저을 때 입는 캄레이카라는 파카를 꿰매 입었는데, 우리는 헤프티 쓰레기봉지를 이용했다. 죠지는 토치 만에 있을 때 그 생각을 해내고 야영지 물자배급소에서 쓰레기봉지 한 묶음을 빌렸다. 우리는 목과 팔이 나올 구멍을 베어내고 그 봉지를 뒤집어썼다. 봉지는 꽤 효과가 있었다. 우리의 털실 스웨터 소매는 젖었지만 젖은 털실옷은 따뜻했다. 쓰레기봉지를 쓰고 노를 젓는 것이 통풍이 나쁜 까굴(눈과 입부분만 뚫린 두건 달린 소매 없는 외투―옮긴이)이나 비옷을 입는 것보다 훨씬 나았다. 단 한 가지 불편한 점은 양쪽으로 노를 젓느라 어깨를 돌릴 때 바삭바삭하는 소리가 난다는 것이었다. 그것은 그다지 큰 소음이 아니었으나 나는 이제 바이다르카의 고요함에 익숙해진 터라 비가 그쳐 그 쓰레기봉지를 벗을 수 있게 되자 기뻤다.

해협을 내려가면서 우리는 바라노프 섬에 솟은 완벽한 삼각형 순백 봉우리를 볼 수 있었다. 그 봉우리는 해협에서 곧바로 솟아오른 듯이 보였다. 산 아래의 작은 언덕과 바라노프 섬의 나머지 땅은 지구의 곡선에 의해 우리로부터 차단되어 있었다. 채텀은 큰 해협이었다. 그 해협은 산을 지나 멀리까지 뻗어 있었다. 그 다음에는 또다른 해협이 나타나고 그 다음에 또다른 해협이 나타났다. 산 위의 하늘은 푸르렀고 우리는 그것을 쫓아갔다.

다음날 아침 우리는 푸른 하늘과 맑은 날씨를 뒤쫓아갔다. 바람이 간헐적으로 부드럽게 불어와 우리는 바람이 부는 동안 교대로 낮잠을 잤다. 한 사람은 잠입구 안으로 들어가 최선의 궁리를 다해 누웠고 다른 사람은 배의 키를 잡았다. 정오가 되자 마지막 산들바람이 멈추었으므로 우리는 꾸준히 노를 젓기 시작했다.

우리는 열심히 노를 저었고, 오후 일찍 물병이 비었다. 우리 배가 상당히 큰 강과 나란히 가게 되자——우리는 애드머럴티 섬의 나무 사이로 그 강으로 들어가는 길을 보았다——죠지는 물을 채우기 위해 잠깐 들렀다. 파도검둥오리 한 떼가 강 어귀에 모여 있다가 바이다르카가 다가가자 천둥 같은 소리를 내며 이동했다. 그들은 발로 수면을 쾅쾅 밟고 날개로 수면을 미친 듯이 쳐대고 좌우로 비틀거리며 끊임없이 우스꽝스러운 이륙을 시도했으나 결코 절정에 도달하지 못했다. 그들은 겁먹을 필요가 이미 없어진 다음에도 한참 동안 계속 겁을 먹고 있었다. 공포가 잦아들었다가도 한 녀석이 우리를 새롭게 기억해내면 다시 시작되곤 했다. 검둥오리 서른 마리는 물러가면서 마치 육중한 파도같이 포효했다.

135미터 밖에서 죠지는 바닷물의 맛을 보았다. 그 물은 거의 담수에 가까웠다. 강은 보기보다 힘차게 흐르고 있었다. 어귀로 들어서자 우리 아래의 물이 얕아졌다. 아래에 깔린 돌들은 둥글고 이끼가 끼어 있지 않았다. 그 돌들은, 바닷말이 수염처럼 달려 있고 바다에 의해 변화를 겪은 해협 밑바닥 돌과는 아주 다른, 강의 돌이었다. 강 어귀 안쪽에는 또다른 검둥오리 한 떼가 큰소리를 내며 이동하면서 우리에게 길을 내주었다. 우리가 모퉁이 하나를 돌자 해협은 우리 뒤로 사라졌다. 우리는 갑자기 내륙의 강에 들어와 있었다. 강 기슭이 양쪽에 가까이 있고 키 큰 가문비나무가 우리를 둘러싸고 있었다. 죠지는 나에게 노를 멈추라는 신호를 보냈다. 우리는 하안으로 미끄러져 들어갔으며, 들리는 소리라곤 오직 죠지가 진로를 조금씩 바꿀 때마다 방향타 고삐가 갑판에 스치는 소리뿐이었다. 마지막 순간에 그는 배를 멈추기 위해 손을 뻗어 풀 덤불을 움켜잡았다. 나도 풀 덤불을 잡았다. 우리를 흘려보내려고 조용히 애쓰고 있는 물살에 거슬러 버티면서 우리는 주위를 둘러보았다. 상류는 늪지대가 좁아지며 비로소 강이 된 곳이었는데, 그곳에는 조그만 급류가 있었다. 빠른 강물 위에는 어린 독수리가 그곳 여울에서 잡은 검둥오리 한 마리를 괴롭히고 있었다. 독수리는 오리가 수면으로 올라와 늪지대로 도망가려 할 때마다 오리에게 달려들었다. 검둥오리를 이런 식으로 잡으려면 독수리 한 쌍이 있어야 하기 때문에 이 오리녀석은 도망쳐버렸다. 물은 아직도 약간 소금기가 있었지만 죠지는 이 물로 병을 채웠다.

"당신에게 좋을 거예요. 치체스터(1966년에서 67년까지 요트를 타고 혼자 세계를 항해한 영국인─옮긴이)는 바닷물을 하루에 반 리터나 마셨대요." 죠지가 소금기에 대해 말했다.

"치체스터는 죽었어요."

"그래요?" 죠지는 잠시 생각에 잠긴 표정이 되더니 다음 순간 설명을 붙였다. "그는 진도 반 리터나 마셨어요."

병이 가득 채워졌으므로 우리는 조류가 우리를 싣고 가도록 내버려두었다. 우리가 입구를 지날 때 강치가 수면 위로 올라왔다. "안녕!" 죠지가 외쳤다. "이 강으로 연어가 얼마나 많이 올라오니?" 강치는 우리를 바라보았지만 대답을 하지는 않았다. 그것은 강치에게 특권이 부여된 정보였다.

우리는 계속 해협을 내려갔다. 서너 개의 지점을 지난 다음, 우리는 이동하는 해파리 떼를 따라잡게 되었다. 아니면 그들의 집회를 산산이 부수었는지도 모른다. 어느 쪽인지 구별하기란 어려웠다. 메두싸(해파리

를 지칭―옮긴이)들은 우리 주변 어디에서나 고동치고 있었다. 창백한 주
황색의 원반 모양 원형질이 어둡고 찬 물 속에서 팽창과 수축을 거듭했
다. 죠지의 노에서 나오는 소란스러움이 뒤에 소용돌이를 만들면 해파
리를 닮은 모양이 쭉 펼쳐졌다가는 산산이 흩어졌다. 죠지는 그렇게 해
를 주지 않는 방법으로 그들이 차지하고 있던 지대를 없앴고, 나는 지루
하지도 매혹되지도 않은 채, 황야나 바다에 있을 때면 이따금 그렇게 되
듯이 단순한 마음으로 그들이 모두 가버리는 것을 지켜보았다.

　고래들은 해협의 한가운데에서 물을 내뿜고 있었다. 너무 멀리 떨어
져 있어서 우리는 그들을 볼 수 없었지만 그 소리만은 본래 그대로 이

바다를 건너왔고, 저 멀리에 있는 허파는 너무나 거대해서 고래가 바로 우리 옆에 있는 것 같았다. 그 소리는 인간의 소리였으나 헤아릴 수 없이 컸다. 오후 내내 우리는 그 영웅적인 숨소리를 들었다. 우리는 소리의 근원을 찾았지만 허사였다. 그러다 마침내 8킬로미터 떨어진 곳에서 분수공을 보았다. 그 고래들은 혹등고래였다.

저녁 여섯시, 해가 지려면 아직 다섯 시간이나 남아 있었는데 벌써 서쪽을 바라보기가 어려웠다. 마치 하늘이 긴긴 하루 동안 빛을 저장해두고 있었던 듯이 서쪽이 빛에 흠뻑 젖었다. 해협 위로 가늘고 밝은 아지랑이가 끼어 있었다. 해협의 기름진 물결은 빛으로 충만해 굽이치고 있고 멀리 산에도 빛이 가득 차 있었다. 우리는 빛을 뚫고 우리를 향해 다가오는 바다포유류들의 숨소리를 들었지만 그 소리가 나는 곳을 찾기는 어려웠다. 잠시 동안 우리는 이 실체 없는 소리를 벗삼아 갔다. 하지만 그 다음, 손을 들어 눈에 그늘을 만들자 그들이 눈에 들어왔다. 스텔러 바다표범 한 쌍이 유유히 이리저리 먹이를 찾다가 마침내 우리에게 곧바로 오는 것이었다. 작은 고래만큼이나 큰 그들은 가볍게 흔들리는 수면 밖으로 함께 곡선을 그리며 돌았는데 둘이 완전히 동시에 움직였다. 길게 빛나는 그들의 옆구리는 파도의 움직임 그 자체였다. 죠지가 그들에게 말을 걸었으나 그들은 흥미가 없었다. 사자같이 커다란 그들의 머리와 수염은 물 밑에서 다시 돌아 나아갔다.

바다에서는 바다표범과 고래 들이 숨을 내쉬는 소리가 오락가락했고 육지에서는 새들의 경고와 수다가 계속 이어졌다. 까마귀와 갈매기가 우리를 보고 울어대며 서로를 꾸짖었다. 한 지점을 돌 때마다 우리는 새로 나타나는 독수리 한 쌍의 웃음소리를 들었다. 독수리들은 갑에서 바라보이는 풍경을 즐기는 까닭에 갑마다 독수리들이 두 마리씩 자리를 차지하고 있었다. 하루 종일 우리 왼편에서는 새소리가 쉼없이 펼쳐졌고 우리 오른편에서는 바다포유류의 숨소리가 변덕스럽게 들려왔다.

우리가 앙군 마을을 보았을 때 해는 서산에 낮게 드리워져 있었다. 우리는 조수를 거슬러 느릿느릿 마을을 향해 갔다. 한참 동안 건물들의 크기가 그대로였으나 그 다음에 우리는 건물들을 따라잡게 되었다. 마을 부두에서 2킬로미터 정도 떨어진 곳에서 우리는 선외 모터를 물 밖으로 내놓고 표류중인 소형 모터보트를 지나쳤다. 보트에서는 젊은 틀링깃인 부부가 고기를 낚으며 석양을 바라보고 있었다. 남자는 긴 머리에 머리띠를 매고 있었다. 우리가 가볍게 인사를 건넸고 그는 무뚝뚝하게 손을 흔들었다. 우리가 지나가자 그는 "그걸 타고는 아무 데도 닿을 수 없어요" 하고 말했다.

그때 나는 곤혹스러웠다. 그는 길게 기른 머리와 머리띠를 맨 모습이 혁명적인 인디언 같아 보였지만 생각은 그다지 혁명적이지 않았다. 그는 자신의 눈으로 보고 있는 혁명적인 배를 알아보지 못했다. 나중에, 그의 어조에 깃들여 있던 무언가가 기억나자, 그 사람이 자신의 인종적 체험 때문에 역설적으로 말을 한 것이 아니었을까 하는 생각이 들었다.

우리는 부두를 향해 나아갔다. 부두의 말뚝 사이로 인디언 여자가 부두 아래쪽의 자갈 해변으로 걸어 내려오는 것이 보였다. 그 여자는 쓰레기가 담긴 마분지 상자를 만조선 아래에 털썩 내려놓고 불을 놓았다. 우리가 다가가고 있는 동안에도 불을 지켜보느라 그 여자는 우리를 보지 못했다. 부두는 높고 쓰러질 듯 흔들흔들했으며 '앙군'이라는 조그만 표지가 붙어 있었다. 그 위에 있던 어린아이 셋이 우리를 보자 노는 것을 멈추었다. 그 아이들은 우리가 가까이 다가가자 우리를 보고 이러쿵저러쿵 이야기를 하기 시작했다. 부두에는 사다리가 있었고 죠지는 그쪽으로 배를 몰았다. 그는 바이다르카의 여세를 멈추기 위해서 사다리의 낮은 가로장을 붙잡았다. 바로 그때 위에 있던 작은 사내아이들 중의 하나가 낚싯줄을 홱 잡아당겼다. 우리는 미끼가 까불까불 움직이며 위쪽으로 빙그르르 돌며 올라가 플랫폼 가장자리 너머로 사라지는 것을 바라보았다. 검은 머리칼의 머리 셋이 하늘을 배경으로 나타나 우리를 내려다보았다. "안녕!" 죠지가 그들을 불렀다. 그애들은 머리를 뒤로 홱 젖혔다. 우리는 배를 묶었다. 열두 시간 동안 노를 저어 뻣뻣한 몸으로 우리는 꼭대기까지 7~8미터를 기어올라갔다. 아이들은 물러나고 있었다. "얘들아!" 죠지가 한 번 더 시도해보았지만 운이 따르지 않았다. 우리는 다리를 쭉 펴며 그애들을 쫓아 해안 쪽으로 갔다. 그애들은 부두 아래에 있던 좀더 나이먹은 여자아이와 만났다. 죠지는 "얘들아" 하고 세번째 시도를 해보았다. 그 여자아이는 우리를 보지 않고 고개를 끄덕였다.

앙군은 우리가 긴 여행중에 처음으로 만난 마을이었다. 우리는 지쳐 있었지만 흥분되었다. 이 마을은 말하자면, 문명이었다. 해안 거리의 집들은 대부분 말뚝 위에 있었다. 판자는 뒤틀리고 비바람을 맞아 탈색되어 있었으며 집들도 이리저리 기울어 있었다. 언덕 꼭대기에는 조그만 창이 몇개 난 상자같이 생긴 건물이 아무렇게나 터를 잡고 있었다. 그것은 오래된 체육관이거나 통조림공장 같아 보였다. 언덕 꼭대기 통조림 공장 같은 것이 과연 있다면 말이다.

이곳의 냄새는 서양 문명의 냄새가 아니었다. 앙군에서는 내가 아시아나 남미에서 체험한 싫지 않은 썩는 냄새가 났다. 개들은 몸집이 컸다. 뿌루퉁한 인디언 개였다. 작은 개나 무릎에 앉히는 개는 없었다. 인디언 개들은 눈이 특이해 보였다. 그 녀석들은 미친 것처럼 보였는데, 어쩌면 그냥 다른 개들하고 다른 것인지도 몰랐다. 우리는 한때 첨탑이 흰색이었던 목조 교회를 지나갔다. 또 현관에 앉아 똑바로 앞을 바라보고 있는, 검은색의 작고 반짝이는 눈을 가진 노인을 지나쳤다. 휴식을 취하고 있는 그의 얼굴이 사나웠다. 그는 플로리다 망명중에 찍은 유명한 사진 속의 추장 제로니모와 아주 많이 닮아 있었다. 우리가 지나가자 그는 고개를 끄덕였다. 아이들은 자전거를 타고 지나갔지만 우리를 보지는 않았다. 마을 사람들 대부분에게 우리는 존재하지 않는 듯했다. 앙군이 박정한 곳은 아니었다. 정확히 말하면 그저 또다른 우주에 속하는 군(郡)일 뿐이었다. 우리는 마치 소문처럼 실체없이 이리저리 다녔다.

10분 만에 우리는 번화가의 끝에 닿았다. 우리는 뒤로 돌아서 온 길을 다시 갔다.

마을을 두번째로 지나가고 있을 때 우리는 처음으로 앙군의 웃음을 보여준 중년 여자를 만났다. 우리는 제로니모를 다시 지나쳤고 다시 한번 그는 사납게 고개를 끄덕였다. 나는 어느 집의 창을 통해 안경 쓴 백인 남자를 언뜻 본 것 같았다. 선교사일까? 그러고 나서 우리는 길의 처음으로 돌아가 있었다. 무언가 할 일을 만들기 위해 우리는 게시판을 읽었다. 우리는 누군가가 유리섬유 파이프를 팔고 있다는 것을 알게 되었다. 휘발유는 1리터에 15쎈트였다. 생활보호 수표를 받는 사람들은 올해에는 예전과 달리 계절이 끝날 때가 아니라 달마다 보고를 해야 한다. 더이상 읽을 것이 남아 있지 않았으므로 우리는 부두로 발걸음을 돌렸다.

우리는 둘 다 바이다르카가 약간 걱정되었다.

"저 카누가 없었다면 앙군에 있는 게 어땠을지 상상이 되세요?" 죠지가 물었다. 나도 같은 것을 생각하고 있었다. 카누는 물론 우리가 떠난 곳에 잘 묶여 있었다.

자정 15분 전에 우리는 앙군에서 배를 밀어 떠났다. 황혼이 물러가고 마을에 어스름이 깔리고 있었다. 보름달이 떠올랐고 날씨는 여전히 맑았기에 우리는 밤새 노를 젓기로 결정했다. 그런데 부두에서 부르는 소리가 닿지 않을 곳으로 우리가 거의 빠져나왔을 즈음에 자전거를 탄 여자애 둘이 부두에 멈춰서서 우리에게 소리를 질렀다.

"이봐요, 그쪽 이름이 뭐죠?"

"나는 죠지고 이 사람은 켄이에요."

"어디로 가요?"

"남쪽이요. 야쿠타트에서 남쪽으로요. 프린스 루퍼트로 가죠."

아무도 더 보탤 말을 생각해낼 수 없었다. 토치 만에 고립되어 있으면서 죠지와 나는 잡담을 전혀 하지 않게 되었다. 우리는 손을 흔들어 작별인사를 하고 다시 노를 젓기 시작했는데 한 여자애가 무언가를 생각해냈다. "이봐요, 저 막대기들은 뭐죠?"

"돛대예요. 돛에 쓰는 거요" 하고 죠지가 외쳤다.

그 말로써 우리의 주제는 정말로 다 소진되어버렸다. 우리는 다시 손을 흔들어 작별인사를 했다.

마을의 남쪽에 있는 수로를 통해서 채덤 해협으로 돌아가는 지름길이 있었는데 그 길을 노저어 가는 동안 어둠이 우리를 따라잡았다. 수로는 좁았고, 어둠 속에서 하늘을 배경으로 가문비나무 숲의 톱니 모양 윤곽이 아련히 보였다. 달은 나무에 가려 있었다. 밤에 모퉁이 하나를 돌자, 해안 가까이에 서로를 벗삼아 나란히 닻을 내리고 있는 예인망 어선 두 척이 있었다. 타륜실 하나에 불이 켜져 있었다. 우리는 쌍둥이 뱃머리 아래로 가까이 미끄러져 지나갈 때 사람의 말소리를 들었지만 그 말을 알아들을 수는 없었다. 예인망 어부들은 우리가 거기 있다는 것을 결코 알 수 없었다.

다시 수로가 열렸다. 가문비나무 해안은 우리 위에서 더이상 어른거리지 않았으며 달도 나무 위로 다시 나타났다. 해협은 여전히 고요했다. 수면은 온통 거울 같은 물결이 굽이치고 있었다. 물결 위에 비친 여러 개의 달 속, 하나의 선(線)이 물결 위에서 융합되었다가 분리되었다 하며 춤추고 있었다. 우리가 수로의 경계를 떠나자 해협의 소리가 되돌아왔다. 그 소리는 밤에 훨씬 더 잘 돌아다녔다. 우리 왼편 어딘가에서 독수리 한 마리가 미친 듯이 가성을 내며 웃었다. 갈매기들은 해안 가까이에 있는 보이지 않는 바위에서 불평을 하고 있었다. 고래는 앞쪽 어딘가에서 물을 내뿜고 있었으며, 조금 있자 고래의 소리보다 좀더 작고 좀더 빠르며 좀더 가지각색이고 좀더 인간의 소리 같은 강치의 소리가 들렸다. 이따금 강치는 코를 골거나 기침을 했다. 수 킬로미터 범위 안에서 이 모든 소리를 다 듣고 있었다는 점을 기억해내기 전까지는, 밤바다는 꽤나 북적대는 것처럼 보였다. 이곳에서 소리가 얼마나 잘 돌아다니는

지에 대해 생각을 바로잡고 나자 각각의 소리 주위에 넓은 공간이 생겨났다.

달이 구름 뒤로 들어가버리면서 해협은 어두워졌다. 우리 노에서 나는 인광이 더 밝게 빛났다. 노가 바닷물을 때릴 때마다 빛나는 엷은 초록색 물방울이 뒤로 날아가 소용돌이치며 흩어졌다가는 사라졌다.

우리는 노젓는 리듬에 익숙해졌다. 이제 24시간 동안 깨어 있는 셈이었다. 우리의 동작은 기계적이었다. 피로 때문에 좀 무감각해져서 그 밤의 아름다운 부분도 우리에게 아무런 영향을 끼치지 못했다. 우리는 번갈아가며 잠을 잤지만 너무 지쳐서 잠을 잘 이루지 못했다.

내가 혹등고래가 가까이 다가오고 있다는 것을 알아차렸을 때 죠지는 밑에서 졸고 있었다. 고래 허파의 폭발음이 점점 더 크게 다가왔다. 나는 별생각 없이 고래의 진로를 머릿속 도면에 기입하고 있었는데, 갑자기 녀석의 진로가 우리의 진로와 교차하리라는 것을 알게 되었다. 나는 멍하니, 만약 진로가 교차할 때 고래가 솟아오른다면 무슨 일이 벌어질까 생각했다. 하지만 걱정이 되지 않았다. 바로 그때 고래가 우리 옆에서 숨을 내쉬었고 분수공이 달빛 속에서 폭발했다. 나는 그 날숨에 이어지는 들숨 소리를 들었다. 그 두번째 소리는 수관(水管)에서 나는 소리였다. 마치 공기와 물이 파이프를 흘러내려가는 것 같았다. 분무는 달빛 속에 걸려 있다가 내려앉았고 나는 더 멀리 떨어진 곳에서 고래가 다시 숨을 내뿜는 소리를 들었다.

나는 왠지 불만족스러운 기분이었다. 왜 그런지 알 수 없었다. 나는 그 소리가 내게 더 많은 의미가 있어야 한다고 생각했다. 고래. 고래. 거대한 고래. 나는 어떤 메씨지가 있다는 것을 알았지만 소리가 너무 컸거나 내가 너무 지쳐 있었다. 그것은 마치 너무 거대한 주기의 파도를 타고 있어서 파도가 말리는 것을 느끼지 못하는 것과 같았다. 나는 좀더 명료하게 생각하고 싶었으나 그렇게 하기에는 너무 오랫동안 노를 젓고 있었다.

새벽 네시, 날빛은 남서쪽으로 물러간 지 네 시간 만에 다시 북동쪽으로 돌아왔다. 그쪽 방향의 하늘이 초록색으로 변했다. 우리의 서쪽에서 바라노프 섬의 눈 덮인 봉우리들이 모습을 분명하게 드러내더니 다음 순간 분홍색으로 변했다. 우리는 그날 아침 여덟시까지 노를 저었고 해변을 발견한 후 그곳을 향해 갔다.

우리는 그날 오후가 될 때까지 우리들이 얼마나 지쳐 있는지 알지 못했다. 오후가 되어 일어나려다가 우리는 다시 쓰러졌다. 그날 내내 우리는 해협이 던져놓은 유목처럼 해변에서 빈둥빈둥 놀며 지냈다.

33

내 생각

저물어가는 햇빛 속에서 쉬며 나는 다이슨 집안 사람들, 아버지와 아들에 대해 생각했다.

때로 내게는 두 사람이 다 혼령을 부르는 춤(북아메리카 원주민들이 죽은 사람의 혼과 통하기 위해 추는 종교적인 춤—옮긴이) 같은 것에 열중해 있는 것처럼 보였다. 두 사람은 다 깡충깡충 뛰고 있었다. 1890년대 평원지방의 인디언들처럼 다시 불러올 수 없는 삶의 방식을 부활시키기 위해서. 죠지는 인디언의 시대가 끝났다는 것을 깨닫지 못했다. 프리먼은 백인의 시대가 황혼에 접어들었다는 것을 알지 못했다. 자신의 해안에 카누를 다시 불러올 수 있다는 죠지의 생각은——만약 그가 정말로 그것을 생각하고 있었다면——희망하기만 하면 소원이 이루어진다고 믿는 것이나 다름없었다. 프리먼은, 혜성에 대한 희망이 의지하고 있는 과학기술이라는 건물이 펑펑 소리를 내며 뒤틀리고 있는 것을 보지 못했다. 그러나 죠지의 혼령춤이 내게는 더 편안하게 느껴졌다.

개척지로서 행성간 우주공간이 필요하다는 프리먼의 주장은 틀렸다. 나는 그렇게 생각한다. 지구 위에는 넓은 개척지가 과거 어느 때보다 더 많이 있다. 프리먼은 컬럼버스를 인용하기 좋아했지만("내가 하는 말은 전부, 컬럼버스가 서쪽으로 항해하며 내세운 이유만큼이나 잘못되고 당치 않은 것일지도 모른다. 중요한 것은, 그는 서쪽으로 항해를 했으며 우리는 우주로 간다는 것이다") 나도 역시 컬럼버스를 인용할 수 있었다. 그 발견자가 오기 전에 이미 인디언과 스칸디나비아 사람들이 왔으며, 아마 아일랜드 사람들과 이집트 사람들, 페니키아 사람들 그리고 사라진 여러 이스라엘 부족들도 온 적이 있었다. 그런데도 컬럼버스가 발견한 곳은 여전히 새로운 땅이었다.

일찍이 글레이셔 만을 답사한 조우 이바흐는 우리가 떠나온 토치 만을 두루두루 돌아다녔다. 그는 남쪽으로 그레이브즈 항구와 북쪽으로 아이씨 포인트 사이에 덫줄을 놓았다. 토치 만 가까이에 있는 계곡에서 우리는 이바흐가 타던 스키의 조각을 발견했다. 그것은 크고 넓은 것이어서 활강 스키 선수들의 장비라기보다는 동철을 박은 눈신 같았다. 우리는 이 유물을 조심스럽게 처음 발견한 바로 그 자리에 내려놓았다. 그 유물은 조우 이바흐라는 사람이 이 지방을 알고 있었다는 사실의 증거였지만, 그렇다고 해서 그것이 우리가 보는 이 지방의 황량함을 감소시킨 것은 결코 아니었다. 이바흐는 1960년 통나무집에서 혼자 죽었고 이곳의 비밀도 그와 함께 죽었다. 그 비밀들은 우리가 다시 찾아주기를 기다리고 있었다.

우리가 누워 있는 곳에서 밴쿠버 섬까지 길게 뻗은 해안선은, 어디에나 작은 마을이 있던 통나무 카누의 전성기가 끝난 지금, 사람이 살지 않는 곳이 되어버렸다. 그 지방은 다시 세상에 알려지기를 기다리고 있었다. 발견은 대부분 재발견이다. 그러나 어쨌거나, 가장 훌륭한 발견은 개인적인 발견이지, 여왕이나 과학아카데미의 후원을 받는 그런 유의 발견이 아니다. 지구의 풍경이 어떤 식으로든 다 소모되었다는 생각은 내게는 이상한 것이었다.

3000년 후의 미래를 내다보면서, 프리먼은 태양 주변에 에너지 포착 행성을 만들기 위해 목성이 해체되는 것을 보았다. "맬서스적 압력으로 인해 지성을 가진 종은 사고를 막기 위해 결국 무리를 해서라도 이용가능한 자원의 효과적 개발을 채택하게 되리라는 것이 논리적으로 예상할 수 있는 바인 것 같다. 지성을 가진 모든 종은 산업발전의 단계에 진입한 지 수천 년 안에 자신의 모성(母星)을 완벽하게 에워싸는 인공적 생활권을 점유하리라는 것을 예상할 수 있다."

지성을 가진 종을 예상하다니 얼마나 이상한 일인가. 그 예상은 내 생각과는 아주 다른 진화 및 역사에 대한 이론에서 생겨난 것이었다. 한 세기 내지 두 세기에 걸친 산업발전의 결과를 보고 3000년 후의 산업발전 모습을 추정하는 것은 그다지 훌륭한 과학이 아니었다. 프리먼은 자신과 같은 취향을 가진 사람에겐 편리하지만 시대에 뒤진 단선적 역사관을 가지고 있었다. 그는 고도의 과학기술은 일종의 종점이므로 과학 그 자체가 모종의 명령을 내려야 한다고 생각하는 것 같았다. 진화가 내리는 명령을 즐기는 유일한 존재들은, 내가 알기로는 씰러캔스(고생 데본기에 나타난 어류군인 총기류의 물고기로 어류와 양서류의 중간적인 성질을 가짐 —옮긴이)와 전갈, 상어뿐이다. 역사가 내리는 명령을 받는 유일한 존재들은 농부와 세금과 창녀들뿐이다. 프리먼이 지성을 가진 별 주변에 인공 생활권이 생길 거라고 예상하는 것은 고대 이집트의 천문학자들이 우주에 거대 피라미드가 있다고 생각했던 것만큼이나 이치에 맞지 않았다.

설혹 이제부터 우리 인간의 진화가 전자공학적인 것이 된다고 가정할지라도, 나는 사람들이 현재의 흐름을 보고 에너지 포착용 태양벽과 같은 독창적인 것을 예상하게 되지는 않을 거라는 생각이 들었다. 오히려 사람들은 로큰롤의 엄청난 증폭을 예상할 것이다. 새롭고, 교양이 낮은 천체의 음악. 우리의 라디오 천문학자들은 암호로 된 "E=MC²"이나, 그처럼 우아한 것에는 전혀 귀를 기울이지 않을 것이다. 그들은 펑크 장단을 들으려고 귀를 기울일 것이다.

대화중에 한 번, 프리먼은 나에게 과학기술이 저지른 수많은 끔찍한 실수들을 시인했다. "그러나 우리는 그 실수를 고쳐야 하고 계속 그렇게 노력해야 합니다, 아시겠죠"라고 그는 주장했다.

왜? 나는 묻고 싶었다. 나에게도 내 나름의 이론이 있었지만 그걸 프리먼에게 예의바르게 피력할 수가 없었다. 과학기술은 종의 필요보다는 종의 좀더 머리좋은 구성원들 중 특정한 사람들이 즐기는 재미있는 게임의 필요 때문에 서서히 앞으로 나아간다.

'땅에 뿌리박은'이라는 말은 프리먼과 그에게 설득된 사람들에게는 평범하고 슬픈 경멸어이다. 나에게는 그 말이 아늑하고 편안하게 들렸다.

프리먼은 우주의 환대를 믿고, 나는 거의 똑같이 근거가 없지만 우주의 냉대를 믿는다.

프리먼과 더불어 오라이언 호의 통제실에 앉아 화성여행을 떠나리라 꿈꾸었던 테드 테일러는, 바이킹 호 착륙 이후의 화성에 대해 말하다가, 내 믿음의 견지에서 보자면 하나의 경고라고 볼 수밖에 없는 말을 해주었다. "기대 속에서 그곳은 실제 증명된 것보다 훨씬 더 짜릿짜릿한 세계처럼 보였습니다."

프리먼이 옳다는 것이 증명된다 해도, 그래서 인간의 운명이 별에 있다 해도, 나는 우리가 인류의 청년기를 가장 좋은 시절로 기억하리라고 생각한다. 우주선의 창을 통해서 보면 목성은 영감을 불어넣는 광경일 것이다. 프리먼이 그것을 해체하기 전까지는 말이다. 그러나 다른 감각을 위해서는 저 바깥에 무엇이 있는가? 나의 지론은, 컬럼버스와 에릭슨(서기 1000년경 유럽인으로는 처음으로 북아메리카로 항해했으리라 추정되는 노르웨이인—옮긴이), 마젤란이 늙었을 때 그들은 자신들이 본 광경만큼이나 발가락 사이에 끼였던 새로운 해변의 모래와 그들의 얼굴에 닿았던 새 대륙의 바람, 낯선 냄새, 숲 속의 낯선 소리를 기억했다는 것이다. 우리의 감각은 지구에서 진화해왔으며 거기에서 가장 많은 보상을 받으리라.

하지만 이것은 내 의견일 뿐이다.

34

타이

앙군을 떠난 지 사흘 만에 우리는 가드너 곶을 돌아, 마침내 채덤 해협을 빠져나왔다. 우리는 해협의 죄수가 된 듯한 기분을 막 느끼기 시작했으므로 우리 바로 뒤로 해협의 너른 어귀를 보니 좋았다. 프레더릭 해협의 날씨는 좋았지만 우리는 그곳을 건너기에는 너무 몸이 약해져 있었다. 스물네 시간 동안 노를 저으면서 쌓인 피로 때문에 여러가지 병이 우리를 따라잡을 여지가 생겼다. 물집과 악마클로버에 베인 상처 때문에 내 손이 감염된 것과 마찬가지로 죠지의 손도 물집이 터지면서 감염이 되었고 우리 둘 다 열이 났다. 우리는 지도상에 버려진 통조림공장이라고 표시된 타이라는 곳에서 몸을 회복하기로 결정했다.

약 2킬로미터 밖에서 죠지는 망원경으로 통조림공장의 부두를 보며 배 묶을 곳을 찾았다. 가까이 다가가니 부두의 육지 쪽 끝이 무너져 있는 것이 보였다. 부두는 우리에게 아무런 도움도 주지 못할 터였지만 우리는 어쨌든 그리로 향했다. 죠지가 방향타 고삐를 약간 조정해서 우리는 말뚝 사이로 미끄러져 들어갔다. 눈을 들어 플랫폼 아래쪽을 보니 플랫폼의 널이 빠진 사이로 하늘이 보였다. 우리는 서늘함으로부터 빠져나왔고 죠지가 방향타를 다시 한번 조정해서 해변까지 올라갔다.

우리는 일렬로 늘어선 작은 통나무집 아래 덤불에 배를 잡아매었다. 통조림공장 노동자들은 분명, 여기 살았었다. 우리는 여기저기 뒤지며 다녔다. 통나무집은 깨진 유리와 무너진 지붕널로 가득 차 있었다. 우리는 다 못쓰게 된 발판 위를 걸어서, 쓰레기더미의 사무실, 즉 말뚝 위에 세워진 2층짜리 건물로 갔다. 안에는 탁자 하나와 일본 자동차만큼이나 큰 주철난로가 남아 있었다. 부엌은 깊은 개수대가 둘 있고, 설거지를 위해 음식 접시를 넘겨주는 작은 창이 난 칸막이에 의해 식당과 분리되어 있었다. 나는 상상의 접시를 넘겨주었다. 군대와 취사당번 생각이 났다. 나는 여기에서 사람들이 주고받는 농담의 종류와 좌절에 대해 잘 알고 있었다. 타이는 그 나름대로 뽐뻬이처럼 통렬한 맛이 있었다. 아니면 그날 그런 생각이 들었다.

우리는 통조림공장 건물로 갔다. 그곳에는 커다란 강철 엔진과 속도 조절 바퀴, 도르래 들이 원래 있던 자리에서 녹슬어 있었다. 토치 만에서 지낼 때는 사람들이 쓰는 물건이 없었던 터라 이런 물건들이 나한테는 특히 재미있었다. 이것은 말하자면 문명이었다. 우리는 다시 밖으로 나갔다. 통조림공장과 쓰레기더미의 사무실, 일렬의 통나무집, 널을 깐 보도가 모두 나무딸기 덤불과 꽃이 피어 있는 웃자란 풀 아래에 묻혀 사라져가고 있었다. 향기로운 소멸이었다. 나는 타이 같은 곳이 좋았지만 타이는 죠지의 마음을 편치 않게 했다.

통나무집 두 채가 남쪽 마을 카케에서 온 인디언 사냥꾼에 의해 개조되어 있었다. 우리는 벽에 새겨진 낙서를 보고 그들의 신원과 태생을 알 수 있었다. 사냥꾼들은 창 위에 플라스틱을 덮고 갈라진 틈에는 누더기를 채워넣었다. 세번째 통나무집은 살육장으로 바뀌어 있었고, 그 바닥은 사슴뼈가 30쎈티미터 깊이로 덮여 있었다. 우리는 개조한 통나무집

중에서 더 나은 쪽을 골랐다. 집 안에서 우리는 제미마 아주머니표 팬케이크 가루와 쌀을 발견했다. 죠지는 난로 위에서 쌀을 조리했다. 뒷방에는 매트리스 대용으로 마분지가 깔려 있는 철제 간이침대들이 있었다. 나는 그중 하나에 침낭을 깔았다. 죠지는 간이침대를 사용하려 하지 않았다. 바닥에 침낭을 깔고 머리를 문 밖으로 두었다. 그는 완전히 바깥에서 자는 쪽을 더 좋아했지만 텐트를 칠 데가 없었다. 땅은 전부 나무딸기나 폐허의 잔해로 덮여 있었던 것이다.

죠지는 그제야 앙군을 떠나 노를 저으면서부터 얼마나 아팠는지를 내게 얘기했다. 첫날 그는 침낭 안에서도 몸을 덥힐 수 없었고, 다음 이틀 밤 동안은 땀을 흘렸다. "침낭 안에 누워 있는데 너무 아파서 말을 할 수 없었어요. 황야에서 죽는 것에 관해 별별 생각을 다 했죠."

그때는 내 마음에도 같은 생각이 오가고 있었다는 것을 고백해야겠다. 감염된 손 위의 림프 결절이 부어올랐다. 또 맹장에서 가상의 통증을 느꼈는데, 이는 의사의 힘이 닿을 수 없는 곳에 있을 때 몸의 상태가 나빠지면 나타나는 증상이었다. 죠지는 '맹장'이란 말을 듣자 얼굴이 밝아졌다. "저 그거 어떻게 떼어내는지 알아요. 그게 제가 이 가지 모양 사슴뿔을 간직하고 있는 이유예요. 조그만 구멍을 내서 이걸로 꿰어 밖으로 잡아채면 돼죠. 인디언들이 쓰는 방법이에요"하고 죠지가 말했다. 나는 고맙지만 괜찮다고 했다.

열한시 삼십분 황혼이 지자 모기들이 날아들었다. 잠시 동안 그 녀석들을 무시한 다음 나는 텐트를 꺼냈다.

그 전날 해변에 텐트를 말아두었더니 접힌 부분에 단각류(연체동물 단판류에 속하는 가장 원시적인 조개류─옮긴이) 동물이 수십 마리 잡혔다. 나는 텐트를 펴서 그 녀석들이 도망갈 수 있게 해주었다. 그들은 딱딱 부딪치는 소리, 바삭바삭하는 소리를 내며 새로운 환경을 탐사했다. 그 소리는 방의 구석으로 잦아들었는데, 그 모습이 마치 바깥에 널린, 한 움큼씩 떨어져 있는 새잡이 산탄 같았다. 나는 바닥 위에 텐트를 치고 그

안으로 기어들어가 함께 들어온 모기를 죽인 다음 잠을 잤다.

다음날 아침 죠지는 간단한 답사를 나갔다 돌아와서 매우 떠나고 싶어했다. 그는 전날 제대로 자지 못했다고 했다. 누군가가 숲 속에서 망치질을 하는 소리가 나서 계속 깨어 있었다는 것이었다. 그는 해변에서 엄청나게 큰 고무장화의 발자국을 보았다. "쌔스콰치(북아메리카 북서부 자연보호구역에 산다는 손이 길고 털 많은 사람 비슷한 동물—옮긴이)예요. 아마 사람을 놀려주려고 고무장화를 신는 데 재미가 들었나봐요" 하고 죠지가 말해주었다. 이 말을 하면서 그는 웃지 않았기 때문에 나는 그가 농담을 하고 있는 건지 확실히 알 수가 없었다. 나는 망치 소리가 초자연적인 게 틀림없는지, 딱따구리나 다른 동물이 낸 소리가 아닌지 그에게 물었다. "아니에요. 그건 정령이었어요. 이곳에는 정령들이 있어요" 하고 그는 말했다.

우리는 떠나기 전 아침을 빨리 먹었다. 씹고 있는 동안 나는 통나무집 벽을 마치 씨리얼 상자의 뒷면처럼 읽었다. 낙서는 대부분 펠트펜으로 씌어 있었다. 하나는 "1972년 11∼12월. 82마리 보다. 17마리 죽이다. 11마리 놓치다"라고 씌어 있고, 다른 하나는 "앤드루 라이트 그의 첫 사슴을 놓치다, 1973년 타이, 그러나 내일 녀석을 잡으려 한다"라고 씌어 있었다.

이 두번째 것의 글씨체를 자세히 살펴보고 나서 나는 앤드루 라이트 자신이 이것을 직접 쓰지 않았다는 결론을 내렸다. 틀림없이 그의 아버지가 썼을 것이다. 그의 아버지는 한편으로는 앤드루가 사슴을 놓친 것에 대해 기분이 좀 나아지게 하려고, 다른 한편으로는 그에게 내일 성공하는 것의 중요성을 심어주려고 이것을 썼다.

세번째 낙서가 이야기를 완결지었다. 그것은 공식적인 선언을 흉내내어 만든 문구였는데 둘레에 펠트펜으로 검은 테두리가 쳐져 있었다. "앤드루 라이트 첫 사슴을 잡다, 1973년 11월 21일"이라고 씌어 있었다.

죠지는 우리가 타이에서 허비한 시간에 대해 안달을 내고 있었기 때문에 나는 빨리 먹어치웠다. 우리가 떠나려고 일어섰을 때, 죠지는 벽에 자신의 메씨지를 보탰다.

사냥하지 않고,
죽이지 않고,
여기에 와
가만히 앉아 있었네
—— 다이슨, 1974년

35

까마귀

카누가 우리를 남쪽으로 데려가는 동안 죠지는 세상을 인식하는 그의 오랜 방식 속으로 더욱 깊숙이 침잠했다. 그는 타이의 숲에서 망치 소리를 들었고 해변에서 쌔스콰치 고무장화의 거대한 흔적을 보았다. 이제 그는 강치나 바다표범에게만이 아니라 대구에게도 말을 걸었다. ("이리 와, 고기야, 깨물어봐. 여기 배고픈 사람이 둘 있어. 우리는 너를 팔지 않을 거야. 우리는 너를 통조림 깡통에 넣지 않을 거야.") 나도 고기에게 얘기를 할 수 있었지만 대화처럼 들리게 할 수는 없었다. 어떤 장소는 죠지를 섬뜩하게 했다. 내가 도저히 이해할 수 없는 이유 때문이었다. 그런가 하면 어떤 장소는 그를 매료시키는 것 같았다. 그가 사물을 바라보는 방식은 내 방식과 약간 달랐다. 자기 아버지의 방식과는 극적

으로 달랐다.

"우리가 도착할 세계의 그림은 다음과 같다"라고 프리먼 다이슨은 쓴 적이 있다. "양적으로 서로 다른 양자영역이 열 개 내지 스무 개 존재한다. 각각의 영역은 전체 우주를 채우고 있으며 그 자신만의 독특한 특성을 지니고 있다. 이 양자영역들말고는 아무것도 없다. 물질계 전체가 이것으로 지어진 것이다. 여러 쌍의 영역 사이에는 다양한 종류의 상호작용이 이루어진다. 각 영역은 기초입자의 유형으로서 자신을 드러낸다. 정해진 유형에 속한 입자들은 언제나 완벽하게 동일하며 서로 구별될 수 없다. 정해진 유형에 속한 입자의 수는 고정되어 있지 않은데 그것은 입자들이 끊임없이 창조되거나 없어지고 서로 변형되는 중이기 때문이다. 상호작용의 특성이 입자의 창조 및 변형 규칙을 규정한다.

경직된 이론물리학자에게조차 나무와 돌의 고체 세계가 오직 양자의 영역들로만 이루어질 수 있으며 그밖의 어떤 것으로써도 이루어질 수 없다는 것은 영원토록 놀라운 일로 남아 있다. 양자영역은 우주의 기본적 요소가 되기에는 너무 유동적이고 실체가 없는 것처럼 보이기 때문이다. 그러나 우리는 양자역학 법칙이 자신의 지배영역에 특유의 엄격성을 부과하고 있다는 사실을 점차로 받아들일 수 있게 되었다. 그 엄격성은 우리의 직관적 개념과는 전혀 맞지 않는 것이지만 그럼에도 불구하고 이 지구가 제자리에 있을 수 있게 붙들어주고 있는 것이다."

우리가 매일 밤 카누를 올려놓는 알래스카 해안의 자갈은 데모크리또스의 원자이자 뉴튼의 빛 입자이며, 프리먼의 양자영역이었다.

이제 하루하루가 서로 구별되지 않았다. 우리는 계속 남쪽으로 내려갔고 해협과 해협은 다른 해협과 해협에 자리를 내주었다. 결국 나중에는 이들 역시 구별할 수 없게 되었다. 우리의 손은 노를 젓느라 물집이 잡혀서 아팠고, 실물보다 커진 것처럼 느껴졌다. 노자루 아래에서 끊임없이 흐르는 바닷물의 소금기 때문에 손에 무늬가 새겨졌다. 같은 무늬가 매일 만들어졌다. 잘 때만 해안에 올랐고 아침에 깨자마자 바다로 배를 밀어 출발했다. 이제 해변들도 다 그게 그것 같았다. 어느 해변이든 집같이 편안하게 느껴지기 전에 너무나 빨리 떠나왔기 때문이었다. 카누는 우리의 아침 해변 위로 공중에 붕 떠오르는 것처럼 보였다. 우리가 전날 밤에 배를 끌어올린 통나무 굴림대가 새벽의 엷은 빛 속에서 해변 자갈의 회색빛과 어우러져, 파란 카누는 땅 위로 20∼25센티미터 높이에 둥둥 떠 있는 것처럼 보였다. 카누는 어서 제 갈 길을 떠나기를 갈망하는 마법의 배 같아 보였다.

고래를 보지 않고 지나간 날은 하루도 없었다. 고래가 숨을 내뿜는 소리가 마치 신들이 숨쉬는 소리처럼 우리 둘레를 감쌌다. 우리가 그들을 훼방놓고 있는 셈이었지만, 그들은 우리가 마음대로 하도록 내버려두는 것 같았다. 우리는 넵뚜누스(그리스 신화의 뽀쎄이돈에 해당하는 로마 신화에 나오는 바다의 신―옮긴이)의 방에 몰래 들어와 자고 있는 그의 숨소리를 듣는 꼬마 소년들과 같았다.

까마귀도 언제나 있었다. 까마귀들이 우리 위를 날아 해협을 건너갈 때면 날갯짓의 진동이 몰려왔다. 까마귀들은 언제나 저 반대편에 무언가 불길한 사업을 하러 가는 듯이 보였으며 일직선으로 똑바로 날아갔다. 까악, 까악, 까악. 까마귀의 울음소리에는 마치 언어처럼 지적이고 다양한 소리가 기묘하게 조합되어 있었다. 까마귀들은 해변 자갈 위에 깡충거리며 내려앉아 커다란 다목적 부리로 이것저것을 집적거렸고, 나무 위에서 까악까악 울며 숲에 우리의 접근을 경고했다. 까마귀들은 구슬같이 검고 냉소적인 눈으로 우리를 보려고 머리를 젖혔다. 하루는 까마귀 마흔 마리가 떼를 지어 소란한 소리를 내며 어떤 나무 위에 내려앉았다가는 곧 그 나무를 떠나 다른 나무로 향했다. 까마귀 마흔 마리의 움직임은 수백만 메뚜기 떼의 이동처럼 불길하고 사람의 마음을 어지럽게 하는 것이었다.

북부지방 신화에서 까마귀는 대부분 책략꾼(많은 원시민족의 민간 전승이나 신화에 등장하는, 보통 문화 영웅이라고 여겨지는 초자연적인 존재로서, 장난과 사술로 질서를 일시 파괴함—옮긴이)이자 창조자였다. 에스키모와 인디언들이 왜 까마귀를 책략꾼으로 만들었는지를 이해하기는 쉬웠다. 까마귀는 책략이 많다. 토착민들이 까마귀를 창조자로 생각한 것 또한 곧 이해가 되었다. 까마귀에게는 태초의 암흑과도 같은 암흑이 있다. 책략꾼과 창조자는 훌륭한 배합이었다. 그 배합은 무엇이든 너무 심각하게 받아들이는 것을 방지한다. 그것은 토착민의 관점과 우주를 바라보는 프리먼의 관점에 공통되는 미덕이었다. 까마귀를 엄격하고 질투심 많은 신으로 만드는 것은 양자영역으로 신을 만드는 것만큼이나 어려운 일이니 말이다.

우리가 지금 항해하고 있는 수로의 주인인 틀링깃 사람들에 따르면 세상에 빛을 가져다준 것은 다름아닌 까마귀였다. 태초에 빛은 어떤 부유한 사람의 소유였는데 그는 그 빛을 혼자서만 간직하고 있었다. 까마귀는 그것을 훔쳐내기로 결심하고 계획을 짰다. 까마귀는 조그맣게 둔갑해서 그 부자의 딸이 자신을 삼키도록 일을 꾸몄다. 그것은 아주 쓴 알약이었다. 그 소녀는 임신을 해서 아홉달 만에 아기를 낳았다. 아기는 조숙했는데, 그 눈이 너무 반짝여서 사람들은 그 눈을 보면 불안해졌다. 그 반짝이는 눈은 부자가 사는 집의 벽에 높이 걸려 있는 보따리를 빠르게 훑었다. 이리저리 다닐 수 있을 만큼 자랐을 때 아기는 벽의 보따리 중 하나의 아래로 기어가서 심하게 울면서 손가락으로 그 보따리를 가리켰다. "내 손주가 울면서 청하는 것을 주거라. 아가에게 저 끝에 매달린 것을 내려주거라. 그건 별 주머니이니라" 하고 부자가 말했다. 아기는 그 주머니를 방바닥에 이리저리 굴리면서 갖고 놀았다. 그러다 우연히 주머니를 열었다. 별들이 굴뚝을 통해 날아올랐다. 별들은 하늘 여기저기에 흩어지며 오늘날과 같은 배열을 이루었다.

아기는 또 두번째 주머니를 내려달라고 울었다. 할아버지가 말을 들어주지 않자 아기는 울다가 죽을 것 같아 보였다. "그 옆의 보따리를 끌

러 아가에게 주거라." 그는 결국 이렇게 말했다. 주머니를 가지고 놀면서 아기는 우연히 주머니를 열 기회를 얻었다. 달은 굴뚝을 통해 날아올라 하늘에 자리를 잡았다.

이제 해만 남았고 아기는 해가 담겨 있는 주머니를 내려달라고 울기 시작했다. 그제야 할아버지는 아기의 눈이 얼마나 특이하게 움직이는지, 얼마나 끊임없이 색을 바꾸는지 알아차렸다. 그는 이 아기는 보통 아기가 아니라는 생각이 들었다. 체념하는 심정으로 그는 마지막 보따리를 끌러 내렸다. 그 보따리가 아기의 팔에 안겨지자마자 아기는 까아악! 하는 까마귀 울음을 울더니 해를 가지고 굴뚝을 통해 날아올랐다.

이것은 프리먼이 프린스턴에서 가르치는 이야기는 아니다. 하지만 틀링깃 지방에서, 죠지의 바이다르카에서, 매일 까마귀를 바라보다 보면 어째서 얘기가 그렇게 되었는지 알 수 있을 것이다.

까마귀는 "까악!" 또는 "톡!" 하고 울었으며 죠지는 이따금 그들에게 대답을 하기도 했다. 땅에 가까이 사는 대부분의 사람들처럼 그는 짐승의 흉내를 잘 냈다. 그가 "톡!" 하는 소리는 완벽했다. "톡!" 하는 소리를 내면 그는 까마귀로 통할 수 있었다.

36

스타벅

쿠이우 섬으로 가까이 가면서 우리는 숲에 나무를 깨끗이 베어낸 자국이 조각보 이불의 무늬처럼 펼쳐진 것을 보았다. "저는 벌목을 좋아하지 않아요. 하지만 그게 확실히 집에 온 느낌을 주기는 하죠" 하고 죠지는 말했다. 브리티시 컬럼비아에서는 벌목이 많이 행해졌기에 그 이불은 그에게 낯익은 것이었다. 나는 그걸 보는 게 싫었다. 잠시 후, 해안에서 여전히 몇 킬로미터 떨어져 있었는데도 우리는 톱밥과 가쏠린 냄새를 맡았다. 황야에서 공해 없는 몇달을 보낸 후 코가 미세하게 조정된 탓인지 우리는 10억 분의 1 내지 2의 비율로 섞인 것도 알아낼 수 있었다. "벌목 냄새를 다시 맡으니 좋은데요." 죠지가 나를 돌아보며 말했다.

남쪽을 향한 죠지의 열정은 모든 것을 소진시켜버리는 것이었다. 나는 그 열정을 나누어 갖지 않았다. 바이다르카의 선장은 매일매일 남쪽으로 배를 몰고 싶어했다. 선원은 머무르고 싶어했는데 말이다. 나에게는 밴쿠버에서 나를 기다리고 있는 알루미늄도, 큰 카누를 만들 계획도 없었으므로 빨리 달려갈 이유가 도무지 없었다. 나는 우리 해변 뒤쪽의 숲을 탐험하거나, 때로 우리 위로 솟은 봉우리 중 하나에 올랐으면 싶었다. 죠지에게는 항상 그렇게 해서는 안되는 이유가 있었다. 언제나 꼭 타야 하는 조수가 있었고, 꼭 이용해야만 하는 좋은 날씨가 있었다. 죠지에게 조수를 놓친다는 생각은 이단사설이었다. 나는 남쪽을 향한 그의 의욕을 편집증이라고 생각하기에 이르렀다. 하지만 나는 그 의욕과 겨룰 만한 적수가 못 되었다. 많이 투덜거리기만 했지 그의 생각을 빗나가게 하지 못하는 꼴이, 에이허브 선장(멜빌의 소설 『모비 딕』에 나오는 포경선의 선장. 자신을 다치게 한 고래 모비 딕을 광적으로 추적함─옮긴이)에게 스타벅(포경선의 일등 항해사. 냉정하고 침착한 성격으로 모비 딕에 광적으로 집착하는 에이허브에게 비판적인 태도를 취함─옮긴이)이 한 노릇을 되풀이하는 셈이었다.

우리 사이는 꾸준히 나빠져갔다. 나는 죠지의 외곬에 짜증이 났고 죠지는 내가 기록을 하는 것에 짜증이 났다. 그는 자신이 내 직업을 대단치 않게 생각한다는 점을 예전에 이미 분명히해두었다. 북쪽지방 사람들은 작가를 수상쩍게 생각한다고 그는 수차례에 걸쳐 경고하였다. 너무나 많은 작가들이 와서 진짜 사람들의 체험을 빨아 그들에 대한 글을 썼다. 대체로, 나쁜 책이 너무나 많이 씌어졌다. 또 한 권의 나쁜 책이야말로 세상이 정말로 필요로 하지 않는 것이다. 카누의 이야기는 제대로 씌어져야 한다. 그는 말은 안했지만, 자기는 내가 그 일을 할 수 있을 거라고 믿지 않는다는 것과 이 일에 동의한 것을 후회하고 있다는 점을 나로 하여금 알아차리게 했다. 내 공책이 펼쳐질 때마다 죠지는 입을 꼭 다물었다. 전에도 마치 이를 뽑아내듯이 그에게서 얘기를 빼냈었는데 이제는 그마저도 불가능했다. 그의 어머니가 말해준 대로, 예전에 강박적으로 마시맬로우를 먹어 대는 아이와 함께 메인 주의 섬에 갇혔을 때 그랬던 것처럼, 그는 모닥불 앞에서 저만치 물러나 있곤 했다.

딱 두 번 죠지는 나에게 찬성 비슷한 눈길을 주었다.

한번은 그가 주웠다가 버린 바다표범의 어깨뼈를 내가 다시 거두었을 때였다. 내 원통형 행낭에 배꼬리의 습기가 스며들지 않도록 해줄 것이 필요했던 나는 어깨뼈를 널판처럼 이용했다. 사소한 일이었지만 죠지는 나에게 놀란 듯이 존경의 눈길을 보냈다. "그거, 갖고 있으면 좋은 물건이죠. 그것의 용도를 찾아내시다니 좋은 일이에요" 하고 죠지는 나중에 말했다.

두번째는 어느 날 밤 저녁을 먹고 있을 때였다. 그날은 낚시운이 나빴고 나는 단백질이 몹시 먹고 싶었다. 나는 토치 만에서 여우들이 해변 바위 밑에 있는 단각류를 먹는 것을 본 기억이 나, 단지에 녀석들을 수십 마리 잡아 모았다. 죠지는 처음에는 내 모습을 지켜보면서 재미있어 하더니 다음 순간 곰곰 생각하는 표정이 되었다. 나는 그의 얼굴에서 나에 대한 존경이 동터오는 것을 보았다. 여우를 닮으려는 나의 노력이 그를 감동시켰다.

"조그만 새우 맛이 날 거예요." 그는 예상했다. 잠시 후에 그는 그 말을 고쳤다. "아니, 전부 껍질일 거예요." 그 단각류가 어떤 맛으로 밝혀지든지 죠지가 한 말 중에 하나는 맞을 것이었다. 자연에 관한 문제에서 죠지는 언제나 자신이 틀림이 없기를 바랐다. 나는 끓는 물에 그 단각류들을 던져넣었고 그 녀석들은 금방 믿음직한 해물요리의 붉은색으로 변했다. 나는 그것들을 식혀서 살찐 놈을 골라 키틴질의 껍질을 바삭 깨물었다. 끔찍한 맛이 났다. 어렸을 때를 통틀어 그보다 더 나쁜 벌레를 먹어본 기억이 없었다. 나는 죠지에게도 한 마리 권했는데 그는 먹어보더니 금방 뱉었다. "보세요, 다 껍질이죠" 하고 죠지는 말했다.

나는 그 조그만 생명을 전부 빼앗은 것에 죄책감이 느껴져 억지로 서너 마리를 먹었다. 이걸 먹고 여우가 죽지 않았다면 나도 죽지 않을 것이다. 나는 남아 있는 작은 사체들을 해변 바위 위에 흩뿌렸다. 누군가 다른 녀석이 그것들을 마저 먹어줄 것이다.

내 실험, 아니 실험의 실패는 죠지의 저녁을 밝혀주었다. 그는 기분이 좋아서 나머지 음식을 만들었다. 그는 냄비에 밥을 하고, 밥 위에 완두콩 수프 봉지를 비웠다. 그 인스턴트 수프는 그가 토치 만에서 자신의 몫으로 챙겨온 잉여식량 중 일부였다.

"맙소사, 이건 꼭 독극물처럼 보이네요. 이게 음식이라는 사람들의 말을 믿어야 하겠죠" 하고 그는 말했다. 그는 수프를 저으면서 생각에 잠겼다. "사람들이 이것을 음식이라고 속여 넘기다니 어처구니가 없어요. 살아남으려면 이 양으로는 턱도 없어요. 그냥 텔레비전 앞에 앉아 있을 수 있게 할 정도지요."

그는 조금 더 생각에 잠겨 있었다.

"저는 정신적으로 상처를 입은 사람들을 많이 보았어요. 그 사람들은 자신이 문제라고 생각해요. 자기가 아무것도 할 수 없는 것이 자기 탓이라는 거죠. 문제는 그들이 먹는 흰빵인데 말이에요."

그 수프는 아닌게아니라 독극물처럼 보였지만 맛은 좋았다. 죠지도 자신의 몫을 다 먹었다. 나는 그걸 알아차렸다.

우리는 남쪽으로 밀고 나아갔다. 오늘 본 섬과 피오르드의 모양이 모레가 되면 내 기억 속에서 가물가물해졌다. 숲이 우거진 능선은 해가 빛나는 날씨에 따라 초록이 되기도 하고 회색이 되기도 했다. 햇살이 강하게 뚫고 나올 때면 색이 강렬해졌지만, 대체로 그 색은 스펙트럼의 끝, 서늘한 청록색에 밀집해 있었다. 하지만 예외도 있었으니, 해안선에는 오렌지빛과 보랏빛의 불가사리들이 바위에 달라붙어, 열대의 색을 내는 가느다란 띠를 이루었다. 대개 해협의 절벽 옆이 가장 물살이 셌으므로 우리는 그 따스한 색의 결 가까이로 가곤 했다. 켈프는 우리의 조류 표시계였다. 조수가 강하게 흐르고 있을 때는 켈프 술잎의 내리막 면 위로 V자 모양의 물결이 일었다. V자 물결이 거꾸로 우리를 향해 일어날 때 우리는 조수를 헤쳐가려 하지 않고 켈프로 배를 저어가서 머물러 있거나 조수가 바뀔 때까지 짧게 잠을 잤다. V자 물결이 남쪽을 향해 일면 죠지는 언제나 그 물결과 함께 가고 싶어했다.

그는 낚시에 시간을 써버리는 것을 좋아하지 않았다. 낚시가 잘될 것처럼 보이는 켈프 조각에 닿거나 지도상에 낚시가 잘되는 곳이라고 나와 있는 물 속 바위를 찾았을 때는 잠시 멈추어 고기를 낚았지만 결코 오래 머무는 법은 없었다. 배가 흘러가지 않도록 내가 켈프의 구근을 붙들고 있으면, 죠지는 판자에서 손낚싯줄을 풀었고, 은빛 미끼는 천천히 퍼덕이면서 시야에서 사라져갔다. 죠지는 낚싯줄을 두어 번 확 잡아당겼다. 만약 처음 3분 안에 물지 않으면 그는 낚싯줄을 되감고 노로 손을 뻗었다.

고기를 낚지 못한 채 한 주가 끝나가던 어느 날 죠지는 꽃양산조개도 먹을 수 있다는 얘기를 했다. 그건 내게 좋은 소식이었다. 이제 나는 언제나 배가 고픈 상태가 되어 있었으므로 그걸 먹고 싶은 생각이 간절했다. 낮은 조수를 타고 얕은 해협을 지나가는데 바닥에 꽃양산조개가 보였고, 죠지는 배를 멈추는 데 찬성했다. 우리는 바지를 말아올리고 맨발로 무릎 깊이의 물에 들어가서 조개를 모으기 시작했다. 잡는 방법은 꽃양산조개가 사람이 다가오는 것을 알아차리고 바위 속으로 움츠리기 전

에 쿨리모자(중국의 하층 노동자들이 쓰는 동그란 모양의 모자 ─ 옮긴이) 모양
의 껍질 가장자리 밑으로 칼날을 살짝 밀어넣는 것이었다. 얼음 같은 물
속을 걸어다니느라 우리의 무릎과 발은 창백해졌고 곧 감각이 마비되었
다. 우리는 손가락마저 감각이 없어져 손가락을 효과적으로 놀릴 수 없
게 될 때까지 조개를 모았다. 조개를 놀라게 하는 것도 어려워졌다. 경
계를 늦추지 않는 조개를 바위에서 얼러 떼어내기란 힘든 일이었고 우
리 손가락도 껍질이 벗겨졌다. 나는 비효율적이긴 했지만 좀더 오래 채
집하고 싶었는데 죠지는 어서 길을 떠나고 싶어했다. 타야 할 조수가 흐
른다는 것이었다. 우리는 잠입구의 가장자리에 조심스럽게 눌러 앉아
수면을 스치듯 나아가려는 바이다르카를 흔들리지 않게 한 다음, 구멍
에 다리를 휙 던져넣었다. 그러고는 노를 잡고 다시 남쪽으로 저어갔다.
　내가 큰 카누의 존재를 좀더 강하게 믿었더라면, 그가 노를 저어가고
있는 그 성배(聖杯)를 좀더 강하게 믿었더라면 나도 남쪽을 향한 죠지
의 열정을 나누어 가질 수 있었을지 모른다. 하지만 나는 큰 카누에 대
해 확신이 없었다. 죠지가 드문드문 던지는 암시로부터 대형 카누의 목
적을 이해한 바에 따르면, 그 배는 죠지를 고독에서 구해줄 것이었다.
죠지가 가운데 잠입구 중 하나에 앉고 주변에는 친구들이나 가족이 그
를 둘러쌀 것이었다. 나는 고독하게 살아가는 다른 사람들에게서 비슷
한 소원을 들은 적이 있었다. 훗날 그들은 모두 시골에 집을 마련할 것
이다. 그곳은, 자신이 핵이 되어 주위에 마음 맞는 사람들 무리를 모아
인간관계를 부드럽게 일구는 은신처가 될 것이다. 나 자신 역시 그런 백
일몽을 꾼 적이 있었다. 프리먼도 마찬가지였다. "진정으로 고립된, 소
규모의 창조적인 사회는 이 행성에서는 다시는 가능하지 않을 것이다."
그가 오라이언 호 작업을 시작할 무렵에 쓴 글이다. 프리먼의 시골집은
밖으로 좀더 멀리 나가 있을 따름이었다.
　하지만 내 생각에, 우리는 헛다리를 짚고 기분 좋아하고 있었다. 결코
우리가 상상한 대로 되지 않을 것이었다. 우리는 사람들 사이의 일이 어

떻게 돌아가는지 잊어버리는 경향이 있었다. 그 꿈은 우리 본성 속에 있는 발육부진의 사회적 동물이 평소보다 큰 소리로 낑낑거리며 울어대서, 우위를 차지하고 있는 고독의 동물이 귀를 기울이지 않을 수 없을 때 찾아왔다. 일단 우리가 시골에 공동체를 꾸미거나 대형 카누를 만들거나 소행성에서 연구실을 발족하면 사회적 동물은 다시 고통의 신음을 낼 것이다.

나는 또한 대형 카누가, 시카고만한 크기에 알파 껜따우루스를 향하도록 되어 있는 프리먼의 우주방주 계획처럼 너무나 황당한 생각이 아닌가 하는 의심이 들었다. 규모를 크게 하는 것은 그릇된 방향으로의 진화라는 생각이 어렴풋이 들었던 것이다.

로키 수로에서 벗어나 우리는 썸너 해협을 가로질러갔다. 지도에는 해협 가장자리에 베이커 곶이라는 마을이 있다는 표시가 되어 있었다. 쌍안경으로 그 마을을 보니 연어가 있으리라 생각되는 곳에 연어 낚시꾼이 많이 모여 있었다. 우리는 낚시꾼들을 향해 갔다. 우리가 거의 가로질러갔을 무렵에 조수가 일렁이기 시작해 우리는 그 격랑에 맞서 힘들게 노를 저었다. 엄청나게 많은 깝작도요 떼가 혹등고래와 함께 격랑 속에서 먹이를 건져 먹고 있었다. 우리 앞에서 혹등고래들이 마치 포병대가 올려보낸 듯한 분수공을 세우고 물을 내뿜었다. 고래 한 마리가 혹등을 보여주더니 다음 순간 소리를 내며 꼬리도 보여주었다.

베이커 곶의 후미로 들어가는 입구에 작은 섬이 있었다. 서너 명의 아이들이 섬에서 놀고 있었는데 우리가 들어오는 것을 보려고 놀이를 멈추었다. 그중 한 아이는 흑인이었다. 그 아이는 오래간만에 본 흑인으로서, 엄숙한 표정을 한 여섯살 가량의 조그만 아이였다. 그 아이는 회색빛의 북쪽 하늘과는 왠지 어울리지 않아 보였다. 회색빛 하늘은 그애의 건강에 유익할 것 같지 않았다. 사람이 살지 않는 곳에서 여러 주를 보낸 끝인지라 나는 쉽게 감동을 받았고, 그의 존재는 멋진 신비처럼 보였다.

베이커 곶은 대도시처럼 보였다. 수십 명의 사람들이 있었다. 오레건 출신의 어머니 같은 아주머니 한 사람이 우리를 자신의 행락용 요트로 초대했다. 그 여자는 우리의 손을 보더니 바르라고 연고를 주었고 맥주도 주었다. 누군가가 어머니처럼 돌보아주는 것은 정말 좋은 일이라는 생각이 들었다. 맥주를 마시는 것도 좋았다. 우리는 아프간 종의 개도 보았는데 그 녀석은 마치 옛날이야기에 나오는 동물 같았다.

마을에서 15분쯤 시간을 보낸 뒤에 죠지를 힐끗 보았다. 나는 그가 안절부절못하고 있다는 것을 알았다. 마음이 가라앉는 것을 느끼며 나는 그에게 무엇이 잘못되었느냐고 물었다. 그는 자기는 갈 준비가 다 되었다고 투덜거렸다. 나는 믿을 수가 없었다. 우리가 베이커 곶을 며칠 동안 돌아볼 거라는 기대에 부풀어 있었던 것이다. "이제 막 여기 온 거잖아!" 하고 나는 항변했다.

죠지에게는 15분이면 충분했다. 그때 갑자기 죠지에게는 여행 그 자체가 그의 행선지라는 생각이 떠올랐다. 마지못해 나는 맥주를 마저 마셨다. 우리는 다시 흑인 꼬마의 엄숙한 눈길을 받으며 항구 밖으로 노를 저어 나왔다. 나는 그 아이의 이야기는 무엇일까 궁금했다. 하지만 이젠 결코 알 수 없었다. 베이커 곶은 뒤로 멀어져갔고 바이다르카의 뱀 모양 머리는 다시 남쪽으로 힘차게 나아갔다.

케치칸에 왔을 때 나는 배에서 뛰어내렸다. 나는 손에 원통형 행낭을 들고, 노를 저어 케치칸의 작은 요트 항구를 빠져나가는 죠지에게 손을 흔들었다. 가운데 오직 한 사람만이 타고 있으니 9.3미터의 바이다르카는 아주 길어 보였다.

며칠 동안 혼자서 계속 남쪽으로 내려갔다고 죠지가 나중에 내게 이야기해주었다. 캐나다의 프린스 루퍼트 근처에서 그는 늙은 인디언의 연어잡이 배에 편승했다. 그 인디언은 밤새도록 죠지에게 좋은 이야기를 들려주었다. 배가 죠지의 집 앞바다에 닿았을 때 그는 자신에게 은혜를 베풀어준 사람에게 고맙다는 인사를 하고 다시 노를 젓기 시작했다. 죠지는 자신의 1440킬로미터 집 가운데 하나의 방인 핸슨 섬에서 시간을 좀 보내기로 하고 그리로 향했다. 친구 폴 스퐁이 살고 있는 후미로 들어갈 때 그는 흰줄박이돌고래 떼로부터 인사를 받았다. 그는 스무 마리, 아마 그 이상을 셌다. 흰줄박이돌고래들은 그의 주변에서 온통 물을 뿜으며 뛰어올랐다. 스물한 마리 고래들의 환영인사였다. 그들은 그가 이제 집에 왔음을 알려주었다.

5

37

고철

"우리는 비용을 30퍼센트 절감해야 합니다." 우주의 이주지 건설을 논의하면서 프리먼 다이슨은 언젠가 이렇게 말한 적이 있다. "사람의 수를 줄이기만 하면 처음 10퍼센트는 그냥 절약됩니다. 그 다음 10퍼센트 또한 아주 쉬운 것인데, 사람들로 하여금 기꺼이 위험을 무릅쓰게 하는 것입니다. 미항공우주국이 일하는 방식으로는 단 하나의 실수도 감당할 여유가 없습니다. 모든 걸 아주 안전하게 하자니 어마어마한 비용이 듭니다. 안전체계는 세 겹으로 중복되어 있습니다. 실패하는 것을 감당할 수 없다면 그것도 좋죠.

나머지 10퍼센트를 위해서는 좀더 나은 기술이 필요합니다. 현존하는 로켓으로는 우주에 도달할 수 없습니다. 그것이 오라이언 호가 발사되었더라면 달성되었을지도 모르는 10퍼센트죠. 이것이 바로 내가 우주라는 마약을 먹고 황홀해져 있는 이유기도 하고요.

하지만 다른 방법도 있습니다.

메이플라워 호가 미국으로 간 방법은 그저 컬럼버스 이후로 100년을 기다리는 거였습니다. 컬럼버스는 엄격한 의미에서 정부 탐험대라고 할 수 있습니다. 에스빠냐와 뽀르뚜갈은 아폴로 호에 해당하는 작업을 지휘한 것이지요. 그후 100년이 지난 다음 사람들은 메이플라워 호를 중고품으로 살 수 있었습니다. 여러분도 미항공우주국이나 아폴로 호에서 나온 온갖 종류의 고철을 살 수 있어요. 정신나간 사람들 한 무더기가 기생(寄生)할 수 있는 헌 우주선을 수없이 발견할 수 있습니다. 우주에서는 그 일이 지구에서보다 훨씬 더 쉬울 겁니다. 우주에서는 쓰레기가 사라지지 않고 주변에 그냥 널려 있거든요. 그냥 수집해서 조립만 하면 되는 겁니다."

죠지와 나는 고물수집장을 찾느라 밴쿠버 근처의 울퉁불퉁한 강둑길을 따라 차를 몰았다. 우리가 알래스카에서 돌아온 지 거의 1년이 다 되어가고 있었다. 우리의 왼편에는 편평하고 물에 젖은 북서부의 농지가 펼쳐져 있었는데, 많은 부분이 잡목 덤불 상태로 되돌아가고 있었다. 우리의 오른쪽에는 통나무가 빽빽이 몰려 있는 강이 있었다. 죠지는 이 고물수집장에 안 와본 지 꽤 오래되었기 때문에 그곳이 어디에 있는지 확실히 감을 잡을 수 없었다. 그는 우리가 그곳을 지나왔다는 판단을 내리고 내게 차를 돌려줄 것을 부탁했다. 우리가 차를 돌리자, 이번에는 통나무가 빽빽한 강이 우리의 왼편이었다. 우리는 여기저기 흩어져 있는 둑길 공사장을 지나쳤다. 도로는 마치 범람원(汎濫原)에 있는 도로처럼 기복이 심했다. 죠지는 방향타로 쓸 알루미늄 막대와 알루미늄 판 조각을 찾고 있었다.

우리는 고물수집장을 발견하고 바깥에 주차를 했다. 방문자는 사무실로 와서 인적사항을 기록해줄 것을 요구하는 표지가 문에 있었으나, 죠지는 그것을 무시했다. 그는 마당을 지나 속으로 성큼성큼 걸어들어갔다. 그러고는 주변을 둘러보더니 이곳의 모습이 마음에 들지 않는다고 중얼거렸다. 지난번보다 훨씬 더 깨끗해졌다는 것이다. 그건 나쁜 징조라고 그가 말했다. 그는 알루미늄 조각 쓰레기장을 여기저기 쑤시기 시작했다. 그는 누덕누덕 기운 바지와 구멍투성이의 스웨터에다 중화인민공화국산의 1달러 50센트짜리 테니스 운동화를 신고 있었다. 산발한 머리칼은 털실로 짠 모자 밖으로 뿔뿔이 흩어져 있었다. 그는 우리가 흔히 보는, 도시의 쓰레기통을 쑤시고 다니는 부랑자 중 한 사람처럼 보였다.

다만 좀더 슬퍼 보였는데, 그것은 그가 너무 젊었기 때문이었다. 그는 썩 괜찮아 보이는 알루미늄 막대를 찾아내서 그것을 쓰레기장 옆에 교묘하게 놓아두었다. 우리는 계속 걸음을 옮겼다.

두 사람이 마당 한가운데 산처럼 쌓인 쓰레기더미 옆에서 이야기를 나누고 있었다. 한 사람은 양복을 입고 있고 다른 사람은 작업용 안전모를 쓰고 있었다. 안전모는 잠시 동안 우리를 모른 체했으나 곧 대화를 중단하고 우리가 있는 쪽으로 맹렬히 걸어왔다. 그는 백인이었지만 일을 하느라 얼굴과 대장장이 같은 팔뚝에 검댕이 묻은 탓에 백인이라는 것을 알아보기가 어려웠다. 그의 눈알이 검은 얼굴에서 희게 번득였다. 내게는 그가 지옥의 고물장수처럼 보였지만 죠지는 꿈쩍도 않고 서 있었다. 고물장수는 우리가 원하는 것이 무엇이냐고 물었다. 죠지는 자신이 필요로 하는 막대와 판을 묘사하기 시작했는데, 그때 고물장수가 말을 가로막더니 그런 것은 없다고 말했다.

"둘러볼 수 없을까요?" 죠지가 물었다.

"없다고 했잖소. 요점이 뭐요?"

그 말과 함께 고물장수는 몸을 홱 돌려 걸어가더니 양복을 입은 사람과의 중요한 대화로 돌아갔다.

죠지는 서두르지 않고 문 쪽을 향해 자신의 길을 갔다. "언제나 일어나는 일이에요"라고 그는 말했다. 사람이 돌아다니며 물건을 찾아낼 수 있게 내버려두고 1킬로그램당 1달러에 —— 이것이 그 사람들이 폐품에 매기는 가격이다 —— 원하는 것은 무엇이든 가져갈 수 있게 해주는 훌륭한 고물수집장을 발견하고 보면, 그들은 백이면 백, 대량으로 하루에 두 번만 팔아 수지를 맞추기로 했다는 것이었다. 그 사람들은 더이상 작은 물건은 팔고 싶어하지 않았다. 죠지가 의심한 대로 말끔함은 과연 나쁜 징조였다. 여러 고물수집장의 통달자로서 그는 이러한 사정을 이미 다 알고 있었다. 바로 같은 사람이 지난번에는 죠지에게 매우 깍듯이 대했었다.

죠지는 쓰레기장 옆에 챙겨두었던 알루미늄 막대를 집어올렸다. 사무실을 지날 때 그는 막대를 다리에 붙여 들었다. 정확히 말하면 감춘 것은 아니었지만 눈에 띄게 하지도 않았다. 그의 얼굴은 태연했다. 그는 내 차 안으로 막대를 던져넣었고 우리는 차를 몰아 그 자리를 떠났다. "판은 사야겠어요." 그가 말했다. "괜찮아요. 하지만 쓰레기수집장을 먼저 뒤져봐야 했을 것 같아서요."

38

지적인 삶의 실례(實例)

놀이용 오솔길처럼 좁은 길이 죠지의 나무 밑둥에서 시작해 밝고 키가 큰 쌔먼베리 덤불을 가로질러 언덕 위로 달리더니, 조그만 개간지와 채소밭을 지나 그의 작업용 헛간 문 앞에서 끝이 났다. 그의 헛간은 수없이 많은 날씨를 지켜보아왔다. 헛간은 앞에 있는 개간지의 봄 초록색과 뒤쪽 숲의 어두컴컴한 상록 사이에서 회색빛으로 넘어질 듯이 서 있었다. 헛간의 너비는 3.6미터가 채 안되었지만 길이는 15미터였다. 예전에는 길이가 지금보다 다소 짧았기 때문에 —— 죠지가 마음에 두고 있는 카누를 수용하기에는 너무 짧았다 —— 그는 한쪽 끝을 무너뜨리고 건물의 길이를 늘렸다. 증축분은 그가 투명 플라스틱을 스테이플로 찍어 만든 대단치 않은 단순구조물이었다. 플라스틱을 통해서, 죠지가 몸을 파묻고 많은 사색을 하는 찌그러진 안락의자가 보였다. 그 의자는 헛간의 뒷면을 향하고 있었는데, 그것은 죠지의 사색의 과녁이 내부에 있었기 때문이었다. 의자 옆에는 지난 겨울의 작업 내내 그를 따뜻하게 해주었던 난로가 있었다. 연통은 플라스틱 천장을 뚫고 올라갔고, 연기는 뒤의 어두운 숲을 배경으로 하얗게 말려 올라갔다.

헛간의 내부는 스빠르따 식으로 엄격하고 검소했다. 벽은 대략 6미터 간격으로만 장식이 되어 있었다. 헛간 끝부분의 빛이 드는 쪽에는 항해 지도가 있었는데 하나는 대서양의 항해도였고 또 하나는 남동 알래스카 것, 다른 하나는 브리티시 컬럼비아 것이었다. 헛간의 가운데 어둑한 벽에는 모뉴먼트 계곡에서 말 위에 올라앉아 찍은 나바호 족 양치기들의 흑백사진이 있었다. 더 깊이 들어가면 진행중인 작업의 종이 형판이 못에 걸려 있고 건너편에는 항해중인 드쏘노쿠아 호의 선명치 못한 흑백사진이 있었다. 거기에는 자갈 해변 위로 높이 끌어다놓은 죠지의 3인승 바이다르카의 컬러사진도 있었으며, 또한 18.6미터 길이의 12인승 카약을 위한 설계도도 있었다. 열두 개의 잠입구 중 하나 옆에는 축척을 위해 사람의 모양이 그려져 있었고 손에는 그런 카누를 저어갈 어마어마하게 큰 노가 쥐어져 있었다. 제2의 설계도 또한 있었는데, 이것은 좀더 꼼꼼하게 그린 설계로서 덜 야심적인 6인승 카누의 그림이었다.

난로 옆에는 그림과 메모로 난장판이 되어 있는 책상이 있었다. 펜촉을 시험해보기 위해 끄적거린 자국이 몇 있었지만 그것말고 다른 낙서는 없었다. 죠지는 카약의 단면도를 그리기 위해서만, 혹은 카약의 부분 부분을 세밀히 그리기 위해서만 종이에 펜을 댔다. 메모는 대부분 구입 품목 목록이었는데, 목록치고는 많은 의미를 내포하고 있었다.

후추	귀리
공책	기름
롱존	해바라기 씨
밀	
알팔파 씨	탁자 밑에 깔 단열 바닥

책상에는 책이 있었다. 하나는 『알코아 구조안내서』였는데 책상 위에 펼쳐져 있었다. 다른 책들이 헛간의 저 멀리 끝부분까지 선반을 채우고 있었다. 『남극 수로안내』(1961). 『브리티시 컬럼비아 수로안내』(1963). 『미국 실용 항해사』(1962). 겉장 안쪽에 씌어진 이름들로 판단하건대 죠지가 세번째 소유자가 된 와일리의 『근대 항해의 요체』(1941). 1907년 히스콕스와 슬로언이 펴낸 『장사의 비결과 절차, 돈 모으는 아이디어 등, 최근에 간추린 과학적 요령을 포함한 가정, 농장, 작업장을 위한 재산증식 요령』.

맥스 본이 쓴 『불안한 우주』라는 작품도 있었다. 책 앞의 백지에는 노벨 물리학상 수상자인 첸닝 양 박사의 친필 메모가 적혀 있었다. "죠지, 지난 주에 군에게서 입자물리학에 관심이 있다는 얘기를 듣고 얼마나 기뻤는지 모르네. 나는 30년 전 본이 쓴 이 책을 읽었을 때 느꼈던 흥분과 기대감을 돌이켰네. 내가 그랬던 것처럼 군도 이 책을 즐겁게 읽기 바라네. 책방에서 군을 위해 이 책을 골랐어. 행복을 빌며—— 프랭크 양"이라고 양박사는 썼다. 죠지는 자신이 프린스턴의 꼬마였을 때 양박사가 보내준 본의 이 책을 즐기지 않았다. "그 통일장이론의 과학자들은 모두 아주 미친 사람들이에요"라고 죠지는 말한다. "저도 제 자신만의 통일장이론이 있어요. 문제는 그 사람들이 이해할 수 있는 방식으로 그 사람들에게 말하는 법을 배우려면 너무 많은 허풍을 거쳐야 한다는 거예요. 바로 그게 제가 저 책을 원하는 이유죠."

다른 책도 있었다. 『모비 딕』과 『이상한 나라의 앨리스』, 『북아메리카의 나무껍질 카누와 가죽배들』 등의 책이었다.

그리고 헛간의 가운데에는 거의 헛간 끝에서 끝을 달리는 길이에, 너무 널찍하게 자리를 차지하고 있어서 돌아다닐 수 있는 공간을 아주 가느다랗게밖에 남겨주지 않은 거대한 카누가 있었다.

그것은 역사상 가장 큰 카약으로서, 벽 위에 설계도가 붙어 있는 6인승 모델의 실물이었다. 길이는 14.4미터였지만 너비는 1.5미터가 좀 안되는 이 배는 일렬로 늘어선 긴 의자 위에 뒤집혀 누워 푸른 페인트 칠이 두번째로 입혀지기를 기다리고 있었다. 헛간의 끝, 빛이 드는 곳에서 햇빛을 받자 첫번째 칠은 아직 마르지 않은 것처럼 반짝였다. 헛간 가운데의 어스름 속에서 짙은 색의 매끈한 선체는 전등 빛을 받아 빛났다.

그 카누는 거의 전부가 지구 표면에서 가장 흔한 세 가지 원소, 즉 산소, 씰리콘, 알루미늄으로 만들어졌다. 그것은 지구 자체의 축약판이었다. 카약은 겉보기보다 좀더 그러하기도 했고 또 좀 덜 그러하기도 했다. 카약에는 90킬로그램의 알루미늄과 135킬로그램의 유리 및 송진, 90킬로그램의 합판과 끈, 72킬로그램의 가문비나무 널 등이 포함되어 있었는데, 이 재료들이 모여 매우 강력한 고치를 자아냈다. 여섯 개의 잠입구는 앞과 뒤에 각각 한 개의 구멍, 가운데에 나란히 난 두 쌍의 구멍으로 배열되어 있고, 뱃머리는 용머리 모양으로 말려 올라가 있었다. 내용골(內龍骨)의 알루미늄 튜브에는 브리티시 컬럼비아의 흙을 상징적으로 몇줌 채워넣었다. 앞 돛대를 받치게 되어 있는 주목(朱木) 받침대 아래에는 프랑스에서 주조된 옛날 금화가 제자리에 투명 에폭씨로 접착되어 있었다. 금화에는 용을 베고 있는 성 죠지의 모습이 새겨져 있었다.

"이건 완전히 새로운 거예요." 죠지가 내게 말했다. "이건 새로운 종류의 의식(意識)이죠. 만약 우주선이 지구에 와서 지적인 삶의 실례를 원한다면 이것이 바로 그들이 가져갈 물건이 될 거예요."

그는 카누에 작고 둥근 돔들을 달기만 한다면, 외계인들은 특히 더 관심을 가질 것이라고 예언했다. 그는 폭풍이 일어날 때 잠입구를 덮을 플렉씨 유리돔을 만들 거라고 설명했다. 바다에서 승객들은 물에 젖지 않고 바깥 날씨를 살필 수 있으며 죠지가 항구에 들어올 때면 돔은 갑판 승강구 덮개처럼 이중으로 접힐 것이다. 돔을 제자리에 달면 카누는 거대한 물벌레나 거대한 우주선처럼 보일 것이다.

"이 배는 아주 튼튼해요. 또 우스꽝스럽기도 하고요." 그는 말했다.

"이 배는 제가 처음에 생각했던 것보다 훨씬 더 튼튼해요. 하지만 저는 무언가 일을 새로 시작할 때마다 그걸 더 강력하게 만드는 법을 알아내곤 했어요." 카누에는 쇠를 함유하는 금속이 전혀 포함되지 않았고 단 한 개의 못도 박히지 않았다. 카누는 3600미터의 끈으로 묶여 있고 그 끈 중에 어느 손잡이든 네 개의 손잡이만 잡으면 배를 전부 들어올릴 수 있었다. "이 배에서 유일하게 잘 뜨지 않는 물질은 유리섬유예요. 그걸 물에 띄우는 데는 가문비 널만으로도 충분하죠. 하지만 잘 뜨냐 아니냐는 별 의미가 없어요. 사람들은 다 자기 배가 절대 가라앉지 않는다고 주장하는 법이거든요. 하지만 이 배는 진짜 강해요. 각각의 부분이 모두 필요 이상으로 강하죠. 이 배는 현재 지구상에 알려진 지식에 따르면 최대한으로 강한 배예요."

죠지는 그를 글레이셔 만까지 이끌어주고 거기에서 그를 지켜준 순백의 봉우리, 수많은 사람들이 지구상에서 가장 아름답다고 생각하는 산의 이름을 따서 이 카누에 마운트 페어웨더라는 이름을 붙이기로 마음먹었다.

카누는 죠지가 토치 만에서 핸슨 섬으로 돌아온 직후인 1974년 늦여름부터 만들어지기 시작했다. 그는 섬에서 바람에 쓰러져 있는 더할 나위 없이 훌륭한 씨트카 가문비나무를 발견했고, 친구와 알래스카 제재톱의 도움을 받아 그것을 카누 바닥에 깔 널판으로 잘라냈다. 이 첫번째 일이 그가 해야 하는 가장 어려운 육체노동이었다. 큰 가문비나무는 잭으로 밀고 돌아다니기에 힘든 나무였고 동력 사슬톱질은 그의 팔에는 무리한 일이었다. 사흘 걸려 가솔린 8리터를 쓰고 그 일이 끝났다. 죠지는 계산을 하지 않고 나무를 잘랐으나 거의 정확한 길이의 널판이 나왔다. "운이 좋았어요. 아니면 뭐 직감 같은 거죠" 하고 그는 말한다. 널은 11미터 길이였다. 그는 나무를 더 짧은 길이로 잘라낼 수도 있었으나 온전한 나무를 사슬톱으로 자르는 것이 더 재미있었다. "그리고 이 배는 널판이 어디에서 왔는지를 보여주죠. 이 배를 바라보는 사람은 누구든지 배가 숲 근처에서 만들어졌다는 것을 알 거예요. 숲말고 다른 데서는 11미터짜리 널을 구할 수 없으니까요." 그는 손으로 켜는 톱으로 이 널들의 끝을 다듬어서 친구의 배에 실어 밴쿠버로 내려보냈다. 그리고 그해 겨울 내내 그리고 이듬해 봄의 한동안 널들이 마르도록 내버려두었다.

1974년 10월 죠지는 헛간을 넓혔다. 그는 형판을 그리느라 한달을 보낸 다음 열심을 다해 배를 만들기 시작했다. 먼저 내용골을 만들고 거기에 늑재를 붙였다. 그의 알루미늄은 짐짝틀이나 비행기에 사용되는 종류로서 구리, 마그네슘, 씰리콘이 포함된 합금 6061 T6이었다. 그것은 6미터 길이의 부품 상태로 왔기 때문에 죠지는 그것들을 모두 이어붙여야 했다. 그는 이 작업을 위해 만든 간소한 선반(旋盤, 금속 재료를 갈거나 깎는 기계—옮긴이) 위에서, 알루미늄 가닥을 이어붙이는 데 쓸 내부 슬리브(축 따위를 끼우는 통, 관—옮긴이)들을 정밀하게 만든 다음, 그것들을 제자리에 에폭씨로 접착했다. 그는 손으로 튜브를 구부려 알맞은 곡선을 만들어냈는데 여기에 많은 시간이 들었다. 다음번에 카누를 만들게 되면 그는 수력을 이용한 구부림 지그(고정, 안내용 공작기구—옮긴이)를 만드는 데 며칠을 쓸 계획이다.

튜브가 다 구부러지자 죠지는 뼈대를 끈으로 동여맸다. 끈으로 묶는 단계에서 그는 다양한 재료를 쉽게 이리저리 옮기며 그것들을 올바른 자리에 배치할 수 있었다. 카누가 너무 빨리 형태를 취했기 때문에 묶는 작업은 재미있는 일이었다. 큼직한 부분들이 날마다 쑥쑥 자라났다. 자신의 생각이 실물로 구체화되어가는 것을 지켜보면서 죠지의 자신감도 자랐다. 아이들이——벨카라 파크에 사는 누더기옷의 강인한 아이들이었는데, 브리티시 컬럼비아의 겨울 탓에 피부가 창백했다——그의 작업이 얼마나 진전되고 있는지 보기 위해 모여들었고 죠지는 그들에게 커다란 두루마리에서 끈을 짧은 길이로 잘라 주었다. 아이들은 죠지가 작업을 하는 동안 그 끈을 가지고 재미있게 놀았다. 크리스마스 즈음 해서 끈으로 묶는 일은 끝났고 카누의 골격이 완성되었다.

날다람쥐들이 나무 위의 집을 공격하고 있었다. 그들에게서 피신하는 한편 일에 더 가까이 가기 위해 죠지는 헛간으로 거처를 옮겨서 카누 중심의 위쪽에 있는 작은 다락에서 잠을 잤다. 그는 다락 위에 옷상자와 매트리스를 보관하고 있었다.

한달 동안 그는 카누를 묶었다. 그는 묶는 것이 카누를 조립하는 유일한 방법이라고 믿었다. "구조를 엉망으로 만드는 것이 아니에요. 묶으면 배의 어느 부분은 강해지고 어느 부분은 약해질 거라고 생각하기 쉽지만 그렇게 되기는커녕 오히려 배가 튼튼해져요"라고 그는 말한다. 모든 사물이 그런 것처럼 묶는 작업을 통해서 배는 우스꽝스럽게, 또 지나치게 튼튼해졌다. "배를 묶은 끈의 절반을, 아니 4분의 3을 잘라낸다 해도 배는 여전히 항해를 견딜 거예요."

3600미터의 끈을 묶는 일은 한 사람이 해내기에는 위협적인 과업이

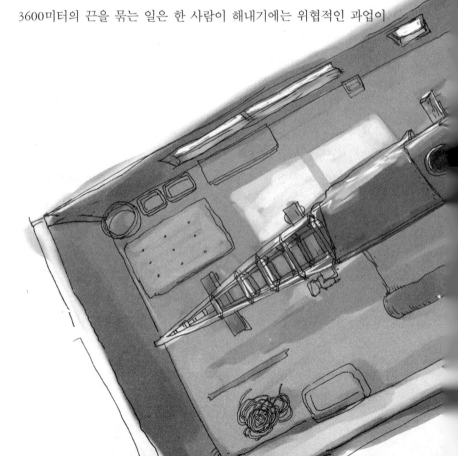

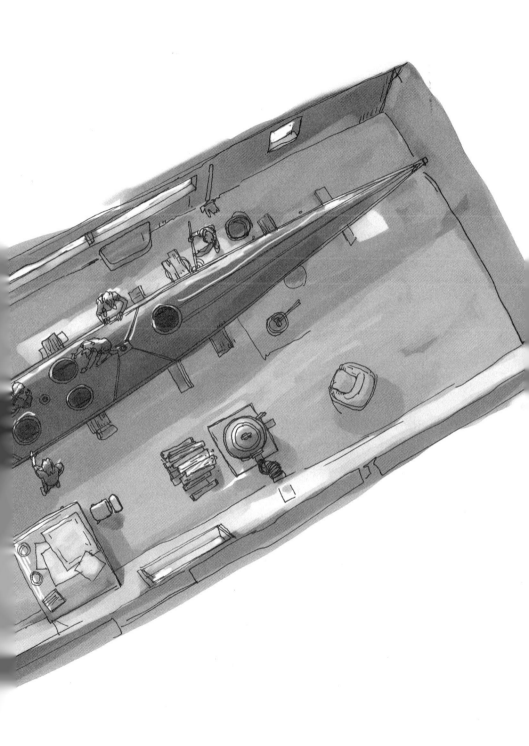

었을 것이며 그의 카누 만들기 역사에서도 처음으로 일어난 일이었을 것이다. 죠지는 도움을 요청했다. 그의 이웃들은 그를 위해 바느질을 해줄 사람들을 모음으로써 그에게 응답했다. 어느 일요일, 헛간에 열아홉 사람이 모였다. 그를 도와주는 사람들은 대부분 그와 마찬가지로 벨카라 파크 주변의 숲에서 주변적으로 살아가는 젊고 머리가 긴, 모직 셔츠에 데님 작업복을 입은 사람들이었다. 그들은 손으로 끈을 팽팽하게 당겨서 죄고 또 당겨서 죄었다. "여기가 꼭 거대한 수술실 같았습니다. 그 바느질 팀은 너무 유능한 사람들이었어요. 너무 잘해서 제가 일을 멈추게 해야 했죠. 마흔 사람이 왔는데 아무것도 된 일이 없었어요. 그 사람들이 한 일은 소용이 없는 일이어서 다시 벗겨내야 했죠." 죠지의 말이다.

죠지는 가끔씩 미치광이 시인 헨리의 도움을 받아가며 혼자서 다시 끈을 묶었다. 헨리는 한번은 사흘 내내 아침 여덟시에 출근해서 저녁 다섯시에 퇴근하며 선체 묶는 작업을 했다. 그는 세심하게 일을 잘했으며 어쩌다 들르는 사람들에게 자신의 시를 낭송해주었다.

영혼의 피로 이루어진 빗방울
지상의 눈물에서 떨어진 물에서부터,
대모(代母) 자연이 낳은 대모(代母) 지구의 하늘신들
하늘신들 가운데 여신의 자궁에서부터,
그대와 나 일리스카흐레 오밀리,
어머니, 아버지, 한 숨결에
모든 태양과 모든 달 모든 행성
그리고 별,
모든 원소를 가진 모든 일리오힘에서
오밀리 오밀리……

묶는 작업은 무척 재미있는 손운동이어서 실은 그리 지루하지 않았다. 정말 힘든 일은 헛간을 데우고 죠지의 손을 따뜻하게 해줄 땔감을 베러 숲으로 들어가는 여행이었다. 아침에 일어나자마자 죠지는 혈액 순환을 위해 한 시간 동안 나무를 베었다. 그의 난로는 170리터짜리 드럼통으로 만든 것이었고, 그는 베어온 통나무를 전부 난로에 넣고 불을 지폈다. 그가 나무를 베어다 불을 지피는 일을 모두 끝마칠 때면 헛간은 두 배로 따뜻해져 있었다.

난로는 으르렁 소리를 냈고 손은 일을 했으며 겨울은 지나갔고 카누는 빠르게 완성되고 있었다.

끈이 모두 묶이자 죠지는 먼저 끈을 아세톤으로 씻은 다음 에폭씨로 칠을 했다. "이 배의 힘은 에폭씨에 달려 있는만큼 이 일을 제대로 해야 해요. 에폭씨를 입히는 동안은 모든 것이 외과수술을 할 때처럼 깨끗해야 되죠. 흡연, 먼지, 손가락자국 모두 금지예요. 중요한 것은 아직 제 힘을 써보지 않은 배에 아무것도 첨가하지 않는 것이죠."

아세톤이 내는 병원냄새 속에서 죠지는 첨가물이 섞인 에폭씨로 튜브를 접합하며 튜브의 열린 끝부분을 봉했다. 그는 에폭씨를 많이 발라야 하는 부분에서는 가벼움을 유지하기 위해 미세한 유리풍선을 혼합했다. 미세한 유리풍선이라는 생각은 죠지를 즐겁게도 하고 또 언짢게도 했다. 미세한 유리풍선은 그가 과학기술에 대해 느끼는 양가적(兩價的) 감정의 본보기였다. 그것은 카누를 만드는 데는 확실히 좋은 물질이었지만 그것을 갖고 계속 일하다 보니 그는 그 아이디어가 얼마나 광범위하게 적용될 수 있는지에 놀라게 되었다. 그가 1회분의 에폭씨를 혼합하면서, 미세한 유리풍선이나 그에 해당하는 물질이 아마 가공식품에 섞이고 있을 거라고 생각한다는 말을 하는 것을 나는 들은 적이 있다.

죠지는 널과 널 사이에 2.5쎈티미터의 간격을 두고 11미터의 바닥널을 끈으로 묶어, U자 모양의 얕은 선체단면 전부에 깔았다. 이 바닥판은 죠지의 짐에서 튀어나온 날카로운 것으로부터 유리섬유를 보호해줄 것이며, 색상으로서나, 노를 젓는 사람과 차가운 유리섬유 사이에 있는 완충물로서나, 배의 내부를 따뜻하게 해줄 것이었다. 여간해선 그런 일이 일어날 법하지 않지만 카누의 바닥이 축축해지는 경우 갑판은 승객과 짐이 물에 젖지 않도록 해줄 것이다. 널과 널 사이의 간격으로는, 필요하다면 스폰지가 들락날락할 수 있다. 죠지는 널에 에폭씨를 여섯 겹으로 발라서 영구적인 광택이 나도록 했다.

그는 세 개의 돛대를 받치는 주목 받침대를 서른 개의 알루미늄 나사로 고정시켰다. 주목은 브리티시 컬럼비아의 북부 해안에서 벤 것이었다. 죠지가 그것을 직접 베지는 않았다. "마이클 베리가 해주었어요. 제가 한 거나 마찬가지죠." 마이클 베리는 벨카라 파크에 사는 죠지의 이웃인데 여러가지 일에 능하고, 아마 죠지의 가장 친한 친구일 것이다.

죠지는 다 만든 배의 뼈대에 표백하지 않은 면 시트를 꿰매어 붙인 천을 발랐다. 바느질은 그가 예상했던 것보다 빨리 진행돼서 이틀 만에 그 작업을 마칠 수 있었다. 그는 다른 일을 보러 떠났고 카누는 며칠 동안 바닷새처럼 흰 모습으로 휴식을 취했다. 죠지가 떠나 있는 동안 화가 친구인 스튜어트 마샬이 헛간에 우연히 들렀다. "그는 주욱 펼쳐진 화폭을 보았죠. 도저히 참을 수가 없었어요" 하고 죠지는 말한다. 마샬은 갑판과 측면에 북서 인디언 식의 도안을 그려주었다. 돌아와서 그 그림을 보았을 때 죠지는 처음에는 화가 났으나 곧 그 그림을 좋아하게 되었다. 그는 스튜어트가 그림 속에 빈 공간을 남겨두었다는 것을 알아차렸다. 누군가가 그 빈 공간을 메울 필요가 있었다. 그 공간들은 죠지 자신의 서명을 소리쳐 요구하고 있었다. (내 생각에 스튜어트는 다른 이유 때문에 빈 공간을 남겨두었을 것이다. 마치 미껠란젤로가 하느님의 길게 뻗친 손과 아담의 손 사이에 작은 공간을 남겨둔 것처럼 말이다. 하지만 죠지는 화가의 의도에 대해 확신을 가지고 있었고 어쨌든 그가 카누의 주인이었다.) 그는 자신의 페인트를 혼합해서 소박하고 기운찬 방식으로 게와 플라운더넙치를 더 그려넣었다. "제가 무언가 좀 아는 것이 있는 사물일 때는 저도 그럴 수 있어요" 하고 죠지는 말한다. 그리고 이 말은 진실이었다. 마샬의 벽화에 자신의 작품을 보태고 나자 죠지는 한 결 기분이 좋아졌다.

그는 면을 물에 적시고 첫번째 유리섬유 층을 깔았다. 처음에는 주름이 잡혔으나 밤이 지나는 동안 다 펴졌다. 죠지는 감명을 받았다. 카누는 마치 스스로를 조립하고 있는 것처럼 보였다.

"그런 일들이 일어나요. 배를 만드는 동안 내내 마치 미리 예정된 것처럼 보이는 일들이 일어났어요. 마치 금화처럼요. 금화가 오게 된 경위도 제게는 신비스러워요."

죠지가 태어난 날, 그의 어머니는 그를 위해서 용을 베는 성 죠지의 모습이 담긴 금화를 챙겨두었다. 어머니는 금화를 내내 간직하고 있다가 그것을 벨카라로 보내주었는데 그가 돛대 받침대 아래에 그것을 붙이려 한 시간과 딱 맞아떨어졌다.

"또 한번 그런 일이 일어났어요. …… 그건 너무 대단한 일이라서 말로 옮길 수가 없을 지경이에요. 어느 날 밤 나무 위의 집에서 저는 꿈을 꾸었어요. 아주 생생했죠. 꿈속에서 저는 알루미늄 플루트를 가지고 있었어요. 그때는 제가 튜브를 구부리면서 알루미늄으로 작업을 하고 있을 때였죠. 저는 그전에 플루트나 다른 악기를 연주해본 적이 없었어요. 꿈속에서 저는 고래에게 플루트를 불어주고 있었죠.

그 다음 날 아침 적어도 한 1년 동안 만나지 못한 사람이 저를 찾아왔어요. 그 사람은 플루트를 만드는 사람이었어요. 언젠가 한번 그 사람이 플루트에 구멍을 뚫는 것을 도와준 적이 있었죠. 저는 공중으로 펄쩍 뛰어오를 뻔했어요. 왜냐하면 그게 제가 그날 아침 내내 생각하고 있던 것이었거든요. 꿈속에서 본 플루트하고, 어떻게 하면 플루트를 만들 수 있을까 하는 거요. 그래서 저는 그 사람에게 알루미늄 튜브를 주었죠. 그는 전에 알루미늄으로 플루트를 만들어본 적이 없었지만 1주일 후에 저에게 이 플루트를 보내주었어요. 그는 그것이 자기가 만든 최고의 플루트라고 했죠. 그걸 집어들고 불어보았는데, 제가 그걸 불 수 있는 것이었어요.

플루트는 정말 이 기획이 본 궤도에 오르도록 도와주었어요" 하고 죠지 다이슨 경과 같은 이름을 가진 손자가 말했다. "에너지를 몽땅 카누에 쏟아넣고 있을 때에는 그밖에 다른 일이 있는 게 좋아요. 저는 카누와 음악을 연결지었죠. 또 플루트와 고래가 같다고 생각했어요. 왜냐하면 폴 스퐁이 언제나 고래에게 플루트를 연주해주고 있거든요. 고래와 관계를 맺고 있는 사람은 누구나 플루트를 연주하는 것처럼 보여요. 제게 플루트가 생겼을 때 저는 고래를 생각했어요.

만약 아무 일도 안되면 저는 플루트를 만들어서 생계를 꾸려갈 수 있어요. 이걸 그대로 복사할 수 있으니까요. 이걸 잃어버리는 경우에 대비해서 카누 내부의 튜브 중 하나에 이 플루트의 치수를 복사해놓고 싶어요."

카누를 만드는 동안 죠지는 종종 휴식을 취했다. 그는 난로 옆 안락의자에 앉아 플루트를 불거나 쌔먼베리 차를 홀짝홀짝 마시거나 아니면 그냥 생각에 잠기곤 했다. 또 가늘게 뜬 눈을 통해서 어둑한 헛간의 끝에서부터 그에게 달려오는 기다란 카누를 바라보았다. 그러면 어스름한 그의 무의식 끝으로부터 아이디어가 떠오르곤 했다.

한번은 상상 속에서, 수중익선(水中翼船, 선체 밑에 날개를 단 배―옮긴이)을 현외부재(舷外浮材, 배의 본체에 연결해 뱃전 밖에 띄우는 보조적인 장치―옮긴이)로 달아 마운트 페어웨더 호가 역풍을 맞으면서도 항해할 수 있도록 만들 수 없을까를 실험하고 있었다. 그때 갑자기 그의 머릿속에 수중익선을 여러 개 만들어서 그것들을 모두 연결해 구명보트를 만들 수 있겠다는 생각이 떠올랐다. 그의 정신은 성급하게 그 착상의 경제성과 만능적인 용도로 비약했다. 또 한번은 마침 그의 안락의자 발치에서 커다란 사냥개의 머리처럼 쉬고 있던 뱃전의 용머리에 대해 연구하다가

292

갑자기 야간 항행등을 용의 눈처럼 끼워넣을 수 있겠다는 생각이 들었다. 그렇다면 그는 용머리 내부의 알루미늄 튜브 중 하나에 구멍을 뚫어서 그 튜브를 밥지을 때 쓰려고 두었던 부탄가스 통에 연결할 것이다. 용의 콧구멍은 3, 4미터의 불길을 뿜을 것이었다. "밤바다에서 사람들은 무엇이 화염을 만들어내는지 모를 거예요" 하고 그는 나중에 내게 말해주었다.

어떤 때는 하루의 일을 마친 후 카누에서 자기도 했다. 그는 가문비나무 바닥 널의 곡선이 잠자기에 안성맞춤이라는 것을 알았다. 나무 위의 집에서처럼 몸을 구부려 말 필요가 없고, 오히려 수족을 여섯 번이나 뻗을 수 있었다. 때로 죠지는 카누 안에서 밤늦게까지 일을 하였다. 그의 작업장 램프 빛이 유리섬유를 통해 들어오면서 갑판의 그림을 마치 스테인드 글래스처럼 비추었다. 그것은 믿을 수 없을 만큼 아름다웠다고 죠지는 말한다. 그는 바다에서 달빛의 인광을 받으면 그림들이 어떻게 보일지 궁금했다.

39

그리움의 거리

마운트 페어웨더 호는 1975년 6월 21일 하지에 진수될 예정이었다. 만약 모든 것이 잘 진행된다면 한달 뒤에 죠지는 아버지와 재회하기로 되어 있었다. 두 사람 다, 만날 준비가 이미 무르익었다는 결정을 내렸다. 나는 큰 카누의 완성이 죠지의 준비와 아주 깊이 관계되어 있다는 확신이 들었다. 재회는 핸슨 섬에서 이루어지기로 되어 있었다. 큰 카누는 물리적으로나 심리적으로 죠지를 그리 데려다줄 배였다.

죠지는 그 시간에 맞춰 카누를 완성하기 위해 서둘렀다. 내가 도와주겠다고 하자 그는 그 제의를 받아들였는데 그것이 나를 놀라게 했다. 왜냐하면 나는 그가 내 기술적 능력을 얼마나 시원찮게 생각하는지 알고 있었기 때문이다. 그가 다소 기분좋게 상호의존이라는 생각에 굴복한 것은 내게는 새로운 사실이었고, 그 사실이 그의 삶에 새로운 장을 표시하는 것 같았다.

나는 방향타 판에 끈을 꿸 수 있게 구멍을 내는 일을 했다. 드릴은 날이 둔했다. 아주 오래된 것이었다. 죠지의 철학은 연장을 사지 않고, 도중에 나타나는 기회는 무엇이든 이용해서 카누를 만든다는 것이었다. 그 드릴도 용접유리나 연마기와 마찬가지로 어쩌다 우연히 생긴 것이었다. 그는 끈과 사포 약간 그리고 몇몇 작은 도구들을 샀을 뿐이다. 나는 그루터기를 작업대로 삼고, 드릴의 무딘 성능을 벌충하기 위해 내 몸무게를 실어서 구멍을 뚫었다. 그날은 따뜻해서 나는 셔츠를 입지 않고 일을 했다. 알루미늄은 내 무릎과 꾸준히 움직이는 손 밑에서 밝게 빛났고 태양은 빙글빙글 도는 담황색 나이테에서 반짝이고 있었다. 섬세한 알루미늄 나선체가 드릴로부터 날아올라 땅에 흩어졌다. 금속 나선체는 나무 나선체와 골고루 섞였는데, 그것은 각각의 구멍을 뚫을 때마다 드릴이 그루터기를 파고들었기 때문이었다.

죠지는 칠을 할 때의 차림을 하고 헛간 밖으로 나왔다. 그의 모습은 자못 무서웠다. 그는 한때 흰색이었던 낡은 셔츠를 목까지 단추를 채워 입었고 손에는 분홍색 고무장갑을 끼었으며, 양 옆에 곁눈 가리개가 달린 구닥다리 용접 고글을 쓰고 있었다. 머리에는 스카프를 쓴데다가 수염은 제멋대로 뻗어 있어 정신이 이상한 밀주업자나 미개척지의 미치광이 과학자 같아 보였다. 그는 나에게 구멍 뚫는 일을 잠시 중단하고 카누에 두번째 칠을 하는 것을 도와달라고 부탁했다.

우리는 롤러로 칠을 입혔다. 우리가 일을 끝냈을 때도 스튜어트 마샬의 추상적인 무늬는 마치 푸른 수채물감을 통해서 보이듯이 여전히 명확하게 보였다. 죠지는 그 점에 대해 무척 행복해했지만 그림은 결국 사라지게 될 거라고 털어놓았다. 그는 언젠가는 하와이로 항해할 계획인데, 푸른색은 그런 여행에 도움이 되지 않는다는 것이었다. 배를 서늘한 상태로 유지하려면 불투명한 흰색으로 칠해야 할 것이다. 그는 그러한 필요성을 유감스럽게 생각했지만 기능이 우선이었다. 유리섬유의 강적은 태양이므로, 자외선은 섬유로부터 차단되어야만 한다. 한 가지 위로가 되는 것은 스튜어트의 예술작품이 배의 안쪽에서는 계속 보이리라는 것이었다. 적도의 한낮, 스튜어트의 스테인드 글래스로 빛이 흘러들어오면 카누의 내부는 성당이 될 것이다.

두번째 칠을 사포로 닦을 때가 되자 죠지는 의상을 약간 바꿨다. 스카프를 얼굴로 옮겨 산적 스타일이 되었고 페인트가 점점이 묻은 털실 모자로 머리를 덮었다. 그의 큰 코는 스카프 위로 툭 튀어나와 있었다. 그는 이제 아라비아의 미치광이 과학자처럼 보였다. 그는 사포로 닦는 일을 언제나 혼자 했는데, 다른 사람에게까지 헛간을 가득 채운 유리섬유와 페인트 입자의 해를 입히고 싶지 않았기 때문이었다. 사포로 닦는 일이 끝나면 그는 옷을 벗어버리고 다시 본래의 죠지로 돌아와 싸우나 속으로 사라졌다.

나중에 죠지는 자신의 안락의자에 앉아 합판 널을 무릎에 놓고 원형 계산자를 집어들고 무언가를 계산했다.

"그러고 있으니 그 아버지의 그 아들 같아 보이는군요" 하고 내가 말했다.

그는 빙그레 웃었다. "이게 배 때문에 하는 유일한 계산이에요." 그는 생각에 잠겼다. 그러곤 플렉씨 유리돔에 쓸 타원형을 계산하고 있다고 설명했다. 그는 이미 잠입구를 타원형으로 설계해놓았으므로, 돔을 잠입구에 집어넣을 때 안쪽으로 잘 들어맞도록 돔의 기단부 또한 타원형으로 설계했다. 그는 낡은 구식 줄자 조각으로 치수를 잰 다음 합판 위에 기입했다. "저는 진짜 줄자를 쓰지 않고 이 배를 만들었어요" 하고 말하면서 그는 자신의 별난 버릇에 대해 천천히 웃었다. "진짜 난투였죠."

나는 그에게, 자신에게서 부모로부터 물려받은 수학적 재능을 감지한 적이 있느냐고 물었다. "네. 이 카누의 완벽함이 바로 그 재능의 현현이죠. 이 카누에 깃들인 완벽함을 향한 욕망 말이에요" 하고 그가 말했다.

계산이 끝나자 죠지는 타원형을 합판 형판에 스케치했다.

죠지의 마음속에는 프리먼이 자리잡고 있었다.

"제가 보낸 사진 생각나세요?" 그는 내게 물었다.

나는 기억하고 있었다. 4월에 그는 끈으로 묶는 단계에 있던 카누의 사진을 보냈다. 거죽을 입히지 않은 카누는 물에서 살던 공룡이나 고래의 뼈를 다시 조립해놓은 것 같아 보였다. "네." 나는 대답했다.

"그 사진을 아버지께도 보냈어요. 하지만 그게 제가 보낸 유일한 사진이에요. 저도 모르겠어요──그 사진 좋아요? 그게 이 배에 무슨 일이 일어나고 있는지를 잘 알려줄까요?"

마운트 페어웨더 호에 마무리 손질을 하고 있을 때 죠지는 아이들에 대해 많이 생각했다. 그 계절에 벨카라에서는 아기들이 한꺼번에 새로 태어났으므로, 그는 자손에 대해 생각했다. 젊고 유연할 때 아기를 갖는 것이 중요하다고 그는 내게 말했다. 그는 스물두살이었고 불안해지기 시작했다. 그는 큰 카누가 아이들에게 안전한 장소가 되어줄 거라고 믿었다. 아이들은 지붕이 덮인 갑판 밑, 부드러운 가문비 널 바닥에서 이리저리 기어다닐 수 있을 것이다. 지붕이 없는 배에서 생기는 위험 따위는 전혀 없었다.

나는 죠지의 아이들에게는 그것이 어떨까 상상해보았다. 스튜어트의 북서부식 추상화와 죠지가 그린 게, 플라운더넙치가 긴 구유 모양의 카누에 그려진 동물이 될 것이다. 다이슨 집안의 아기들은 걷기 전에 노 젓는 것을 배우고, 연어와 현미, 머루를 먹고 튼튼하게 자랄 것이다. 프리먼과 베레나의 손자들은 조수의 수학을 배우고, 죠지 다이슨 경의 증손자들은 혹등고래에게 알루미늄 플루트를 불어줄 것이다. 나에게는 모두 멋진 얘기로 들렸다. 그러려면 죠지는 우선 여자를 얻어야겠다고 생각하긴 했지만 말이다.

6월 19일, 진수 이틀 전에 헛간을 방문해보니 헛간은 비어 있었다. 죠지는 또 아기를 봐주러 나간 것이었다. 벨카라 사람들이 죠지가 아이들과 친하게 지낸다는 것을 알게 된 다음부터 죠지에게는 주문이 쇄도했다. 진수가 이틀밖에 안 남았고 카누는 아직 다 완성이 되지 않았는데 나는 그가 우선순위를 두고 있는 일에 놀라지 않을 수 없었다. 나는 커피주전자 밑의 버너에 불을 붙이고 주전자가 데워지는 동안 이리저리 어슬렁거렸다.

나는 그의 책선반에서 발을 멈추고 『외계 지능과의 교류』라는 책을 펼쳐들었다. 그것은 그의 부친이 참석했던 아르메니아 학술회의에 대한 보고서였다. 책 앞의 백지에는 "죠지에게 프리먼으로부터, 1973년 크리스마스"라는 글귀가 새겨져 있었다. 책장을 넘기면서 나는 MIT의 컴퓨터지능 전문가인 마빈 민스키가 "미국의 10대들보다는 목성의 과학자와 대화하는 것이 아마 더 쉬울 것이다"라고 말한 토론을 보게 되었다. 프리먼은 틀림없이 이 생각에 동의했을 것이라는 생각이 들었다.

나는 죠지의 난장판 책상으로 발걸음을 옮겨 그 위에 있는 종이를 슬쩍 보았다. 카누 아이디어를 스케치해놓은 것과 구입품목 목록 사이사이에 자기자신에게 쓴 타자 메모가 있었다. 대부분은 단편적인 것이었다. 대화를 할 때 되다 만 문장과 되다 만 생각의 편린을 간직하는 것이 그의 습관인 것처럼, 죠지는 그 메모들을 간직해두었다. 그는 깊이 잘 생각한 담론보다는 생략적인 담론을 더 좋아했다.

짧은 메모 하나에는 이렇게 적혀 있었다. "나는 차가운 북서부의 바다에 대해 대단한, 그리고 근거가 충분한 두려움을 느끼며, 눈 깜짝할 사이에 마주칠 수 있는 치명적인 결과에 대해 외경심을 느끼고 있다. 그 외경심은 얼음 섞인 포말과 장화에 가득 찰 만큼의 초록 바닷물을 수시로 맛보며 자라난다. 이 두려움은 카누에 타고 있을 때에는 내게 오지 않지만 종종 모습을 드러낸다……"

그게 다였다. 단편은 끝이 났다.

종이를 뒤적이다가 나는 완성된 단락을 하나 발견했다. "나는 다시 한번 그리움의 거리에 나와 있다——신선한 바다 공기, 탁 트인 언덕과 숲, 미개척지의 부요함이 내게 주는 자양분 및 은신처에 대한 그리움. 하지만 나는 친구들 가운데 있다. 그러나 50만 명이 사는 도시에서 친구란 무엇인가? 이 모든 사람들 사이에서 단 하나의 진실된 영혼을 느낄 수 있는 공간은 어디에 있는가?"

40

진수

　세번째 행성은 예전부터 해온 대로 돌고 또 돌아 북극이 태양을 향해 가장 가파르게 기우는 황도(黃道)상의 지점에 다다랐다. 이 행성의 캄캄한 부분은 별을 향해 회전을 거듭했고, 브리티시 컬럼비아의 길고 조각조각 부서진 해안 후미와 군도 위로 해가 졌다. 하짓날 먼동이 텄을 때 대지는 하얀 비구름에 가려 보이지 않았다. 하지만 1년 중 가장 긴 해가 점점 길어짐에 따라 흰색은 타 없어져버렸다. 진수의 날이 상서롭게 밝아왔고 사람들이 모여들었다. 정오를 조금 넘기자 마당에는 쉰 명의 축하객이 몰려들었다. 새로 도착한 사람들은 죠지에게 인사를 건네고 헛간으로 들어가 카누에 경의를 표시한 다음 밖으로 나와 햇살을 받았다.

　남자건 여자건 사람들은 머리칼이 길었다. 남자들은 대부분 수염을 기르고 있었다. 차분한 색의 격자무늬 스카치 나사 셔츠에 수를 놓은 겉옷을 입은 사람들도 있었고 털실로 짠 옷에 단추를 채우지 않은 우의를 입은 사람들도 많았다. 어떤 사람들은 맨발로 왔고 어떤 사람들은 장화를 신고 왔다. 코바늘뜨개로 만든 포대기에 담겨 인디언 식으로 엄마의 가슴에 매달린 아기들도 서넛 있었다. 걸어다닐 수 있을 만큼 다 자란 아이들은 신나게 걸어다녔고 개도 서너 마리가 아이들과 함께 탐색을 나섰다. 어쨌든 전혀 소란스럽지 않았다. 개들조차도 매너가 좋아 서로서로에게 점잖게 흥미를 나타냈다. 죠지의 사람들은 점잖은 족속이었다. 포도주와 맥주가 있었고 마리화나도 서너 개 돌았지만 어느 누구도 많이 손대지 않았다. 오늘, 사람들에게는 카누가 있었고 하지가 있었고 브리티시 컬럼비아의 비 오지 않는 오후가 있었다. 이러한 것들을 감상하는 데에는 인위적인 도움이 전혀 필요하지 않았다.

작업복을 입은 소녀가 장미를 들고 죠지에게 다가와서 그의 털모자에 장미줄기를 꽂으려 했다. 그는 꽃을 꽂는 이 작업이 진행되는 동안 입을 크게 벌리고 싱글거렸는데 이 일은 결국 성공하지 못하고 끝이 났다. 장미가 가만히 꽂혀 있지 않아서 소녀는 꽃을 죠지에게 그냥 건네주었다.

시인 헨리가 그린피스 티셔츠에 낡은 트위드 재킷을 입고 도착했다. 그는 어깨까지 내려온 잿빛 머리에 가죽 머리띠를 하고 있었다. 전직 항만노동자인 그의 단단한 손은 전날 밤 카누를 기리며 쓰기 시작한 시를 들고 있었는데, 맨 앞장은 초록색 잉크로 씌어 있고 그 아래 있는 종잇장이 한 다발은 되어 보였다. 헨리는 다작이다. "날샐녘에 이 시를 쓰고 있었는데, 내 존재가 느껴지던가?" 하고 그가 말했다.

"글쎄요, 새벽빛은커녕 비가 오고 있었는데요." 죠지가 웃으며 대답했다.

이 장난스러운 비꼼에 헨리가 기분 나빠질 리 없었다. "빗방울은 천사의 눈물이야" 하고 그는 말했다.

젊은 여자가 도착하자 헨리는 그 여자를 끌어안았다. 그는 행복에 넘치는 듯 눈을 지그시 감고 부드럽게 몸을 좌우로 흔들며 그 여자를 한 30초 동안 안고 있었다. 그는 이 잔치에 온 모든 여자에게 이렇게 해줄 참이었다. 그가 미쳤다는 사실이 어떤 때는 이점이 있었다. "죠지는 다시 한번 그 늙은 용을 벨 거야(죠지라는 이름의 시조인 성 죠지가 용을 벤 설화를 일깨움. 용은 악의 세력을 상징함―옮긴이)." 임시방명록에 서명을 하면서 그는 이렇게 예언했다. "지금은 로마―로커펠러―디즈레일리 패거리들이 용이지."

나는 그가 "이스라엘 사람들(영어로는 이즈레일리Israeli, 즉 디즈레일리 Disraeli와 혼동되는 발음)"을 말하는 줄 알고 깜짝 놀랐다. 어느 쪽이든 그 셋은 기묘한 조합이었다.

카누는 시렁 위에 뒤집힌 채 있었다. 일정한 순간마다 네다섯 사람의 몸통 아래쪽 절반이 카누 아래로 보였는데, 머리와 어깨를 해치 안으로 집어넣은 꼴이 마치 써커스 텐트 구멍에 매달려 있는 아이들 같았다. 사람이 없는 구멍을 발견한 나는 머리를 그 속으로 집어넣었다. 에폭씨를 여섯 겹이나 칠한 가문비 널 바닥은 반짝이는 황금색 천장이 되어 있었다. 내부는 푸른빛으로 가득했다. 여섯 개의 잠입구 가운데 세 개가 대화를 나누고 있었다. 내게서 가장 가까이 있는 두 개의 잠입구는 유리섬유의 강도에 대해 토론하고 있었다.

"망치로 때려도 아무 일도 일어나지 않을 거야."

"글쎄, 그렇게 강하진 않아."

"죠지는 망치로 때려도 된다고 하던데."

"글쎄. 유리섬유 위에 망치를 떨어뜨리는 거야 괜찮지, 내가 장담하지만."

머리를 뒤로 묶어 내려뜨린 사람이 머리를 안쪽으로 처박고 우리와 합세했다. 그는 죠지의 알루미늄 플루트를 가지고 있었다. 그가 플루트를 자신의 입술로 가져가 연주를 시작하자 소리가 카누의 푸른 방 안으로 아름답게 울렸다. "와아!" 하고 한 젊은 남자가 탄성을 질렀다. "이런, 끔찍해." 젊은 여자가 말했다.

나는 카누에서 몸을 뺐다. 죠지가 컵을 가리키며 친구 마이클 베리에게 손짓으로 이야기하는 것이 보였다. "스티로폼 컵으로 인삼차를 마시는 일의 익살맞은 점이 무언지 알아?" 하고 죠지가 물었다. "동양과 서양이 만나는 거지."

죠지의 누이 카트리나가 어머니를 모시고 왔다. 베레나는 현재 교편을 잡고 있는 앨버타에서 비행기를 타고 왔다. 카트리나는 생기 넘치는 모습으로 들어와 죠지에게 카누 너머로 커다란 꽃다발을 건네주었다. 후버 다이슨 박사는 좀더 조용하게 들어왔다. 그녀는 생각에 몰두해 있는 것처럼 보였다. 어머니와 죠지는 몸을 접촉하진 않았지만 서로를 보고 빙그레 웃었다.

헨리는 후버 다이슨 박사가 누군지 알게 되자 그녀를 끌어안았다. 그녀는 유럽의 우아함을 많이 간직하고 있는 매력적인 여성이었다. "당신께 축복을!" 그는 그녀를 꽉 끌어안으며 감정을 듬뿍 담아서 말했다. "당신께 축복이 있길 빕니다. 당신의 영혼에 축복이 있기를!" 후버 다이슨 박사는 불편해하는 것 같았다. 헨리보다 3, 4센티미터나 더 큰 그녀는 그의 닳아빠진 트위드 재킷 속에 안겨 약간 몸이 굳어 있었다.

데이브라는 이름의 남자가 고물에 서서 선체를 어루만지고 있었다. 나는 그가 밴쿠버에 있는 야간학교의 유리섬유 교사라는 것을 알았다. 그는 죠지의 유리섬유 작업을 도와준 사람이었다. 나는 그에게 카누를 어떻게 생각하느냐고 물었다. "환상적이에요" 하고 그가 말했다. "이런 종류의 배로서 이와 같은 것은 없어요." 나는 카누가 튼튼하냐고 물었다. "튼튼하냐구요? 알루미늄의 인장 강도가 제곱센티미터당 18000~27000킬로그램이고, 유리섬유의 강도가 제곱센티미터당 약 9900킬로그램이라는 것을 생각해보면…… 네, 튼튼하죠. 유리섬유는 게다가 유연합니다. 이 배는 어디에 부딪혀도 휘어질 뿐이에요."

"이를테면 날카롭고 뾰족한 바위에도?" 내가 물었다. 데이브는 그 점에 대해서는 확신할 수 없었다. "7.5미터 높이에서 떨어져도 괜찮을 겁니다" 하고 그는 추측했다.

우리 가까이에는 카누의 강도를 일일이 열거하고 있는 사람이 있었다. "……그리고 묶은 끈은 나일론인데 그걸로 장난을 할 수 있죠. 이 배를 300미터 빌딩에서 떨어뜨려도 배에는 아무 일도 생기지 않을 겁니다."

"아무 일도 일어나지 않죠" 하고 데이브가 동의했다.

"그게 제가 정말 보고 싶은 거예요." 일일이 열거하던 사람이 말했다. 만약 그렇게 했다면 정말 굉장한 시범이 되었을 것이다.

여섯 개의 잠입구 맨 앞에서는 어떤 사람이 카누와 죠지의 계획에 대해 한 중년 여자에게 설명하고 있었다. "멋져요" 하고 그 여자는 호응했다. "하지만 그 사람은 같은 방향으로 가려는 사람을 어떻게 찾죠?"

바깥의 햇살 속에서 헨리는 사정거리 안을 지나가는 사람 누구에게나 시를 읊어주고 있었다.

일리 샤움, 일리 샤레, 일리 일리,
천상 모든 족속 가운데 모든 일리오이힘 가운데 일리,
땅과 바다와 모두가 호흡하는 공기에
일리여, 그대의 모습을 드러내어라
죠지의 카이 야흑 카흐누 지음에
제 몫을 한 첫 사람에서 마지막 사람에게까지……

내가 헨리에게 그의 시를 읽어봐도 되겠느냐고 묻자 그는 내게 원고를 선물로 주었다. 그는 원고를 가지고 돌아다니는 데 싫증이 났다고 했다. 어쨌든 시는 모두 그의 머릿속에 들어 있었다.

시는 스무 페이지나 되었다. 어떤 페이지는 초록색 잉크로 씌어졌고 어떤 페이지는 푸른색, 어떤 페이지는 붉은색으로 씌어 있었다. 헨리는 구두점 없이 모든 글자를 대문자로 썼다. 그의 시행은 운율이 맞지 않았고 그가 방 밖으로 나갈 때마다 끝이 났다. 위의 시도 그 비슷하게 문장의 한가운데에서 그냥 멈추었다. 헨리는 공장의 베틀이 옷감을 생산하는 식으로 시를 써냈다. 마(碼) 단위로 짜여져 거의 아무데서나 잘라낼 수 있었던 것이다.

시 중에서 실제로 죠지의 카누에 관한 것은 극히 조금이었다. 시의 대부분은 분노에 차 있고 정치적이었다. "나는 굶주린 사람의 허기를 채워주는 꽥꽥거리는 오리나 꼬꼬댁거리는 암탉만큼의 가치도 없는 달러지폐 속의 황금 우상을 위해 모든 이가 목숨을 잃도록 하는 금융 신용체제라는 이윤의 바빌론적 유혹과 세금이라는 창녀들의 회의를 주재하는 기업 뚜쟁이라는 탐욕적이고 게걸스러우며 죽음을 거래하는 기생충적 전쟁상인들이……" 등등이었다.

카누에 대한 언급은 단 한 군데가 있었는데, 그 행에서 헨리는 끈을 묶을 때 자신이 한 일을 은근히 비쳤다. "일리는 내가 정신의 숨결을 호흡하면서 묶은 모든 매듭을 축복했다. ……하늘이 준 바로 그 사랑의 숨결은 오늘 그리고 영원히 죠지의 카흐 야흑을 돌본 모든 이에게 돌아가니……"

나는 헨리에게 그가 쓴 "일리"와 "우밀리"가 어느 나라 말이냐고 물었다. 아무 특별한 말도 아니라고 그는 대답했다. 그 낱말들은 바빌론과 아틀란티스, 태평양상의 잃어버린 대륙인 르무리아 이전으로 거슬러 올라가는 것이다. 아틀란티스와 르무리아는 죄를 지어 함께 바다 속으로 가라앉았다. 마치 북아메리카 대륙이 지금 점점 가라앉고 있는 것처럼.

"제 시는 자동 기술(記述)과 똑같죠" 하고 헨리가 자신의 시에 대해 말했다. "자동 기술이라는 말 들어보셨어요? 시가 제 머릿속으로 들어오고 저는 그걸 쓰죠."

나는 죠지를 찾다가 그가 헛간에서 마이클 베리와 다음 일에 대해 의논하고 있는 것을 발견했다. 어디론가 떠나기 전에 먼저 돛을 자르거나 노를 만드는 것이 필요하고, 다음에 선원을 찾아야겠다고 그가 말했다. 이때 마치 신호를 받은 듯이 조그만 사내아이가 '노를 들고' 들어왔다. 이 사건에 서린 길조를 놓친 사람은 아무도 없었다. 죠지와 마이클 베리는 서로 눈길을 교환했다.

"얘!" 죠지가 아이를 불렀다. "가자! 너는 어디로 가고 싶니?"

아이는 생각이 금방 떠오르지 않았다. 대신 그 아이는 카누를 살펴보았다. "고운 색이네요" 하고 그애가 말했다.

"좋으니?" 죠지가 물었다. "얘기해봐." 그는 어른의 의견은 간절히 바라지 않는 반면, 아이의 의견은 몹시 듣고 싶어했다.

죠지는 헛간의 튀어나온 끝부분을 허물기 시작했다. 플라스틱 벽을 뒤로 잡아당기고 망치로 대단치 않은 단순구조물을 부수었다. 그러고는 카누 주위에 사람들을 서게 했다. 한쪽에 열다섯 명의 사람이 섰다. 그는, 배를 만드는 동안 카누를 뒤집기 위해 고안한 투석기 체계를 이용해서 사람들과 함께 선체를 뒤집어 제 위치에 오게 했다. 그 다음 그가 신호를 보내자 엄청난 갈채와 함께 배가 들어올려졌다. 배가 버팀대에서 벗어나자 고물에서 펑 하고 터지는 소리가 크게 났다. 카누가 압력의 변화에 적응하는 중이었다. 사람들은 소리에 움찔하다가 죠지가 이를 드러내고 싱긋 웃는 것을 보았다. "걱정 마세요. 이 배는 튼튼해요" 하고 그가 말했다. 그는 한 순간도 자신의 피조물의 힘을 의심하지 않았다.

와아 하는 외침, 아이들의 목청 높은 고함 속에서 사람들은 자리를 떴다. 그들은 거대한 카약이라는 공성(攻城) 망치(성벽 파괴용 옛 무기—옮긴이) 아래에서 기독교도 병사들처럼 행진했다. 그 행렬은 너무 규모가 커서 모든 사람이 다 선체 아래에 맞게 설 수 없었으므로, 어떤 사람들은 옆구리에 섰고 어떤 사람들은 사진을 찍었다. 그것은 바로 개들로 하여금 황홀감에 취해 목이 쉬도록 날뛰게 만드는 인간의 사업이었기에, 한 떼의 개들이 배를 나르는 사람들의 다리 사이를 8자 모양으로 맹렬히 뱅뱅 돌며 뛰어다녔다. 좀더 조심스러운 두 마리의 다른 개들은 멀찌감치 떨어져서, 이 배가 마치 속임수로 중생대에서 다시 살아난 어떤 거대한 동물인 듯, 불공평하다는 느낌에 가득 차 짖어댔다. 까마귀들은 앉아 있던 가지에서 푸드득 날아올라 까악까악 울며 나무 사이를 날아다녔다. 그들의 날개는 숲의 가장 깊은 어둠 속에서도 아주 검게 보였다.

죠지는 눈에 띄지 않게 일을 지휘했다. 그의 모자에는 장미가 있었다 ——누군가가 장미가 모자에 붙어 있게 하는 법을 생각해냈다. 그것과 짝을 이루는 장미 한 송이가 맨 앞쪽 돛대구멍에 꽂혀 있었다. 죠지의 어머니는 사진을 몇장 찍고——이제 그녀는 더이상 생각에 잠긴 듯이 보이지 않았다——이쪽으로 건너와 카누 아래로 어깨를 밀어넣었다. 헨리가 바빌로니아 이전 언어로 노래를 부르며, 벤 로즈가 그에게 준 깃

털부채를 부쳐가며 길을 이끌었다. 벤 로즈는 쌔스캐치완 주의 브래그즈 크릭에서 열린 150부족 대집회에서 우두머리 샤먼을 지낸 사람인데, 헨리는 그 집회에서 명예 샤먼이 되었다. 때로 그는 다른 사람들이 자신의 이채 띤 모습을 알아보는지 확인하기 위해 뒤를 돌아보았다.

90미터의 자갈길이 끝난 다음 카누는 왼쪽으로 돌아 바다로 통하는 먼지 길을 내려갔다. 쌔먼베리 덤불이 카누의 양 옆에 부딪쳐, 카누는 잔가지 쓸리는 소리, 딱딱 부러지는 가지 소리와 더불어 길을 지났다. 배의 움직임은 흐르는 듯했다. 마흔 사람의 균일하지 않은 발걸음이 만들어내는 깐닥깐닥하는 움직임은 서로를 상쇄하도록 작용했고, 카누는 마치 이미 물 위에 떠워진 듯이 유연하게 미끄러졌다. 가장 키가 큰 사람의 머리 위에 높이 떠 있는 용머리는 숲의 얼룩덜룩한 햇살을 뚫고 위엄있게 움직였다.

골목을 돌 때마다 뱃머리의 방향을 바꾸어야 하는 앞사람들은 뒷사람들에게 속도를 줄여달라고 했다. 다리에 이를 때까지는 그들의 요구가 점잖았으나 다리에 다다르자 그들은 사나워졌다. "천천히 걸으란 말이야! 우리는 다리 위에 있다구!"

카누가 다리를 떠나자 배를 진 사람들은 배의 양 옆을 쿵쿵 치기 시작했다. 그들은 쾅쾅거리는 야만적인 소리를 냈다. 카누는 천둥소리를 내며 숲을 빠져나와 공원의 잔디밭으로 들어갔다. 공원에서는 킹즈웨이 냉동식품회사 사원들이 소풍을 즐기는 중이었다. 쏘프트볼을 하고 있던 사람들이 몸을 돌려 우리를 보았다. 우리의 신성한 선두척후병 헨리는 그의 발걸음을 늦추기 시작했었지만 지금은 다시 속도를 회복했고, 부채를 더 세게 부치며 더욱 큰 소리로 노래를 불렀다. 나는 그가 소풍 나온 사람들을 몰래 곁눈질하는 것을 보았다. 그 사람들에게 자신이 끼친 영향을 알아보기 위해서였다.

우리는 바다 위쪽 풀밭에 카누를 내려놓고 헨리는 축복의 기도를 시작했다. 시작은 좋았다.

"하느님 이 카누를 묶은 모든 사람을·축복하소서. 저는 이 카누를 위해 사랑의 잔을 마십니다. 복되도다, 이 카누를 위해 알루미늄을 만든 보크싸이트 광부들이여. 복되도다, 이 카누를 위해 유리섬유 송진을 생산한 석유화학 노동자들이여. 복되도다, 이 카누를 위해 옷감을 만든 섬유 노동자들이여. 복되도다……"

그러나 잠시 후 이 축복의 기도는 헨리의 끝나지 않는 노래가 되어버렸다. 모든 이들이 전에 이 노래를 다 들은 차였다. 우리는 무덤덤하게 들었다. 행사가 김이 새기 시작했다. 그때 스쿼트라는 이름의 개가 카누 위로 냉큼 뛰어올랐으니, 이 방해가 일종의 교두보를 마련해주었다. 다른 개 서너 마리가 스쿼트의 선도를 따르자——녀석들은 제 발톱이 담황색으로 물든 갑판의 왁스를 긁는 소리가 좋은 모양이었다——한 사람이 샴페인 병을 꺼냈다. 병마개가 펑 소리를 내며 아주 높이 튀어올랐고 사람들은 박수를 쳤다. 그 사람이 병을 헨리에게 건네주었다. 헨리는 병을 받았다. 하지만 병을 건네준 목적을 이해했기 때문에 약간 화가 난 듯했다. 그는 무대 조명 밖으로 걸어나왔다.

개들은 여전히 흥분해 있었는데, 뒤를 쫓아 뛰어가야 할 카누가 움직이지 않으니까 저희들끼리 싸웠다. 헨리는 이것을 흥미롭게 지켜보았다.

우리는 카누를 물로 가져갔다. 뱃머리가 인디언 내포를 향해 물살을 헤치며 나아가자 두번째 샴페인 마개가 펑 하고 터졌다. 사람들은 짧은 노와 긴 노를 기묘하게 뒤섞어 들고 배 위로 올랐다.

마운트 페어웨더 호가 처녀 항해를 막 시작하려는 참에 누군가가 죠지가 배에 타지 않았다는 것을 알아차렸다. 나는 그가 이 첫 여행을 놓치려 한다는 것에 놀라지 않을 수 없었다. 나는 이 희생이 사람들에게 주는 일종의 선물일 거라는 판단을 내렸다. 하지만 사람들은 그를 설득해 같이 가자고 했고 그는 첫번째 무리에 동참했다. 죠지는 맨발에 싱긋 웃으면서 좁은 고물에 걸터앉아 노를 저었다. 배는 마치 갠지스 강의 나릇배처럼 너무 많은 사람을 실었다. 사람들은 한 잠입구에 두세 명씩 앉았고 갑판을 붙들고 있는 사람들도 있었지만 카누는 물 위에 높이 떴다. 하지만 지금 배는 작아 보였다. 마운트 페어웨더는 헛간의 자리를 차지하듯이 바다의 빈 자리를 차지할 수 없었다.

나중에 벨카라 파크의 간이식당으로 통하는 층계참에 서서 죠지는 세 번째 승객들을 태운 배가 출항하는 것을 지켜보았다.

"그건 카누예요." 그는 명상적으로 말했다. "카누는 모든 사람이 다룰 수 있는 체계라는 거, 아시겠어요?"

그는 자신의 카누를 눈여겨보고 있었다.

"끈들은 괜찮아요. 카누가 물 속에 들어가기 전까지는 모르거든요. 저렇게 높이 뜨지 않을 때에는 더 나아 보일 거예요. 담수 450킬로그램에 식료품 450킬로그램를 실어도……"

"서두르지 마." 죠지의 옆에서 난간에 기대 있던 헨리가 말했다. "천천히 가, 죠지."

나도 헨리 옆에서 팔꿈치를 난간에 걸치고 파도를 헤치며 나아가는 용머리 뒤에 날씬한 선체가 따라가는 모습을 지켜보았다.

"네스 호에서라면 대단한 화제를 불러일으켰을 텐데." 내가 말했다.

죠지는 고개를 끄덕였다. "하긴 저 배는 거의 생물 기관이니까요."

마지막 승객들이 도착하자 우리는 카누를 해변으로 끌어올렸고 잔치는 해변 위의 잔디밭으로 자리를 옮겼다. 사람들로 가득 찬 기나긴 날이었다. 나는 조촐한 고독을 맛보려고 온 길을 다시 걸어 헛간을 향했다. 길은 아주 조용했다. 숲의 해는 늘 그러하듯이 바깥의 해보다 한 시간 먼저 지고 있었다. 길에는 잔가지와 단풍잎 모양의 초록색 쌔먼베리 잎들이 흩어져 있었다. 카누가 거칠게 지나간 덕에 길에는 가짜 가을이 다가와 있었던 것이다. 헛간에 다다르니 이제 헛간은 아주 크고 텅 비어 있는 듯이 보였다. 문이 열려 있고 스티로폼 컵이 여기저기 흩어져 있었다. 나는 다시 공원 잔디밭의 잔치판으로 향했다.

축하연이 서서히 진정되어가고 있었다. 나는 포도주를 한 컵 따라 황혼의 마운트 페어웨더 호를 보러 내려갔다. 아홉살쯤 되어 보이는 붉은 머리의 사내아이가 카누를 내려다보며 유목 위에 앉아 있었다. 혼자였다. 그 아이는 마치 파수처럼 그 자리에 앉아 있었다.

"죠지 아저씨가 너한테 파수를 보라고 하던?"

"제가 그러고 싶다고 했어요." 아이가 대답했다.

나는 그 아이가 앉은 통나무의 다른 한쪽 끝에 앉았고, 우리는 함께 커다란 카누를 지켰다.

6

41

라호야

진수가 끝난 후 나는 차를 몰아 프리먼 다이슨이 씸포지엄에 참석하고 있는 캘리포니아 주의 라호야로 내려갔다. 프리먼은 아들을 향한 여행의 서쪽 노정을 마친 셈이었다. 씸포지엄이 끝나면 그는 북쪽 노정을 돌게 될 것이다. 남쪽으로 내려가면서 나는 그 두 사람 사이의 밀사가 된 느낌이었다.

죠지의 영토, 젖은 하늘과 침엽수림을 뒤로 하고 사흘 동안 차를 몰아 나는 프리먼의 영토, 사막에 들어왔다. 라호야에 가까이 있는 남캘리포니아 연안은 내게 새로운 곳이었다. 태양에 구워진 황갈색 언덕들이 있는 낯선 땅, 마치 왕관처럼 항공우주연구소가 언덕 꼭대기마다 봉건적으로 올라앉은 땅이었다. 이 연구소 중의 하나가 프리먼이 오라이언 호의 작업을 했던 제너럴 어타믹사이다. 죠지의 영토, 얼음으로 가득 찬 후미의 빙하기적 모습을 본 후인지라 프리먼의 23세기적 언덕들은 마음을 어지럽게 했다. 나는 죠지의 영토가 더 좋다는 생각을 했지만 따뜻하고 건조한 것도 만족스러웠다.

프리먼과 라호야에 있는 그의 동료들은 해군을 위해 극비 문제를 다루고 있었다. 그 과정은 비밀이었기 때문에 나는 일이 끝난 후에 그와 얘기를 나누어야 했다. 우리는 호텔에서 만났다. 나는 아들과 닮은 그의 모습에 다시 충격을 받았다. 그는 좀더 작고 좀더 말쑥하고 약간 더 창백한 변형본이었다. 그가 죠지의 소식을 말해달라고 청해서 나는 이야기를 해주었다. 그리고 죠지의 전갈을 전했다. 그것은 가능하다면 재회의 자리에 죠지의 누이를 한 명 데려오라는 것이었다. 그러고 나서 우리는 프리먼의 재빠른 걸음으로 바로 옆에 있는 졸리 킹 식당으로 갔다.

"난 미식가가 아닙니다. 햄버거를 먹고 살죠. 괜찮으셨으면 좋겠습니다."

개인적으로는 괜찮았지만 나는 죠지의 반응을 상상해보고 주춤했다. 그가 아버지의 식사를 기분좋게 생각할 리 없었다. 그날 저녁 프리먼은 여느 때와 같이 졸리 킹의 '컴보'햄버거와 코카콜라를 시켰다. '두뇌 먹이'(개 먹이에서 따온 말―옮긴이)로군, 하는 생각이 들었다.

스테로이드와 화학제제 주사를 맞은 소를 도살해서 만드는데다가, 유리풍선으로 영양가를 보강했을 것이 틀림없는 100그램 남짓한 파이를 기다리고 있는 동안 프리먼은 아주 꼿꼿하고 조용히 앉아 있었다. 마치 작은 소리에 귀를 기울이고 있는 사람 같았다. 하지만 이것은 십중팔구 그가 하고 있는 일이 아니었다. 왜냐하면 졸리 킹은 접시 부딪치는 소리와 말소리로 가득 차 있었고 우리 자신도 얘기를 하고 있었기 때문이다. 주의깊은 표정은 시늉이라는 판단이 섰다. 프리먼은 식탁――식탁은 안전하고 좋은 장소이다――에서 말쑥하고 빈틈없는 자세로 몸을 고정해놓고서 생각 속에서 자리를 빠져나가 돌아다니는 데에 숙련이 되어 있었다. 그는 수시로 돌아와 눈과 손을 움직였다. 그의 말에는, 30년 동안 미국 영어에 노출된 탓에 희석되어버린 영국 영어 억양의 흔적이 남아 있었고, 나로서는 무언지 알 수 없는 다른 말의 영향도 섞여 있었다. 독일어인가? 프리먼은 독일어를 할 줄 알았고 1년 동안 뮌헨에 있는 막스 플랑크 물리학 · 천체물리학 연구소에서 머물다 이제 막 돌아온 참이었다. 그는 천천히, 종종 생각을 좇거나 낱말을 찾기 위해 멈추기도 하면서 말을 했다. 붉은 비닐로 된 졸리 킹의 칸막이 좌석에 앉아 있는 이 물리학자의 모습은 배경과 몹시 어울리지 않았다. 그 자리에 있는 프리먼의 모습은 L. L. 빈 모자에 고무장화를 신은 죠지의 괴상한 모습만큼이나 자기 나름의 방식으로 괴상하게 보였다. 별로 지구에 속해 있다고 할 수 없는 사람인 프리먼은 전혀 졸리 킹 사람이 아니었다.

나는 씸포지엄에서 그의 역할이 무엇인지 물어보았다. 그는 바다의 소리를 해독해 잠수함을 찾는 방법을 생각하고 있다고 대답했다. "바다는…… 소리를 일그러뜨리는, 어려운 매개체죠. 나는 잠수함의 소리를 듣고 잠수함에 관해 알 수 있는 것이 무엇인지 찾아내고 싶습니다. 소리를 해독할 수 있다면…… 글쎄요, 지금 할 수 있는 일은 수중청음기를 집어넣고 귀를 기울이는 것이죠." 그는 말했다.

프리먼은 씸포지엄에서 잠수함과 군사전략에 골몰하고 있었는데, 지금은 여기 졸리 킹에서 그 문제들을 생각하다가 무심코 혼잣말을 하기 시작했다.

"진짜로 나쁜 결정은 옛날옛날 1930년대에, 폭격기를 대규모로 참가시키기로 결정하면서 내려졌다는 생각이 듭니다. 그 이후로 계속 그렇게 진행되었어요. 공격적인 전략이죠. 만약 우리가 방어적 전략을 가지고 있었다면 우리 해군 또한 전세계 방방곡곡에서 싸우는 것에 그다지 흥미를 가지지 않았을 겁니다.

2차대전은 제대로 이해되지 못했다는 것이 내 생각입니다. 대전이 끝나고 10년 동안 모든 사람들은 대전을 위대한 전쟁이라고 생각했습니다. 악의 세력에 대항하는 위대한 십자군전쟁이라든가 뭐 그렇게요. 하지만 지금은 2차대전이 아주 역겨운 사업이었다는 느낌이 퍼져 있어요. 그러나 그게 왜 잘못되었는지 아무도 진짜로 이해하지는 못합니다."

"왜 잘못된 겁니까?" 내가 물었다.

"바로 폭탄투하 때문이죠!" 하고 전직 영국 공군 수학자는 말했다. "그건 효과적인 무기라고도 할 수 없어요. 폭탄을 떨어뜨리지 않았어도 우리는 지저분하지 않게 깨끗한 승리를 거둘 수 있었습니다. 그렇게 했더라면 좀더 깨끗한 방법으로 싸우는 전통을 세계에 남겨줄 수 있었을 테고요. 나는 우리가 핵폭탄을 쓰지 말았어야 한다고 생각합니다."

"잠수함도 증오하시겠군요."

"네. U 보트와 잠수함 다죠. 잠수함의 역사는 지독히 나빠요. 내 말은, 잠수함은 발명된 이래 늘 나쁜 목적을 위해서 사용되었다는 겁니다. 아무에게도 전혀 도움이 되지 않았지요. 어떤 점에서 독일 사람들은 잠수함 때문에 1차대전을 치러야 했습니다."

"잠수함 때문에 미국 사람들을 끌어들여서요?"

"그렇습니다. 잠수함도 폭격과 똑같이 얼간이 같은 사업이었습니다. 잠수함은 기술적으로 너무 훌륭했어요. 왼편, 오른편으로 배를 격침시킬 수 있는 잠수함이 있으니 그 사람들은 배라는 배는 다 침몰시켰던 겁니다."

프리먼은 잠수함에 스트레인지러브 박사(스탠리 큐브릭 감독의 영화 「스트레인지러브 박사」—옮긴이)적인 측면이 있다고 말했다. 미사일 잠수함은 고립되어 있는 자연스럽지 않은 환경이었다. 선원들은 온갖 종류의 폐소공포증적 압력에 매여 있었고 선장은 왕이었다. 일종의 집단적인 정신이상이 가능했던 것이다.

"잠수함은 전술적으로는 훌륭하나, 전략적으로는 끔찍한 무기의 전형적인 예입니다. 내 생각에 잠수함은 항상 그럴 겁니다. 바보 같은 미사일 잠수함도 마찬가지고요. 보세요, 보기에는 근사하죠. 미국은 마흔석 대의 미사일 잠수함을 보유하고 있고, 소련은 쉰석 대 아니면 그 비슷한 수를 보유하고 있습니다. 우리에게는 바다를 순항하는 잠수함이 수백 대예요. 다 좋습니다. 그 잠수함들에는 멋진 전쟁억지력이 있으니까요. 러시아 사람들은 쏘지 못할 겁니다. 만약 쏜다면 자기 나라가 깨끗이 날아가리라는 걸 알고 있으니까 말입니다. 하지만 조금 더 기다린다면 이런 잠수함을 보유하는 나라들이 다섯, 여섯으로 늘어날 테고 그러면 누군가가 발포를 시작하겠죠. 그게 누가 될지 어떻게 압니까? 어느 누구라도 시작할 수 있는 겁니다. 전쟁억지력은 힘을 발휘할 수 없게 되죠."

나는 프리먼에게 소음이 많은 바다에서 잠수함을 탐지하는 그의 새로운 착상을 간단하게 설명해줄 수 있느냐고 물었다. 그는 웃더니 머리를 가로저었다. "안됩니다. 그건 수학이거든요. 내 직업이죠." 나는 나중에 그것이 군사기밀이라는 것을 알았다.

"이런 종류의 일에서 내 진짜 관심은 이 일이 천문학에 적용되는 부분입니다" 하고 그는 털어놓았다. 그는 지구의 광학망원경이 겪는 큰 문제가 대기중의 난기류라고 설명했다. 그래서 그는 새로운 종류의 망원경을 착안했다. 그 망원경의 거울은 고무같이 탄력성이 있어서 작은 폭으로 흔들릴 수 있게 될 것이다. 텔레비전이 거울에 비친 영상을 기록해서 그것을 컴퓨터에 입력하면 컴퓨터는 100분의 1초 안에 거울에 맺힌 상을 바꾸어 대기중의 왜곡을 바로잡을 것이다.

옆칸에 앉은 여자가 귀를 기울여 듣고 있었다. 우리가 주고받는 잠수함과 컴퓨터 얘기 몇마디를 듣고 그 여자는 자신의 소리해독장치를 껐던 것이다. 나는 그 여자가 프리먼을 호기심에 차서 바라보고 있는 것을 보았다.

"이제 내 일은 천문학자들에게 흥미를 갖게 하는 것입니다. 그러면 대략 5년 안에 결과가 나올 겁니다. 미국에서는 아직 이런 일에 흥미를 갖는 사람이 없어요. 하지만 러시아 사람들은 아주 관심이 많지요. 사실, 바로 요전에 러시아에서 초청을 받았습니다. 코카써스에 새 관측소가 생겼거든요. 11월에 떠나죠."

여자는 프리먼을 날카롭게 바라보았다. 나는 우리가 존 버치(미국의 극우주의자—옮긴이)의 땅에 있다는 것이 기억났다. 여자는 철테 안경을 쓴 수염 기른 젊은이에게 기묘한 억양으로 말을 하고 있는 큰 코의 이상한 과학자를 보았다. 갑자기 우리가 정말로 배경과 어울리지 않게 보였음이 틀림없었다.

"그럼 반대편으로 건너가시는 거군요" 하고 내가 프리먼에게 말했다. 우리는 웃었다. 그 여자는 놀라서 우리를 바라보았다.

다음날 오후에도 우리는 같은 칸에 앉아 있었다. 우리는 어제와 같은 '컴보'햄버거를 먹었다. 프리먼이 씸포지엄의 쉬는 시간에 읽고 있던 책을 가져와서, 나는 좀 보여달라고 했다. 그 책은 『도살장 5호』를 원문과 번역문을 한 줄씩 걸러가며 인쇄한 판이었다.

우리는 햄버거를 먹고 코카콜라를 마시며 여러가지에 대해 이야기를 나누었다. 프리먼은 북알래스카 브룩스 산맥에서 내가 한 여행에 대해 질문했고 나는 대답을 했다. 그는 나에게 이글루를 보았느냐고 물었다. 나는 본 적이 없었다. 에스키모는 이제 더이상 알래스카에 이글루를 짓지 않는다. 나는 그에게 죠지와 함께 글레이셔 만에서부터 죽 내려온 카누여행에 대해 말했고 그는 오라이언 호에 대해 말해주었다.

나는 오라이언 시대가 끝나갈 무렵 제너럴 어타믹사의 사람들이 프리먼에게 주식매입 선택권과 함께 부사장 자리를 제안했었다는 것을 알게 되었다. 분명 프리먼의 두뇌와 같은 것은 회사측이 완전한 독점사용권을 가져야 함을 의미했다. 그것은 O. J. 심프슨이나 압둘 자바와 서명하여 계약을 맺는 것과 같았다. "만약 그때 제안을 받아들였다면 지금쯤 수영장 세 개에 진짜 캘리포니아 사람처럼 살았겠죠" 하고 프리먼이 말했다. "그게 내 기회였어요." 나는 그의 얼굴에서 비꼬는 흔적이나 진짜 후회의 흔적을 찾으려 꼼꼼히 보았지만 아무것도 읽어낼 수 없었다.

그는 나에게 오라이언 요원들이 우주선 내부 설계의 세부사항에 아주 무심한 것은 아니었다고 말해주었다. 그들은 우주복에 대해서도 신경을 썼지만 그 옷은 여행중에만 입을 것이었다. 목적지에 도착하면 그들은 옷이 필요하지 않은 집을 손수 지을 생각이었다. "우리는 거기 가면 무엇을 할 건지 생각을 아주 많이 해두었습니다. 우리는 화성의 만년설에 대해 명확한 상을 가지고 있었습니다. 그곳이 시작하기에 좋은 곳이었기 때문이죠. 또 그 만년설 봉우리를 파서 커다란 동굴을 만들 수 있을 거라고 생각했기 때문이기도 했어요."

"그래서 이글루에 대해 물어보셨군요?"

"그래요." 그는 가만히 웃었다. "이글루가 얼마나 쉽게 지어지는지 주목할 만합니다. 우리 아이들도 프린스턴에서 가끔 이글루를 짓죠. 실제로 잘 지어집니다. 각각의 부분이 다 함께 아주 아름답게 접합되죠. 다만 프린스턴에서는 별로 오래 가질 못합니다."

나는 오라이언 호 요원들이 그런 자신들의 모습을 우습게 생각한 적이 있는지 물었다.

"그럼요. 언제나 모든 일을 심각하게 받아들인다는 것은 불가능하죠."

프리먼은 오라이언의 충격흡수기가 문제를 일으켰을 수도 있다는 것을 인정했다. "그 충격흡수기는 우리 우주선의 배짱이었습니다. 충격흡수기는 보통 그런 크기로는 만들어지지 않거든요." 그는 문제를 실제보다 줄여 말해놓곤 혼자 웃었다. "충격흡수기는 공학자들에게는 큰 암초였을 법했습니다." 그는 폭발과 폭발 사이에 추진판에 윤활유를 치는 것도 문제가 되었을지 모른다는 점 또한 인정했다. "실제로 그렇게 할 수 있었을지는 나도 모릅니다. 0.5초는 윤활유를 골고루 뿌리기에는 너무 짧은 시간이죠. 나는 추진판이 그냥 융제되도록 하는 쪽을 더 좋아했습니다. 하지만 너무 많이 융제되어서는 안되죠, 물론."

그의 생각은 잠시 동안 옆길로 샜다가 다시 돌아왔다.

"다시, 이것은 메이플라워 호의 문제입니다. 시간이 되었을 때, 배가 떠날 준비가 다 되었을 때, 우리는 잊어버리고 있던 것을 갑자기 생각해내곤 하지요. 나는 우리도 마지막 순간에 순례자들이 겪었던 것과 똑같이 허겁지겁 울퉁불퉁한 벽을 기어올랐을 거라고 확신합니다. 그 사람들은 항해를 시작하기로 되어 있는 날이 며칠밖에 안 남았는데, 그제야 어떻게 식량을 살 것인가 등등에 대해 필사적으로 격론을 벌이고 있었죠. 나는 우리의 사정도 같았을 거라고 확신합니다."

그러고 나서 우리는 오라이언 호의 이륙에 대해 이야기했다. 그 광경의 가슴 두근거리는 두려움이 가슴에 와닿아서 우리는 웃었다. 그것은 둥근 돌을 굴려 벼랑에서 떨어뜨릴 때나 깡통 밑에서 버찌 같은 딱총알에 불을 붙일 때 터져나오는 것과 같은 종류의 미친 듯한 웃음이었다. (카붐! 휘이 휘이) 그것이 코미디라면, 말도 안되는 코미디였다. 나는 프리먼에게 우리의 웃음이 이성 이전의 빅뱅성 격세유전 같은 것이라고 말했고 그도 찬성하는 것 같았다. 어쨌든 그는 고개를 끄덕였다.

"탔더라면 굉장했을 텐데" 하고 말하고 그는 다시 웃었다. "아이들을 디즈니랜드에 데려간 것이 바로 그 시절이지요. 우리는 탈것은 모조리 탔지만 오라이언 호처럼 느껴지는 것을 찾을 수는 없더군요."

프리먼의 웃음은 죠지의 웃음과 똑같았다. 웃을 때, 다이슨 부자는 턱을 가슴까지 떨어뜨리고는 마치 농담을 시험해보는 조그만 사내아이처럼 수줍게 눈썹 아래에서 사람을 바라보았다. 그 웃음에는 소리가 없었지만 어깨는 흔들렸다. 죠지가 이 특징을 '배울' 수 있었을까? 나는 그렇게 생각하지 않았다. 그 웃음은 유전자에서 곧바로 유래한 것인 듯했다.

바로 옆칸에서는 남편과 아내가 커피를 마시고 있었다. 남자는 은발의 건강한 머리를 가진 체격이 크고 튼튼한 사람이었는데, 어제 프리먼이 러시아로 넘어간다고 생각한 여자가 앉았던 바로 그 자리에 앉아 있었다. 그는 프리먼이 가르치는 일에 대해 언급하는 것을 들었다.

"교수이신가 보죠?" 낮은 칸막이 너머로 그가 물었다. 그의 억양은 중서부의 것이었다.

"그렇습니다." 프리먼은 생기없는 웃음을 약하게 짓고 그 사람을 향해 몸을 돌리며 대답했다.

"무엇을 전공하십니까?"

"물리학입니다."

"물리학이요." 남자는 눈썹을 올리며 그 말을 되풀이했다. "어디서 가르치십니까?"

"프린스턴입니다."

"프린스턴이요." 남자는 되풀이했다. ("캐멀럿(전설 속에서 아서 왕의 궁전이 있던 곳—옮긴이)이요." 그의 음조의 변화가 이렇게 말하는 듯했다.) "아인슈타인이 있던 곳 아닙니까, 그렇죠?"

"맞습니다."

"말씀해주시겠습니까, 물리학은 아주 어려운 학문인가요?"

"그건…… 그건 사람에 따라 다릅니다. 물리학에 재능이 있는 사람에게는 어렵지 않습니다. 하지만 어떤 사람들에게는 완전히 불가능하죠."

"당신께는 어렵지 않겠군요."

"네."

"그럼, 물리학의 법칙은 무엇입니까? '모든 움직임에는 동일한 움직임과 반대되는 움직임이 있다'입니까?"

"바로 맞히셨습니다."

"그리고, '움직이는 물체는 계속 움직이려는 경향이 있다'도 있죠?"

"네. 대체로 그렇습니다."

중서부 출신의 사나이는 이 진리가 변하지 않았다는 사실에 기뻐하는 듯했다. 아니면 자신이 이 진리를 옳게 기억하고 있다는 사실을 기뻐하는지도 몰랐다.

"말씀해보십시오, 저는 아인슈타인이 프린스턴에 있을 때 거리를 걸을 때마다 동료 두 사람을 대동했다는 얘기를 들었는데요. 칠판말고 아무것도 없는 텅 빈 커다란 방에서만 연구를 했다고도 하고요. 그 얘기가 사실입니까?"

"모르겠습니다. 사실일 가능성이 큽니다. 저는 아인슈타인을 모릅니다."

그 말이 프리먼의 질문자를 만족시켰다. 그는 아인슈타인의 얘기가 증명이나 된 듯이 고개를 끄덕였다. 그 남자와 아내는 커피를 다 마시고 일어나서 우리에게 작별인사를 했다.

그들이 나가자 프리먼은 말했다. "아인슈타인을 만나러 건너갔더라면 좋았을 텐데. 나는 너무 수줍었죠." 그는 프린스턴에서 오랫동안 가족의 친구로 지낸 헬렌 듀카스에 대해 말해주었다. 그녀는 아인슈타인의 비서였고 나중에는 어린 죠지를 봐주었으며 그의 명예 할머니가 된 사람이다. 그녀는 여전히 규칙적으로 일요일마다 차를 마시러 다이슨 가족을 방문했다. "아주 총명한 여성이에요. 그녀는 35년 동안 아인슈타인의 개인비서이자 일반 잡무를 처리하는 사람이었습니다. 아주 유능한 사람입니다. 충분히 자신의 일을 해낼 역량이 있었지요, 꽤 많은 일이었는데도요. 헬렌은 내가 아인슈타인을 만났어야 했다고 말해주었습니다. 아인슈타인도 그걸 좋아했을 거라고요."

우리의 커피가 왔다. 나는 알맞은 순간을 위해 아껴둔 질문을 했다. 핸슨 섬에서 그와 죠지가 다시 만나는 자리에 내가 있어도 괜찮은가? 그는 그것에 대해 잠시 생각했다. "좋습니다." 그가 말했다. "누군가 다른 사람이 그 자리에 있는 게 훨씬 더 나을지도 모르죠. 하지만 대단한 일은 별로 없을 겁니다. 시간이 충분치 못하니까요. 그건 그냥 얼음을 깨는 일이 될 겁니다."

나는 프리먼에게 재회의 시간이 다가오는 것이 조금이라도 떨리지 않느냐고 물었다. 그렇지 않다고 그는 즉시 대답했다. 우리의 계산서가 왔다.

"말씀해주세요, 오라이언 프로젝트를 추진하는 동안 당신께서는 커다란 칠판말고는 아무것도 없는 큰 방에서 혼자 일하겠다고 하셨다는데 정말 그러셨습니까?"

잠시 동안 프리먼은 마치 정신이 나간 사람을 바라보듯 나를 바라보았다. 그리고 나서 그는 우리 옆에 있던 사람들을 기억해내곤 다이슨 집안의 웃음을 웃었다.

나는 그가 내 농담을 금방 알아듣지 못한 것이 묘하게 기뻤다. 나는 잠시 동안 그에게 도전한 것이었다. 내 생각에 그것은 정정당당한 경기는 아니었지만, 그로 인해 어떤 정신적 과정에서는 나도 그에게 그다지 엄청나게 뒤떨어져 있는 것은 아니라는 생각을 할 수 있었다.

　그날 밤 우리는 다시 졸리 킹에서 저녁을 먹었다. 이번에는 옆칸에 에스빠냐어로 이야기를 하고 있는 멕시코계 가족이 있었다. 그 사람들은 아인슈타인에 관해 물어보지도 않았고, 프리먼이 곧 미국을 이반하고 코카써스의 관측소로 넘어가는 것에 대해서도 걱정하지 않았다. 프리먼은 미항공우주국의 스타일과 아폴로 호에 대해 말했다. 그는 세금을 내는 사람들이 아폴로를 위해 낸 돈에 비해서 얻은 것이 별로 없다고 생각했다. 그 다음에 그는 테드 테일러와 자신이 설계를 도운 트리가 원자로에 대해 말해주었다. 원자로의 놀라운 안전성은 '방사성 중성자 효과'라고 불리는 것의 결과였다. 그는 '방사성 중성자 효과'에 대해 내게 설명했다. 트리가 원자로는 상업적으로 크게 성공을 거두어서 모두 쉰일곱 개의 원자로가 팔렸다. 그의 술회에 따르면 라호야 대로를 걸어가고 있을 때 어떤 멕시코 식당 바로 바깥쪽에서 트리가 원자로에 그가 기여한 아이디어가 떠올랐었다고 한다.

　트리가 원자로에 대해 말하고 있는 동안에도, 그의 마음은 분명 아폴로 호에 대한 생각으로 분주했다. 그는 갑자기 이야기를 건너뛰어 아폴로 호로 갔다.

　"나는 슬레이튼만큼 나이를 먹었어요. 아마 남은 시간이 있겠지요. 시간이 남아 있다는 그 한 가지 때문에 나는 그 사람들의 우둔함을 용서합니다."

　옆칸의 멕시코계 가족 중 가장 나이가 어린 여섯살 가량의 사내아이가 칸막이를 사이에 두고 프리먼과 등을 대고 앉아 있었다. 이 물리학자의 어떤 점이 그 아이의 흥미를 끌었는지 그애는 검은 인디언의 눈을 프리먼 쪽으로 돌렸다. 그애는 프리먼을 직접 바라보지는 않았다. 나는 그애의 흥미를 끄는 것이 프리먼의 목소리라는 결론을 내렸다. 내 머릿속에는, 이 사내아이가 장차 물리학자가 될 것이며 지금 프리먼의 어조에서 어떤 종류의 지식을 흡수하고 있을지 모른다는 얼토당토않은 생각이 쏜살같이 지나갔다. 프리먼의 목소리 파장이 내는 진폭이나 그가 말하는 문장의 주파 속에는, 아마 무의식적인 것이겠지만, 어떤 가르침이 있을 것이다.

프리먼은 아이의 눈길을 느끼고 그쪽으로 몸을 돌렸다. 그 둘은 수줍은 웃음을 교환했다.

프리먼은 나와 잠시 더 얘기를 하곤 기묘한 일을 했다. 사내아이는 자신의 갈색 손을 칸막이에 올려놓고 있었다. 프리먼의 손이 저절로 올라가 그 아이의 손과 나란히 놓였다. 어른과 아이가 나란히 놓인 자신들의 두 손을 자세히 살폈는데, 그러다 프리먼이 갑자기 그의 손을 뺐다.

아이의 아버지는 당황해서 프리먼을 힐끗 보았다. 프리먼 자신도 놀란 것처럼 보였다. 내 생각엔 아이만 빼고 우리 모두 혼란스러워졌다. 아이는 이 일에서 이상한 점을 전혀 알아차리지 못한 것 같았다.

다음날 프리먼과 나는 라호야 해변으로 걸어 내려갔다. 절벽으로 이루어진 만곡(彎曲) 훨씬 북쪽에는 나체 수영과 일광욕을 할 수 있는 모래사장이 따로 있었다. 내가 수영복을 가져가지 않았기 때문에 우리는 그쪽으로 걸어갔다. 프리먼은 죠지와의 만남을 위해 몸을 단련하는 중이어서, 전에 여기서 서너 번 하이킹을 했다. 그는 튼튼해질 필요가 있다고 생각해 매일 공들여 운동을 했다.

우리는 스크립스 해양연구소에 속한 높은 목조 부두 밑을 지났고 모래에 있는 얕은 시내를 건넜다. 이 시내는 스크립스에 있는 오수조(汚水槽)에서 흘러나온 것이라고 프리먼이 말했다. 그는 그 오수조에 대해 알고 있는 것이 있었다.

스크립스의 북쪽에서부터 절벽이 시작되었다. 그것은 사막 절벽이었다. 절벽들은 부스러지며 태평양의 푸른 사막 속으로 떨어졌다. 꼭대기에는 하늘의 푸른 사막을 배경으로 저택들이 서 있었다. 어떤 집은 칼리

굴라의 디자인이었고, 아서 클라크의 설계로 지어진 집들도 있었다. 그 저택들을 보면서 나는 가벼운 미래 충격(앨빈 토플러의 조어로 눈부신 사회 변화, 기술혁신이 초래하는 충격—옮긴이) 속에 빠졌다——어쨌든 미래에 대한 불안이었다. 프리먼은 빠르게 발걸음을 옮겼고 우리는 곧 주택가를 지났다. 그러자 다시 절벽이 험해졌다.

저 위에는 둥근 자철광 자갈들이 있다고 프리먼이 내게 알려주었다. 오라이언 시절에 그와 죠지는 절벽 꼭대기를 탐사한 적이 있었다. 그때 다섯살이었던 죠지는 왜 자갈은 둥근 모양이냐고 물었다. 프리먼은 모르겠다고 했다. 죠지는 이론을 발전시켰다. "제 생각에 자갈이 둥근 건 자력(磁力) 때문이에요. 지구가 중력 때문에 둥근 것처럼요." 프리먼은 감명을 받았다.

"불행히도 그건 별로 진실이 아니었죠." 그는 17년이 지난 지금 이렇게 말한다. 하지만 그 사건은 그가 아들에게서 거의 주목하지 않았던 과학적 사고를 보여주었다.

프리먼은 라호야 주민들이 회색 돌고래의 이동을 보기 위해 바로 그 절벽 꼭대기에 모이며 그와 죠지도 그 구경에 끼인 적이 있었다고 말해주었다. 프리먼은 배를 타고 나가 고래를 가까이서 보는 관광에 죠지를 데려간 적이 한 번 있었다. 나는 이 프랭크 허버트 절벽에서 처음으로 고래를 보는 죠지의 모습을 상상하는 것이 좋았다. 그는 먼 옛날부터 계속되어온 고래의 이동을 바라보며 우주시대의 저택 안에 포로로 잡혀 있는 왕자처럼 서 있었다. 충분히 나이를 먹었을 때, 그는 고래를 따라 북쪽으로 자신의 운명을 향해 떠났다.

프리먼은 보폭이 컸고 빨리 걸었다. 죠지가 이 점을 좋아할 것이란 생각이 들었다.

그렇게 걷다가 프린스턴에 처음 도착했을 때가 생각난 프리먼은 나에게 그때 이야기를 들려주었다. 기차에서 내리자마자 그는 역에서 3킬로미터를 걸었다. "죽 걸어가면서 나는 이게 얼마나 이상한 일인가 생각했습니다. 여기, 스물네살 먹은 내가 로버트 오펜하이머(미국의 이론물리학자. 2차대전중 원자탄의 완성을 지도했으나, 수소폭탄 개발에 반대하여 공직에서 쫓겨남—옮긴이)를 가르치러 가고 있다니." 그가 가르칠 것은 양자전기역학과 그가 그레이하운드 버스에서 발견한 것이었다고 프리먼이 말했다. "오펜하이머는 아주 까다로운 사람이었습니다. 내가 첫번째 발표를하러 들어가 채 열 마디도 하지 않았는데 그가 말을 가로막고 무언가 얘기를 하는 것이었습니다."

"비판이었습니까?"

"아니, 그렇게 말하진 않겠어요. '독설'이었죠." 프리먼은 웃었다. "그는 듣기보다는 말하기를 좋아했습니다. 오펜하이머는 곧 내가 말하는바를 이해했죠. 나는 그가 자신이 항상 그것에 반대해왔다는 것을 잊어버렸나보다고 생각했습니다."

걷고 있는 동안 프리먼은 행글라이더가 있는지 보기 위해 절벽을 따라 하늘을 살폈다. 아무것도 보이지 않아서 그는 실망했다. 그는 지난번에 산책 나왔을 때는 사람이 날리는 연을 적어도 한두 개는 보았다고 말하며 오늘은 바람이 좋지 않기 때문일 것이라고 추측했다. 그는 행글라이더는 정말 멋있다고 하면서 내가 꼭 여기에 다시 와서 그걸 보아야 한다고 했다.

몸집이 작은 매가 절벽 쪽의 상승 온난기류를 타고 있었다. 매의 바로위에 태양이 있어서 매의 날개는 눈부신 빛을 냈다. 매도 프리먼에게 위안을 주지 못하는 것 같았다. 그는 매의 비행을 좇지 않았다.

라호야 해변에서는 수영복을 입은 사람과 나체족이 별개의 집단을 구성했다. 1.5킬로미터쯤 펼쳐진 사람 없는 모래사장과, 무너져가는 절벽에서 쏟아진 옥석들이 빚어낸 반도가 이 두 집단을 갈라놓았다. 우리가 사람 없는 땅을 가로질러 다시 사람들 사이로 들어왔을 때, 사람들은 옷을 입고 있지 않았다. 무릎 위에서 잘라내어 올을 푼 블루진 바지를 입고 있는 나 자신이 외계인처럼 느껴졌다.

프리먼은 온통 갈색인 네살쯤 된 발가벗은 여자아이를 향해 고개를 끄덕였다. "아이들은 마음을 아주 유쾌하게 해주죠" 하고 그가 말했다. 우리는 나체촌 속으로 더 깊이 들어갔고 프리먼은 자신의 생각을 좇았다. "이곳은 아주 문명화된 곳이라는 생각이 들어요. 나도 모르겠어요. 어떤 순수함이 있는 것 같아요. 하지만 전적으로 내 상상인지도 모르죠."

아주 건강한 젊은 여자 두 사람이 우리를 지나 반대 방향으로 걸어가고 있었다. 나는 그들을 보기 위해 고개를 돌렸다. 프리먼은 내 관심을 붙든 게 무언지 보려고 했다. 그는 두루 찾았지만 찾지 못했다. 그의 눈은 다시 앞쪽으로 향했다.

우리는 나체촌의 중심, 사람들의 밀도가 가장 높은 곳에 왔고, 프리먼은 걸음을 멈추었다. 그는 호텔 타올을 펼쳤다. 그는 역조(逆潮)가 걱정되기 때문에 사람들이 붐비는 해변에서 수영하는 것을 좋아한다고 설명했다. 수영하는 사람들이 많다는 것은 바다가 안전하다는 표시였다. 우리는 옷을 벗었다. 나는 신중하게 프리먼을 훑어보았다. 이 물리학자는 마른 몸매였지만 앙상하지는 않았다. 어깨는 넓지 않았지만 그의 가슴은 넓었다. 그는 그레이하운드와 같은 몸매였다. 그는 아직도 고등학교 육상선수처럼 보였다. 그의 피부는 창백했다. 일 때문에 이번 여름에는 실내에서 지내야 했기 때문이었다.

프리먼은 곧장 바다 속으로 헤엄쳐 들어가 다른 사람들이 있는 곳 너머로 갔다. 나는 약간 신경을 곤두세우고 그를 지켜보았다. 그는 길고 부드러운 파도를 배경으로 점점 작아졌다. 그의 머리가 점점 작아지고 있었다. 그는 사람들이 있는 곳에서 수영하는 것이 좋다고 말해놓고서 텅 빈 바다 속으로 헤엄쳐 들어가고 있었다. 그가 지닌 이 모호한 본능에서, 즉 대중에 대한 이러한 양가적 태도에서 그는 아들과 아주 닮았다는 생각이 떠올랐다. 그가 마침내 돌아오는 것을 보고 나는 안심했다.

프리먼은 물에서 나와 빨리 몸을 수건으로 닦았다. "나는 지방이 별로 없어서 추위를 아주 빨리 느끼지요." 프리먼이 설명했다. 그는 떨고 있었고 그의 종지뼈는 경련을 일으키듯이 튀어올랐다. 그것이 나를 놀라게 했다. 캘리포니아의 바닷물은 따뜻했기 때문이다. 이것은 죠지에 게 좋은 점수를 받지 못하겠군, 하고 나는 생각했다. 배가 뒤집혔을 경우를 대비해 물 속에서 견디는 시간을 늘리기 위해 죠지와 내가 매일 헤엄을 치던 알래스카 만과 비교하면 이곳의 바다는 열대나 다름없었다.

프리먼이 몸을 다 닦았을 때 나는 그를 주의깊게 살펴보았다. 그의 모습은 우습게 보여야 한다는 생각이 들었다. 다이슨 집안의 큰 코가 솟아 있었고 소금기 있는 머리칼은 사방으로 뻗쳐 있었다. 그는 마른 몸매인 데다 아직도 약간 떨고 있었다. 발가벗은 천체물리학자라. 그러나 프리먼이 간직한 어떤 본질적인 진지함이 그의 모습을 전혀 우습지 않게 했다. 다이슨 집안의 바로 그 눈이 바다 쪽을 응시했다가 사람들을 응시하고 있었다. 그 다음엔 무엇을? 양자영역을 응시할까? 마치 수영하는 사람들이나 부서지는 파도처럼 여기에서 뛰놀고 있는 양자영역을 보는 것일까? 아니면 그의 관심은 우주적인 순수함에 고정되어 있을까?

우리는 집으로 향했다. 나체촌의 끝에 와서 우리는 바지를 입었다. 프리먼은 물리학자들과 고등 수학자들만이 입는 소매 없는 회색 편물 조끼를 입었다.

그날의 걸음으로 그의 맨발은 부드러워졌다. 분명코 그는 신발을 신지 않고 다니는 일은 거의 없었다. 우리는 다른 바위보다 상대적으로 매끈하고 해를 주지 않게 생긴 바위로 왔고 그는 잠시 멈추어 신발을 신었다. 죠지는 이걸 좋아하지 않을 거라는 판단이 섰다. 프리먼 1점 감점.

이제 신발을 신었으니 그는 더이상 스크립스에서 흘러나오는 시내를 맨발로 건널 수 없었다. 그는 깡충 뛰지 않으면 안되었다. 나는 그의 넓은 도약 동작을 비판적으로 바라보고 있다가 그만 깜짝 놀라고 말았다. 그는 놀라운 용수철을 가지고 있었다. 그는 널찍한 여유를 두고 시내를 거뜬히 뛰어넘은 다음 내가 알아차렸는지 보기 위해 뒤를 힐끗 돌아보

왔다. 그가 젊을 때 장애물경주 선수였다는 것이 기억났다. 나는 존경심을 가지고 그가 다시 뛰어넘는 것을 지켜보았다. 죠지는 이것을 좋아할 것이다. 프리먼 1점 득점.

태양이 스크립스 부두의 키 큰 말뚝 사이로 붉게 지고 있었지만 우리가 지나갈 때 프리먼이 말을 꺼낸 것은 석양에 대해서가 아니었다. 그는 여기 스크립스에서 가장자리파도가 발견되었다고 말해주었다. 한 수학자가 그것을 생각해냈다. 가장자리파도는 밀려들어오는 파도가 무엇을 하는가와는 상관없이 1분 주기로 들어왔다가 빠져나간다. 가장자리파도는 해변의 형성에 중요한 역할을 한다. 프리먼은 그런 것은 쉽사리 관찰할 수 있는 것인데 도대체 발견될 필요가 있었다는 것이 이상하다고 말했다. 그는 그걸 정확하게 보여줄 수학자가 필요했다는 것을 재미있어했다. 그는, 스크립스는 가장자리파도를 아주 자랑스럽게 생각합니다,라고 말하면서 웃었다.

태양은 연기 자욱한 붉은색으로 졌고 바다는 파스텔 조로 바뀌었으며 물리학자는 파도를 보고 있었다.

우리는 지름길을 통해 내 차로 가기로 하고 해변가의 집 사이로 난 가파르고 사람이 없는 길을 기어올랐다. 언덕의 꼭대기에 이르자 싸이클론 울타리(쇠사슬로 이어진 울타리의 상표이름—옮긴이)가 우리와 길 사이를 막고 있었다. 울타리로 갈 때 프리먼의 걸음이 느려졌기 때문에 나는 그에게 너무 높은 게 아니냐고 걱정스럽게 물었다. "아, 아니. 음…… 그냥…… 경찰이 바로 지금 우리 곁을 지나가지는 않겠죠?"

"네. 안 그럴 겁니다." 나는 말했다.

나는 재미있었다. 경찰이 무슨 신경을 쓰겠는가? 경찰이 할 수 있는 최악의 일이래봤자 우리에게 돌아가라고 말하는 것일 뿐이다. 죠지 다이슨은 한시라도 멈추지 않았을 것이다. 프리먼 감점 1점.

프리먼은 길을 위아래로 슬그머니 살피곤 소년처럼 민활하게 뛰어올라 방벽 위에 턱걸이하듯 오르더니 아무 힘도 들이지 않고 풀쩍 뛰어내렸다.

"나는 담이 싫어요." 내가 반대편에서 그와 합류했을 때 그가 털어놓은 말이다.

42

재회

프리먼은 딸 에밀리를 데리고 죠지의 나무로 향하는 오솔길을 걸었다. 두 사람은 핸슨 섬의 재회를 향해 북쪽으로 가는 도중에 벨카라 파크에서 잠시 멈추었다. 프리먼은 나무 위의 집을 보고 싶어했다. 죠지가 이 길을 여행한 지는 채 한달이 안되었다. 그가 재회를 위해 집을 떠나자 이제 프리먼이 이 길을 따라오면서 단서를 찾기 위해 위엄있고 상징적인 방식으로 여기저기 냄새를 맡았다. 그는 열렬히 아들의 흔적을 찾고 있었다.

프리먼은 더글러스 전나무 밑둥치에서 사다리의 꼭대기까지 올라가 머리를 뒤로 젖히고 위쪽을 보았다. 나무집 바닥은 전나무 가지의 살과 침엽 송이들 사이에 가려 거의 보이지 않았다. 프리먼은 생각에 빠져들었다. 마침내 그는 에밀리와 내가 있는 곳으로 내려와 형언키 어려운 표정으로 씩 웃더니 말했다. "이건 참 특별해."

그는 나무 위로 더 높이 올라가는 모험을 감행하지는 않았다. 그는 내려왔고 우리는 다시 길을 돌아 걸어서 그웬과 앨런 마틴 부부의 집으로 가 허브차를 마셨다. 마틴 가족은 죠지의 나무집과 헛간이 있는 땅을 임차해주고 있다. 프리먼은 나무집을 보고 싶어한 것과 같은 이유에서 그 사람들을 만나보고 싶어했다. 죠지의 환경과 마찬가지로 그의 친구들을 보고 자신의 아들이 어떤 어른이 되어 있는지 알고 싶었던 것이다.

마틴 부부는 집 앞에 있는 개간지 풀밭 위에 담요를 깔고, 새로 태어난 그들의 아기 페인느를 그 위에 내려놓았다. 햇볕이 따뜻했다. 우리는 아기와 인디언 내포 위로 비치는 햇빛을 바라보면서 차에 넣은 꿀을 저었다. 처음부터 대화는 시들했다. 하지만 아무도 마음을 쓰지 않는 것 같았다. 프리먼은 죠지의 땅을 빨아들이며 이곳이 아름답다고 생각하는 중이었다. 그는 마틴 부부를 보고 즐거워했다. 벨카라의 숲 사람들에게서 볼 수 있는 친절함은 이들 부부에게서 절정에 달해 있었다. "그 사람들에게 감격했어요" 하고 그는 다음날 내게 말했다. 마틴 부부는 프리먼의 온화함에 대해 이야기했다. 그들은 그가 아들과 닮았다는 것과, 다이슨 집안의 어깨를 흔드는 웃음, 또 그것이 세대와 세대 사이에서도 얼마나 바뀌지 않았는가를 보며 기뻐했다.

아기 페인느는 자꾸 담요의 끝으로 기어가 그 너머의 잔디로 나가려 했다. 아기가 도망가려 할 때마다 누군가가 아기를 붙잡아서 담요의 가운데에 앉혀야 했다. 마침내 이런 대접에 화가 난 아기가 울음을 터뜨리자 프리먼은 자진해서 아기를 안고 있겠다고 했다. 아마 그는 바람에 흔들리는 풀을 향해 가려는 아기의 욕망에서 이 태양계의 경계에 대해 자신이 느끼는 불만의 은유를 보았는지도 모른다. 아마 그는 그냥 아기가 좋았을 것이다. 차를 마시는 동안 그는 계속 아기를 안고 있었고 그 짐을 덜어주겠다는 제안을 모두 거절했다. "아기를 안을 때 고요함이 깃들이는 것을 느낍니다" 하고 그는 말했다.

다음날 프리먼과 에밀리, 나는 밴쿠버 섬으로 가는 페리선의 난간에서 있었다. 바닷바람은 남쪽으로 불고 있었다. 죠지한테서 우리에게로 불어오는 셈이었다.

뜬금없이 프리먼이 말을 꺼냈다.

"아기는 이 우주의 요술 같은 것 중 하나죠. 어제 그 아기처럼 말이오. 그 아기는 사물을 빨아들여서 그것을 저장하죠. 어떻게 그걸 할 수 있을까요? 아기가 알아야 할 모든 걸 다……."

'그러고 나면 아기는 자라지요' 나는 생각했다. 머리를 길게 기르고 지저분하게 하고 다니며 마리화나를 피우고 방에서 카약을 만든다. 프리먼과 어제의 아기를 기억하면서 나는 어쩌다 그와 그의 아이가 그렇게 멀어질 수 있었을까에 다시 놀라지 않을 수 없었다.

에밀리와 그의 아버지는 가까이 붙어 서 있었다. 바다를 건너면서 그는 애정에 넘쳐, 그리고 온기를 나누기 위해 딸에게 팔을 둘렀고 에밀리도 그것을 좋아하는 것 같았다. 에밀리는 열네살이었다. 자신만의 세계 속에 살던 죠지가 뿌루퉁해서 자기 방에서 첫 카약을 만들었던 때보다 한살 어렸다. 그녀는 향기롭고 말쑥한 소녀였다. 그녀가 오빠에 대해 기억하는 것은 거의 없었다. "제가 오빠 방을 쓰게 된 것이 기억나요" 하고 그녀는 말했다. "먼지가 이렇게 쌓여 있었어요." 그녀는 코에 주름을 잡고 엄지와 검지 사이를 몇 쎈티미터 벌려 보였다.

나는 죠지가 지저분했었다는 얘기를 듣고 놀랐다. 왜냐하면 내가 아는 그는 언제나 카누를 깨끗하게 보관했고 비록 누더기이긴 하지만 몸을 청결히했기 때문이다. 프리먼은 에밀리가 자기 오빠에 대해 더 기억하는 게 없다는 사실에 놀랐고 약간 심란해졌다.

우리는 페리선 까페떼리아 안으로 들어가 커피를 시키고 이야기를 했다. 프리먼은 열네살 때 자신이 종교를 창시했었다는 얘기를 했다. 이교도들은 자신들도 어떻게 해볼 수 없이 파멸할 운명으로 정해져 있다는 기독교의 개념이 마음에 들지 않아서 그는 자신의 종파를 창시했다. "나는 갑자기 모든 사람이 똑같다는 것을 확신하게 되었습니다. 우리는 모두 한 영혼이 다른 옷을 입고 있는 것이죠. 나는 이것을 우주적 단일체라고 불렀습니다. 내 생각에 우리는……."

여기에서 프리먼은 자신의 생각에 정신을 빼앗겨서 잠시 말을 멈추었다. 에밀리가 무어라고 투덜거렸다.

"뭐라고요?" 나는 그녀에게 물어보았다.

"에밀리는 내가 얘기 중간에 말을 멈추는 걸 싫어해요" 하고 프리먼이 설명했다. 그는 딸의 뺨에 손을 얹기 위해 팔을 뻗었다. 그녀는 아버지의 손길을 받아들였다. 투덜거렸을 때나 지금이나 악감정을 담고 있는 것은 전혀 아니었기 때문이다. 그는 자기 얘기를 마저 했다. "심지어 개종자도 있었던 걸로 기억해요. 우주적 단일체는 한 1년간 지속되었었다고 생각되는군요."

나는 에밀리에게 종교를 창시한 적이 있느냐고 물었다. 아니요, 미친 짓이 되게요,라고 그녀가 대답했다.

우리는 나나이모에서 내 차를 타고 페리선을 떠나, 밴쿠버 섬의 안쪽 해안 숲을 가로질러 북쪽으로 240킬로미터 가량 달린 후 켈씨 만에서 다른 페리선을 탔다. 우리는 이제 죠지의 영토 깊숙이 북쪽으로 증기를 내며 갔다. 존스토운 해협의 가파른 피오르드 절벽에는 숲 무늬가 새겨져 있었다. 처녀림이 들어찬 땅조각과 다양한 재성장의 단계에 있는 수풀의 땅조각이 번갈아가며 나타났다. 그 위에 있는 산들은 어두컴컴한 한대의 산이었다. 하늘은 회색이었고 공기는 찼다.

저녁이 다 돼서 우리는 비버 만으로 돌아 들어갔다. 우리는 그곳에서 죠지를 만나 핸슨 섬으로 함께 여행을 하기로 했다. 만으로 들어가자마자 우리는 카누를 찾으려고 안쪽 해안과 미로 같은 통나무 호수를 자세히 살펴보았지만 카누를 볼 수 없었다. 페리선이 양륙용 사면대(斜面臺)에 가까워지자 승객들은 자기들의 차로 내려가기 시작했고 우리도 마침내 그들에 합류했다. 우리가 내 차에 다 왔을 즈음해서는 많은 차의 모터가 공회전을 하고 있었다. 페리선의 엔진은 역회전을 하고 있고 바닷물이 사면대 안에서 거품을 내며 빙빙 돌고 있었다. "대단한 순간이군요." 페리선의 무게에 부딪쳐 말뚝이 으르렁거리는 소리를 낼 때 프리먼이 말했다.

내가 먼저 죠지를 보았다. 그는 털실로 짠 모자에 뻣뻣한 방수 우의 차림으로 사면대를 향해 걸어내려오고 있었다. 최근에는 그의 가족보다 내가 그를 더 많이 보았으므로 나는 그의 옷차림과 걸음걸이를 잘 알았다. "저기 죠지가 있네요." 내가 말했다.

"봤어요? 어디 있죠?" 프리먼이 물었다. 그때 그는 아들을 보았다. 그는 잠시 아들을 지켜보았다. "맞아, 바로 저 애지."

프리먼은 창문 밖으로 몸을 기울이고 손을 흔들었지만 페리선의 깊은 구렁 속은 어두웠고 우리는 그저 수많은 차 중의 하나였을 뿐이다.

"아버지가 손을 흔들 때마다 오빠는 딴 쪽을 보는데요. 이 안이 너무 어두워요." 에밀리가 말했다.

성과는 없었지만 프리먼은 계속 손을 흔들었다.

우리는 공회전하는 엔진의 부르릉거리는 소리 속에 앉아 죠지를 자세히 살폈다. 대단한 순간은 오래 끌었다. 먼저 우리 왼편에 있는 대열이 밖으로 나가자 다음에는 페리선 선원이 우리 오른편에 있는 줄더러 나가라고 손짓했다. 우리는 마지막으로 페리선을 떠나는 차 가운데 끼여 있었다. 마침내 우리가 그의 옆에 차를 세웠을 때 죠지는 우리를 알아보았다. 바보처럼 이를 드러내고 웃으며 그와 아버지는 악수를 했다.

43

두호보르

바람이 제 방향으로 불지 않았기 때문에 죠지는 우리를 카누에 태우

지 않았다. 대신에 그는 친구 윌 말로프와 함께 말로프의 새 고속 모터
보트를 타고 왔다. 말로프는 핸슨 섬에서 블랙피시 해협을 건너면 있는
스완슨 섬의 유일한 거주자였다. 그의 아내 죠지아나는 잠시 섬을 떠나
있었다. 그녀가 집에 있을 때 스완슨 섬에는 섬 전체의 거주자 두 사람
이 있게 된다.

  말로프는 몸집이 크고 무뚝뚝하며 파이프 담배를 피우는 40대의 남
자이다. 그는 다른 것도 많이 발명했지만 특히 북미대륙에서, 전원으로
돌아오는 사람들 사이에서 널리 쓰이는 알래스카 제재톱을 발명한 사람
이다. 죠지도 마운트 페어웨더 호에 쓸 바닥 널을 동력 사슬톱으로 자를
때 말로프가 발명한 제재톱 중 하나를 썼다. 말로프는 또한 벌목공이기
도 하다. 그는 스완슨 섬에서 트랙터 한 대를 가지고 1인 회사를 운영하
고 있다. 오늘 그는 격자무늬 스카치 나사 재킷에 13호짜리 무거운 장
화를 신었다. 그는 프리먼의 과학자로서의 자격보증서를 알고 있었지만

특별히 감명을 받은 것 같아 보이지는 않았다. 그는 자신이 과학자들과 그들의 세계에 대해 삐딱한 재미를 느낀다는 것을 감추려 하지 않았다. 그는 이 물리학자를 "다이슨 박사"라고 불렀다. 그는 분명히 죠지를 좋아했다. 그래서 기다렸다가 죠지의 아버지를 보고 싶었던 것이다.

죠지는 우리의 수화물을 말로프에게 넘겼고 그는 고속 모터보트에 짐을 실었다. 프리먼의 가죽 여행가방 차례가 되자 말로프는 이마에 주름을 잡고 재미있어하면서 죠지를 바라보았다. 이게 뭐야? 하고 그의 눈은 묻고 있었다. 가죽 여행가방은 여기와는 어울리지 않는 우스운 물건임이 분명했다. 죠지는 그냥 어깨를 으쓱했다. 그는 낡아빠진 내 육군 수화물 가방을 말로프에게 던졌는데 말로프는 눈짓으로 하는 논평 없이 그 가방을 받았다.

우리 다섯 사람과 짐이 선실을 꽉 채웠다. 말로프는 무게가 걱정되었다. 죠지와 그는 새로 장만한 머큐리 선외 모터의 프로펠러를 바꾸었다.

배에 실린 짐을 좀더 잘 끌 수 있는 날개깃으로 바꾼 것이다. "저 사람들, 자기들이 하고 있는 일을 어떻게 알게 되었는지 나는 알 수가 없군요." 이론가인 프리먼이 이 신비스러운 조작을 지켜보며 말했다.

우리 배는 비버 만의 황량하고 작은 벌목 마을을 떠나 수십 킬로미터에 걸쳐 계속되는 통나무 호수를 지났다. 그런 다음 우리는 만에서 벗어나 존스토운 해협의 입구로 들어갔다. 하늘은 낮게 드리워져 있었다. 바람은 기운차게 불었지만 특별히 찬 바람은 아니었다.

스완슨 섬을 향해 반쯤 왔을 때 머큐리 모터는 고장이 났다.

처음에 말로프는 엔진이 과열되었을 뿐이라고 생각했다. 그는 몇분 기다려 엔진을 식혔다가 다시 시동 끈을 홱 잡아당겼다. 그러나 아무 일도 일어나지 않았다. 이 덩치 큰 사나이는 소리를 내지 않고 욕설을 퍼부었다. 그는 잡아당기고 또 잡아당겼으며 이제 작은 선실은 그의 남자 냄새로 가득 찼다. 그것은 개척지의 향이었다. 말로프의 이마는 연극에서 보는 것처럼 험악하게 흐려졌다. 그는 개척지의 극기주의적 얼굴을 갖고 있지 않았던 것이다. 그는 다시 끈을 잡아당겼다가, 다시, 이번에는 소리를 내서 욕설을 퍼부었다. 그의 험악한 기분이 그의 냄새와 마찬가지로 선실을 가득 메웠다. 나는 그의 기분에도 아랑곳없이 시동 걸리기를 거부하고 있는 엔진의 완고함이 존경스러웠다. 말로프는 다시 특별히 힘을 주어 끈을 잡아당겼고 그 바람에 죠지의 코를 칠 뻔했다. 죠지는 머리를 뒤로 빼고 누구나 알 수 있게 웃음을 지었다. '카누는 이렇게 고장이 나지 않지'라고 그의 웃음은 말하고 있었다.

말로프는 엔진 커버를 벗기고 엔진을 만지작거렸다. 그는 밖으로 몸을 기울인 채 등뒤로 죠지에게 시동 끈을 당겨보라고 했다. 죠지는 그렇게 했다. "점화플러그에서 물이 흘러나오는군." 말로프가 우리에게 알렸다. 그는 물맛을 보았다. 소금물이었다. "헤드개스킷(파이프의 접합이나 썰린더의 이음매를 메우는 데 쓰이는 얇은 판 모양의 패킹 ―옮긴이)이야. 헤드개스킷이 터졌어" 하고 그는 말했다. 안 그래도 풀이 죽어 있었는데――

아내는 섬을 떠나 있고 그는 아침 내내 다른 모터를 고쳤다—— 이제 이런 일이 발생한 것이다. 프리먼은 우리의 무게 때문에 머큐리가 과부하된 것을 미안하게 생각해서 두 번이나 사과했다.

우리는 표류를 하다가 다행히도 그 지방에서 사람이 살고 있는 몇 안되는 만 중 하나인 더블 만으로 들어가게 되었다. 자기 배를 타고 바다에서 일하고 있던 말로프의 친구 론 모우라는 젊은이가 고무보트를 타고 노를 저어 왔다. 헤드개스킷 얘기를 듣자마자 론은 우리를 견인해 스완슨 섬까지 데려갈 준비를 했다. 그는 바닷가에 서 있던 아내 줄리를 소리쳐 부르더니 침낭을 가져오라고 했다. 이제 너무 늦은 밤이었으므로 두 사람은 말로프의 배에서 밤을 보내야 했다.

"목욕물이 이제 막 데워졌단 말이에요!" 그녀가 큰 소리로 대답했다. 온탕 목욕은 분명 호사였다. 그녀는 잠시 바닷가에서 자신과 다투며 서 있었다. 배를 타고 사람들과 함께 있을 것인가, 아니면 온탕 목욕을 하고 섬에서 혼자 밤을 보낼 것인가? 두 대안은 접전을 벌였다. 윌과 론이 상냥하게 목욕은 그만 잊으라고 설득했고 1분 후에는 그들이 기선을 잡았다. 그녀는 결정을 내렸고 다시 생각하지 않았으며 기분좋게 우리와 합류했다. 프리먼은 도움을 외면하지 않는 개척지의 마음에 감명을 받았다고 나중에 내게 얘기해주었다.

모우 부부의 배에 달린 선내 디젤엔진은 믿음직하게 천천히 돌아가며 우리를 집으로 끌고 갔다. 론은 때로 엔진을 덮고 있는 합판에 손을 얹어 엔진의 온도를 점검하고 엔진이 과열되지 않았다는 것을 확실히해두었다. 간소한 해양 디젤엔진은 죠지 다이슨조차도 인정하는 엔진이다. 우리는 동쪽을 향해 어둠 속으로 꾸준히 나아갔고 브리티시 컬럼비아 사람 셋은 서로 정보를 교환했다. 론은 죠지와 윌에게, 용수철이 달린 덕에 물 속에 잠긴 나무에 걸리지 않는 새로운 종류의 대구잡이 소형어선에 대해 말해주었다. 그들은 머큐리 선외 모터에 대해서도 얘기했다. 달릴 때는 얼마나 잘 달리는지, 달리지 않을 때는 얼마나 고치기 어려운

지에 대해서 얘기가 오갔다. 그들은 흐름이 빠른 조류에 대해서 이야기를 나누었고 날씨에 대해서도 얘기했다. 프리먼은 이 사람에게서 저 사람에게로 눈을 돌리며 이 해안의 대화를 가까이서 경청했다. 그는 추웠다. 그는 얇은 나일론 재킷 속에서 몸을 활 모양으로 구부린 채 바닷바람을 맞고 있었으나 얼굴은 열렬히 몰두한 표정이었다. 그는 주로 아들을 바라보았다.

죠지는 좋아 보였다. 그는 갈색 피부에, 마음이 편안하게 풀려 있었다. 아버지나 누이동생을 자주 보지는 않았지만 그의 눈은 눈길을 피하는 중에 그들을 감싸안았고, 거의 계속 웃었다.

스완슨 섬의 프레시워터 만으로 들어가면서 우리는 카누를 보았다. 마운트 페어웨더 호는 윌 말로프의 해변 앞바다에서 뗏목에 묶여 있었다. 내가 지난번 마운트 페어웨더 호를 본 이후에 죠지는 세 개의 돛대를 달았다. 돛대는 금빛 나무로 만든 것이었고 고물 쪽으로 꽤 경사져 있었다. 플렉씨 유리돔도 완성되어 여섯 개가 모두 제자리에 자리를 잡고 있었다. 돔의 기능은 완벽했다. 그 작고 동그란 돔은 연기가 서린 듯한 푸른색이었으므로 황혼이 질 때에는 돔 내부를 보기 어려웠다. 돔 덕분에 카누는 베일에 가린 정보를 가지게 되었다. 론 모우는 카누를 다시보자 기쁘게 웃었다. "아아, 너무 멋있어." 그가 말했다. 프리먼도 나직하게 동의를 표했다.

죠지는 아버지의 말을 듣지 못한 것이 분명했다. 그런 까닭에 그는 1분 후 우리가 배를 묶을 때 프리먼에게 어떻게 생각하느냐고 물었다. 프리먼은 카누가 멋있다는 말을 이번에는 더 큰 소리로 되풀이했다. 그는 돔 없이 그냥 고전적인 알류트적 선으로만 이루어졌더라면 자신은 더좋아했을 것 같다고 털어놓았다. 묘한 일인지 아닌지는 모르겠지만 이 천체물리학자는 우주선 같은 모양을 좋아하지 않았다. 죠지는 부친의 의견을 들은 것을 기뻐하며 고개를 끄덕였다.

에밀리는 돔을 꽤 좋아하는 것 같았다. 우리가 카누의 곁으로 왔을 때 그녀는 몸을 기울이고 손으로 돔의 부드러운 곡선을 죽 따라갔다.

뭍에 오르니 말로프가 키우는 커다란 로디지아 릿지백 종 개들이 우리에게 몰려들었다. 릿지백들은 사자의 털 색에, 사자처럼 우람한 근육을 가지고 있었다. 녀석들은 로디지아(아프리카 짐바브웨의 옛 이름—옮긴이)에서 사자 사냥에 쓰인 개인데, 말로프도 처음에 스완슨 섬의 산사자로부터 가축을 보호하기 위해 한 쌍을 구했다고 말했다. 릿지백들은 남아프리카 초원에서 사냥감을 덮치는 속력의 80퍼센트쯤 되는 속력으로 우리에게 붙임성있게 달려들었다. 그 녀석들이 잠잠해졌을 때에야 우리는 내륙으로 들어갈 수 있었다. 우리는 개들이 뜯어먹고 버린 엄청나게 큰 뼈들이 흩어져 있는 곳을 지났다. 마치 무서운 늑대들이 벌인 홍적세(신생대 제4기의 전반—옮긴이)의 참살현장처럼 보였다.

말로프는 4년 전, 50달러와 동력 쇠사슬톱 하나를 들고 스완슨 섬에 왔다. 지난 4년 동안 그는 이 정착지를 전부 건설했다. 해변 위, 그가 벌목하면서 초창기에 개간한 숲 속 빈터에는 점점이 흩어진 헛간과 건물로 이루어진 조그만 마을이 있었다. 녹슨 색깔에, 넘어질 듯한 모양을 한 건물들은 서로 다양한 각도로 마주보고 서 있었다. 어떤 건물은 숲의 초록 가장자리를 배경으로 높이 서 있고 어떤 것은 해변의 회색 돌 가까이에 낮게 서 있었다. 어떤 건물은 미친 듯이 기울어 있었다. 여기에 왔을 때 자기 마을의 조각조각들이 여러 장소에 버려져 있다는 것을 알게 된 말로프는 그 마을을 조립해서 바지선으로 날라왔다. 그는 아직 모든 것을 다 정리하지 못했고, 구조물의 용도를 다 찾아낸 것도 아니었다. 건물 두 개는 윌과 죠지아나의 일터였다. 말뚝 위에 세워진 오두막 하나는 온실 역할을 했다. 온실 아래의 공간은 그물이 쳐져 있었고 거위들이 있어서 쉿쉿 하는 소리가 났다. 가까이에는 닭들이 신경질적으로 꼬꼬댁거리는 넓은 닭장이 있었고 닭장 근처에는 릿지백 새끼들이 꿈틀거리며 짖어대는 개집이 있었으며, 개집 뒤에는 새들이 쪼아먹지 않도록 그물을 덮어놓은 엄청나게 큰 채소밭이 있었다. 밭에는 도망쳐나온 몇몇 암탉들이 죽 늘어선 양상추 고랑 사이에서 땅을 긁어 팠다. 대머리독수리들이 채가지 못하게 그물을 쳐놓은 오리 우리도 있고 꿩을 키우는 사육장도 있었다. 꿩 사육장은 6미터 높이의 피라미드로서 커다란 목재로 만들어졌고 그물이 덮여 있었다. 연장들이 여기저기 수북하게 쌓여 있고, 노천 대장간도 있었다. 윌의 작은 무한궤도 트랙터가 나무를 들이받은 모양으로 서 있었는데 마치 나무에 묶여 있는 듯이 보였다.

죠지아나 말로프는 화가였고, 집으로 쓰는 건물에 가장 가까이 있는 오두막이 그녀의 화실이었다. 화실 안쪽에 있는 그녀의 유일한 가구는 나무를 때는 작은 난로인데, 그 난로는 겨울에 작업을 할 때 그녀를 따뜻하게 해주었다. 그녀가 그린 그림들은 비바람을 맞은 나무를 배경으로 흰 장식 테두리를 두르고 화실의 벽을 장식하고 있었다. 파스텔로 은은하게 표현된 그림들이었다. 바깥에는 크고 대담한 조각들이 그녀의 남편이 황야에 만든 개간지 여기저기에 누워 있거나 서 있었다. 돌로 만든 커다란 장미와, 눈이 있을 자리에 대신 꽃이 새겨진 대형 나무가면도 있었다. 금빛 나무로 만든 빤신(반은 사람, 반은 짐승의 모양을 하고 있는, 숲·사냥·목축을 맡아보는 신으로 목신이라고도 함—옮긴이) 모양의 조각도 있었는데, 일부는 피카소의 작품 같았고 일부는 침시안 인디언의 작품을 연상시켰다. 둥글고 추상적인 형태의 토템 기둥들이 개간지의 풀에서 마치 버섯처럼 솟아나, 해변 위를 굽어보며 방문자를 환영하고 있었다. 완성되지 않은 기둥들은 캔버스에 덮여 화실 옆에 뒤죽박죽 쌓여 있었다. 숲 속 빈터의 맨 가장자리에 줄지어 선 토템 기둥들은 숲의 맨 앞줄 나무들과 섞여 유배된 채 서 있었다. 때로 여기 멀리에서 저 기둥을 보면 숲 속 개간지에 홀로 서 있는 모습이 마치 잊혀진 문명의 유물 같아요,라고 죠지가 우리에게 말했다.

말로프 부부의 정착지는 고립된 두 사람이 시시한 일에 정신을 빼앗기지 않고 풀어놓을 수 있는 에너지를 증명해주었다. 나는 여기야말로 프리먼 다이슨이 옹호하는 종류의 작은 이주지가 아닐까 생각하지 않을 수 없었다. 이곳은 그가 말하는 소집단보다 더 작은 집단이었지만 원칙은 똑같았다.

프리먼은 말없이 생각에 잠겼다. 그와 에밀리는 죠지가 우리에게 구경을 시켜주는 동안 귀를 기울이며 따라왔다.

윌이 큰 소리로 저녁을 먹으라고 외쳐서 우리는 구경을 중단하고 집으로 향했다. 집은 고쳐 지은 헛간이었다. 윌은 온기를 잘 간직할 수 있도록 집을 배처럼 빈틈없이 만들었다. 열손실이라는 관점에서 볼 때 유일한 사치는 바다를 내려다보는 전망창이었다. 윌이 우리에게 장화를 벗으라고 권해서 우리는 양말을 신은 채 집 안을 어슬렁거렸다. 말로프의 굴에 있는 것은 무엇이든지 컸다. 13호 크기의 고무장화, 코르크 장화, 모카신이 일렬로 늘어서 있었고 우리는 그 곁에 우리의 자그마한 신발을 보탰다. 마치 술통처럼 큰 커피주전자도 있었다. 프라이팬은 잠입구 덮개만큼 컸는데, 윌은 이 프라이팬에서 달걀 열두 개에 감자 예닐곱 개를 동시에 굽는 것에 익숙해 있었다. 옹이가 진 특대품 파이프들을 넣어놓은 큰 단지도 있었다.

윌은 의자에서 로디지아 릿지백들을 내팽개치고, 아니 씨름을 해서 쫓아내고 우리에게 앉으라고 권했다. 죠지가 난로에 불을 붙이자 집은 빨리 데워졌다. 론의 말에 따르면 윌이 집을 얼마나 덥게 해놓고 있는가가 이웃사람들 사이에 농담거리가 될 정도라고 했다. 윌은 웃으며 툴툴거렸다.

죠지는 밭에서 뽑아온 채소로 특대 쌜러드를 만들었다. 감자를 삶고 박하차도 끓였다. 죠지아나가 없는 동안 죠지는 스완슨 섬의 요리사 노릇을 하고 있었다. 윌은 연어를 저장해놓은 단지를 가져왔다. 하나는 보통 연어였고 다른 하나는 오리나무로 훈제한 것이었다. 우리는 별로 말을 하지 않고 진지하게 먹었다. 윌은 연어 통조림을 너무 많이 만들어놓아서 좀 없애고 싶다고 말하면서 우리에게 더 먹으라고 권했다.

저녁을 먹고 난 후 해안의 대화는 다시 시작되었다. 우리는 론과 줄리 모우가 등대지기였다는 것을 알게 되었다. 그들은 브리티시 컬럼비아의 외로운 해안에서 등대를 돌보며 생계를 꾸리던 가족들끼리의 작은 동업조합이 있다는 얘기를 해주었다. 등대가 자동화되면서 그 동업조합은 줄어들고 있고 모우 부부도 그 조합을 떠났다. 다른 부부와 동업해서 그들은 밴쿠버 섬의 북서 해안에 있는 스콧 곶 가까이에서 자작농장을 시작했다. 그들의 집은 걸어들어가는 데 닷새나 걸리는 너무 먼 곳에 있었다. 하지만 관청의 기다란 팔에서 도망칠 수 있을 만큼 멀리 떨어져 있지는 않았다. 정부는 그 지역을 공원에 통합하였고 모우 부부는 땅을 팔지 않을 수 없게 되었다. 그들은 여기 밴쿠버 섬의 안쪽으로 옮겨왔고, 예전에 비하면 상대적으로 북적거리는 이곳 사람들에게 익숙해지려 애쓰는 중이었다. 그들에게는 이제 그들을 끈질기게 감시하는 이웃이 겨우 3킬로미터 정도 떨어진 곳에 있었다.

스콧 곶에서 예전에 동업을 했던 사람들은 새로 태어난 아기를 데리고 퀸 샬롯 섬으로 갔다고 줄리가 말하자 프리먼이 흥미를 보였다. 그는 줄리에게 이런 미개척지에서 아기를 키우는 것을 어떻게 생각하느냐고 물었다.

"그 점에 대해서 많이 생각해보았어요. 하지만 모르겠어요. 그건 꽤 겁나는 일이에요" 하고 줄리는 말했다. 프리먼은 고개를 끄덕였다. 그는 이것이 분별있는 대답이라고 생각하는 것 같았다.

윌 말로프는 쌔스캐치완의 이야기를 들려주었다.

그의 주장에 따르면 쌔스캐치완에 살았던 그의 할아버지는 때로 스물세 마리의 말을 나란히 세워 쟁기질을 했다고 한다. 노인은 너무나 힘이 세서 그렇게 많은 말도 다룰 수 있었다. 토요일이면 노인은 수레에 곡식을 한 통 싣고 그의 말 떼를 몰아 읍으로 나가서, 곡식을 팔고 밀가루와 식료품을 샀다. 그 일이 끝나면 그는 수레에 맨 말 떼를 술집 바깥에 묶어두고, 하루 온종일 그리고 거의 밤이 새도록 마시고 싸우는 일을 시작했다. 다음날 새벽이 되면 그의 친구들은 날이 새기 전에 그를 통 속으로 밀어넣고 말 떼를 풀어서 말들이 집을 찾아갈 수 있게 했다.

월의 할아버지는 두호보르 교도였다.

두호보르는 1785년 러시아에서 창시된 분파로서 월의 이야기에 따르면 "열심히 노동하고, 사랑하며, 아무도 죽이지 않는 사람들"이다. 두호보르 교도들은 그들 자신의 성서 해석에 따라 고집스럽게 행동했으며 이 세상의 일시적인 정부의 권위를 부정했다. 두호보르 교도들의 평화주의와 완고함이 받아들여지기에 짜르 체제의 러시아는 최상의 장소가 아니어서 두호보르 교도들은 고통을 겪었다. 월은 러시아에서의 박해와, 짜르에 의해 단행된 터키 합병 지역으로의 강제 이주에 대해 말해주었다. "터키인들은 꽤 억센 사람들이 되어놔서 러시아 사람들이 보낸 식민지 이주자들을 친절히 받아들이지 않았습니다. 사람들은 터키인들 사이에서 살아가려면 두호보르 교도라도 무기를 들지 않을 수 없을 거라고 추측했죠." 하지만 일은 그렇게 진행되지 않았다. 두호보르 교도들은 아주 온화하고 근면한 이웃으로 밝혀졌고 터키 사람들은 그들을 비난할 거리를 전혀 찾지 못했다. 두호보르 교도들은 살아남아 1890년대에 수천 명씩 캐나다로 이주하였고 대부분 쌔스캐치완 평원에 정착했다.

두호보르라는 말은 '영혼의 씨름꾼'을 뜻하는 러시아 말에서 나온 것이다. 단단한 체격에 완강한 태도를 지닌 월 말로프가 그의 종족을 전형적으로 대표하는 사람이라면, '영혼의 씨름꾼'은 좋은 이름이라는 생각이 들었다. 말로프는 어릴 때 두호보르 교도들을 떠났지만 두호보르의 기질은 말로프를 떠나지 않았다. 자신의 땅에 자신의 정착지를 세우는 것이야말로 아주 두호보르다운 일이었다. 여기 스완슨 섬의 말로프는 세상 속인 중에서 일시적인 권위로부터 가장 고립되어 있었던 것이다.

프리먼은 멀리 떨어진 곳으로의 이주에 관한 이 이야기에 흥미를 느꼈다. 그는 월에게 질문을 던지며 이야기를 끌어냈고 이 두호보르 교도는 이야기에 열중했다. 그는 우리에게 쌔스캐치완 이주지에서의 소박한 삶과 힘든 노동, 올바른 양식(良識) 등을 묘사했다.

"하지만 당신은 떠났군요." 말로프가 이야기를 끝마쳤을 때 프리먼이
말했다.

"아, 네. 그 지옥에서 나와야 했죠."

모든 것이 변했다고 윌은 설명했다. 젊은 사람들은 그런 생활이 어떤
것인지 전혀 모르고 공동체로 들어왔다. 지도자들은 부패하였다. 그들
은 더이상 힘든 노동에 흥미가 없었다. 떠나는 것말고는 할 수 있는 일
이 없었다.

론 모우가 꼭 그렇게만 볼 수는 없을 거라고 자진해서 말했다. 새로
온 사람들은 결국 그 생활이 어떤 것인지 알게 되어 공동체에 융합되었
을 것으로 보인다는 것이었다. 그는 공동체를 시작하려고 브리티시 컬
럼비아로 온 젊은 사람들이 그렇게 변해가는 것을 보았다. 처음에 젊은
사람들은 배타적이었다. 진짜로 영점(零點)에서 시작하기를 원했기 때
문에 그들은 고참 개척자나 원주민을 피했다. 하지만 시간이 지남에 따
라 그들은 입장을 바꾸고 돌아왔다.

등대지기이자, 사람들로부터 최대한 멀리 떨어져 정착한 경험이 있는
자작농장 소유자인 론은 인간의 본성에 대해 낙관적으로 생각하는 사람
이었다.

말로프는 머리를 가로저었다. 그는 론에게 인근 말콤 섬의 핀란드인
정착촌을 상기시켰다. 핀란드 사람들은 쏘인툴라, 즉 '자유 마을'이라고
이름붙인 마을을 건설했다. 그 정착촌은 희망적인 이름 아래 시작은 장
래가 촉망되었으나, 곧 분열을 겪기 시작했다. 분열은 지식인과 농부들
사이에서 일어났다. "지식인들은 자기들의 지성주의를 제공하고 싶어
했죠. 그리고 농부들에게는 농업을 제공하기를 바랐어요. 농부들은 그
걸 좋아하지 않았어요. 공동체가 생긴 지 75년이 되었지만 골은 점점
더 깊어만 가고 있어요." 윌이 말했다.

나 같으면 윌에게 걸겠다는 결심이 섰다. 내가 보기에 인간의 역사에

서 일어난 화해는 비주류였으며 주류는 다른 방향에 있었다. 그러한 경향은 물질 속에서는 엔트로피를 향했고, 생물학에서는 종의 분화를 향했으며, 인간사에서는 분파주의를 향했다. 모든 차원의 조직에서 사물은 소란을 피우고 싸우기를 좋아한다. 나는 이런 방향으로 무언가를 얘기했고 프리먼이 동의했다. 때가 되면 사람들은 떠나야 할 뿐이라고 그가 말했다.

"나는 당신이 여기 있는 기계를 얼마나 많이 사용하고 있는지에 흥미가 있습니다. 당신이 기계를 사용하는 걸 보고 놀랐지요." 프리먼이 윌에게 말했다.

"네, 저는 기계를 좋아합니다" 하고 대답한 윌은 프리먼이 다음 말을 하기를 기다렸다. 하지만 프리먼은 얘기를 계속하지 않았다. 이 물리학자가 좋는 생각이 무엇이든, 윌은 당분간 그 생각에 간섭하지 않았다. 조금 더 대화를 하다가 프리먼은 먼저 자리를 뜨겠다고 말하고 에밀리와 함께 잠을 자러 갔다.

그들이 가고 난 다음 죠지는 윌에게, 아버지가 생각해낸 컴퓨터에 의해 수정되는 망원경에 대해 말해주었다. 발명가 말로프는 매혹되었다. 나한테서 프리먼이 망원경 아이디어를 팔러 어머니나라 러시아로 갈 것이라는 말과, 그 외에 프리먼은 러시아어를 약간 할 줄 안다는 얘기를 들은 두호보르 교도 말로프는 흥분했다.

다음날 아침 식탁에서 윌은 프리먼에게 러시아 말로 인사를 건넸고 두 사람은 러시아 말로 하는 의례적인 말을 주고받았다. 윌은 망원경에 대해서 물었다. 프리먼은 그의 궁금증을 풀어주었다. 대화는 외계생명체의 존재가능성과 그들과의 교류 문제로 전환되었다. 두 사람이 다 흥미를 가지고 있는 주제였다. 윌은 프리먼에게 슈끌로프스끼의 글을 읽었는지 물었다. 프리먼은 물론 읽었다. 사실 프리먼은 슈끌로프스끼를 알고 있었다. 그 얘기를 듣고 말로프는 다시 흥분했다. 호리호리한 물리학자가 덩치 큰 두호보르 교도를 마침내 그의 편으로 끌어들이고 있었다. 잠시 동안 두 사람은 그 러시아 천문학자에 대해, 그리고 그가 제시하는 외계의 지적 존재에 대한 관습에 얽매이지 않은 생각을 토론했다.

"그가 기금을 얻는 데 어려움이 있습니까?" 월이 물었다.

"그렇지 않을 겁니다. 그는 명성이 있는 정통 천문학자죠. 명성이 없으면 과학아카데미의 회원이 될 수 없으니까요. 그는 중요한 발견을 많이 했어요. 내 생각에 그 사람은 과학아카데미에서 가장 상상력이 풍부한 사람입니다."

아침식사가 끝날 즈음, 외계 생명체에 대한 이야기는 남김없이 논의되었다. 월은 스완슨 섬에서 이런 대화를 나누어본 적이 거의 없었으므로 대화가 중단되는 것을 원치 않았다. "프리먼 박사님, 박사님의 다른 취미는 무엇인지 말씀해주세요."

프리먼은 머뭇거렸다.

"글쎄요. 나는, 오랫동안, 교류뿐 아니라…… 당신 같은 사람들을 어떻게 하면 우주로 갈 수 있게 할 것인가에 관심이 있었습니다."

월은 놀라서 눈썹을 치켜올렸다. 프리먼은 우주 이주지에 대한 그의 생각을 간략하게 설명해나갔고 식탁은 조용해졌다. '이게 무슨 귀신 씨나락 까먹는 소린가?'라고 개척민 남자 둘과 여자 하나의 눈이 말하고 있었다. 하지만 잠시 후 그들은 프리먼의 생각을 잘 알게 되었고 그다지 미친 짓이라고 생각지 않게 되었다. 월 말로프는 그의 눈썹의 각도를, 내가 옳게 해석했다면, 대강 요약된 프리먼의 생각에 금방이라도 관심을 가질 준비가 되어 있었지만, 그 자신이 우주로 갈 생각은 전혀 없었다. 론은 별로 말을 하지 않고 귀를 기울였다. 마침내 우리가 식탁에서 일어날 때 론이 말을 꺼냈다.

"나는 가겠어요, 거기 연어가 있다는 걸 약속해주신다면 말이죠. 그리고 얼룩무늬송어도요."

그날 윌이 처음으로 해야 할 일은 머큐리 선외 모터를 고치는 것이었다. 그는 손수 헤드개스킷을 만들기로 작정하고 남는 구리판에서 헤드개스킷감을 잘라낸 다음 연장을 찾으러 작업실로 향했다. 프리먼은 윌의 뒤를 쫓아다녔다.

작업실은 방이 세 개 있는 헛간같이 생긴 건물이었는데, 죠지아나가 얕은 부조로 조각해놓은 무거운 문이 달려 있고 안쪽에는 더욱 커다란 문짝들이 화가의 캔버스처럼 쌓여 있었다. 죠지아나는 한때 문에 조각을 새기던 시기를 거쳤음이 틀림없었다. 산더미처럼 쌓아놓은 문짝 너머에는 윌의 연장과 발명품으로 뒤죽박죽이 되어 있는 탁자들이 있었다. 스완슨 섬의 거장은 잠시 멈추어서서 프리먼에게 고쳐 만들고 있는 선반(旋盤)을 보여주고, 다음에는 자신이 만드는 가구 모서리를 둥글게 하기 위해 발명한 동력 쌘더(모래로 닦는 기계―옮긴이)를 보여주었다. 그 다음에 그는 현재 발명중인 동력 톱을 집어들었다. "이건 그냥 원형(元型)일 뿐이죠, 물론" 하고 그가 말했다. "전후 왕복운동 길이를 조정해야 했어요. 직선상 왕복운동이 너무 짧았거든요. 그걸 늘리고 나니까 균형에 문제가 생겼어요."

말로프는 여기에서 갑자기 말을 멈추었다. 마치, 너무 심오해서 다른 사람들의 흥미를 끌 수 없는 설명을 하다가 다시 한번 자기자신을 자제하는 것 같았다. 나는 프리먼이 이와 비슷하게 천체물리학의 문제에 대해 설명하는 도중에 갑자기 말을 멈추는 것을 본 적이 있다. 나는 이 순간 윌이 실수했다는 것을 알았다. 프리먼은 진실로 기계의 균형이라는 문제에 관심이 있었던 것이다. 오라이언 호. 트리가 원자로. 프리먼은 감명을 받은 듯 톱을 만져보았다. 그가 다시 조심스럽게 윌에게 톱을 건네자, 윌은 전혀 조심성 없이 뒤에 있는 더미로 휙 던졌다.

론 모우가 합세해서, 우리는 고장난 머큐리 선외 모터를 가지러 내려갔다. 해변에서 우리는 윌이 이 해안에 처음 왔을 때 지었다는 밑이 평

평한 작은 어선을 지나쳤다. 그 어선이 그와 그의 사슬톱을 여기 프레시
워터 만까지 데려다준 것이었다. 이 배가 그 뒤에 일어난 모든 일의 씨
앗이었으며, 말로프 정착지의 첫번째 인공물(人工物)이었다. 배는 크루
쏘우의 첫 카누처럼 충실하게 회색 돌 위에 놓여 있었다. 론 모우는 배
를 지나가면서 바닥 널을 가리켰다. 바닥 널은 징 박은 구두가 긁은 자
국 때문에 거칠어져 있었다. "윌은 내가 아는 사람 중에 유일하게 손으
로 어선을 만들고 그 속에서 징 박은 구두를 신고 돌아다니는 사람이에
요." 두호보르 교도는 빙그레 웃었다. 그는 론의 말을 부정하지 않았다.
그는 고무장화를 신고 고속 모터보트로 건너가 머큐리 선외 모터 위로
몸을 굽혔다. 주머니에 있는 바이스그립 펜치를 찾아 손을 뒤로 뻗는 중
에 그는 갑자기 무언가가 생각난 듯했다. 펜치를 들어올리면서 그는 론
을 바라보았다.

"내 바이스그립을 가져갈 수 없다면 프리먼 박사가 나를 우주로 보내
게 내버려두지 않을 거야."

"나는 당신을 보낼 수 없어요. 당신 자신이 원해야 하는 거죠" 하고
프리먼이 정정했다.

44

핸슨 섬

"이거 아주 편한 카누구나, 꼭 바위같이 아주 단단하고." 프리먼이 말
했다.

이 물리학자는 노를 들고 실험을 시작했다. 처음에는 한바탕 분발하

여 짧고 빠르게 노를 젓더니 점차로 길고 천천히 저어갔다. 노를 젓는 중간에 그는 실험을 포기하고 노를 들어올려 물갈퀴에서 떨어지는 물방울을 지켜보았다. 바다에 떨어지면서 물방울은 바다 표면에서 춤추는 은빛 구슬을 만들어냈다. 물방울은 회교의 금욕 수도사처럼 빙글빙글 돌다가 사라졌다.

"어째서 물이 저런 구슬을 만들어내는지 궁금해." 그는 유심히 바라보았다.

죠지는 계속 노를 저으면서 웃었다. "저도 몇년 동안 그게 궁금했어요. 언제나 아버지께 여쭈어보려고 했죠. 전기 때문일까요?"

"아마. 하지만 내 생각에는 기름인 것 같다."

우리는 그날 아침 윌 말로프에게 작별인사를 하고 핸슨 섬을 향해 떠났다. 죠지는 배꼬리의 잠입구에 앉아 가운데 잠입구 둘을 차지한 그의 부친과 누이동생을 바라보았다. 나는 맨 앞의 구멍에 앉았다. 카누가 아주 길어서 대화의 단편들이 내게는 들리지 않았다.

나는 프리먼이 뱃머리가 우리 목적지에서 벗어났다고 지적하는 소리를 들었다.

"가장 효과적인 방향이거든요." 죠지가 대답했다.

"아, 물론 그렇지." 프리먼이 말했다.

죠지는 핸슨 섬에 그의 가족이 머물 야영지를 미리 준비해두었다. 그는 숲 가장자리, 숲 끄트머리의 나무들이 바위투성이 갑을 굽어보는 곳에 자리를 잡았다. 죠지는 전에 이곳에 살던 사람이 지어놓은 텐트 기단부 위에 어렸을 때부터 가지고 있던 익스플로러 텐트를 세워 프리먼의 거처를 마련했다. 가까이에 에밀리가 머물 텐트도 세웠다. 그는 자신을 위해서는 거리가 좀 떨어진 언덕 위에 2인용 텐트를 세웠다. 나는 그의 작은 창고 달개지붕 아래에서 가방을 놓을 공간을 찾았다.

그 다음 갑, 즉 죠지의 갑에서 초승달 모양의 해변을 끼고 90미터 떨어진 곳에는 폴 스퐁의 집이 있었다. 스퐁 박사는 여름이면 핸슨 섬에 와서, 연어가 풍부한 물을 찾느라 섬 주위를 돌아다니는 흰줄박이돌고래를 연구하고 있으며, 죠지는 지난 몇년 동안 거기서 스퐁 박사의 연구에 참여해왔다. 수백 미터에 걸쳐 펼쳐진 해변은 다이슨 가족이 사적인 자유를 필요로 할 때면 그러한 자유를 가질 수 있도록 허락해주었지만, 그리 먼 거리가 아니어서 사람들과 어울리고 싶을 때는 걸어서 그들에게 갈 수 있었다. 핸슨 섬에서 머무는 닷새 동안 그들은 보통 아침은 자신들의 야영지에서 먹었고 저녁은 스퐁의 집에서 먹곤 했다.

스퐁의 식탁은 자주 사람들로 붐볐다. 스퐁 박사와 그의 아내인 린다, 여섯살 먹은 그들의 아들 야쉬가 있었다. 마운트 페어웨더 호에 그림을 그린 화가 스튜어트 마샬은 가까이에 소박한 집을 짓고 살며, 대체로 스퐁 가족과 함께 식사를 했다. 드쏘노쿠아 호의 옛 선장 짐 베이쯔도 죠지의 친구 마이클과 모린 부부처럼 한번 찾아왔고, 죠지의 동아리에 속한 다른 사람들도 왔다. 죠지의 친구들은 벨카라 파크에서 겨울을 나고 핸슨 섬과 스완슨 섬, 말콤 섬 등에서 여름을 나는, 계절에 따라 이동하며 사는 사람들이었다.

죠지네 갑 아침식탁은 덜 붐비는 편이었다——죠지와 프리먼, 에밀리, 때로 내가 있을 뿐이었다.

"이제 식탁에서 쓸 식기가 생기게 됐어요." 어느 날 아침 내가 아침을 먹으러 가자 프리먼이 기쁨에 젖어 말했다. 죠지가 나무 조각을 가지고 주걱과 수저를 깎고 있었다. 그는 이 일을 빨리 끝마치고 칼을 내려놓더니 손도끼를 꺼내 접시를 만들기 시작했다.

"그거 아주 좋은 도끼구나. 네가 만들었니?" 프리먼이 물었다.

"네, 글쎄요, 날을 발견했죠. 인디언 마을에 그냥 버려져 있었거든요. 제가 자루를 만들었어요. 대가리에 에폭씨를 입혔죠. 좋은 도끼예요. 작아서 어디든지 가지고 다닐 수 있으니까요." 그가 도끼로 네 번 톡톡 치

354

니 접시를 만들 삼나무 널이 네 조각으로 쪼개졌다. "사람들은 손도끼가 오래가지 못한다고 생각하죠. 하도 일을 많이 해서요. 하지만 이 도끼는 수명이 길어요. 에폭씨 때문이에요."

그의 설명에 따르면 에폭씨는 도끼나 카누를 비롯해서 뭐든지 조립을 해주는 유일한 방법이다. 그는 폴리네씨아 사람들도 에폭씨를 썼을지 모른다고 생각했다. 쿡 선장의 글에서 그는 원주민들이 쓰는 특별한 수액(樹液) 혼합액에 대한 언급을 보았다. "에폭씨는 정말 잘 굳혀줘요. 영국 해군이 쓰던 그 어느 것보다도 좋죠." 죠지는 말했다.

죠지는 에밀리를 해안으로 내려보내 먹을 것을 모아오게 했고, 잠시 후 그녀는 꽃양산조개를 한아름 안고 돌아왔다. 죠지가 석탄불에 조개를 올려놓자 프리먼은 침울한 표정으로 고개를 가로저었다. "뭐든지 한 번 먹어봐야지" 하고 그가 말했다.

1분 동안 그 연체동물을 익힌 후, 죠지는 막대기 한 쌍으로 부젓가락을 만들어 불에서 조개를 집어올려 지글지글 소리를 내는 것을 삼나무 접시 위에 놓았다. 프리먼이 죠지에게서 자신의 접시를 건네받을 때 나는 특이한 것을 보았다. 아들의 손이 아버지의 손보다 더 늙어 있었다. 죠지의 손은 갈색에 흠집투성이였고 비바람에 시달린 생김새였다. 프리먼의 손은 그렇지 않았다.

프리먼은 그의 접시를 내려다보았다. 꽃양산조개의 촉수는 열을 가하면 악마의 귀처럼 작게 오그라든다. 껍질을 벗은 조개는 분홍빛이 도는 악마의 태아가 된다. "해야 할 일은 눈을 딱 감고 이걸 먹는 거야" 하고 프리먼은 자신에게 타일렀다. 그는 자신의 충고를 따랐는데 다음 순간 놀라움에 눈을 크게 떴다. "보기보다 훨씬 맛있는데" 하고 그는 말했다. 에밀리는 별 논평 없이 자신의 꽃양산조개를 한 번에 조금씩 뜯어서 천천히 씹었다.

"제가 그동안 무엇을 하고 지냈는지 모르셨죠," 어느 날 아침 죠지가 말했다. "여섯달 정도에 한 번씩 보내드린 편지말고는요. 예상하시던 것하고 비슷해요?"

"아니, 나는 네가 아주 많은 사람과 함께 있는 걸 보고 놀랐다. 나는 네가 은자(隱者)처럼 지낼 거라고 상상했었거든." 프리먼이 대답했다.

"어떻게 해서 그런 소문이 났는지 모르겠어요."

"글쎄다. 한 가지 이유를 든다면 나무 위의 집 때문이 아닌가 싶다. 나무 위 30미터에서 사니까 말이야. 나는 그 나무집이 황야 한가운데 있을 거라고 상상했었다."

"아니죠."

"그리고 그게 좋은 것 같다. 네가 은자가 아니라서 기쁘구나. 길게 보면 그건 사람에게 별로 좋지 않다는 생각이 든단다. 은자가 되는 것 말이야."

우리는 죠지가 우리를 위해 마련한 아침을 들고── 해바라기씨와 건포도, 꿀을 넣은 귀리죽이었다──해협의 물을 굽어보았다. 조수가 블래크니 수로에서 격렬하게 일렁이고 있었다. 죠지는 프리먼에게 다이슨 집안의 운명에 대해 물어보았다. 프리먼은 최근 유럽에 갔을 때 다이슨 집안 사람들을 많이 만났는가? 그렇지 못했다. 그는 남아 있는 사람들이 별로 많지 않다고 말해주었다. 지난 50년 동안 다이슨 집안 사람은 아이를 거의 낳지 않았고, 이제 그 이름은 사멸해가고 있었다. 프리먼은 그 점을 별로 걱정하지 않았다. 유전자는 살아남았고, 그가 생각하기에는 그 점이 중요한 것이라고 다섯 딸의 아버지가 말했다.

죠지는 프리먼에게 날다람쥐에 대해 이야기했다. 지난 겨울에 벨카라 파크로 돌아갔을 때 그는 집이 온통 솔방울로 가득 차 있는 것을 보았다. 침대 밑에도 솔방울이 있고 탁자 밑에도 있었다. "날다람쥐들은 대개…… 머리가 좋아요. 제 항아리의 뚜껑을 돌려서 열 정도예요. 그런 짓을 해요. 그 녀석들은……"

죠지의 말은 야쉬 스퐁이 뚜렷하고 높은 목소리로 외쳐 부르는 바람에 중단되었다. 꼬마는 해변의 맨 끝, 스퐁 가족의 갑에 서 있었다. 그는 흰줄박이돌고래가 있다고 소리치곤 바다 쪽을 가리키는 몸짓을 했다. 우리는 앞바다에서 편대를 지어 솟아오르는 고래 떼의 지느러미를 보았다. 우리는 마시던 차를 내려놓았다.

흰줄박이돌고래는 꼭 보아야 하는 것이었다. 여러 종류의 고래와 그들의 크기를 비교해 보여주는 삽화를 보면 흰줄박이돌고래는 그다지 커보이지 않는다. 향유고래나 플랑크톤을 먹는 고래들 옆에 놓으면 흰줄박이돌고래는 그리 크지 않지만, 살아 있는 다른 피조물과 비교하면 거대한 동물이다. 그리고, 그들에게는 행동하는 방법이 있다. 바다 속에 있는 것들 중 그들을 괴롭히는 것은 아무것도 없다. 마치 우두머리가 된 늑대의 꼬리처럼 거의 수직으로 솟은 그들의 등지느러미는 두려움을 모르는 그들의 성정을 깃발처럼 알려준다. 바다에 있는 그 어느 것도 흰줄박이돌고래보다 더 아름답게 물살을 가르지 못한다. 해양공원이나 씨월드의 수조에서 봐가지고는 흰줄박이돌고래를 진짜로 보았다고 할 수 없다. 차가운 해협에서 물을 내뿜으며 자유롭게 다니는 흰줄박이돌고래를 보아야 하는 것이다. 프리먼과 에밀리는 차례로 죠지의 쌍안경을 들고, 높이 솟은 지느러미를 보며 그들의 소리에 귀를 기울였다. 고래들은 벌목공들이 멀리 떨어진 산에서 다이너마이트를 터뜨리듯이 물을 내뿜었다. 에밀리는 쌍안경을 통해 뭔가를 알아차렸다.

"저 녀석의 지느러미는 잘못된 방향으로 곡선을 그리는데."

"응, 그건 수컷이야. 어쩌면 늙은 포워드 핀일지도 모르지" 하고 죠지가 말했다.

고래들은 해안을 따라 나아갔다. 우리는 잠깐 동안 고래들의 꼬리를 보았고 고래들은 갑을 돌아 사라졌다. 블래크니 수로는 다시 텅 비었다. 조수의 격랑이 일으키는 탁류만이 있을 뿐이었다.

"글쎄, 이 지구에 다이슨 집안 사람들을 많이 살게 할 계획은 없니?"

나중에, 고요한 가운데, 프리먼이 물었다. 그는 이 질문이 고래 때문에 자연스럽게 생긴 것처럼 말했다.

"많이는 아니고요, 아마 하나나 둘이 되겠죠." 죠지가 웃으며 대답했다. 그는 잠시 말을 멈추었다가 다시 계속했다. "아이들을 돌보는 게 얼마나 쉬운지 놀라워요. 제가 아는 사람들을 지켜보아왔어요. 부모가 좀더 큰 일에 몰두하고 있는 것이 좋아요. 그게 큰 영향을 끼쳐 아이들은 부모를 돕게 돼요."

"맞다." 프리먼이 말했다.

"아직도 사람들이 혹등고래를 잡나요?" 다른 날 아침 내가 물었다. 우리는 여러 고래에 대해 토론하고 있었다. "네." 죠지가 말했다. "우스운 일이죠. 세계의 멸종위기 고래목록에서 혹등고래는 세번째예요. 청고래, 지느러미고래, 혹등고래죠. 하지만 알래스카에서는 혹등고래가 여전히 꽤 흔하거든요."

"밍크고래는 어떻니?" 프리먼이 물었다.

"괜찮아요." 죠지가 대답했다. 그는 우리에게 밍크고래에 대해서 약간 이야기를 해준 다음 "바로 이 주변에 쎄이고래가 살았어요. 언제나 여기 있었죠"라고 덧붙였다.

"쎄이고래가 뭔데?" 에밀리가 물었다.

"큰 밍크고래 같은 거야. 쎄이고래는 밍크고래보다 더 수줍어요. 그저 혼자 있을 뿐이고 아무에게도, 아무 말도 하지 않아요. 그런데 어떤 사람이 그 고래를 쏘았죠. 폴 스퐁이 발견했을 때 고래의 몸에는 고성능 장총 탄환이 거의 400발쯤 박혀 있었어요."

어느 날 아침 죠지는 박하차를 마시며 프리먼에게 『주역』에 대해 얘기하고 있었다. 1000년에 걸친 중국인의 경험이 그 책을 쓰는 데 흘러들어갔다고 죠지가 말했다. 그는 어떻게 동전을 던져서 우연을 매개로

6괘가 결정되는지에 대해 설명했다. 6괘는 사람에게 길잡이가 되는 이 야기를 정해준다. 그는 회의를 갖지 않고 주역을 읽는 것이 중요하다고 말했다. 믿음에 기반해서 6괘를 받아들이지 않으면 6괘는 사람에게 아 무 소용도 되지 못한다.

회의주의에 대한 이 경고에 프리먼이 어떻게 반응하는지 보기 위해 나는 그를 살짝 보았지만 그의 반응을 읽을 수 없었다.

"『주역』이 너한테 어떤 조언을 주지?" 프리먼이 물었다.

"어떤 조언을 필요로 하느냐, 또 어떤 질문을 하느냐에 따라 달라요."

"너는 어떤 질문을 하는데?"

"상황에 따라 다르죠."

"무전기를 달려고 생각중인데 어떻게 생각하세요?" 죠지가 다른 날 물었다. "어떤 사람들은 제가 돌았다고 생각해요. 이 카누에 무전기를 달고 싶어한다고요."

"아니, 아니야. 나는 아주 좋을 거라고 생각한다. 너하고 나, 둘 다한 테 말이야. 나는 카누에 무전기를 다는 건 훌륭한 아이디어라고 생각한 다. 그게 바로 내가 너를 좋아하는 점이지. 넌 순수주의자가 아니거든."

아침을 먹은 다음 다이슨 가족은 대체로 어슬렁어슬렁 걸어서 스퐁 가족을 방문했다. 그리로 가는 길 중간쯤, 해변 조약돌 위에 오래된 욕 조가 높이 걸려 있었다. 실외 욕조는 이 지방의 관습 중 하나였다. "대 단한 체험이에요" 하고 죠지가 부친에게 이야기했다. 그는 밀물 때까지 기다렸다가 물이 욕조 가까이 오면 욕조를 물에 완전히 잠기게 한 다음 아래에 불을 지피고 선교사처럼 몸을 푹 삶으면 된다고 설명했다. "그 래, 근사하구나." 프리먼이 말했다.

천장이 높은 스퐁의 집은 유목을 써서 둥근 바위 둘레에 자유형식으 로 지은 집이었다. 이 집은 일부는 콰키우틀 족의 천막집이었고 일부는 아라비아의 천막이었다. 대들보는 거칠게 잘라낸 것이었지만 바람이 잘 통했고 페르시아 융단과 베개로 가득 차 있었다. 이 집은 두호보르 교도가 겨울을 나고 싶어하는, 배처럼 빈틈없는 집이 아니었기에, 윌 말로프는 목수로서의 스퐁 박사에 대해 농담하기를 좋아했다. 하지만 스퐁은 여기에서 겨울을 나지 않는다. 그는 자신을 목수라고 주장하지도 않는다. 그의 주된 일은 고래이다. 지난 서너 해의 여름에는 고래가 많아서 지붕을 완성하는 공사에 착수할 수 없었던 탓에 지붕의 절반은 여전히 플라스틱으로만 덮여 있다. 플라스틱은 해가 나는 날에는 아주 좋지만, 비가 오는 날이면 스퐁 가족은 비가 새는 곳 아래에 사발을 놓느라 이리저리 뛰어다닌다. 집에 있는 단 하나의 커다란 방은 스퐁의 수중청음기에서 나오는 통계로 언제나 바쁘다. 실외로 뻗어나간 수중청음기의 전선은 만 속으로 들어가 지나가는 고래들의 말을 엿듣는다. 음향은 고래가 내는 아주 희미한 투덜거림이나 독백도 잡아내기 위해 엄청나게 증폭되어 있다. 하지만 모터보트들이 갑자기 이 영역 안으로 들어올 때면 끔찍한 소리가 난다. 그럴 때는 누군가가 벌떡 일어나서 천둥치는 듯한 스크루 소리를 끄러 달려가야 한다.

수중청음기에 고래의 소리가 잡혔을 때 그 소리를 제일 먼저 듣는 사람은 대체로 스퐁 박사이다. 한창 대화를 하고 있는 중간에 그의 표정이 바뀌는 것이다. 기묘하고 내향적인 표정이다. "오르까예요" 하고 그는 말한다.

희미하게, 또는 우레와 같이, 고래의 울음소리는 통계 속에 구체화되어 있다. 고래의 소리는 코끼리의 나팔 소리처럼 제왕답게 시작하여 다음에는 갑자기 믿을 수 없이 높은 소리로 올라간다. 스퐁과 그를 따르는 사람들은 창으로 가거나, 고래가 우는 지점으로 걸어나가 고래에게 휘파람을 불거나 플루트를 분다. 흰줄박이돌고래에 대한 스퐁 박사의 관심은 고래를 공부하는 학도들에게서 흔히 볼 수 있듯이 과학적인 관심에서부터 신비적이고 개인적인 관심으로 넘어갔다. 지금 스퐁에게 가장 중요한 소원은 그냥 고래와 함께 있는 것이며, 지나가는 고래 떼에게 그가 음악을 연주해주는 것은 그 소원의 일부이다. 그는 절대로 흰줄박이돌고래를 그 이름으로 부르지 않았다. 그에게는 일반적인 그 이름이 누명으로 느껴졌다(흰줄박이돌고래는 영어로 'killer whale'이므로 직역하면 '살인고래'라는 뜻임—옮긴이). 그는 흰줄박이돌고래를 라띤어 이름인 '오르까'라고 부른다.

스퐁은 '오르까'에 대해선 별로 말을 하지 않았다. 프리먼과 내가 그에게 고래에 대해 물어보았지만 우리 둘 다 별로 배운 것이 없었다. 스퐁은 자신의 연구에 대해 토론하는 것을 꺼리는 듯했다. 그는 고래들이 그에게 가르쳐준 것에 대한 답례로 고래들과 이심전심으로 비밀을 지키겠다는 무언의 서약을 한 것이 아닐까 하는 생각이 들었다. 그는 샤먼이 토템 동물에게 충실한 것과 마찬가지로 '오르까'에게 충실했다. 때때로 그의 태도를 보면, 그는 흰줄박이돌고래에 대해 남들에게 최대한 전달할 수 있는 것 이상으로 훨씬 많은 것을 알고 있어서 곤혹스러워하고 있다는 생각이 들었다. 어떤 때는 그가 자신의 일을 불필요하게 신비화하고 있는 것처럼 보이기도 했다. 물론 그 신비는 진짜로 그의 거대한 주제에 내재해 있는 것인지도 모를 일이다.

스퐁 주변에 모여든 사람들은 하얀 실험실 가운을 입는 종류의 사람들이 아니었다.

화가인 스튜어트 마샬은 거의 신발을 신지 않았다. 그의 머리칼과 수염은 아무렇게나 길게 자라 있었고 그의 피부는 깊이 그을렀다. 그는 갈색 맨살에 헐렁하고 구멍이 많이 난 스웨터를 입었고, 바지는 그가 자신의 예술적인 손가락을 닦은 덕에 수많은 색깔이 매대기쳐져 있었다. 그의 애인은 열아홉살 난 덴마크 여자 니나였다. 그녀 역시 맨발로 다녔으며 갈색 발목 한쪽에 발찌를 차고 있었다. 그녀의 금발은 축축한 바다 공기 속에서 곱슬곱슬하게 말려 있었는데, 그 고수머리가 빅토리아 시대의 이상(理想)인 —— 지금은 유행에 뒤떨어진 얼굴이지만 예뻤다

——그녀의 얼굴에 테를 둘렀다. 그녀는 캐나다에 온 지 여섯달밖에 안 되었기 때문에 영어를 거의 못했다. 프리먼은 그녀의 말소리를 듣는 것을 좋아했다. "참 이상해요. 낱말은 전부 미국인 히피가 쓰는 말인데 억양은 아주 유럽적이거든요" 하고 프리먼이 내게 얘기한 적이 있다. 니나는 다른 사람과 어울리지 않았고 혼자 무슨 생각을 하다가 갑자기 작게 웃는 버릇이 있었다. 내가 듣기에 그녀의 웃음소리는 우울하게 울렸는데 최근의 고민이나 혼란을 암시하는 듯했다. 하지만 그녀는 단지 자신의 생각을 함께 나눌 수 있는 덴마크 말을 하는 사람이 필요한 것일지도 몰랐다. 나는 그녀가 즐거워하는 것을 두 번 보았다. 한번은 해변에서 우리가 프리먼이 가져온 핫도그를 요리할 때였다. 그녀는 이 채식주의자들과 물고기를 먹는 사람들의 땅에서 해변에 나가 핫도그를 요리한다는 생각에 재미있어하며 즐겁게 웃었다. 또 한번은 죠지의 카누에서였다. "이 배!" 그녀는 소리쳤다. "나는 이 배가 좋아요!" 그러고 나서 그녀는 노를 젓는 데 완전히 몰두했다. 죠지의 가장 친한 친구인 마이클 베리는 수염을 길렀고 조용했다. 그는 자기 배의 선실에서 아내 모린과 아직 아기인 아들과 함께 살았다. 선실의 바깥에는 그가 명수로 통하는 모든 일이 검정 페인트로 씌어 있었다. 산소 용접, 기계, 스쿠버 다이빙.

프리먼을 제외하면 폴 스퐁은 핸슨 섬에서 유일하게 수염을 기르지 않은 남자였다. 스퐁 박사는 생태주의 정치인이자 고래의 변호사가 되었으므로, 아마도 그의 매끈한 턱은 상황에 양보한 결과라고 해야 할 것이다. 그는 여러 도시로 많은 여행을 하며, 지금도 유럽에서의 캠페인에서 막 돌아온 길이었다. 그의 머리선은 이마에서 뒤로 물러나는 중이고 머리칼은 알맞게 길었다. 그의 억양은 영국 영어에서 벗어난 프리먼의 억양처럼 분간하기가 어려웠다. 뉴질랜드 억양에 캐나다 억양이 덧씌워진 억양이었다. 스퐁은 뉴질랜드 태생이었지만 캐나다에서 오랜 세월을 보냈기 때문이다. 린다 스퐁은 검은 머리칼에 잘생긴, 견실하고 양식있는 사람이었다. 프리먼은 그녀를 존경했다. "여기 있는 여자들 중에서 그녀가 가장 건전한 것 같습니다"라고 그는 내게 말했다.

섬을 방문한 사람 중에는 머핀이라고 불리는 젊은 여자가 있었다. 그녀는 죠지의 오래된 친구로서 큰 카누의 진수식 때도 왔었다. 그녀는 큰 눈에 땋아내린 머리를 하고 있었고, 진수식에 왔을 때보다 임신한 배가 눈에 띄게 불러 있었다. 그녀는 채식주의자였다. 프리먼과 죠지 사이에 냉기가 서린 것을 내가 처음으로 알아차린 것은 바로 음식에 대한 그녀의 신념을 토론하는 중간에서였다.

프리먼의 양딸이자 죠지의 씨다른 누이인 카트리나가 아파서 부자는 그녀에 대해 걱정을 하고 있었다. 어느 날 저녁 죠지는 아버지에게 머핀이 식이요법으로 비슷한 병을 고쳤다는 얘기를 하면서 채식주의와 단식의 이로운 점을 주장했다. 죠지는 카트리나가 머핀의 지시를 따른다면 나을 거라고 말했다. 프리먼은 지루한 표정이었다가 그 다음엔 짜증을 냈다. 이 물리학자에게는 독단적 주장에 대한 혐오가 있었는데, 죠지는 음식에 관한 믿음에 있어서는 거의 독단적으로 되어가고 있었던 것이다. 그는 아버지의 노여움에 대해 전혀 무감각한 것처럼 보였다. 아니면 그것을 알면서도 타협하지 않고 자신의 견해를 말하기로 결심한 것 같았다. 나는 해빙이 거꾸로 돌아가고 있음을, 그들 사이에 다시 얼음이 생겨나기 시작하고 있음을 느낄 수 있었다.

하지만 대체로 상황은 부드럽게 돌아갔다. 프리먼은 핸슨 섬의 사람들에게 죠지의 친구로서, 동시에 그 사람들 자체로서 흥미를 느꼈고, 그들을 자세히 살펴보았다. 그는 섬 생활을 좋아했다.

이 물리학자와 나는 우리 힘으로 할 수 있는 단순 과업을 할당받았다. 프리먼은 장작 패는 사람이 되어 정확한 동작을 효율적으로 사용해 상당한 만족감을 느끼며 나무를 쪼갰다. 건강에도 좋고 반복적인 야외 노동은 이론가에게 완벽하게 맞는 일이었다. 내 일은 켈프 자르기였다. 나는 만조선 위에 얽혀 있는 해초 속에 들어가 켈프 줄을 끊어 수레에 실은 다음, 숲을 거쳐 퇴비 구덩이로 가져가는 일을 했다. 커다란 켈프 줄기는 완전히 죽지 않은 비단뱀처럼 생명이 붙어 있어서 나는 자주 수레를 멈추고 그것들을 굴복시키기 위해 씨름을 해야 했다. 나는 모래범벅에 땀범벅이 되었고 마치 라오콘(그리스 신화에 나오는 트로이의 왕자이며, 아뽈론 신전의 신관으로 트로이 함락 때 아테나의 부추김을 받은 두 마리 큰 뱀에 의해 두 아들과 죽음―옮긴이)처럼 싸웠다.

한번 올려다보았더니 프리먼이 도끼를 놓고 나를 바라보며 재미있어 하는 것이 보였다. "꼭 내장을 싣고 가는 것 같구려." 그의 총명한 관찰이었다. 나는 다시 돌아간다는 것은 생각할 수도 없었다. 그는 이제 점심시간이 다 되었으니 여기서 그만두자고 제안했다. 나는 수레를 내려놓았고 우리는 안으로 들어갔다.

죠지는 스퐁네 집 바닥에 앉아 동력 사슬톱을 수리하고 있었는데 부품들이 그의 주변에 널려 있었다. 다른 사람들이 점심을 먹으러 모여들었다. 우리는 죠지가 일하는 것을 보면서 이야기를 나누었다. 린다 스퐁과 모린 베리는 연어 통조림 만드는 법과 음식값, 제일 가까이에 있는 마을인 얼러트 만의 인디언들에 대해 얘기하고 있었다. 스퐁 부인이 요즈음엔 얼러트 만에 가는 것이 무섭다고 말했다. 인디언들이 점점 전투적이 되어가고 있었다. 죠지는 동력 사슬톱에 대해 얘기한 다음 에폭씨에 대해서도 말을 했다. 에밀리는 그녀의 습관대로 모든 것을 듣고 있었는데 말은 거의 하지 않았다.

프리먼과 스퐁은 과학에 대해 얘기했다. 스퐁은 고등연구소에 대해 물었다. 거기서 프리먼이 하는 일은 이론적인 일인가? "그렇죠. 보다시피 나는 아주 이론적인 분야를 다루는 과학자입니다"라고 프리먼이 말했다. 그는 바닥의 사슬톱 부품에 둘러싸여 있는 자신의 실천가 아들을 향해 고개를 끄덕였다.

죠지는 이를 드러내고 싱긋 웃으며 동의했다. "아버지는 이 톱을 고치는 데 도움이 안돼요."

　스퐁은 프리먼에게 연구소의 나날은 어떠냐고 물었다. 주된 일은 매년 프린스턴에 초청받아 오는 선별된 집단과 씨름을 하는 것이었다. "나는 주로 그 사람들이 하는 말을 듣지요. 적절한 순간에는 고개를 끄덕이고, 이따금 그들이 궤도에서 벗어났을 때는 그렇다고 말해주죠. 그러고 나면 마음대로 내 일을 할 수 있습니다."

　"선생께서 하시는 일은 무엇입니까?"

　"천체물리학이죠. 나는 천체물리학자입니다. 처음에는 수학자로 시작했습니다."

　"천체물리학 중에서 어떤 문제를 다루십니까?"

　"지금은 은하계에 관심을 갖고 있어요. 어떻게 원반 모양의 은하계가 함께 뭉쳐 있는가가 큰 의문입니다. 중력상으로는 불안하게 보이거든요. 그건 순수하게 수학적인 문제입니다──무엇이 그들을 한데 붙들어두는가?"

　"에퐁씨죠" 하고 에밀리가 말했다. 너무 조용하게 말을 했기 때문에 오직 나만 들을 수 있었다.

45

건드리지 마세요

　비가 오고 있었다. 에밀리는 다이슨 야영지로 심부름을 갔다가 비가 쏟아지는 가운데 돌아왔다. 스퐁의 집 문을 들어서며 그녀는 비옷을 걸었다.

"텐트를 좀 들여다봤니?" 프리먼이 물었다.

"아뇨."

"지금쯤 텐트가 형편없이 물에 잠겨 있겠다."

"그렇지 않을 거예요" 하고 누군가가 말했지만 프리먼은 안심을 못했다. 몇분 동안 생각을 하고 난 후에 그는 건너가서 텐트를 점검하기로 결심했다. 에밀리는 부친이 비옷을 입는 것을 지켜보았다.

"제 생각에 아버지 텐트는 건드리면 물이 새는 종류예요." 그녀가 경고했다. "그러니까 건드리지 마세요."

46

끌라리온 쁘로푼두스

어느 날 밤 우리는 스퐁의 식탁에 둘러앉아 아니스(미나리과의 한해살이 풀—옮긴이)차를 홀짝홀짝 마시고 있었다. 어떤 이는 원통형 통나무에 앉아 있고 어떤 이는 바지 여러 벌이 방석처럼 부드럽게 깔린 긴 의자에 앉아 있었다. 이건 옛날 장면이라는 생각이 들었다. 위에 달린 호롱불이 석기시대의 빛을 던져주었다. 빛이 만든 호박색 동그라미 안에는 갈색 얼굴에 수염을 기른 맨발의 스튜어트 마샬이 있었다. 그의 손은 여러가지 색의 물감으로 얼룩덜룩했다. 그는 동굴 벽에 들소를 그려넣으며 하루를 보낸 크로마뇽인이었는지도 모른다. 그의 옆에는 발찌를 빼면 그와 똑같이 맨발인 니나가 있었다. 암사슴 같은 눈을 한 머핀과 건전한 눈매의 린다 스퐁, 마치 샤먼처럼 불을 뚫어져라 보고 있는 죠지와 눈꺼풀이 반쯤 내려앉은 에밀리가 있었다. 우리는 먼 옛날의 부족 집단 같았다. 빛의 동그라미 너머에서 야쉬 스퐁의 고른 숨소리가 들려왔다. 그는 아버지가 침대에 누이자마자 잠에 빠져들었다. 일찍 시작해서 야외에서 보낸 긴 하루가 우리 뒤에 있었다.

동그랗게 둘러앉은 얼굴들 가운데 프리먼의 얼굴만이 튀었다. 그는 다른 사람들보다 창백했으며, 그밖에도 무언가 다른 점이 있었다. 나는 어쩐지 그의 모습에서 사물을 말랑하게 하는 빛의 영향에 저항하는 모난 윤곽과 날카로움을 보는 것 같은 생각이 들었다. 호롱불도 그를 석기시대로 돌려보낼 수 없었다. 나는 만약 우리가 진짜 구석기시대의 사람들이라면, 프리먼이야말로 내일 철을 발명할 사람일 거라고 생각했다.

누군가가 마리화나를 시작했다. 부족의 대부분은 마리화나를 빨아들였고 몇몇은 다음 사람에게 그냥 넘겼다. 마리화나가 한바퀴 돌고 난 다음 두번째로 도는 중간쯤에 죠지는 아버지를 건너뛰어 마리화나를 넘겨주려다가 잠시 생각을 한 후 그걸 아버지에게 내밀었다. "아버지도 우리 모임의 일원이시죠. 하지만 제 생각엔……?"

"고맙지만 됐다." 프리먼이 말했다.

그의 어조가 날 깨웠다. 그의 어조에는 곡괭이가 반석을 찍을 때와 같은 견고함이 배어 있었다. 프리먼이 죠지의 영토에 들어온 이래 그런 소리를 들은 적이 없었다.

그 순간은 길어졌다. 나는 앞으로도 언제나 이러하리라는 것을 알았다. 아니 안다고 생각했다. 다이슨 부자는 틈을 좁혔지만 이 순간 각자 자기 영역의 마지막 경계에 나와 있었고 더이상 멀리 가지 못했다. 그들은 이만큼 거리를 두고 각자의 궤도를 계속 돌 것이었다. 죠지는 분명히 아버지가 마리화나를 거절하리라는 것을 알고 있었지만 이러한 자기 삶의 평소 몸짓을 끝까지 완성하려고 했다. 아버지의 대답에 밴 바위 같은 울림에도 그는 전혀 움찔하지 않았다. 긴장이 그 자리에 머물러 있었다. 두번째 마리화나가 돌았고 나도 처음으로 권유를 받았지만 거절했다. 마리화나는 죠지의 손에 그대로 매달린 채 호롱불의 호박색 불빛 속에 붙박여 있었다.

수중청음기에서 흰줄박이돌고래가 부르는 소리가 들려왔다. 처음에 한 선율이 들리자 다음엔 무리 속 다른 고래들의 합창이 화답을 보냈다. 우리가 전에 들었던 것보다 더 많은 고래가 있었다. 우리는 바깥으로 뛰어나가 갑으로 달려가 그들이 오는 것을 지켜보았다. 높이 솟은 검은 지느러미가, 닻을 내리고 있는 진한 은색의 마운트 페어웨더 호와 해안 사이로 지나갔다. 고래들은 우리 발 밑에 있는 바위에서 18미터 안으로 들어왔다.

스퐁이 갑 위에 있는 가문비나무에 확성기를 달아놓았기 때문에 고래들의 소리가 우리를 온통 감쌌다. 우리는 해저에서 부르는 소리와 밖으로 물 뿜는 소리를 둘 다 들었다. 그 감각은 특이한 것이었다. 한 귀는 물 속에 담그고 한 귀는 물 밖으로 내놓고 있는 것 같았다. 스퐁의 장비는 성능이 좋아 소리가 강하게 증폭되었으므로, 어떤 것이 진짜 소리고 어떤 것이 전기음향인지 구별하기가 어려웠다.

물 뿜는 소리는 호의적인 소리였다. 거기에 마침내 가까이 다가갔을 때 그 소리는 허파와 밤공기의 달콤함에 관해 이야기를 들려주었다. 그 것은 우리 인간의 소리와 같았지만 좀더 큰 규모였다. 물밑의 노래는 낯선 것이었다. 인간과의 유사함이 너무 호되게 깨져버렸기 때문에 나는 고래가 대체 몸 어디에서 그런 소리를 내는지 짐작조차 할 수 없었다. 분수공을 이용하는 것인가 아니면 목구멍 속 어딘가에서 나는 소리인가? 이 악기의 음역은 인간 외적(外的)이어서 음역의 양쪽 끝에서 모두 우리의 음계를 벗어난다.

나는 눈을 감고 귀를 기울였다.

돌과 쇠로 만들어진 성문이 육중하게 흔들리며 열리듯이, 베이스 음이 전율하는 소리가 들려왔다. 고래는 문으로 들어왔고, 탑의 꼭대기로 올라가 더 높은 문을 열었다. 마치 거인이 —— 넵뚜누스(고대 로마의 바다의 신—옮긴이)가? —— 잠자리에서 뒤척이는 듯한 깊은 한숨이 길게 들려온 다음에는, 바닥을 박박 긁는 소리가 가장 느리게 돌아가는 레코드처럼 처량하게 들려왔다. 고래들은 아무런 힘도 들이지 않고 음을 옮겼다. 그들은 혀를 입술 사이로 내밀어 부르르 떠는 야비한 야유의 소리, 돼지의 꿀꿀거리는 소리, 방귀소리를 거치며 중간 음역을 통과했다. 그때 한 고래가 계속 더 높이 올라가더니 한배의 젖먹이 강아지들이 내는 불안하고 복합적인 소음을 냈다. 이들의 소리를 들으며 나는 어떤 소리는 실험적인 소리라는 확신이 들었다. 고래들은 자신들에게서 어떤 소리가 나는지 알기 위해 마치 흘려 쓴 듯한 테마 음악을 보내고 있었다. 그들의 소리에는 유머 또한 깃들여 있다는 생각이 들었다. 나는 초등학교의 재치꾼이라 할 만한 녀석이 한 손을 겨드랑이에 넣고 팔꿈치를 펌프질하듯 상하로 움직여 자기 악기의 음량을 올리면서 만들어내는 듯한 외설적인 교향곡을 서너 편 들었다. 잠시, 내가 고래들의 기분을 재고 있었다는 생각이 들었다. 그러고 나자 이 희극의 한가운데에서부터, 모든 소화불량성의 웅얼거림과 조잡한 흉내로부터 트럼펫 소리가 들려왔다. 그것은 내가 이제까지 들어본 가장 순수하고 아름다운 음이었다.

나는 눈을 떴다. 죠지가 에밀리와 함께 스퐁의 작은 카약으로 달려가고 있었다. 그들은 배에 뛰어들어 고래를 향해 빨리 노를 저었다. 인광이 번쩍이는 밤이었고 창백한 불의 둥근 덩어리가 그들이 젓는 두 개의 노 뒤로 소용돌이치며 떨어졌다. 그들이 뒤에 남긴 쌍둥이 빛구름은 곧 사라져버렸다. 고래는 부표 너머로 이동해갔고 죠지와 에밀리는 그들을 쫓아 어둠 속으로 사라졌다. 잠시 동안 우리는 물갈퀴가 짝지어 물에 잠기는 소리를 들었지만 그러고 나서는 그 소리도 사라졌다.

처음에 죠지는 고래의 무리를 발견할 수 없었다. 하지만 주변을 두루 찾으니까 북쪽의 해안 가까이에서 두 개의 커다란 형상이 보였다. 그는 그들이 있는 곳에서 12미터가 채 안되는 지점으로 갔고, 거기에서 한 쌍의 고래가 나란히 휴식을 취하는 것을 발견했다. 바위에 아주 가깝게 붙어 있어서 꼬리가 바닥에 닿을 수도 있을 것 같았다.

죠지는 머뭇거렸다.

이런 순간에 죠지 나이슨이 머뭇거린다는 것은 기묘한 일이었다. 핸슨 섬 사람들의 목표는 흰줄박이돌고래에게 가능한 한 가까이 가보는 것이고, 그들이 섬기는 교의 중 하나는 흰줄박이돌고래가 사람들을 해치는 데 관심이 없다는 것이었다. 하지만 죠지는 감히 더 가까이 가지 않았다. 카약에 타고 있는 누이 때문이었을까?

"오르까는 공포에 대해 가르쳐주죠." 그때 난생 처음으로 고래에게서 그러한 감정을 느꼈다고 고백하며 죠지가 나중에 한 말이다. '오르까'는 그날 밤 죠지에게 바다와 바다의 차가움에 대한 공포를 상기시켜주었다. 죠지는 일시적으로 그것을 잊고 지냈었다.

'오르까'는 에밀리에게 그다지 큰 감명을 주지 않았다. 네, 고래가 아주 가까이 있었어요,라고 그녀는 나중에 말했다. 한 녀석은 카약 아주 가까이까지 왔어요. 하지만 그녀가 제일 좋아한 것은 죠지가 배를 멈춘 때였다. 그는 켈프의 구근을 붙잡고 카약을 조수의 반대 방향으로 돌린 다음 고래를 찾았다. 그가 주변을 둘러보고 있을 때 그녀는 아래를 내려다보았다. 파도가 넘실거리며 흘러갔고, 인광이 쫓아가며 물살의 검은 보폭을 밝게 비추고 있었다. 물살이 켈프나 선체의 저항과 만나는 지점에서는 흥분한 플랑크톤이 마치 신성(新星)처럼 반짝였다. 빛은 성운의 빛처럼 우윳빛으로 변하며 빨리 사라져갔다. 플랑크톤은 이제 하늘의 구름 사이로 모습을 드러내고 있는 성좌에 빛나고 있었다. 플랑크톤이 배꼬리 쪽으로 흘러가는 것을 보고 있으려니 에밀리는 그녀와 오빠가 여전히 열심히 노를 저어야 할 것만 같았다.

마치 타이탄을 위해 만들어진 궁전의 기나긴 석조 회랑으로 인경 종소리가 메아리치듯 트럼펫 소리가 퍼져나갔다. 그 소리에는 어마어마한 아름다움이 깃들여 있다는 것을 알 수 있었지만 나는 그것을 느끼고 있지는 못했다. 나는 1년 전 혹등고래가 내 곁에서 물을 내뿜는 가운데 보름달 아래에서 노를 저어 양군을 지났을 때 체험한, 이름을 붙일 수 없는 불만족을 느끼고 있었다. 나는 무언가 큰 것을 놓치고 있었다.

나는 폴 스퐁도 같은 느낌인지 궁금했다. 아마 그 점이 그가 흰줄박이 돌고래에 대해 이야기하는 것을 삼가는 이유를 설명해줄 것이다. 고래를 대할 때면 이 세상에 존재하지 않는 성질과 직면하게 되었다. 그들의 노래는 묘사할 수 있는 말이 없었다. 나는 그들의 노래에 붙일 라띤어 이름을 발명했다. '끌라리온 쁘로푼두스'. 하지만 그 말은 제 구실을 못했다. 그 말은 심지어 문법에도 안 맞았다. 그 말은 라띤어도 아니었다.

덩굴손 같은 소리가 바닥 곳곳으로 풀려나갔다. 소리는 밤바다를 다 돌아다닌 다음 내 척추로 곧바로 올라왔다. 레코드로도 그 소리를 들었고, 핸슨 섬에서의 지난 서너 밤 동안에도 그 소리를 들었건만, 나는 여전히 그 소리를 들을 준비가 되어 있지 않았다. 그것은 전혀 예상치 못한 곳으로부터의 소식이었기에 소름이 돋아났다. 그것은 육지에 속하지 않은 지성적 존재였고, 무(無)를 탐사하고 있었으며, 우리를 발견하지 않은 채 지나쳐갔다. 나는 프리먼이 찾는 다른 지성적 존재는 바로 여기 지구에 있다는 생각이 들었다. 하지만 우리는 그것과 진짜로 연결된 적이 없었던 것이다.

핸슨 섬 사람들의 플루트와 환성은 성가신 것이었다. 나는 우리가 소리에 귀를 기울일 수 있게 그 사람들이 입을 다물어주었으면 싶었다. 폴 스퐁의 찌르는 듯한 '이이이이이야아아아!'는 나를 괴롭히지 않았고 린다 스퐁의 높고 상냥하며 희미하게 꺼져가는 '헬루우우우우!'도 마찬가지였다. 그들이 부르는 소리는 둘 다 연습을 쌓은 것이었으며 고래가 듣고 있다는 확신 속에서 자연스럽게 우러나왔다. 하지만 섬을 방문한 두 여자가 시험 삼아 작게 지르는 소리는 내 신경을 날카롭게 했다. "히이이이"라고 그들은 외쳤다. 그들은 자신의 소리를 듣고 있었다. 그들은 이 모든 것이, 이 일방적인 대화가 결코 우스꽝스러운 것이 아니라는 확신이 없었다.

나는 프리먼도 역시 거슬려하고 있는지 궁금해서 그를 돌아보았다.

그는 떨어져 서서 뒷짐지고 블래크니 수로를 응시하고 있었다. 나는 그가 구름이 걷혀가는 하늘을 올려다보다가 다시 고래를 향해 고개를 떨구는 것을 보았다. 한 순간이 지나갔다. 눈을 바다 쪽으로 향한 채 그는 호주머니 속을 손으로 더듬어 안경을 찾았다. 그리곤 안경을 썼다. 그는 다시 별을 바라보았다.

47

M 31

그날은 핸슨 섬에 처음으로 별이 나타난 밤이었다. 우리를 덮고 있던 구름의 돔은 결코 영원무궁한 것이 아니었다. 구름 틈새로 별자리들이 반짝였다.

다이슨 야영지의 집으로 향하면서 프리먼은 전지를 들고 있는 에밀리의 뒤에서 일부러 멀찍이 떨어져 걸어갔다. "별똥별이다!" 하고 그는 외쳤다. 해변 아래로 스무 발자국쯤 걸어내려간 그는 또다른 별똥별을 보았다. "저건 내가 본 세번째 별똥별이야. 소나기처럼 빗발치는구나."

그곳에는 별빛을 흐리는 도시의 붉은빛이 없기 때문에 선명하게 반짝이는 별빛은 그를 흥분시켰다. 그는 에밀리와 전지 뒤에서 거리를 두려 애쓰며 어슬렁어슬렁 걸었다. 그는 우리 은하계 바깥에 있으며 육안으로 볼 수 있는 북반구의 유일한 은하계인 M 31을 찾고 있었다. M 31은 아주 맑고 어두운 밤에만 볼 수 있었다. 프리먼은 우리 이웃의 은하계가 우리를 향해 요란스레 돌진하고 있는 하늘의 조각을 열심히 응시했다.

에밀리는 뒤를 돌아보았다. 그녀는 전지로 프리먼을 비추고 다음에 별을 비추었다. 그녀의 광선은 아버지의 삶의 이력을 그래프로 나타내는 훌륭한 논평이라는 생각이 들었다. 하지만 프리먼은 짜증이 났다. 그는 딸에게 제발 자신에게 불을 비추지 말라고 했다. 에밀리는 잠시 동안 그 일을 그만두었지만, 훼방을 놓으려고 그랬는지 아니면 그냥 잊어버려서 그랬는지 다시 아버지에게 광선을 비추었다.

"에밀리! 나한테 불을 비추지 말아라!"

그것이 그가 누군가에게 호되게 말하는 것을 들은 유일한 순간이었다. 에밀리는 그만두었다. 점점 좁아지던 해변은 바위잡초가 돋아나 미끌거리는 둥근 돌에서 끝이 났다. 프리먼은 이제 자신의 걸음걸이를 살펴야 했다. 그는 다시 지구를 조심스레 밟아야 했다. "별을 보는 시간은 끝났어" 하고 그가 말했다. 그는 자신을 놀리고 있었지만 나는 거기서 또한 진짜 체념의 소리를 들었다.

48

구조

마지막으로 핸슨 섬에서 하루를 꼬박 보내는 날 아침, 프리먼과 에밀리는 죠지와 함께 가문비차를 들며 어정어정 시간을 보내고 있었다. 나 역시 차를 홀짝거리며 그들과 함께 앉아 있었다. 그때 우리는 멀리서 나는 모터 소리를 들었고, 블래크니 수로에서 조그만 배가 시야에 들어왔다. 그 배가 갑을 돌아드는 순간 죠지는 몸을 똑바로 폈다. "저 사람들, 배짱이 좋군요. 저렇게 갑판이 없는 작은 배를 타고 조수를 거스르다니"

하고 그는 말했다. 그는 가죽케이스에서 쌍안경을 꺼내들고 그 배를 자세히 보았다. 쌍안경 속에서 확대가 되었어도 배에 타고 있는 사람들은 여전히 양쪽 가장자리에 붙은 점처럼 보였다. 사람보다 더 높은 희고 율동적인 포말이 마구 들이쳤고 그때마다 뱃머리는 파도 속에 묻혔다. 모터의 소리가 일정치 않게 들려왔다. 베기에는 너무 큰 통나무에 걸려 완강히 저항하는 사슬톱처럼 모터는 낑낑거리는 소리를 냈다. "구명복을 입고 있어서 다행이에요." 죠지가 말했다. 그는 천천히 쌍안경의 방향을 바꾸며 배가 조수의 격랑이 험한 곳으로 다가가는 광경을 좇았다. "절대로 저 격랑을 뚫지 못할 거예요"라고 그가 예언했는데 2초쯤 지난 뒤에 과연 배는 사라져버렸다. 사슬톱 같은 소리도 멈추었다.

우리 앞에는 거대하고 고요하며 텅 빈 내포만이 있었다. 이 무생물은 미친 듯이 날뛰며 밖으로 빠지는 길로 달려나갔다.

우리는 죠지의 예언이 떨어지기가 무섭게 일어난 이 사건을 믿을 수가 없어서 잠깐 동안 조용히 앉아 있었다. 우리는 바람결에 다시 모터의 소리가 들려오기를 기다렸다. 하지만 바람은 그 소리를 실어다주지 않았다. 죠지는 배가 있었던 곳에 쌍안경을 고정시킨 채 천천히 일어났다. 그러고 나서 그는 민첩하게 움직이기 시작했다. 그는 쌍안경을 케이스에 다시 집어넣었고, 그와 나는 해안의 둥근 돌로 훌쩍 뛰어내려가 미끄러지고 또 미끄러지며 바위잡초와 해변의 젖은 바위 위를 달려갔다. 우리는 거기에서 기다리고 있는 작은 카약을 타고 물 속으로 텀벙 뛰어들었다. 우리는 폴 스풍의 고무 조디액 호가 정박해 있는 부표 쪽으로 노를 저어갔다. 죠지가 모터에 시동을 걸고 있는 동안 나는 조디액 호를 매놓은 밧줄을 풀었다. 두번째로 줄을 잡아당기자 엔진에 시동이 걸렸다──그 선외 모터로서는 기적이었다. 일단 연안에 깔려 있는 켈프를 지난 다음 나는 앞으로 자리를 옮겼다. 거기에서는 내 몸무게가 조디액 호의 출발과 비상을 도울 것이었다. 배는 출발했고 우리는 조수의 격랑 속으로 미끄러져 들어갔다.

그것은 혼란스럽고 예측할 수 없는 바다 풍경이었다. 한 순간 기름처럼 매끈했던 한 조각의 물이 다음 순간 미친 듯이 날뛰기 시작했다. 이쪽 수면은 파도 때문에 일렁이고 있고 저쪽은 용승(湧昇, 수면 아래 200미터에서 300미터에 있는 중층 바닷물이 여러가지 원인으로 상승하여 수면으로 솟아오르는 현상—옮긴이) 때문에 대리석 무늬가 새겨졌다. 뻗치는 파도는 한순간 우리의 속력을 빠르게 했지만 다음 번에는 우리의 멱살을 쥐었다.
"온통 소용돌이뿐이군요." 죠지가 말했다. 우리는 실종된 배를 두루 찾아보았지만 아무런 흔적도 발견할 수 없었고, 실종된 사람의 흔적도 전혀 보지 못했다.

"장담하지만 그 사람들 벌목공일 거예요." 죠지가 모터의 소리를 뚫고 큰 소리로 외쳤다. "말썽이 생기면 그 사람들은 속력을 내요. 의심스러우면 에너지 소비를 늘려라——그게 그 사람들이 가르치는 거죠."

서너 번, 우리는 사람을 보았다고 생각했지만 가까이 다가가서 보면 깐닥깐닥하고 있는 머리는 통나무나 바닷새였다. 블래크니 수로는 해안에서 가문비차를 마시며 볼 때에는 별로 대단해 보이지 않지만, 그 속에 들어가 물에 빠진 누군가를 찾으려고 보면 정말로 엄청난 물이 된다. 시간이 다해가고 있었다. 사람들이 물에 빠진 지 12분이 지났는데, 이렇게 먼 북쪽에서 생존할 수 있는 시간은 그리 길지 않다. 나는 알고 있는 지식을 동원하여 눈을 날카롭게 하려고 노력했다.

마침내 죠지는 구명복의 노란색을 보았고 그리로 방향을 바꿨다. 그들에게 다가가는 중에 우리는 물 속에 있는 배를 보았다. 배는 저를 잡아먹은 소용돌이 속에서 천천히 돌아가고 있었다. 배는 뒤집힌 채 60센티미터 아래에 떠 있었다. 한 사람은 배의 전방 용골 위에 앉아 있었는데 가슴이 물 밖으로 나와 있었다. 좀더 덩치가 크고 나이를 먹은 다른 사람은 고물 쪽에 떠 있었고, 물에 가라앉은 선체의 흰색 위로 다리가 어둡게 끌리고 있었다. 그 사람은 처음에는 다리를 약하게 차고 있는 것처럼 보였는데 가까이 다가가서 보니 그냥 물결이 그의 다리를 움직이고 있는 것이었다. 그는 물결에 자신을 맡기고 있었다. 그는 빙하처럼 느린 동작으로 우리를 향해 손을 뻗었다. 우리는 그의 겨드랑이를 붙잡아 끌어올린 후 불뚝한 배를 뱃전에 걸친 다음 그를 바닥으로 굴렸다. 그는 미동도 없이 누워 있었다. 그의 눈은 죽은 생선의 눈처럼 반들반들했다.

"이게 끝인 줄 알았소. 이런 일을 견디기에는 너무 늙었지." 그가 말했다. 그는 예순살에 가까웠다.

젊은 사람에게는 힘이 조금 남아 있어서 쉽게 데려왔다.

우리가 가라앉은 배에 견인줄을 붙이는 일을 끝마쳤을 때 나이 많은 사람이 약간 움직였다. 그는 손을 뻗어 내 손에 자신의 손을 얹고 내 눈을 응시했다. 나는 다른 손을 그의 손 위에 얹었다. 그의 손가락마디는 얼음처럼 차가웠다.

그는 팔꿈치를 딛고 몸을 일으켜 느린 동작으로 담배를 찾아 호주머니를 뒤지기 시작했다. 이럴 때 담배를 찾는 것은 미친 짓인 것 같았지만, 나는 담배를 피우는 사람이 아니었다. 그는 플레이어즈 한 갑을 찾더니 나에게 도와달라는 눈짓을 보냈다. 나는 담뱃갑의 금박을 벗기고 담배 한 개비를 꺼내 그의 입에 물려주었다. 그는 호주머니에서 라이터를 찾았지만 바다가 쓸어가버리고 없었다. 그의 큰 손이 천천히 입으로 올라가 담배를 꽉 잡았다. 그는 담배를 배 밖으로 휙 던졌다. "어차피 필요없어" 하고 그가 말했다.

그는 생각을 더듬기 시작했으나 별로 또렷치 않았다. 그는 배에 가스깡통이 있었다는 것을 기억하고는, 우리에게 다시 돌아가 그걸 찾아줄 수 없느냐고 물었다. 우리는 그들을 발견한 것만도 정말 행운이었다고 설명했다. 우리는 절대로 깡통을 찾지 않을 작정이었다. 그는 우리의 말을 이해하고 고개를 끄덕였다. 그는 팔꿈치를 괴고 누워 블래크니 수로를 내다보았다. "이 젊은이들을 보았을 때 주님이 오셨다고 생각했지." 그는 조수의 격랑, 아니면 멀리 떨어진 해안에 말을 걸며 얘기했다. 어쩌면 아무에게도 특별히 말을 거는 것이 아닐지도 몰랐다.

그의 이름은 빌이었고 젊은 사람은 버니였다. 그들은 인근 벌목장에서 일하는 뜨내기 노동자였다. 빌은 다른 무엇보다도 살아 있다는 것이 기뻤다. "버니, 자네가 뭘 할지는 모르겠네만 나는 오늘 밤 기도할 거야." 버니는 다른 무엇보다도 자신의 항해술에 대해 당황했다. 키를 잡고 있던 사람이 바로 그였던 것이다. 그는 마음속으로 계속 사건을 되짚어보며, 생각 속에서 배를 제 위치로 뒤집으려고 애썼다. "맙소사, 배가 그렇게 뒤집힐 줄은 몰랐어요. 지금도 여전히 이해할 수가 없어요. 한번 제대로 세워놓았는데 곧바로 또 뒤집혔죠." 그는 죠지에게 자신이 달리 어떻게 했어야 했는지 물어보았다. 죠지는 속도를 줄였어야 했다고 대답했다. 엔진만 껐더라면 괜찮았을 것이다. 버니는 놀랐다. 그는 파도가 거칠어지면 엔진의 추력을 올렸었다고 말했다.

버니는 자신이 겁을 먹지 않았었다고 주장했고 빌은 죽도록 무서웠다고 말했다.

버니는 아주 심하게 떨고 있었다. 빌은 전혀 떨지 않았으며 그 점에 대해 자랑스러워했다. "버니, 나뭇잎처럼 떨고 있구먼. 자넨 지방이 별로 없어서 그래." 진실은, 빌은 너무 추워 떨 수조차 없었던 것이다. 나중에 핸슨 섬에서 난로가 그의 몸을 오한점까지 덥혀주자 그는 한 시간 동안 떨었다. 버니가 오한을 멈춘 지 한참 뒤였다.

죠지와 나는 집으로 오면서 싱글거리기 시작했다. '우리는 두 사람의 목숨을 구했다.' 해안이 가까워짐에 따라 죠지는 웃음을 죽이고, 그저 또 다른 날 아침에 구조를 나가는 듯한 감정이 없는 얼굴이 되었다. 나도 그렇게 해보려고 노력했으나 잘되지 않았다.

프리먼이 바위잠초 위로 서둘러 내려왔다. 그가 우리를 반긴 첫번째 사람이었다. 그는 빌의 손을 잡고 그가 배에서 내리는 것을 도와주었다. "나라면 아주 조심하겠소, 이 바위는 아주 미끄럽거든." 그가 경고했다. 나는 프리먼의 야릇하고 꼼꼼한 억양이 빌에게 어떻게 들렸을지 궁금했다. 빌은 너무 지쳐서 아마 그 점에 대해 아무것도 생각할 수 없었을 것이다. 이 덩치 큰 뜨내기 노동자는 세 번이나 넘어질 뻔했는데 호리호리한 물리학자가 그를 꼭 붙들었다. 빌의 꽤나 뚱뚱한 허리에 팔을 두르고 프리먼은 그를 스퐁네 집 문까지 날랐다.

죠지가 조디액 호를 밖에 정박시키고 안으로 들어올 즈음 두 벌목공은 담요에 싸여 커피를 마시고 있었다. 안으로 들어오자마자 죠지는 마치 아무 일도 없었던 것처럼 효모 팬케이크를 만들었다. "네가 그렇게 빨리 움직이는 걸 보고 감동했다." 프리먼이 아들에게 말했다. "나는 여전히 무얼 해야 하나 생각하고 있었는데 너는 벌써 가버렸더구나."

이제 버니와 빌, 나 사이에는 당황스러운 감정이 번져가고 있었다. 구조를 할 때는 서로 친밀함을 느꼈었다. 빌과 나는 끝까지 손을 잡고 서로의 눈을 들여다보고 있었다. 이제 우리는 눈을 피했다. 어떤 빚이 있을 거라는 생각에 모두 불편해진 것 같았다. 나는 죠지도 이런 혼란을 공유하는지 알아보려고 그를 자세히 살폈다. 내가 분간할 수 있는 한 그는 그렇지 않은 듯했다.

죠지는 그 순간 옛 일을 생각해내고 있었다고 나중에 내게 말해주었다. 그는 아버지가 아주 오래 전에 그에게 고백한 꿈, 비행기가 추락해 불타고 있는데 프리먼은 꼼짝할 수 없어서 승객들의 구조를 돕지 못했다는 악몽을 생각하고 있었다. 프리먼은 비슷한 위급상황이 되었을 때 죠지가 움직일 수 있기를 바라면서 어린 아들을 깨워 그 악몽을 얘기해주었다. 그 위급한 상황이 방금 일어났고 죠지는 시험을 통과했다. 그 꿈은 죠지의 첫 기억이었다. 그에게는 여기 브리티시 컬럼비아에서 하나의 원이 이제 막 완성된 것처럼 보였고, 그래서 그는 그것의 의미를 이해하려 하는 중이었던 것이다. 그는 아버지도 그것을 기억하는지 궁금했다. 그러나 물어보지 않기로 했다.

죠지가 자기를 부르는 소리에 담긴 친밀함이 빌을 수다스럽게 했다. 그는 감사함으로 가득 차 있었고, 그 감사는 속에 팬케이크와 커피가 들어가고 이제 살아났음을 마침내 확실히 알게 되어 감사의 염이 강렬함을 잃게 되었을 때까지 계속 말이 되어 흘러나왔다. 그러고는 조용해졌다.

"이 젊은이들 중에 누가 선생 아들인가요?" 그는 프리먼에게 물었다.

"죠지입니다. 당신을 건져올린 사람이오."

사실 죠지와 나, 둘 다 빌을 건졌지만 빌은 프리먼이 우리 중 누구를 의미하는지 알았다.

"선생이 한 일 중 제일 잘한 일이오." 빌이 프리먼의 어깨를 두드리며 말했다.

"네. 저 애는 제대로 컸다는 생각이 듭니다." 프리먼이 말했다.

49

작별

다음날 아침 핸슨 섬에서 함께하는 마지막 시간에 죠지와 프리먼은 따로 떨어진 장소를 찾아가 두 시간 동안 이야기를 나누었다. 죠지는 아버지에게 자신의 인생 계획을 말했다. 그는 세상을 절멸의 위기에 빠진 병든 체계로 보았으며 자신은 그 속에 떠 있는 백혈구 같은 것이라고 생각했다. 그의 목적은 자신이 본을 보여 얼마간이라도 세상을 깨끗하게 하는 것이 될 것이다. 프리먼은 그 생각을 좋아했다. 그들은 다른 것에 대해서도 이야기를 했다. 그 두 시간의 대화가 바로 자신들이 필요로 하던 것이라고 나중에 프리먼이 내게 말했다.

그러고 나서 죠지는 다이슨 가의 짐을 배에 싣고 아버지와 누이동생 그리고 나를 나루까지 데려다주었다. 즐거운 뱃길이었다. 우리는 전에 돌아보지 않은 핸슨 섬의 남쪽 끝을 돌아갔다. 아무도 별로 할말이 없었다.

존스토운 해협 밖으로 연어 한 마리가 튀어올랐고 프리먼은 그걸 손으로 가리켰다.

"튀는 연어죠" 하고 죠지가 말했다. 그 말과 함께, 이제 나루까지 15분밖에 남지 않은 시점에서, 죠지는 아버지가 얼마나 많은 얘기를 들어야 할 필요가 있는가를 깨닫기 시작한 것 같았다. 그는 천천히 시작했

다. 그는 이 연안에 온 지 오늘로 5년이 되었다고 중얼거렸다. 그러고 나서 그의 목소리는 올라갔다. 그에게 남겨진 15분 동안 그는 지난 5년을 요약해서 말하려 했다. 이야기들은 빨리 흘러나왔다. 그는 인디언들이 선원으로 일하는, 회사 소속 연어잡이 배에서 일하던 시절에 대해 이야기했다. 인디언들은 엔진에 대해 아는 것이 전혀 없었고 알고 싶어하지도 않았다. 그들은 회사에 대해서는 훨씬 더 무관심했다. 알래스카에서 씨애틀까지 중간에 서거나 기름을 갈지도 않고 내내 달렸다. "완전히 죽음의 덫이었죠." 죠지가 말했다. "그 연기라니! 유일하게 잘 수 있는 장소는 엔진 주변이었어요." 그는 다른 배에 대해서도 이야기했다. 그 배에서 그는 항해도를 읽을 줄 모르는데다 하루에 진을 반 리터 이상씩 마시는 선장을 위해 일했었다. "항해도를 읽을 줄 모른다는 말이 처음에는 농담인 줄 알았죠. 그런데 진짜였어요." 다행히도 기관사는 항해도를 읽을 수 있었고 죠지 또한 읽을 수 있었다.

죠지는 그가 만난 또 한 사람의 선장에 대해 말했다. 그는 선장으로서의 신분증명서와 이전의 모든 경험을 그레이트 쏠트 호수에서 얻은 몰몬 교도였다. 그는 바다에 대해서 무지했기에 모든 일을 책을 보고 했다. 아주 사소한 일이라도 잘못되기만 하면 그의 코는 책 속에 파묻혔다.

"바지선에 대해 들어보셨어요?" 죠지가 아버지에게 물었다. 프리먼은 고개를 가로저었다. 아무도 그에게 캐롤 마틴과 그의 말, 소 그리고 주노까지 간 그의 바지선 여행에 대해 말해주지 않았다. 죠지는 머뭇거렸다──대체 어디에서부터 그 엉클어진 서사시를 시작해야 하는가? 그는 숨을 가다듬은 다음 대략의 줄거리를 말했다. 레이다와 윈치, 후진기어가 없었다는 것, 배 밖으로 빠질 뻔한 사람, 건초와 말, 빙산, 그리고 꾸준히 지속된 재앙의 희롱 등등을 이야기했다. 프리먼은 재미있어하며 들었다. 죠지가 물에 빠진 소와, 그 녀석을 예인선 갑판에서 밧줄로 끌어올린 캐롤 마틴에 대해서 이야기할 때, 다이슨 부자는 동시에 그들 특유의 소리없이 어깨를 흔드는 웃음을 웃었다.

그러고 나서 우리는 비버 만에 도착했다. 죠지는 우리를 나루에 내려주었다. 우리는 모두 악수를 하며 작별인사를 했다. 죠지는 나루의 양륙용 사면대에서 언덕으로 걸어올라갔다. 그가 떠나는 것을 보고 있으려니 저 카누 제작자는 무언가 중요한 것을 인정하려 하지 않는다는 느낌이 들었다. 그는 뒤를 돌아보지 않았다.

"지난 닷새 동안 참 좋았습니다." 프리먼은 페리선의 갑판에서 말했다. 그의 목소리는 엔진의 고동소리 위로 높이 올라갔다. 그의 머리칼이 바람에 심하게 나부꼈다. 그는 1주일 동안 면도를 하지 않았다. 그래서 썩 보기 싫지는 않은 추레한 모습이 되기 시작했다. "이 말은 꼭 해야겠는데, 난 이런 야외생활이 즐거워요. 야외생활을 좋아하는 사람이 되었을 수도 있었을 텐데. 물론 나한테는 너무 늦었지만 말입니다. 하지만 그 생활을 정말 즐겼어요."

나는 짧게 난 그의 수염이 죠지의 수염과 정확히 똑같은 형태라는 것을 알아차렸 —— 양 옆으로 듬성듬성하게 난 수염이었다.

우리는 폴 스퐁에 대해 이야기했다. 프리먼은 스퐁이 하는 연구를 확실히 과학이라고 할 수 있을지 모르겠다고 했다. "그건 종교죠. 고래 숭배입니다. 하지만 내 생각엔 그것이 과학에서 종종 일어나는 일과 아주 다르지는 않은 것 같군요. 어떤 천문학자들은 망원경을 숭배하다시피 하는 지경이니까요. 망원경은 고래처럼 크죠. 그것은 크고 정확하며 근사한 도구예요."

그의 눈은 자리를 떠나 생각을 따라 내부로 침잠했다. 잠시 후 그는 다시 돌아왔다. "하지만 『주역』이 하는 일에서는 별로 감명을 받지 못했다는 것을 얘기해야겠습니다. 2000년 지혜의 산물일지 몰라도 전혀 내 흥미를 끌지 못했어요." 그는 다시 떠났다. 이번에는 마음뿐 아니라 몸도 훌쩍 떠났다.

나중에 페리선의 까페떼리아에서 커피를 마시는데 그가 나를 찾았다. "이 여행에서 많은 걸 배웠어요. 죠지를 더 잘 알게 된 것만이 아닙니다. 죠지의 사람들을 보면서 나는 소행성에 이주지를 건설하는 데 무엇이 필요할지에 대해 뭔가를 배웠어요."

그는 나를 보았고 우리는 둘 다 웃었다.

"내 생각엔, 당신도 메이플라워 호를 탔던 사람들이 동시대 사람들에게는 지금의 핸슨 섬 사람들처럼 생각되었으리라는 걸 알 겁니다 . 미치광이 한 묶음이죠. 한두 사람만이 강한 성격의 소유자이고 나머지는 말하자면 모호한 사람들입니다. 나를 놀라게 한 것 중 하나는 이 사람들이 아주 많이 옮겨다닌다는 겁니다. 그 점은 내가 전혀 예상치 못한 것이었어요. 기술적인 재주에 관한 한 윌 말로프는 확실히 완벽한 이주지 개척자일 겁니다. 하지만 그가 한 군데에 가만히 있을 거라고 생각할 수 없죠. 그런 의미에서 소행성에서도 섬을 찾아서는 안되고 군도를 찾아야 합니다. 다닥다닥 붙은 터전이오."

에밀리도 와서 사후평가에 합류했다. 그녀는 핸슨 섬의 어떤 습관들에 당혹해했다. "왜 단식을 하고 싶어하는 거예요?" 코에 주름을 잡으며 그녀가 우리에게 물어보았다. "요점이 뭐지요?"

프리먼은 그가 이해한 대로 요점을 설명했다. 단식은 음식보다 중요한 일을 이해할 수 있도록 마음을 자유롭게 해주는 것이다. 에밀리는 감명을 받은 것 같지 않았다. 나는 그녀에게서는 여전히 좋은 냄새가 난다는 것을 알아차렸다. 그녀의 손톱은 깨끗했고 머리칼도 깨끗하게 빗질이 되어 있어서 그녀 옆에 있으니 나와 프리먼은 꾀죄죄했다. 그녀는 텐트에서 1주일을 보낸 사람 같아 보이지 않았다.

나는 오빠한테 놀란 점은 없었느냐고 물어보았다. "아뇨, 제가 상상한 대로였어요." 그녀가 말했다.

나는 프리먼에게도 같은 질문을 했다.

"그애는 완전히 다른 사람이 되었더군요. 같은 점이 하나도 없어요.

나는 그애가 폴 스퐁의 배를 잘 정돈하는 걸 보고 놀랐습니다. 그애 야영지가 청결한 것도요. 집에서는 지저분했었죠."

프리먼은 기묘하게 웃으며, "그애는 확실히 강인한 성격을 가졌습니다. 그애는 나보다는 우리 아버지하고 훨씬 더 비슷해요. 분명히 세대를 건너뛴 것이지요" 하고 말했다.

난간에 서서 피오르드 절벽이 지나가는 것을 보며 나는 프리먼이 한 말을 생각해보았다. 다이슨 집안의 기질이 다시 세대를 건너뛰면 어떻게 될까? 아마 이 숲에서 자란 누군가에 의해 결국 우주선은 만들어질 것이다. 아마 별로의 탈출은 벌목꾼들이 이 후미까지 침범해 프리먼 다이슨의 손자로 하여금 진짜로 이사해야 할 시간이 되었다는 결정을 내리게 할 때 시작될 것이다. 그렇게 되면 그 아이의 아버지는 틀림없이 놀랄 것이다. 하지만 아버지들은 전에도 늘 놀랐었다.

맺음말

1년 뒤, 1976년 7월 큰 카누는 다시 한번 북쪽을 향했다. 죠지는 배꼬리의 잠입구에 앉아서 키를 잡았다. 내 동생 존과 내가 선원이었다. 우리는 얼마나 멀리 가게 될지 몰랐다. 용 모양의 뱃머리 앞에는 내수로의 미로가 있었고 그 너머에는 야쿠타트, 프린스 윌리엄 해협, 알래스카 반도, 베링해 그리고 북극해가 있었다. 그들 대부분이 우리에게는 미지의 갑이었다.

큰 카누는 변형을 겪었다. 죠지의 생각은 계속 진화했으며 그 전 해부터 당시까지 사이에 낀 세월은 엄청난 변화를 지켜보았다. 마운트 페어웨더 호는 이제 삼동선(三同船, 몸뚱이가 셋인 배─옮긴이)이 되어 있었다. 죠지는 양옆에 8.5미터의 유리섬유 현외부재(舷外浮材)를 달았다. 금빛 가문비나무로 만든 연결대가 각각의 현외부재를 선체에 접합시켰다. 그는 세 개의 나무 돛대를 접는 식의 알루미늄 A자 돛대로 바꾸었고, 세 개의 돛은 자신이 도안한 커다란 돛 하나로 바꾸었다. 플렉씨 유리돔이 갑판 위를 돌아다니려는 선원에게 장애가 된다는 것을 발견한 그는 두 개의 돔만 빼고 나머지 전부를 납작하고 투명한 플렉씨 유리 해치덮개로 바꾸었다. 그 해치덮개들은 밟아도 될 정도로 튼튼했다. 그는 또 성 죠지와 용이 새겨진 금화를 A자 돛대 꼭대기로 옮겼는데, 금화는 해가 나는 날이면 꼭대기에서 반짝반짝 빛났다. 카누는 이제 알류트의 계보에서 벗어나 절망적으로 잡종이 되어버렸다. 현외부재와 연결대는 폴리네씨아적인 것이었다. 돛대와 돛은 죠지의 발명이었다. 주된 선체는 여전히 고전적인 알류트의 선을 간직하고 있었지만, 뱃머리에 남아 있는 플렉씨 유리돔 중의 하나는 마치 폭격기의 튀어나온 총구멍 같은 모습이었다. 만약 알류트 사람들이 러시아인들과 러시아인들 이후에 온 모든 사람들을 다 정복했다면, 만약 알류트 문화가 세상의 지배적인 문화가 되었다면, 만약 알류트 국방성이 장거리 전략전함을 만들기로 했다면, 그 전함은 이와 비슷하게 보였을지 모를 일이다.

우리의 왼편으로는 밴쿠버 섬이 지나갔고 오른편으로는 본토가 있었다. 우리는 존스토운 해협을 항해하고 있었다. 그곳은 4년 전에 죠지가 3인승 바이다르카를 처음으로 시험항해한 곳이었다. 예전의 시험항해 때 그러했듯이 지금도 강한 남동풍이 불고 있었다. 죠지는 새로 만든 돛을 시험하고 있었다.

해협은 우리 뒤로 멀리 좁아지더니 모퉁이를 돌자 시야에서 사라졌다. 모퉁이를 도는 지점에서 세계가 새로이 시작되는 것 같았다. 그것은 원근법 수업으로, 마지막 갑이 소멸점이었다. 바로 거기서부터 숲이 우거진 해협 절벽이 우리를 향해 점점 더 높아지면서 둘로 갈렸고, 순류하는 회색 바다가 우리에게 덤벼들었으며 구름은 바람에 날렸다. 남아 있는 유일한 색이 하늘에 머물러 있었으니, 지는 해가 구름을 장밋빛으로 물들이고 있었던 것이다.

파도는 마운트 페어웨더 호가 만난 가장 육중한 것이었다. 이따금 카누의 현외부재가 절반씩 물에 잠겼고 뱃전의 용머리도 때로 파도와 격돌하며 포말을 뒤로 보냈다. 앞쪽 돔의 플렉씨 유리 위에는 바닷물이 구슬처럼 맺혔다. 물방울 하나하나는 우리 뒤로 펼쳐진 원근법 수업내용을 넓은 각으로 찍어놓은 차가운 복제품이었다. 카누가 너무 빨리 나아가고 있었기 때문에 안쪽 어딘가에서 알루미늄이 윙윙거리는 소리를 냈다. 죠지는 방향타일 거라고 생각했다. 그는 배꼬리의 잠입구에 마치 경마의 기수처럼 앉아서 조타 고삐를 손으로 잡고 뒤틀리는 돛을 쳐다보며 무언가가 딱 하는 소리를 내길 기다렸다.

아무것도 딱 소리를 내며 부러지지 않았지만 죠지는 마침내 자신이

운을 과신하고 있다는 판단을 내렸다. 그는 나에게 조타를 부탁했다. 내가 고삐를 잡자, 그는 내가 앉아 있는 가운데 구멍을 지나 앞쪽으로 기어갔다. 그는 아주 큰 치수의 주돛을 내리고 그보다 작은 치수의 태풍용 쌍돛을 올렸다.

짙어지는 황혼 속에서 다시 뒤로 기어가다가 그는 내 잠입구 옆에서 잠시 손과 무릎을 딛고 멈추었다. 그는 어마어마한 바다의 추격을 지나가게 한 다음 좀더 규모가 작은 추격을 기다렸다. 나는 그를 보지 않았으나 그의 공포를 느낄 수 있었다. 공포는 그의 삶에서 일상적인 부분이고 잘 억눌러지고 있었지만, 나는 공포가 거기 있다는 것을 알았다. 공포는 그의 젖은 털실옷 냄새처럼 그에게서 풍겨나오고 있었다. 자신의 잠입구까지 기어가야 할 3미터의 거리는 폭이 좁고 물에 젖어 있었으며 매달릴 데라곤 전혀 없었다. 만약 우리가 갑자기 한쪽으로 기울어져 그가 떨어진다면 그는 다시 돌아올 방법이 없었다. 바람이 너무 강해서 바람에 맞서 노를 저을 수가 없었다. 바닷물은 너무 찼다. 바다는 그를 찾기에는 너무 맹렬하게 들썩이고 있었다.

나는 프리먼 다이슨이 자문한 영화 「서기 2001년 오디쎄이」의 한 장면을 기억해냈다. 그것은 파멸할 운명에 처한 우주인들이 영원한 우주 속으로 천천히 굴러떨어지는 장면이었다. 지금 우리 주변의 바다는 거의 별과 별 사이의 암흑처럼 새카맸다. 물도 흡사 우주와 마찬가지로 차가웠다. 해협에 빠져 보이지 않게 된다면 죠지는 우주에서와 똑같이 절대 돌이킬 수 없게 될 것이다. 그렇게 된다면 나는 그에게 다만 작별의 손을 흔들어야겠다고 마음먹었다. 인사 같은 것으로서. 그때 바다는 잠시 가라앉았고 죠지는 자신의 잠입구로 황급히 달려 안전하게 들어갔다.

밤이 왔다. 마운트 페어웨더 호는 밤을 밝힐 것이 아무것도 없었다. 죠지가 아직 불을 다는 일에 착수하지 않은 탓에 우리는 불 없이 항해하는 무법자 배였다. 우리는 음폐동물처럼 해협의 한가운데로 배를 저어

갔다.

구름이 엷어지고 별이 나왔다. 처음에는 금성이 나왔고 다음엔 오리온 자리가 나왔다. 해안에 불빛이 하나 있었지만 지금은 그것도 사라지고 없었다. 나는 뒤를 돌아 죠지를 보았다. 그는 순류하는 바다를 배경으로 검은 윤곽을 드리운 채 여전히 거기에 앉아 있었다. 나는 그의 얼굴을 알아볼 수가 없었다. 나는 앞을 보았다. 지구는 어둠 속에 사라져 버렸다. 이곳이 지구라는 유일한 증거는 가까운 파도의 유령 같은 거품뿐이었다. 죠지의 용 뱃머리는 별의 바다 속으로 당당하게 나아갔다.

안팎의 우주를 찾아서

이 교 선

　자기도 모르게 아버지를 죽였다가 후에 그 사실을 알고 자신의 눈을 찌르는 오이디푸스 왕의 비극이 오늘날에도 인구에 회자되는 것은, 이야기의 비극성도 비극성이지만, 인력으로는 도저히 끊으려야 끊을 수 없는 인간의 본원적인 관계에 대한 사유가 담겨 있기 때문일 것이다. 『오이디푸스 왕』이 제기하는 문제, 즉 아들이 아버지로부터 독립해 완전한 성인으로 살아가게 되기까지 치러야 할 과정과 대가나, 아버지와 아들의 인연으로 맺어지는 사람들이 그 인연 때문에 겪는 상처와 고뇌 등은 아마 인간이 삶을 영위하는 한 영원한 미해결의 숙제요, 영원히 심금을 울리는 이야기 소재로 남을 수밖에 없으리라.

　미국의 저명한 삼림보호주의자 데이빗 브라워의 아들 케네스 브라워가 지은 넌픽션 전기(傳記) 『우주선과 카누』는 『오이디푸스 왕』과 같은 비극은 아니다. 하지만 결코 평범치 않은 아버지와 아들의 실제 이야기를 통해 작가는 이러한 고전적 주제를 감동적으로 재현한다. 이 이야기의 두 주인공 중 한 사람인 아버지 프리먼 다이슨(Freeman Dyson)은 영국 출신으로 미국에 이주해 활동한 매우 저명한 물리학자이다. 그는 입자물리학 분야에서 노벨상을 수상한 리차드 파인먼에 필적하는 주요 업적을 남겼고, 고체물리학에서도 스핀파에 관한 독보적인 성과를 쌓았다. 하지만 그는 물리학의 주류에 머무는 것에 만족하지 않고 공학과 천체물리학으로 관심을 넓혀 원자로의 제작과 우주선 계획에까지 참여한 '전방위적' 물리학자이다. 이와는 대조적으로 그의 아들 죠지 다이슨(George Dyson)은 마리화나에 손을 댔다가 학교를 그만두고 브리티시 컬럼비아의 미개척지로 떠나 숲 속에 나무 위의 집을 짓고 사는 삶을 택한다. 저자 케네스 브라워는 이들과 동행해 이들의 극단적으로 다른 삶——아들 죠지는 운명의 부름에 따라 캐나다 북서 해안에 정착해 카누를 제작하며 이미 사라져버린 북미 원주민의 삶의 방식을 복원하려 하고, 아버지 프리먼은 우주선을 만들어 우주로 몸소 가 그곳에 우주정착지를 건설할 구상을 한다——의 궤적을 꼼꼼히 추적하며 이들의 어긋남과 갈등, 관계의 재정립을 마치 한 편의 서사시처럼 그려낸다.

　하지만 만약 이야기가 여기에서 그쳤다면 『우주선과 카누』는 온갖 영화와 상업소설이 우려내기 좋아하는 '약간 이채롭지만 결과적으로는 그렇고 그런' 가족사를 풀어놓은 것에 지나지 않았을 것이다. 두 사람이 지향하는 극단적으로 다른 삶의 길에서 이미 짐작할 수 있는 바이지만, 이 이야기가 우리에게 좀더 심각한 의미를 줄 수 있는 것은 인류의 미래를 바라보는 각기 다른 세계관이 아버지와 아들의 세계관 속에 중첩되어 있기 때문이다. 이 책의 힘은 서양문명이 이룩해온 과학기술의 진보가 처한 막다른 골목, 즉 과학기술의 발전이 오히려 인류의 생존 자체를 위협하는 현재의 상황에서 우리에게 어떤 대안이 가능한가를 아버지와 아들의 삶을 통해 진지하게 성찰하게 해주는 데 있다.

　한편에는 과학기술의 가능성을 극한까지 밀어붙여 우주공간에 생존의 터를 마련함으로써 인류의 어두운 미래를 타개하려는 아버지가 있고, 그 반대편에는 원주민들이 장구한 세월에 걸쳐 쌓아온 자연에 적응하는 지혜를 실천함으로써 인류의 소금이 되고자 하는 아들이 있다. 물론 이들이 보여주는 두 개의 다른 세계는 현실적 실현 가능성이 희박한, 인류가 택할 수 있는 대안의 양 극단의 형태를 취하고 있다. 하지만 사실 이들의 다른 태도가 제시하는 문제는 실질적 차원에서는 개발이냐 보존이냐 하는 구호 속에서, 좀더 깊게는 전지구적으로 이미 과학기술 시대 이전의 삶이 불가능해져가는 상황에서 기술과 결합한 자본의 논리에 휘말리지 않고 인간다운 삶을 어떻게 보존할 것이냐 하는 물음 속에서 끊임없이 변주되는 것이다. 이야기의 끝에 아버지와 아들이 결국 화해를 이루는 대목에서 우리는 이들이 정열과 의지와 집념에서, 심지어 전혀 공통점이 없어 보이는 비전에서조차 얼마나 닮은 사람들인가를 보며 가슴 아린 감동을 느끼게 된다. 또한 칠흑같은 별빛 바다를 저어가는 힘찬 카누의 모습 속에서 아버지와 아들의 비전이 멋지게 일치됨을 본다. 그러나 어떤 의미에서는 이들이 어려운 고비를 돌아 서로의 영역을 존중하고 인정하게 되는 이 지점에서야말로 결코 좁혀질 수 없는 두 세계의 간격이 역설적으로 상기되며, 작가는 무언중에 우리에게 이 간격을 메울 대안을 모색하도록 요구한다.

　이 책의 또 하나의 미덕은 우리가 여간해선 접할 수 없는 인류학적 지식이 풍부하게 펼쳐진다는 점이다. 알류트 사람들의 사냥과 배 만들기에 대한 상세한 기술은 아무리 가혹한 환경일지라도 이에 적응하고야 마는 호모 싸피엔스의 위대한 지혜의 기록이며, 이른바 문명사 중심의 역사가 놓쳐버린 뛰어난 인류사의 일부이다. 이와 마찬가지로 마치 시원기(始原期)의 사람들이 처음으로 자연을 체험하듯이 겸허한 마음과 외경심을 갖고 자연을 바라보도록 해주는 자연에 대한 묘사 역시 이 책을 읽는 기쁨을 배가시켜준다. 깎아지른 듯 솟아 있는 피오르드 절벽과 빙하와 산, 광활하게 펼쳐진 바다, 그 속에 사는 동물들, 특히 고래와의 놀라운 만남을 저자와 더불어 쫓아가다보면, 싸이버스페이스가 인간의 체험을 대체하는 시대가 되었어도 여전히 인간의 정신과 본능은 자연의 젖줄에서 영원한 양분을 취한다는 사실을 새삼스럽게 깨닫지 않을 수 없게 된다. 사람의 발길이 닿지 않은 곳이 많은 북미 해안의 자연이기에 시원기적 체험의 감동이 생생히 살아났을 테지만, 복닥거리는 국토일망

정 단 한번이라도 내 산천의 모습과 자연의 역사에 대해 관심을 가진 적이 있었나 되돌아보는 계기가 된다면 그것으로도 이 책의 가치는 충분할 것이다.

또 하나, 우주비행과 우주선 제작에 관한 정밀한 지식 역시 우주선이라는 착상 속에 담긴 윤리적·이데올로기적 문제점과는 별도로 알류트 사람들의 위업만큼이나 놀라운 호모 싸피엔스의 능력을 보여주는 부분이다. 공상과학 소설이 만들어내는 반쯤은 황당한 지식이 아닌, 실제로 우주선 제작에 참여했던 여러 사람의 회고에 기초한 이 지식을 통해 우리는 현재 진행되고 있는 우주 탐사 계획이 어떤 발상과 과정을 거쳐 발전되어왔는지 그 구체적 편린을 엿볼 수 있다. 이를테면 프리먼이 발명하려고 한 망원경 이야기를 읽으면서 화성 구석구석을 찍어 지구로 전송해준 로봇 소저너 호의 활동을 떠올리지 않는 독자는 아마 없으리라. 또한 오라이언 호의 동력원을 다루는 대목은 현재의 우주선 제작에서 초미의 과제가 되고 있는 '플라스마 드라이브' 같은 문제가 형성된 경위를 시사해준다. 우주 탐사가 단순한 공학의 한 분야를 넘어 현대사의 중요한 일부가 된 지금, 저자가 보여주는 이러한 지식은 어떤 의미에서 우리의 무지에 대한 자성을 촉구하며, 동시에, 지금, 이곳 너머를 바라보았던 과학자들의 순수한 혼신의 노력에 공감을 자아낸다.

번역의 원본으로는 홀트, 라인하트 앤드 윈스턴 출판사에서 나온 *The Starship and the Canoe*를 썼다. 본문에 빈번히 나오는 미국식 도량형 —— 인치, 피트, 마일, 야드, 파운드 등 ——은 우리 실감에 맞도록 미터법으로 고쳐 독자의 이해를 도우려 했음을 밝혀둔다.

그동안 변변치 못한 원고를 꼼꼼히 보아주시고 책이 나올 수 있도록 정성을 기울여주신 창작과비평사 여러분, 훌륭한 삽화로 책의 내용을 풍부하게 살려주신 최호철님, 번역하기 어려운 문장을 해결하는 데 도움을 준 레이첼 윅스(Rachel Weeks) 양, 멀리 미국에서 귀중한 자료들

을 찾아준 육은정 · 손정희 님께 고마움의 뜻을 전한다. 능력의 일천함
으로 인해 부족한 부분이 많을 것이다. 독자 여러분의 지적과 관심을 기
대한다.

1997. 7

우주선과 카누

초판 1쇄 발행 • 1997년 8월 20일
초판 5쇄 발행 • 2010년 8월 5일

지은이 • 케네스 브라워
옮긴이 • 이교선
펴낸이 • 고세현
펴낸곳 • (주)창비

등록 • 1986년 8월 5일 제85호
주소 • 우편번호 413-756 경기도 파주시 교하읍 문발리 513-11
전화 • 031-955-3333
팩시밀리 • 영업 031-955-3399 편집 031-955-3400
홈페이지 • www.changbi.com
전자우편 • human@changbi.com